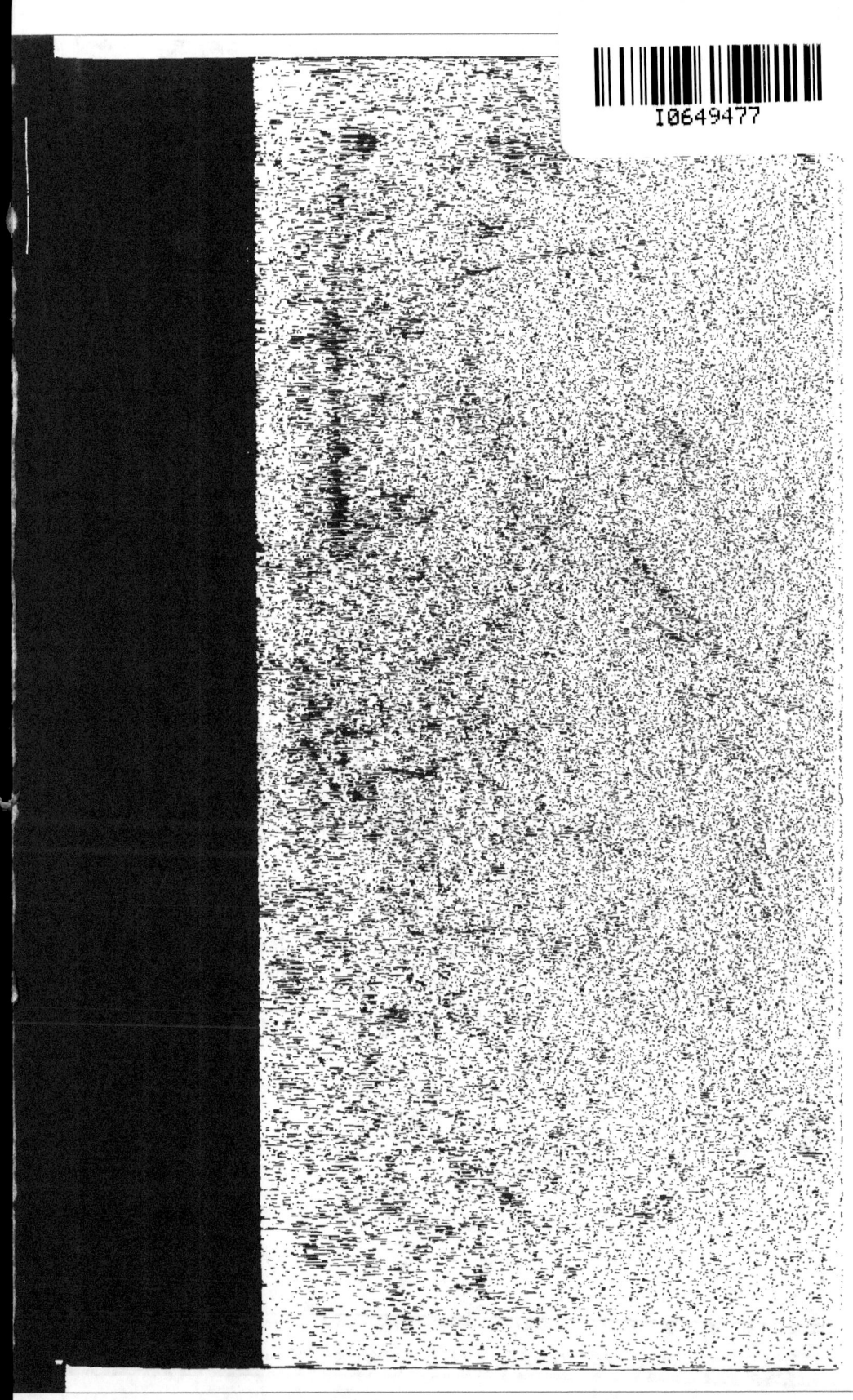

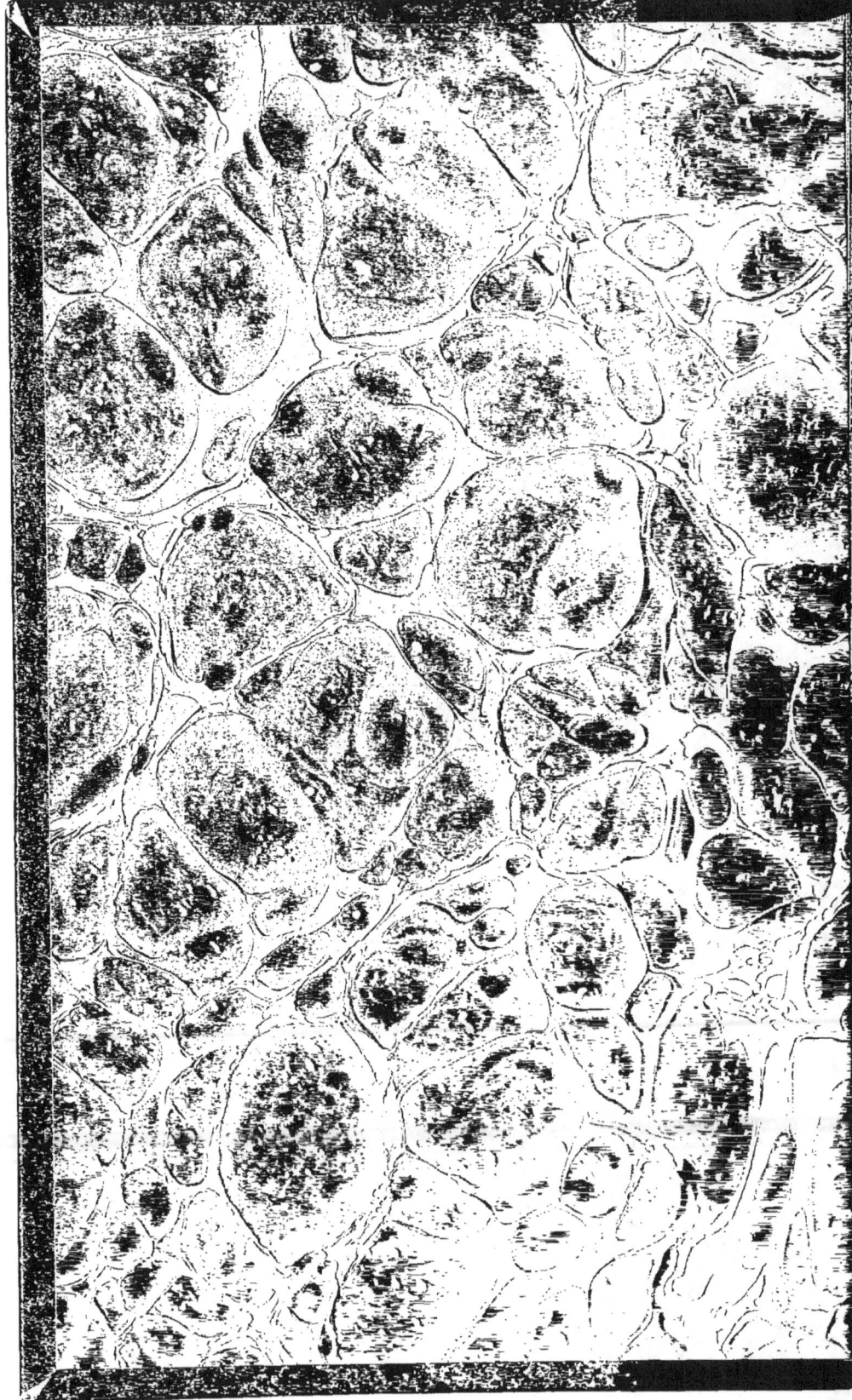

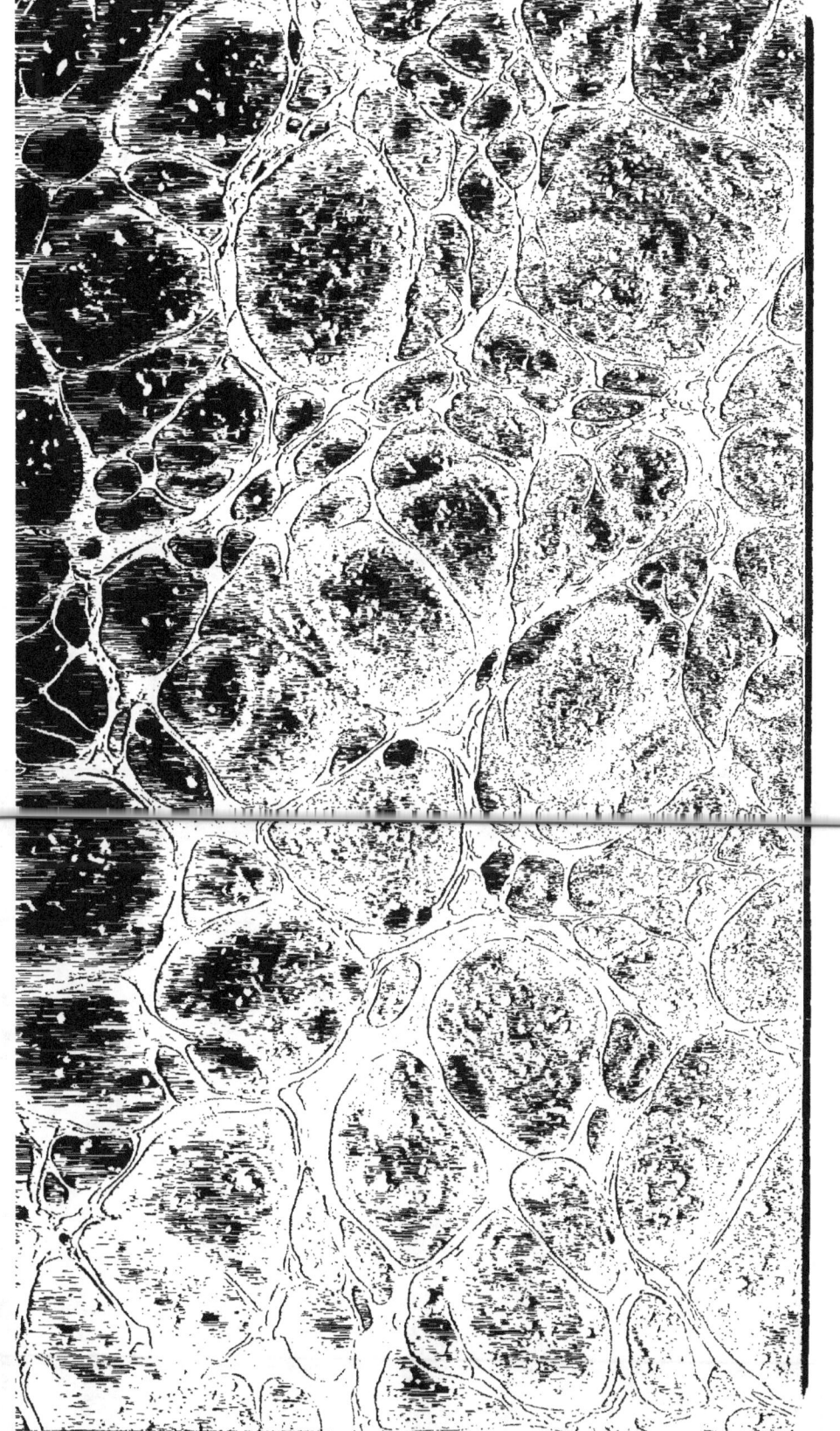

OEUVRES

DE

BLAISE PASCAL.

DE L'IMPRIMERIE DE CRAPELET.

OEUVRES

DE

BLAISE PASCAL.

NOUVELLE ÉDITION.

TOME CINQUIÈME.

A PARIS,

CHEZ LEFÈVRE, LIBRAIRE,

RUE DE L'ÉPERON, Nº 6.

1819.

OUVRAGES
DE MATHÉMATIQUE
DE PASCAL.

TRAITÉ
DU TRIANGLE ARITHMÉTIQUE.

DÉFINITIONS.

J'APPELLE *Triangle arithmétique*, une figure dont la construction est telle.

Je mène d'un point quelconque, G, deux lignes perpendiculaires, l'une à l'autre, G V, G ζ, dans chacune desquelles je prends tant que je veux de parties égales et continues à commencer par G, que je nomme 1, 2, 3, 4, etc.; et ces nombres sont *les exposants* des divisions des lignes.

Ensuite je joins les points de la première division qui sont dans chacune des deux lignes, par une autre ligne qui forme un triangle dont elle est *la base*.

Je joins ainsi les deux points de la seconde division par une autre ligne, qui forme un second triangle dont elle est *la base*.

Et joignant ainsi tous les points de division

qui ont un même exposant, j'en forme autant *de triangles et de bases.*

Je mène par chacun des points de division, des lignes parallèles aux côtés, qui par leurs intersections forment de petits carrés, que j'appelle *cellules.*

Et les cellules qui sont entre deux parallèles qui vont de gauche à droite, s'appellent *cellules d'un même rang parallèle,* comme les cellules G, σ, π, etc., ou φ, ↓, θ, etc.

Et celles qui sont entre deux lignes qui vont de haut en bas, s'appellent *cellules d'un même rang perpendiculaire,* comme les cellules G, φ, A, D, etc., et celles-ci, σ, ↓, B, etc.

Et celles qu'une même base traverse diagonalement, sont dites *cellules d'une même base,* comme celles qui suivent, D, B, θ, λ, et celles-ci, A, ↓, π.

Les cellules d'une même base également distantes de ses extrémités, sont dites *réciproques,* comme celles-ci, E, R et B, θ; parce que l'exposant du rang parallèle de l'une est le même que l'exposant du rang perpendiculaire de l'autre, comme il paroît en cet exemple, où E est dans le second rang perpendiculaire, et dans le quatrième parallèle ; et sa réciproque R est dans le second rang parallèle, et dans le quatrième perpendiculaire réciproquement ; et il est bien facile de démontrer que celles qui ont leurs exposants réciproquement pareils, sont dans une même base, et également distantes de ses extrémités.

Il est aussi bien facile de démonter que l'exposant du rang perpendiculaire de quelque cellule
que ce soit, joint à l'exposant de son rang parallèle, surpasse de l'unité l'exposant de sa base.
Par exemple, la cellule F est dans le troisième
rang perpendiculaire, et dans le quatrième parallèle, et dans la sixième base, et les deux exposants des rangs 3 + 4 surpassent de l'unité l'exposant de la base 6, ce qui vient de ce que les
deux côtés du triangle sont divisés en un pareil
nombre de parties ; mais cela est plutôt compris
que démontré.

Cette remarque est de même nature, que
chaque base contient une cellule plus que la
précédente, et chacune autant que son exposant
d'unités ; ainsi la seconde φ σ a deux cellules, la
troisième A ψ π en a trois, etc.

Or les nombres qui se mettent dans chaque
cellule se trouvent par cette méthode.

Le nombre de la première cellule qui est à
l'angle droit est arbitraire ; mais celui-là étant
placé, tous les autres sont forcés ; et pour cette
raison il s'appelle *le générateur* du triangle ; et
chacun des autres est spécifié par cette seule
règle :

Le nombre de chaque cellule est égal à celui
de la cellule qui la précède dans son rang perpendiculaire, plus à celui de la cellule qui la
précède dans son rang parallèle. Ainsi la cellule
F, c'est-à-dire, le nombre de la cellule F, égale
la cellule C, plus la cellule E ; et ainsi des autres.

D'où se tirent plusieurs conséquences. En
voici les principales, où je considère les triangles, dont le générateur est l'unité ; mais ce qui
s'en dira conviendra à tous les autres.

CONSÉQUENCE PREMIÈRE.

*En tout triangle arithmétique, toutes les cellules
du premier rang parallèle et du premier rang perpendiculaire sont pareilles à la génératrice.*

Car par la construction du triangle, chaque
cellule est égale à celle qui la précède dans
son rang perpendiculaire, plus à celle qui la
précède dans son rang parallèle ; or les cellules
du premier rang parallèle n'ont aucunes cellules qui les précèdent dans leurs rangs perpendiculaires, ni celles du premier rang perpendiculaire dans leurs rangs parallèles ; donc elles
sont toutes égales entre elles, et partant au premier nombre générateur.

Ainsi φ égale G + zéro, c'est-à-dire, φ égale G.

Ainsi A égale φ + zéro, c'est-à-dire, φ.

Ainsi σ égale G + zéro, et π égale σ + zéro.

Et ainsi des autres.

CONSÉQUENCE II.

*En tout triangle arithmétique, chaque cellule
est égale à la somme de toutes celles du rang
parallèle précédent, comprises depuis son rang
perpendiculaire jusqu'au premier inclusivement.*

Soit une cellule quelconque ω : je dis qu'elle
est égale à R + θ + ψ + φ, qui sont celles du
rang parallèle supérieur depuis le rang per-

pendiculaire de ω jusqu'au premier rang perpendiculaire.

Cela est évident par la seule interprétation des cellules, par celles d'où elles sont formées.

Car ω égale R + $\underline{C.}$

$$\overline{\theta +} \; \underline{B}$$

$$\overline{\psi +} \; \underline{A}$$

$$\varphi \qquad \text{Car A et } \varphi \text{ sont}$$
égaux entre eux par la précé-
dente.

Donc ω égale R + θ + ψ + φ.

CONSÉQUENCE III.

En tout triangle arithmétique, chaque cellule égale la somme de toutes celles du rang perpendiculaire précédent, comprise depuis son rang parallèle jusqu'au premier inclusivement.

Soit une cellule quelconque C : je dis qu'elle est égale à B + ψ + σ, qui sont celles du rang perpendiculaire précédent, depuis le rang parallèle de la cellule C jusqu'au premier rang parallèle.

Cela paroît de même par la seule interprétation des cellules.

Car C égale B + $\theta\cdot$

$$\overline{\psi +} \; \underline{\pi}$$

$$\sigma \qquad \text{Car } \pi \text{ égale } \sigma \text{ par la}$$
première.

Donc C égale B + ψ + σ.

CONSÉQUENCE IV.

En tout triangle arithmétique, chaque cellule diminuée de l'unité, est égale à la somme de toutes celles qui sont comprises entre son rang parallèle et son rang perpendiculaire exclusivement.

Soit une cellule quelconque ξ : je dis que $\xi - G$ égale $R + \theta + \psi + \varphi + \lambda + \pi + \sigma + G$, qui sont tous les nombres compris entre le rang $\xi\, \omega$ CBA et le rang ξ S μ exclusivement.

Cela paroît de même par l'interprétation.

Car ξ égale $\lambda + R + \omega$.
$$\overline{\pi + \theta + C}$$
$$\overline{\sigma + \psi + B}$$
$$\overline{G + \varphi + A}$$
$$\overline{G}$$

Donc ξ égale $\lambda + R + \pi + \theta + \sigma + \psi + G + \varphi + G$.

AVERTISSEMENT.

J'ai dit dans l'énonciation, *chaque cellule diminuée de l'unité*, parce que l'unité est le générateur ; mais si c'étoit un autre nombre, il faudroit dire, *chaque cellule diminuée du nombre générateur.*

CONSÉQUENCE V.

En tout triangle arithmétique, chaque cellule est égale à sa réciproque.

Car dans la seconde base $\varphi\, \sigma$, il est évident

que les deux cellules réciproques φ, σ sont égales entre elles et à G.

Dans la troisième A, ψ, π, il est visible de même que les réciproques π, A sont égales entre elles et à G.

Dans la quatrième, il est visible que les extrêmes D, λ sont encore égales entre elles et à G.

Et celles d'entre deux, B, θ, sont visiblement égales, puisque B égale A $+$ ψ, et θ égale ψ $+$ π; or $\pi + \psi$ sont égales à A $+$ ψ par ce qui est montré; donc, etc.

Ainsi l'on montrera dans toutes les autres bases que les réciproques sont égales, parce que les extrêmes sont toujours pareilles à G, et que les autres s'interpréteront toujours par d'autres égales dans la base précédente qui sont réciproques entre elles.

CONSÉQUENCE VI.

En tout triangle arithmétique, un rang parallèle et un perpendiculaire qui ont un même exposant, sont composés de cellules toutes pareilles les unes aux autres.

Car ils sont composés de cellules réciproques.

Ainsi le second rang perpendiculaire σ ψ BEMQ est entièrement pareil au second rang parallèle φ ψ θ R S N.

CONSÉQUENCE VII.

En tout triangle arithmétique, la somme des

*cellules de chaque base est double de celles de
la base précédente.*

Soit une base quelconque D B θ λ : je dis que
la somme de ses cellules est double de la somme
des cellules de la précédente A ψ π.

Car les extrêmes . . . $\overline{\text{D},}$ λ,

égalent les extrêmes ·. . . . A,   π,

et chacune des autres . . . B ,   θ,

en égalent deux de

l'autre base . . . . . . $\overline{\text{A}+\psi,}$ $\overline{\psi + \pi.}$

Donc D + λ + B + θ égalent 2 A + 2 ψ + 2 π.

La même chose se démontre de même de toutes les autres.

CONSÉQUENCE VIII.

*En tout triangle arithmétique , la somme des
cellules de chaque base est un nombre de la progression double , qui commence par l'unité, dont
l'exposant est le même que celui de la base.*

Car la première base est l'unité.

La seconde est double de la première , donc
elle est 2.

La troisième est double de la seconde , donc
elle est 4. Et ainsi à l'infini.

AVERTISSEMENT.

Si le générateur n'étoit pas l'unité, mais un
autre nombre, comme 3 , la même chose seroit
vraie ; mais il ne faudroit pas prendre les nombres de la progression double à commencer par

l'unité, savoir : 1, 2, 4, 8, 16, etc., mais ceux d'une autre progression double à commencer par le générateur 3, savoir, 3, 6, 12, 24, 48, etc.

CONSÉQUENCE IX.

En tout triangle arithmétique, chaque base diminuée de l'unité est égale à la somme de toutes les précédentes.

Car c'est une propriété de la progression double.

AVERTISSEMENT.

Si le générateur étoit autre que l'unité, il faudroit dire, *chaque base diminuée du générateur.*

CONSÉQUENCE X.

En tout triangle arithmétique, la somme de tant de cellules continues qu'on voudra de sa base, à commencer par une extrémité, est égale à autant de cellules de la base précédente, plus encore à autant, hormis une.

Soit prise la somme de tant de cellules qu'on voudra de la base $D\lambda$, par exemple, les trois premières, $D + B + \theta$: je dis qu'elle est égale à la somme des trois premières de la base précédente $A + \psi + \pi$, plus aux deux premières de la même base $A + \psi$.

Car	D.	B.	θ.
égale	A.	A + ψ.	ψ + π.

Donc $D + B + \theta$ égale $2 A + 2 \psi + \pi$.

DÉFINITION.

J'appelle *cellules de la dividente*, celles que la ligne qui divise l'angle droit par la moitié, traverse diagonalement comme les cellules G, ↓, C, ρ, etc.

CONSÉQUENCE XI.

Chaque cellule de la dividente est double de celle qui la précède dans son rang parallèle ou perpendiculaire.

Soit une cellule de la dividente C : je dis qu'elle est double de θ, et aussi de B.

Car C égale θ + B, et θ égale B, par la cinquième conséquence.

AVERTISSEMENT.

Toutes ces conséquences sont sur le sujet des égalités qui se rencontrent dans le triangle arithmétique. On va en voir maintenant les proportions, dont la proposition suivante est le fondement.

CONSÉQUENCE XII.

En tout triangle arithmétique, deux cellules contiguës étant dans une même base, la supérieure est à l'inférieure, comme la multitude des cellules depuis la supérieure jusqu'au haut de la base, à la multitude de celles depuis l'inférieure jusqu'en bas inclusivement.

Soient deux cellules contiguës quelconques d'une même base, E, C : je dis que :

E est à C comme   2   à   3

inférieure,	supérieure,	parce qu'il y a deux cellules depuis E jusqu'en bas ; savoir, E, H,	parce qu'il y a trois cellules depuis C jusqu'en haut ; savoir, C, R, μ.

Quoique cette proposition ait une infinité de cas, j'en donnerai une démonstration bien courte, en supposant deux lemmes.

Le premier, qui est évident de soi-même, que cette proportion se rencontre dans la seconde base; car il est bien visible que φ est à σ comme 1 à 1.

Le deuxième, que si cette proportion se trouve dans une base quelconque, elle se trouvera nécessairement dans la base suivante.

D'où il se voit qu'elle est nécessairement dans toutes les bases : car elle est dans la seconde base par le premier lemme; donc par le second elle est dans la troisième base, donc dans la quatrième, et à l'infini.

Il faut donc seulement démontrer le second lemme en cette sorte. Si cette proportion se rencontre en une base quelconque, comme en la quatrième D λ, c'est-à-dire, si D est à B comme 1 à 3, et B à θ comme 2 à 2, et θ à λ comme 3 à 1, etc.; je dis que la même proportion se trouvera dans la base suivante, H μ, et que, par exemple, E est à C comme 2 à 3.

Car D est à B comme 1 à 3, par l'hypothèse. Donc D + B est à B comme 1 + 3 à 3.

E   à B comme   4   à 3.

De même B est à θ comme 2 à 2, par l'hypothèse.
Donc B + θ à B, comme 2 + 2 à 2.

C à B, comme 4 à 2.

Mais B à E, comme 3 à 4, comme il est montré. Donc par la proportion troublée, C est à E comme 3 à 2.

Ce qu'il falloit démontrer.

On le montrera de même dans tout le reste, puisque cette preuve n'est fondée que sur ce que cette proportion se trouve dans la base précédente, et que chaque cellule est égale à sa précédente, plus à sa supérieure; ce qui est vrai partout.

CONSÉQUENCE XIII.

En tout triangle arithmétique, deux cellules contiguës étant dans un même rang perpendiculaire, l'inférieure est à la supérieure, comme l'exposant de la base de cette supérieure à l'exposant de son rang parallèle.

Soient deux cellules quelconques dans un même rang perpendiculaire, F, C : je dis que

F est à C comme 5 à 3

l'inférieure, | la supérieure, | exposant de la base de C, | exposant du rang parallèle de C.

Car E est à C comme 2 à 3.

Donc E + C est à C comme 2 + 3 à 3.

F est à C comme 5 à 3.

CONSÉQUENCE XIV.

En tout triangle arithmétique, deux cellules

contiguës étant dans un même rang parallèle, la plus grande est à sa précédente, comme l'exposant de la base de cette précédente à l'exposant de son rang perpendiculaire.

Soient deux cellules dans un même rang parallèle F, E : je dis que

F est à E comme 5 à 2

| la plus grande, | précédente, | exposant de la base de E, | exposant du rang perpendiculaire de E. |

Car E est à C comme 2 à 3.

Donc $\overline{E+C}$ est à E comme $\overline{2+3}$ à 2.

F est à E comme $\overline{5}$ à 2.

CONSÉQUENCE XV.

En tout triangle arithmétique, la somme des cellules d'un quelconque rang parallèle est à la dernière de ce rang, comme l'exposant du triangle est à l'exposant du rang.

Soit un triangle quelconque, par exemple, le quatrième G D λ : je dis que quelque rang qu'on y prenne, comme le second parallèle, la somme de ses cellules, savoir, $\varphi + \psi + \theta$, est à θ comme 4 à 2. Car $\varphi + \psi + \theta$ égale C, et C est à θ comme 4 à 2, par la treizième conséquence.

CONSÉQUENCE XVI.

En tout triangle arithmétique, un quelconque rang parallèle est au rang inférieur, comme l'exposant du rang inférieur à la multitude de ses cellules.

Soit un triangle quelconque, par exemple, le

cinquième, μ G H : je dis que quelque rang qu'on y prenne, par exemple, le troisième, la somme de ses cellules est à la somme de celles du quatrième, c'est-à-dire, A + B + C est à D + E, comme 4 exposant du rang quatrième, à 2, qui est l'exposant de la multitude de ses cellules, car il en contient 2.

Car A + B + C égale F, et D + E égale M. Or F est à M comme 4 à 2, par la douzième conséquence.

AVERTISSEMENT.

On pourroit l'énoncer aussi de cette sorte : *chaque rang parallèle est au rang inférieur, comme l'exposant du rang inférieur à l'exposant du triangle, moins l'exposant du rang supérieur.* Car l'exposant d'un triangle moins l'exposant d'un de ses rangs, est toujours égal à la multitude des cellules du rang inférieur.

CONSÉQUENCE XVII.

En tout triangle arithmétique, quelque cellule que ce soit jointe à toutes celles de son rang perpendiculaire, est à la même cellule jointe à toutes celles de son rang parallèle, comme les multitudes des cellules prises dans chaque rang.

Soit une cellule quelconque B : je dis que B + ψ + σ est à B + A, comme 3 à 2.

Je dis 3, parce qu'il y a trois cellules ajoutées dans l'antécédent; et 2, parce qu'il y en a deux dans le conséquent.

Car B + ⅄ + σ égale C, par la troisième conséquence ; et B + A égale E, par la seconde conséquence.

Or C est à E comme 3 à 2, par la douzième
conséquence.

CONSÉQUENCE XVIII.

*En tout triangle arithmétique, deux rangs pa-
rallèles également distants des extrémités, sont
entre eux comme la multitude de leurs cellules.*

Soit un triangle quelconque G V ζ, et deux de
ses rangs également distants des extrémités,
comme le sixième P + Q, et le second φ + ⅄ + θ +
R + S + N : je dis que la somme des cellules de
l'un est à la somme des cellules de l'autre,
comme la multitude des cellules de l'un est à la
multitude des cellules de l'autre.

Car par la sixième conséquence, le second
rang parallèle φ⅄θ R S N est le même que le second rang perpendiculaire σ⅄B E M Q, duquel
nous venons de démontrer cette proportion.

AVERTISSEMENT.

On peut l'énoncer ainsi : *En tout triangle arithmétique, deux rangs parallèles, dont les exposants joints ensemble excèdent de l'unité l'exposant du triangle, sont entre eux comme leurs
exposants réciproquement.* Car ce n'est qu'une
même chose que ce qui vient d'être énoncé.

CONSÉQUENCE DERNIÈRE.

En tout triangle arithmétique, deux cellules

contiguës étant dans la dividente, l'inférieure est à la supérieure prise quatre fois, comme l'exposant de la base de cette supérieure, à un nombre plus grand de l'unité.

Soient deux cellules de la dividente ρ, C : je dis que ρ est à 4 C comme 5, exposant de la base de C, est à 6.

Car ρ est double de ω, et C de θ ; donc 4 θ égalent 2 C.

Donc 4 θ sont à C comme 2 à 1.

Or ρ est à 4 C comme ω à 4 θ, ou en raison composée de . . . . ω à C + C à 4 θ

par les conséquences précédentes, $\overline{\text{5 à 3}}$ $\overline{\quad\text{1 à 2}}$

ou 3 à 6

$\overline{\quad 5 \qquad \text{à} \qquad 6\quad}$

Donc ρ est à 4 C comme 5 à 6. Ce qu'il falloit démontrer.

AVERTISSEMENT.

On peut tirer de là beaucoup d'autres proportions que je supprime, parce que chacun peut facilement les conclure, et que ceux qui voudront s'y attacher en trouveront peut-être de plus belles que celles que je pourrois donner. Je finis donc par le problème suivant, qui fait l'accomplissement de ce traité.

PROBLÈME.

Étant donnés les exposants des rangs perpendiculaire et parallèle d'une cellule, trouver le nombre de la cellule, sans se servir du triangle arithmétique?

Soit, par exemple, proposé de trouver le nombre de la cellule ξ du cinquième rang perpendiculaire, et du troisième rang parallèle.

Ayant pris tous les nombres qui précèdent l'exposant du perpendiculaire 5; savoir, 1, 2, 3, 4; soient pris autant de nombres naturels, à commencer par l'exposant du parallèle 3; savoir, 3, 4, 5, 6.

Soient multipliés les premiers l'un par l'autre, et soit le produit 24. Soient multipliés les autres l'un par l'autre, et soit le produit 360, qui, divisé par l'autre produit 24, donne pour quotient 15 : ce quotient est le nombre cherché.

Car ξ est à la première de sa base V, en raison composée de toutes les raisons des cellules d'entre deux, c'est-à-dire,

$$\xi \text{ est à } V, \text{ en raison composée de} \dots\dots \quad \overline{\xi \text{ à } \rho} + \overline{\rho \text{ à } K} + \overline{K \text{ à } Q} + \overline{Q \text{ à } V}$$

ou par la 12 conséq. $\overline{3 \text{ à } 4} \quad \overline{4 \text{ à } 3} \quad \overline{5 \text{ à } 2} \quad \overline{6 \text{ à } 1}$

Donc ξ est à V comme 3 en 4 en 5 en 6, à 4 en 3 en 2 en 1.

Mais V est l'unité; donc ξ est le quotient de la division du produit de 3 en 4 en 5 en 6, par le produit de 4 en 3 en 2 en 1.

AVERTISSEMENT.

Si le générateur n'étoit pas l'unité, il eût fallu multiplier le quotient par le générateur.

DIVERS USAGES
DU TRIANGLE ARITHMÉTIQUE,
DONT LE GÉNÉRATEUR EST L'UNITÉ.

APRÈS avoir donné les proportions qui se rencontrent entre les cellules et les rangs des triangles arithmétiques, je passe à divers usages de ceux dont le générateur est l'unité; c'est ce qu'on verra dans les traités suivants. Mais j'en laisse bien plus que je n'en donne; c'est une chose étrange combien il est fertile en propriétés ! Chacun peut s'y exercer; j'avertis seulement ici, que dans toute la suite, je n'entends parler que des triangles arithmétiques, dont le générateur est l'unité.

USAGE
DU TRIANGLE ARITHMÉTIQUE
POUR LES ORDRES NUMÉRIQUES.

ON a considéré dans l'arithmétique les nombres des différentes progessions; on a aussi considéré ceux des différentes puissances et des différents degrés ; mais on n'a pas , ce me semble, assez examiné ceux dont je parle , quoiqu'ils soient d'un très-grand usage : et même ils n'ont pas de nom ; ainsi j'ai été obligé de leur en donner ; et parce que ceux de *progression* , de *degré* et de *puissance* sont déjà employés , je me sers de celui d'*ordres*.

J'appelle donc *nombres du premier ordre* , les simples unités ,

$$1, 1, 1, 1, 1, \text{etc.}$$

J'appelle *nombres du second ordre* , les naturels qui se forment par l'addition des unités ,

$$1, 2, 3, 4, 5, \text{etc.}$$

J'appelle *nombres du troisième ordre* , ceux qui se forment par l'addition des naturels , qu'on appelle *triangulaires* ,

$$1, 3, 6, 10, \text{etc.}$$

C'est-à-dire, que le second des triangulaires ; savoir, 3, égale la somme des deux premiers naturels , qui sont 1 , 2 ; ainsi le troisième triangulaire 6 égale la somme des trois premiers naturels , 1 , 2 , 3 , etc.

J'appelle *nombres du quatrième ordre* , ceux qui se forment par l'addition des triangulaires, qu'on appelle *pyramidaux* ,

$$1, 4, 10, 20, \text{etc.}$$

J'appelle *nombres du cinquième ordre* , ceux qui se forment par l'addition des précédents, auxquels on n'a pas donné de nom exprès , et qu'on pourroit appeler *triangulo - triangu-laires* :

$$1, 5, 15, \ 35, \text{etc.}$$

J'appelle *nombres du sixième ordre*, ceux qui se forment par l'addition des précédents :

$$1, 6, 21, \ 56, 126, 252, \text{etc.}$$

Et ainsi à l'infini, $1, 7, 28, \ 84$, etc.

$$1, 8, 36, \ 120, \text{etc.}$$

Or, si on fait une table de tous les ordres des nombres, où l'on marque à côté les exposants des ordres, et au-dessus les racines, en cette sorte :

Racines.

		1	2	3	4	5	etc.
Unités	Ordre 1	1	1	1	1	1	etc.
Naturels	Ordre 2	1	2	3	4	5	etc.
Triangul.	Ordre 3	1	3	6	10	15	etc.
Pyramid.	Ordre 4	1	4	10	20	35	etc.

On trouvera cette table pareille au triangle arithmétique ; et le premier ordre des nombres sera le même que le premier rang parallèle du triangle ; le second ordre des nombres sera le même que le second rang parallèle : et ainsi à l'infini.

Car dans le triangle arithmétique le premier rang est tout d'unités, et le premier ordre des nombres est de même tout d'unités.

Ainsi dans le triangle arithmétique, chaque cellule, comme la cellule F, égale C + B + A,

c'est-à-dire, qu'elle égale sa supérieure, plus
toutes celles qui précèdent cette supérieure dans
son rang parallèle, comme il a été prouvé dans
la deuxième conséquence du traité de ce triangle : et la même chose se trouve dans chacun
des ordres des nombres ; car, par exemple, le
troisième des pyramidaux 10 égale les trois premiers des triangulaires $1 + 3 + 6$, puisqu'il est
formé par leur addition.

D'où il se voit manifestement, que les rangs
parallèles du triangle ne sont autre chose que
les ordres des nombres, et que les exposants
des rangs parallèles sont les mêmes que les
exposants des ordres, et que les exposants des
rangs perpendiculaires sont les mêmes que les
racines : et ainsi le nombre, par exemple, 21,
qui dans le triangle arithmétique se trouve dans
le troisième rang parallèle, et dans le sixième
rang perpendiculaire, étant considéré entre les
ordres numériques, il sera du troisième ordre,
et le sixième de son ordre, ou de la sixième
racine.

Ce qui fait connoître que tout ce qui a été dit
des rangs et des cellules du triangle arithmétique, convient exactement aux ordres des
nombres, et que les mêmes égalités et les mêmes
proportions qui ont été remarquées aux uns,
se trouveront aussi aux autres ; il ne faudra
seulement que changer les énonciations, en
substituant les termes qui conviennent aux
ordres numériques, comme ceux de *racine* et

d'*ordre*, à ceux qui convenoient au triangle arithmétique, comme de *rang parallèle* et *perpendiculaire*. J'en donnerai un petit traité à part, où quelques exemples qui y sont rapportés, feront aisément apercevoir tous les autres.

USAGE

DU TRIANGLE ARITHMÉTIQUE

POUR LES COMBINAISONS.

Le mot de *combinaison* a été pris en plusieurs sens différents, de sorte que pour ôter l'équivoque, je suis obligé de dire comment je l'entends.

Lorsque de plusieurs choses on donne le choix d'un certain nombre, toutes les manières d'en prendre autant qu'il est permis entre toutes celles qui sont présentées, s'appellent ici les *différentes combinaisons*.

Par exemple, si de quatre choses exprimées par ces quatres lettres, A, B, C, D, on permet d'en prendre, par exemple, deux quelconques ; toutes les manières d'en prendre deux différentes dans les quatre qui sont proposées, s'appellent *combinaisons*.

Ainsi on trouvera par expérience, qu'il y a six manières différentes d'en choisir deux dans quatre, car on peut prendre A et B, ou A et C, ou A et D, ou B et C, ou B et D, ou C et D.

Je ne compte pas A et A pour une des manières d'en prendre deux; car ce ne sont pas des choses différentes, ce n'en est qu'une répétée.

Ainsi je ne compte pas A et B, et puis B et A pour deux manières différentes; car on ne prend en l'une et en l'autre manière que les deux mêmes choses, mais d'un ordre différent seulement; et je ne prends point garde à l'ordre : de sorte que je pouvois m'expliquer en un mot à ceux qui ont accoutumé de considérer les combinaisons, en disant simplement que je parle seulement des combinaisons qui se font sans changer l'ordre.

On trouvera de même, par expérience, qu'il y a quatre manières de prendre trois choses dans quatre; car on peut prendre A B C, ou A B D, ou A C D, ou B C D.

Enfin on trouvera qu'on ne peut en prendre quatre dans quatre qu'en une manière, savoir, A B C D.

Je parlerai donc en ces termes :

1	dans	4	se combine	4	fois.
2	dans	4	se combine	6	fois.
3	dans	4	se combine	4	fois.
4	dans	4	se combine	1	fois.

Ou ainsi :

La multitude des combinaisons de 1 dans 4 est 4.

La multitude des combinaisons de 2 dans 4 est 6.

La multitude des combinaisons de 3 dans 4 est 4.

La multitude des combinaisons de 4 dans 4 est 1.

Mais la somme de toutes les combinaisons, en général, qu'on peut faire dans 4, est 15, parce que la multitude des combinaisons de 1 dans 4, de 2 dans 4, de 3 dans 4, et de 4 dans 4, étant jointes ensemble, font 15.

Ensuite de cette explication, je donnerai ces conséquences en forme de lemmes.

LEMME PREMIER.

Un nombre ne se combine point dans un plus petit, par exemple, 4 ne se combine point dans 2.

LEMME II.

1	dans 1	se combine	1 fois.
2	dans 2	se combine	1 fois.
3	dans 3	se combine	1 fois.

Et généralement un nombre quelconque se combine une fois seulement dans son égal.

LEMME III.

1	dans 1	se combine	1 fois.
1	dans 2	se combine	2 fois.
1	dans 3	se combine	3 fois.

Et généralement l'unité se combine dans quelque nombre que ce soit autant de fois qu'il contient d'unités.

LEMME IV.

S'il y a quatre nombres quelconques, le premier tel qu'on voudra, le second plus grand de l'unité, le troisième tel qu'on voudra, pourvu

qu'il ne soit pas moindre que le second, le quatrième plus grand de l'unité que le troisième :
la multitude des combinaisons du premier dans
le troisième, jointe à la multitude des combinaisons du second dans le troisième, égale la
multitude des combinaisons du second dans le
quatrième.

Soient quatre nombres tels que j'ai dit :

Le premier tel qu'on voudra, par exemple,   1.

Le second plus grand de l'unité, savoir,   2.

Le troisième tel qu'on voudra, pourvu qu'il
   ne soit pas moindre que le second, par
   exemple,   3.

Le quatrième plus grand de l'unité, savoir,   4.

Je dis que la multitude des combinaisons de
1 dans 3, plus la multitude des combinaisons
de 2 dans 3, égale la multitude des combinaisons de 2 dans 4.

Soient trois lettres quelconques, B, C, D.

Soient les mêmes trois lettres, et une de plus,
A, B, C, D.

Prenons, suivant la proposition, toutes les
combinaisons d'une lettre dans les trois, B, C, D ;
il y en aura trois, savoir, B, C, D.

Prenons dans les mêmes trois lettres toutes
les combinaisons de deux, il y en aura trois,
savoir, BC, BD, CD.

Prenons enfin dans les quatre lettres A, B, C, D
toutes les combinaisons de deux, il y en aura
six, savoir, AB, AC, AD, BC, BD, CD.

Il faut démontrer que la multitude des combinaisons de 1 dans 3 et celles de 2 dans 3, égalent celles de 2 dans 4.

Cela est aisé, car les combinaisons de 2 dans 4 sont formées par les combinaisons de 1 dans 3, et par celles de 2 dans 3.

Pour le faire voir, il faut remarquer qu'entre les combinaisons de 2 dans 4, savoir, A B, A C, A D, B C, B D, C D, il y en a où la lettre A est employée, et d'autres où elle ne l'est pas.

Celles où elle n'est pas employée sont, B C, B D, C D; qui par conséquent sont formées de deux de ces trois lettres, B, C, D; donc ce sont des combinaisons de 2 dans ces trois, B, C, D. Donc les combinaisons de 2 dans ces trois lettres, B, C, D, font portion des combinaisons de 2 dans ces quatre lettres, A, B, C, D, puisqu'elles forment celles où A n'est pas employé.

Maintenant si des combinaisons de 2 dans 4 où A est employé, savoir A B, A C, A D, on ôte l'A, il restera une lettre seulement de ces trois, B, C, D, savoir, B, C, D, qui sont précisément les combinaisons d'une lettre dans les trois, B, C, D. Donc si aux combinaisons d'une lettre dans les trois, B, C, D, on ajoute à chacune la lettre A, et qu'ainsi on ait A B, A C, A D, on formera les combinaisons de 2 dans 4, où A est employé; donc les combinaisons de 1 dans 3 font portion des combinaisons de 2 dans 4.

D'où il se voit que les combinaisons de 2 dans 4 sont formées par les combinaisons de 2 dans 3, et de 1 dans 3; et partant que la multitude des combinaisons de 2 dans 4 égale celle de 2 dans 3, et de 1 dans 3.

On montrera la même chose dans tous les autres exemples, comme :

La multitude des combinaisons de 29 dans 40, et la multitude des combinaisons de 30 dans 40, égalent la multitude des combinaisons de 30 dans 41. Ainsi la multitude des combinaisons de 15 dans 55, et la multitude des combinaisons de 16 dans 55, égalent la multitude des combinaisons de 16 dans 56; et ainsi à l'infini. Ce qu'il falloit démontrer.

PROPOSITION PREMIÈRE.

En tout triangle arithmétique, la somme des cellules d'un rang parallèle quelconque égale la multitude des combinaisons de l'exposant du rang dans l'exposant du triangle.

Soit un triangle quelconque, par exemple, le quatrième G D λ : je dis que la somme des cellules d'un rang parallèle quelconque, par exemple, du second, $\varphi + \psi + \theta$, égale la somme des combinaisons de ce nombre 2, qui est l'exposant de ce second rang, dans ce nombre 4, qui est l'exposant de ce triangle.

Ainsi la somme des cellules du cinquième rang du huitième triangle égale la somme des combinaisons de 5 dans 8, etc.

La démonstration en sera courte, quoiqu'il y ait une infinité de cas, par le moyen de ces deux lemmes.

Le premier, qui est évident de lui-même, que dans le premier triangle cette égalité se trouve, puisque la somme des cellules de son unique rang, savoir G, ou l'unité, égale la somme des combinaisons de 1, exposant du rang, dans 1, exposant du triangle.

Le deuxième, que s'il se trouve un triangle arithmétique dans lequel cette proportion se rencontre, c'est-à-dire, dans lequel quelque rang que l'on prenne, il arrive que la somme des cellules soit égale à la multitude des combinaisons de l'exposant du rang dans l'exposant du triangle : je dis que le triangle suivant aura la même propriété.

D'où il s'ensuit que tous les triangles arithmétiques ont cette égalité ; car elle se trouve dans le premier triangle par le premier lemme, et même elle est encore évidente dans le second ; donc par le second lemme, le suivant l'aura de même, et partant le suivant encore ; et ainsi à l'infini.

Il faut donc seulement démontrer le second lemme.

Soit un triangle quelconque, par exemple, le troisième, dans lequel on suppose que cette égalité se trouve, c'est-à-dire, que la somme des cellules du premier rang G + σ + π égale la multitude des combinaisons de 1 dans 3 ; et que la somme des cellules du deuxième rang φ + ψ égale les combinaisons de 2 dans 3 ; et que la somme des cellules du troisième rang A égale les combinaisons de 3 dans 3 : je dis que le quatrième triangle aura la même égalité, et que, par exemple, la somme des cellules du second rang $\varphi + \psi + \theta$ égale la multitude des combinaisons de 2 dans 4.

Car $\varphi + \psi + \theta$ égale	$\varphi + \psi$	$+$	θ
		$+$	$G + \sigma + \pi$
Par l'hypothèse	ou la multitude des combinaisons de 2 dans 3.	$+$	ou la multitude des combinaisons de 1 dans 3.
Par le quatrième lemme	Ou la multitude des combinaisons de 2 dans 4.		

On le montrera de même de tous les autres. Ce qu'il falloit démontrer.

PROPOSITION II.

Le nombre de quelque cellule que ce soit, égale la multitude des combinaisons d'un nombre moindre de l'unité que l'exposant de son rang parallèle, dans un nombre moindre de l'unité que l'exposant de sa base.

Soit une cellule quelconque, F, dans le quatrième rang parallèle et dans la sixième base, je dis qu'elle égale la multitude des combinaisons de 3 dans 5, moindres de l'unité que 4 et 6, car elle égale les cellules A + B + C. Donc par la précédente, etc.

PROBLÈME I.   PROPOSITION III.

Étant proposés deux nombres, trouver com-

bien defois l'un se combine dans l'autre, par le triangle arithmétique ?

Soient les nombres proposés 4, 6, il faut trouver combien 4 se combine dans 6.

PREMIER MOYEN.

Soit prise la somme des cellules du quatrième rang du sixième triangle : elle satisfera à la question.

SECOND MOYEN.

Soit prise la cinquième cellule de la septième base, parce que ces nombres 5, 7 excèdent de l'unité les donnés 4, 6 : son nombre est celui qu'on demande.

CONCLUSION.

Par le rapport qu'il y a des cellules et des rangs du triangle arithmétique aux combinaisons, il est aisé de voir que tout ce qui a été prouvé des uns convient aux autres suivant leur manière ; c'est ce que je montrerai en peu de discours dans un petit Traité que j'ai fait des combinaisons.

USAGE

DU TRIANGLE ARITHMÉTIQUE,

Pour déterminer les partis qu'on doit faire entre deux joueurs
qui jouent en plusieurs parties.

———

POUR entendre les règles des partis, la première
chose qu'il faut considérer, est que l'argent que
les joueurs ont mis au jeu ne leur appartient
plus, car ils en ont quitté la propriété; mais ils
ont reçu en revanche le droit d'attendre ce que
le hasard peut leur en donner, suivant les conditions dont ils sont convenus d'abord.

Mais comme c'est une loi volontaire, ils peuvent la rompre de gré à gré; et ainsi en quelque terme que le jeu se trouve, ils peuvent le
quitter; et au contraire de ce qu'ils ont fait
en y entrant, renoncer à l'attente du hasard, et
rentrer chacun en la propriété de quelque chose;
et en ce cas, le règlement de ce qui doit leur appartenir doit être tellement proportionné à ce
qu'ils avoient droit d'espérer de la fortune, que
chacun d'eux trouve entièrement égal de prendre ce qu'on lui assigne, ou de continuer l'aven-
ture du jeu : et cette juste distribution s'appelle
le parti.

Le premier principe qui fait connoître de quelle sorte on doit faire les partis, est celui-ci.

Si un des joueurs se trouve en telle condition, que, quoi qu'il arrive, une certaine somme doit lui appartenir en cas de perte et de gain, sans que le hasard puisse la lui ôter ; il ne doit en faire aucun parti, mais la prendre entière comme assurée, parce que le parti devant être proportionné au hasard, puisqu'il n'y a nul hasard de perdre, il doit tout retirer sans parti.

Le second est celui-ci. Si deux joueurs se trouvent en telle condition, que si l'un gagne, il lui appartiendra une certaine somme, et s'il perd, elle appartiendra à l'autre ; si le jeu est de pur hasard, et qu'il y ait autant de hasards pour l'un que pour l'autre, et par conséquent non plus de raison de gagner pour l'un que pour l'autre, s'ils veulent se séparer sans jouer, et prendre ce qui leur appartient légitimement, le parti est qu'ils séparent la somme qui est au hasard par la moitié, et que chacun prenne la sienne.

COROLLAIRE PREMIER.

Si deux joueurs jouent à un jeu de pur hasard, à condition que si le premier gagne, il lui reviendra une certaine somme, et s'il perd, il lui en reviendra une moindre ; s'ils veulent se séparer sans jouer, et prendre chacun ce qui leur appartient, le parti est, que le premier prenne ce qui lui revient en cas de perte, et de plus la moitié de l'excès, dont ce qui lui reviendroit en cas de gain, surpasse ce qui lui revient en cas de perte.

Par exemple, si deux joueurs jouent à condition que si le premier gagne, il emportera 8 pistoles, et s'il perd, il en emportera 2 : je dis que le parti est qu'il prenne ces 2, plus la moitié de l'excès de 8 sur 2, c'est-à-dire, plus 3, car 8 surpasse 2 de 6, dont la moitié est 3.

Car par l'hypothèse, s'il gagne, il emporte 8, c'est-à-dire, 6 + 2, et s'il perd, il emporte 2 ; donc ces 2 lui appartiennent en cas de perte et de gain : et par conséquent, par le premier principe, il ne doit en faire aucun parti, mais les prendre entières. Mais pour les 6 autres, elles dépendent du hasard ; de sorte que s'il lui est favorable, il les gagnera, sinon elles reviendront à l'autre ; et par l'hypothèse, il n'y a pas plus de raison qu'elles reviennent à l'un qu'à l'autre : donc le parti est qu'ils les séparent par la moitié, et que chacun prenne la sienne qui est ce que j'avois proposé.

Donc, pour dire la même chose en d'autres termes, il lui appartient le cas de la perte, plus la moitié de la différence des cas de perte et de gain.

Et partant si en cas de perte, il lui appartient A, et en cas de gain A + B, le parti est qu'il prenne $A + \frac{1}{2}B$.

v.   3

COROLLAIRE II.

Si deux joueurs sont en la même condition que nous venons de dire : je dis que le parti peut se faire de cette façon, qui revient au même, que l'on assemble les deux sommes de gain et de perte, et que le premier prenne la moitié de cette somme ; c'est-à-dire, qu'on joigne 2 avec 8, et ce sera 10, dont la moitié 5 appartiendra au premier.

Car la moitié de la somme de deux nombres est toujours la même que la moindre plus la moitié de leur différence. Et cela se démontre ainsi.

Soit A ce qui revient en cas de perte, et $A + B$ ce qui revient en cas de gain : je dis que le parti se fait en assemblant ces deux nombres, qui font $A + A + B$, et en donnant la moitié au premier, qui est $\frac{1}{2}A + \frac{1}{2}A + \frac{1}{2}B$. Car cette somme égale $A + \frac{1}{2}B$, qui a été prouvée faire le parti juste.

Ces fondements étant posés, nous passerons aisément à déterminer le parti entre deux joueurs qui jouent en tant de parties qu'on voudra en quelque état qu'ils se trouvent, c'est-à-dire, quel parti il faut faire quand ils jouent en deux parties, et que le premier en a une à point, ou qu'ils jouent en trois, et que le premier en a une à point, ou quand il en a deux à point, ou quand il en a deux à une. Et généralement en quelque nombre de parties qu'ils jouent, et en quelque gain de parties qu'ils soient, et l'un, et l'autre.

Sur quoi la première chose qu'il faut remarquer, est que deux joueurs qui jouent en deux parties, dont le premier en a une à point, sont en même condition que deux autres qui jouent en trois parties, dont le premier en a deux, et l'autre une : car il y a cela de commun, que pour achever, il ne manque qu'une partie au premier, et deux à l'autre ; et c'est en cela que consiste la différence des avantages, et qui doit régler les partis ; de sorte qu'il ne faut proprement avoir égard qu'au nombre des parties qui restent à gagner à l'un et à l'autre, et non pas au nombre de celles qu'ils ont gagnées, puisque, comme nous avons déjà dit, deux joueurs se trouvent en même état, quand jouant en deux parties, l'un en a une à point ; que deux qui jouant en douze parties, l'un en a onze à dix.

Il faut donc proposer la question en cette sorte :

Étant proposés deux joueurs, à chacun desquels il manque un certain nombre de parties pour achever, faire le parti?

J'en donnerai ici la méthode, que je poursuivrai seulement en deux ou trois exemples, qui seront si aisés à continuer, qu'il ne sera pas nécessaire d'en donner davantage.

Pour faire la chose générale sans rien omettre, je la prendrai par le premier exemple, qu'il est peut-être mal à propos de toucher, parce qu'il est trop clair ; je le fais pourtant pour commencer par le commencement : c'est celui-ci.

PREMIER CAS.

Si à un des joueurs il ne manque aucune partie, et à l'autre quelques-unes, la somme entière appartient au premier; car il l'a gagnée, puisqu'il ne lui manque aucune des parties dans lesquelles il devoit la gagner.

SECOND CAS.

Si à un des joueurs il manque une partie, et à l'autre une, le parti est qu'ils séparent l'argent par la moitié, et que chacun prenne la sienne : cela est évident par le second principe. Il en est de même s'il manque deux parties à l'un, et deux à l'autre; et de même quelque nombre de parties qui manque à l'un, s'il en manque autant à l'autre.

TROISIÈME CAS.

Si à un des joueurs il manque une partie, et à l'autre deux, voici l'art de trouver le parti.

Considérons ce qui appartiendroit au premier joueur (à qui il ne manque qu'une partie) en cas de gain de la partie qu'ils vont jouer, et puis ce qui lui appartiendroit en cas de perte.

Il est visible que si celui à qui il ne manque qu'une partie, gagne cette partie qui va se jouer, il ne lui en manquera plus; donc tout lui appartiendra par le premier cas. Mais, au contraire, si celui à qui il manque deux parties, gagne celle qu'ils vont jouer, il ne lui en manquera plus qu'une; donc ils seront en telle condition, qu'il en manquera une à l'un, et une à l'autre. Donc ils doivent partager l'argent par la moitié, par le deuxième cas.

Donc si le premier gagne cette partie qui va se jouer, il lui appartient tout, et s'il la perd, il lui appartient la moitié; donc en cas qu'ils veuillent se séparer sans jouer cette partie, il lui appartient $\frac{3}{4}$ par le second corollaire.

Et si on veut proposer un exemple de la somme qu'ils jouent, la chose sera bien plus claire.

Posons que ce soit 8 pistoles; donc le premier en cas de gain, doit avoir le tout, qui est 8 pistoles, et en cas de perte, il doit avoir la moitié, qui est 4; donc il lui appartient en cas de parti la moitié de $8+4$, c'est-à-dire, 6 pistoles de 8; car $8+4$ font 12, dont la moitié est 6.

QUATRIÈME CAS.

Si à un des joueurs il manque une partie, et à l'autre trois, le parti se trouvera de même, en examinant ce qui appartient au premier en cas de gain et de perte.

Si le premier gagne, il aura toutes ses parties, et partant tout l'argent, qui est, par exemple, 8.

Si le premier perd, il ne faudra plus que deux parties à l'autre à qui il en falloit trois. Donc ils seront en tel état, qu'il faudra une partie au premier, et deux à l'autre; et partant, par le cas précédent, il appartiendra 6 pistoles au premier.

Donc en cas de gain, il lui en faut 8, et en cas de perte 6; donc en cas de parti, il lui appartient

la moitié de ces deux sommes, savoir, 7; car
6 + 8 font 14, dont la moitié est 7.

CINQUIÈME CAS.

Si à un des joueurs il manque une partie, et à
l'autre quatre, la chose est de même.

Le premier en cas de gain, gagne tout, qui est,
par exemple, 8; et en cas de perte, il manque
une partie au premier, et trois à l'autre; donc il
lui appartient 7 pistoles de 8; donc en cas de
parti, il lui appartient la moitié de 8, plus la
moitié de 7, c'est-à-dire, $7\frac{1}{2}$.

SIXIÈME CAS.

Ainsi, s'il manque une partie à l'un, et cinq à
l'autre; et à l'infini.

SEPTIÈME CAS.

De même s'il manque deux parties au premier,
et trois à l'autre; car il faut toujours examiner
les cas de gain et de perte.

Si le premier gagne, il lui manquera une partie, et à l'autre trois; donc par le quatrième cas
il lui appartient 7 de 8.

Si le premier perd, il lui manquera deux parties, et à l'autre deux; donc par le deuxième cas
il appartient à chacun la moitié, qui est 4; donc
en cas de gain, le premier en aura 7, et en cas de
perte, il en aura 4; donc en cas de parti, il aura
la moitié de ces deux ensemble, savoir, $5\frac{1}{2}$.

Par cette méthode on fera les partis sur toutes

sortes de conditions, en prenant toujours ce qui appartient en cas de gain et ce qui appartient en cas de perte, et assignant pour le cas de parti la moitié de ces deux sommes.

Voilà une des manières de faire les partis.

Il y en a deux autres, l'une par le triangle arithmétique, et l'autre par les combinaisons.

Méthode pour faire les partis entre deux joueurs qui jouent en plusieurs parties, par le moyen du triangle arithmétique.

Avant que de donner cette méthode, il faut faire ce lemme.

LEMME.

Si deux joueurs jouent à un jeu de pur hasard, à condition que si le premier gagne, il lui appartiendra une portion quelconque sur la somme qu'ils jouent, exprimée par une fraction, et que s'il perd, il lui appartiendra une moindre portion sur la même somme, exprimée par une autre fraction : s'ils veulent se séparer sans jouer, la condition du parti se trouvera en cette sorte. Soient réduites les deux fractions à même dénomination, si elles n'y sont pas ; soit prise une fraction dont le numérateur soit la somme des deux numérateurs, et le dénominateur double des précédents : cette fraction exprime la portion qui appartient au premier sur la somme qui est au jeu.

Par exemple, qu'en cas de gain il appartienne les $\frac{1}{7}$ de la somme qui est au jeu, et qu'en cas de perte, il lui en appartienne $\frac{1}{5}$: je dis que ce qui lui appartient en cas de parti, se trouvera en prenant la somme des numérateurs, qui est 4, et le double du dénominateur, qui est 10, dont on fait la fraction $\frac{4}{10}$.

Car par ce qui a été démontré au deuxième corollaire, il falloit assembler les cas de gain et de perte, et en prendre la moitié; or la somme des deux fractions $\frac{3}{5} + \frac{1}{5}$ est $\frac{4}{5}$, qui se fait par l'addition des numérateurs, et sa moitié se trouve en doublant le dénominateur, et ainsi l'on a $\frac{4}{10}$. Ce qu'il falloit démontrer.

Or ces règles sont générales et sans exception, quoi qui revienne en cas de perte ou de gain; car si, par exemple, en cas de gain, il appartient $\frac{1}{2}$, et en cas de perte rien, en réduisant les deux fractions à même dénominateur, on aura $\frac{1}{2}$ pour le cas de gain, et $\frac{0}{2}$ pour le cas de perte; donc en cas de parti, il faut cette fraction $\frac{1}{4}$, dont le numérateur égale la somme des autres, et le dénominateur est double du précédent.

Ainsi si en cas de gain, il appartient tout, et en cas de perte $\frac{1}{3}$, en réduisant les fractions à même dénomination, on aura $\frac{3}{3}$ pour le cas de gain, et $\frac{1}{3}$ pour celui de la perte; donc en cas de parti, il appartient $\frac{4}{6}$.

Ainsi, si en cas de gain il appartient tout, et en cas de perte rien, le parti sera visiblement $\frac{1}{2}$; car le cas de gain est $\frac{1}{1}$, et le cas de perte $\frac{0}{1}$; donc le parti est $\frac{1}{2}$.

Et ainsi de tous les cas possibles.

PROBLÈME I. PROPOSITION I.

Étant proposés deux joueurs, à chacun desquels il manque un certain nombre de parties pour achever, trouver par le triangle arithmétique le parti qu'il faut faire (s'ils veulent se séparer sans jouer) eu égard aux parties qui manquent à chacun ?

Soit prise dans le triangle la base dans laquelle il y a autant de cellules qu'il manque de parties aux deux ensemble : ensuite soient prises dans cette base autant de cellules continues à commencer par la première, qu'il manque de parties au premier joueur, et qu'on prenne la somme de leurs nombres. Donc il reste autant de cellules qu'il manque de parties à l'autre. Qu'on prenne encore la somme de leurs nombres : ces sommes sont l'une à l'autre comme les avantages des joueurs réciproquement ; de sorte que si la somme qu'ils jouent est égale à la somme des nombres de toutes les cellules de la base, il en appartiendra à chacun ce qui est contenu en autant de cellules qu'il manque de parties à l'autre ; et s'ils jouent une autre somme, il leur en appartiendra à proportion.

· Par exemple, qu'il y ait deux joueurs, au premier desquels il manque deux parties, et à l'autre quatre : il faut trouver le parti.

Soient ajoutés ces deux nombres 2 et 4, et soit leur somme 6 ; soit prise la sixième base du triangle arithmétique P δ, dans laquelle il y a

par conséquent six cellules P, M, F, ω, S, δ.
Soient prises autant de cellules à commencer
par la première P, qu'il manque de parties au
premier joueur, c'est-à-dire, les deux premières
P, M; donc il en reste autant que de parties à
l'autre, c'est-à-dire, quatre, F, ω, S, δ : je dis
que l'avantage du premier est à l'avantage du
second, comme F $+ \omega +$ S $+ \delta$ à P $+$ M, c'est-à-
dire, que si la somme qui se joue est égale à
P $+$ M $+$ F $+ \omega +$ S $+ \delta$, il en appartient à celui à
qui il manque deux parties la somme des quatre
cellules $\delta +$ S $+ \omega +$ F; et à celui à qui il manque
quatre parties, la somme des deux cellules P $+$ M :
et s'ils jouent une autre somme, il leur en appartient à proportion.

Et pour le dire généralement, quelque somme
qu'ils jouent, il en appartient au premier une
portion exprimée par cette fraction . . . .

$$\frac{F + \omega + S + \delta}{P + M + F + \omega + S + \delta}$$ dont le numérateur est

la somme des quatre cellules de l'autre, et le
dénominateur la somme de toutes les cellules; et
à l'autre une portion exprimée par cette fraction,

$$\frac{P + M}{P + M + F + \omega + S + \delta}$$ dont le numérateur est

la somme des deux cellules de l'autre, et le
dénominateur la même somme de toutes les
cellules.

Et s'il manque une partie à l'un, et cinq à
l'autre, il appartient au premier la somme des

cinq premières cellules $P + M + F + \omega + S$, et à l'autre la somme de la cellule δ.

Et s'il manque six parties à l'un, et deux à l'autre, le parti s'en trouvera dans la huitième base, dans laquelle les six premières cellules contiennent ce qui appartient à celui à qui il manque deux parties, et les deux autres, ce qui appartient à celui à qui il en manque six ; et ainsi à l'infini.

Quoique cette proposition ait une infinité de cas, je la démontrerai néanmoins en peu de mots par le moyen de deux lemmes.

Le premier, que la seconde base contient les partis des joueurs, auxquels il manque deux parties en tout. Le deuxième, que si une base quelconque contient les partis de ceux auxquels il manque autant de parties qu'elle a de cellules, la base suivante sera de même, c'est-à-dire, qu'elle contiendra aussi les partis des joueurs auxquels il manque autant de parties qu'elle a de cellules.

D'où je conclus, en un mot, que toutes les bases du triangle arithmétique ont cette propriété : car la seconde l'a par le premier lemme ; donc par le second lemme, la troisième l'a aussi, et par conséquent la quatrième ; et ainsi à l'infini. Ce qu'il falloit démontrer.

Il faut donc seulement démontrer ces deux lemmes.

Le premier est évident de lui-même ; car s'il manque une partie à l'un et une à l'autre, il est évident que leurs conditions sont comme φ à σ, c'est-à-dire, comme 1 à 1, et qu'il appartient à chacun cette fraction, $\dfrac{\sigma}{\varphi + \sigma}$ qui est $\frac{1}{2}$.

Le deuxième se démontrera de cette sorte.

Si une base quelconque comme la quatrième D λ contient les partis de ceux à qui il manque quatre parties, c'est-à-dire, que s'il manque une partie au premier, et trois au second, la portion qui appartient au premier sur la somme qui se joue, soit celle qui est exprimée par cette fraction $\dfrac{D + B + \theta}{D + B + \theta + \lambda}$ qui a pour dénominateur la somme des cellules de cette base, et pour numérateur ses trois premières ; et que s'il manque deux parties à l'un, et deux à l'autre, la fraction qui appartient au premier soit $\dfrac{D + B}{D + B + \theta + \lambda}$; et que s'il manque trois parties au premier, et une à l'autre, la fraction du premier soit $\dfrac{D}{D + B + \theta + \lambda}$, etc. Je dis que la cinquième base contient aussi les partis de ceux auxquels il manque cinq parties ; et que s'il manque, par exemple, deux parties au premier, et trois à l'autre, la portion qui appartient au premier sur la somme qui se joue, est exprimée par cette fraction, $\dfrac{H + E + C}{H + E + C + R + \mu}$.

Car pour savoir ce qui appartient à deux

joueurs à chacun desquels il manque quelques
parties, il faut prendre la fraction qui appartiendroit au premier en cas de gain, et celle qui
lui appartiendroit en cas de perte, les mettre à
même dénomination, si elles n'y sont pas, et
en former une fraction, dont le numérateur
soit la somme des deux autres, et le dénominateur double de l'autre, par le lemme précédent.

Examinons donc les fractions qui appartien-
droient à notre premier joueur en cas de gain
et de perte.

Si le premier à qui il manque deux parties
gagne celle qu'ils vont jouer, il ne lui manquera
plus qu'une partie, et à l'autre, toujours trois;
donc il leur manque quatre parties en tout;
donc, par l'hypothèse, leur parti se trouve en
la base quatrième, et il appartiendra au pre-
mier cette fraction $\dfrac{D+B+\theta}{D+B+\theta+\lambda}$.

Si au contraire le premier perd, il lui manquera toujours deux parties, et deux seulement
à l'autre; donc par l'hypothèse la fraction du
premier sera $\dfrac{D+B}{D+B+\theta+\lambda}$. Donc en cas de parti
il appartiendra au premier cette fraction . . . .
$\dfrac{D+B+\theta+D+B}{2D+2B+2\theta+2\lambda}$; c'est-à-dire, $\dfrac{H+E+C}{H+E+C+R+\mu}$.

Ce qu'il falloit démontrer.

Ainsi cela se démontre en toutes les autres

bases sans aucune différence, parce que le fondement de cette preuve est qu'une base est toujours double de sa précédente par la septième conséquence, et que, par la dixième conséquence, tant de cellules qu'on voudra d'une même base sont égales à autant de la base précédente (qui est toujours le dénominateur de la fraction en cas de gain) plus encore aux mêmes cellules, excepté une (qui est le numérateur de la fraction en cas de perte); ce qui étant vrai généralement partout, la démonstration sera toujours sans obstacle et universelle.

PROBLÈME II.   PROPOSITION II.

Étant proposés deux joueurs qui jouent chacun une même somme en un certain nombre de parties proposé, trouver dans le triangle arithmétique la valeur de la dernière partie sur l'argent du perdant ?

Par exemple, que deux joueurs jouent chacun 3 pistoles en quatre parties : on demande la valeur de la dernière partie sur les 3 pistoles du perdant.

Soit prise la fraction, qui a l'unité pour numérateur, et pour dénominateur la somme des cellules de la base quatrième, puisqu'on joue en quatre parties : je dis que cette fraction est la valeur de la dernière partie sur la mise du perdant.

Car, si deux joueurs jouant en quatre parties, l'un en a trois à point, et qu'ainsi il en manque une au premier, et quatre à l'autre, il a été démontré que ce qui appartient au premier pour le gain qu'il a fait de ses trois premières parties, est exprimé par cette fraction,

$\dfrac{H+E+C+R}{H+E+C+R+\mu}$, qui a pour dénominateur la

somme des cellules de la cinquième base, et pour numérateur ses quatre premières cellules ; donc, il ne reste sur la somme totale des deux

mises que cette fraction $\dfrac{\mu}{H+E+C+R+\mu}$, laquelle seroit acquise à celui qui a déjà les trois premières parties en cas qu'il gagnât la dernière ; donc la valeur de cette dernière sur la somme des deux mises est . . . .

$\dfrac{\mu}{H+E+C+R+\mu}$, c'est-à-dire, $\dfrac{\text{l'unité.}}{2D+2B+2\theta+2\lambda}$.

Or, puisque la somme totale des mises est $2D+2B+2\theta+2\lambda$, la somme de chaque mise est $D+B+\theta+\lambda$; donc la valeur de la dernière partie sur la seule mise du perdant est cette

fraction, $\dfrac{1}{D+B+\theta+\lambda}$, double de la précédente,

et laquelle a pour numérateur l'unité, et pour dénominateur la somme des cellules de la quatrième base. Ce qu'il falloit démontrer.

PROBLÈME III. PROPOSITION III.

Étant proposés deux joueurs qui jouent chacun

une même somme en un certain nombre de par-
ties donné, trouver dans le triangle arithmé-
tique la valeur de la première partie sur la mise
du perdant ?

Par exemple, que deux joueurs jouent chacun
3 pistoles en quatre parties, on demande la
valeur de la première sur la mise du perdant.

Soit ajouté au nombre 4 le nombre 3, moindre
de l'unité, et soit la somme 7 ; soit prise la fraction qui ait pour dénominateur toutes les cellules de la septième base, et pour numérateur
la cellule de cette base qui se rencontre dans
la dividente ; savoir, cette fraction, ...

$$\frac{\rho}{V+Q+K+\rho+\xi+N+\zeta}$$ je dis qu'elle satisfait

au problème.

Car si deux joueurs jouant en quatre parties,
le premier en a une à point, il en restera trois
à gagner au premier, et quatre à l'autre ; donc
il appartient au premier sur la somme des deux

mises cette fraction, $$\frac{V+Q+K+\rho}{V+Q+K+\rho+\xi+N+\zeta}$$

qui a pour dénominateur toutes les cellules de
la septième base, et pour numérateur ses quatre
premières cellules.

Donc il lui appartient $V+Q+K+\rho$ sur la
somme totale des deux mises, exprimée par
$V + Q + K + \rho + \xi + N + \zeta$; mais cette dernière
somme étant l'assemblage des deux mises, il en

avoit mis au jeu la moitié ; savoir, $V + Q + K + \frac{1}{2}\rho$ (car $V + Q + K$ sont égaux à $\zeta + N + \xi$).

Donc il a $\frac{1}{2}\rho$, c'est-à-dire, ω, plus qu'il n'avoit en entrant au jeu ; donc il a gagné sur la somme totale des deux mises une portion exprimée par cette fraction, $\dfrac{\omega}{V + Q + K + \rho + \frac{\zeta}{2} + N + \zeta}$; donc il a gagné sur la mise du perdant une portion qui sera double de celle-là ; savoir, celle qui est exprimée par cette fraction, ...

$$\dfrac{\rho}{V + Q + K + \rho + \xi + N + \zeta}.$$

Donc le gain de la première partie lui a acquis cette fraction ; donc sa valeur est telle.

COROLLAIRE.

Donc la valeur de la première partie de deux sur la mise du perdant, est exprimée par cette fraction, $\frac{1}{2}$.

Car en prenant cette valeur suivant la règle qui vient d'en être donnée, il faut prendre la fraction qui a pour dénominateur les cellules de la troisième base (parce que le nombre des parties en quoi on joue est 2, et le nombre moindre de l'unité est 1, qui avec 2 fait 3), et pour numérateur la cellule de cette base qui est dans la dividente ; donc on aura cette fraction,

$$\dfrac{\downarrow}{A + \downarrow + \pi}.$$

Or le nombre de la cellule $\downarrow$ est 2, et les nombres des cellules $A + \downarrow + \pi$, sont, $1 + 2 + 1$.

V.   4

Donc on a cette fraction, $\dfrac{2}{1+2+1}$ c'est-à-dire, $\frac{2}{4}$,
c'est-à-dire $\frac{1}{2}$.

Donc le gain de la première partie lui a acquis cette fraction ; donc sa valeur est telle. Ce qu'il falloit démontrer.

PROBLÈME IV.   PROPOSITION IV.

Étant proposés deux joueurs qui jouent chacun une même somme en un certain nombre de parties donné, trouver par le triangle arithmétique la valeur de la seconde partie sur la mise du perdant ?

Soit le nombre donné des parties dans lesquelles on joue, 4 ; il faut trouver la valeur de la deuxième partie sur la mise du perdant.

Soit prise la valeur de la première partie par le problème précédent : je dis qu'elle est la valeur de la seconde.

Car deux joueurs jouant en quatre parties, si l'un en a deux à point, la fraction qui lui appartient est celle-ci, $\dfrac{P+M+F+\omega}{P+M+F+\omega+S+\delta}$ qui a pour dénominateur la somme des cellules de la sixième base, et pour numérateur la somme des quatre premières ; mais il en avoit mis au jeu cette fraction $\dfrac{P+M+F}{P+M+F+\omega+S+\delta}$, savoir, la moitié du tout. Donc il lui reste de gain cette fraction, $\dfrac{\omega}{P+M+F+\omega+S+\delta}$, qui est la même chose que celle-ci $\dfrac{\rho}{V+Q+K+\rho+\xi+N+\zeta}$; donc il a gagné sur la moitié de la somme entière, c'est-à-dire, sur la mise du perdant, cette fraction . . . . . .

$\dfrac{2\,\rho}{V+Q+K+\rho+\xi+N+\zeta}$, double de la précédente.

Donc le gain des deux premières parties lui a acquis cette fraction sur l'argent du perdant, qui est le double de ce que la première partie lui avoit acquis par la précédente; donc la seconde partie lui en a autant acquis que la première.

CONCLUSION.

On peut aisément conclure, par le rapport qu'il y a du triangle arithmétique aux partis qui doivent se faire entre deux joueurs, que les proportions des cellules qui ont été données dans le Traité du Triangle, ont des conséquences qui s'étendent à la valeur des partis, qui sont bien aisées à tirer, et dont j'ai fait un petit discours en traitant des partis, qui donne l'intelligence et le moyen de les étendre plus avant.

USAGE

DU TRIANGLE ARITHMÉTIQUE,

POUR TROUVER LES PUISSANCES DES BINOMES ET APOTOMES.

S'IL est proposé de trouver la puissance quelconque, comme le quatrième degré d'un binome,
dont le premier nombre soit A, l'autre l'unité,
c'est-à-dire, qu'il faille trouver le carré carré
de A + 1; il faut prendre dans le triangle arithmétique la base cinquième, savoir, celle dont
l'exposant 5 est plus grand de l'unité que 4,
exposant de l'ordre proposé : les cellules de
cette cinquième base sont, 1, 4, 6, 4, 1, dont il
faut prendre le premier nombre 1 pour coefficient de A au degré proposé, c'est-à-dire, de A^4;
ensuite il faut prendre le second nombre de la
base, qui est 4, pour coefficient de A au degré
prochainement inférieur, c'est-à-dire, de A^3, et
prendre le nombre suivant de la base, savoir, 6,
pour coefficient de A au degré inférieur, savoir,
A^2, et le nombre suivant de la base, savoir, 4,
pour coefficient de A au degré inférieur, savoir,
A racine, et prendre le dernier nombre de la
base 1 pour nombre absolu : et ainsi on aura
$1A^4 + 4A^3 + 6A^2 + 4A + 1$, qui sera la puissance
carré carrée du binome A + 1. De sorte que si A

(qui représente tout nombre) est l'unité, et qu'ainsi le binome A + 1 soit le binaire, cette puissance..........$1A^4 + 4A^3 + 6A^2 + 4A^2 + 1$ sera maintenant...$1 . 1^4 + 4 . 1^3 + 6 . 1^2 + 4 . 1 + 1$. C'est-à-dire, une fois le carré carré de l'unité A,

c'est-à-dire 1

Quatre fois le cube de 1, c'est-à-dire........ 4

Six fois le carré de 1, c'est-à-dire.......... 6

Quatre fois l'unité, c'est-à-dire............ 4

Plus l'unité................................. 1

qui ajoutés font .... $\overline{16}$

Et en effet le carré carré de 2 est 16.

Si A est un autre nombre, comme 4, et partant que le binome A + 1 soit 5, alors son carré carré sera toujours suivant cette méthode, $1 A^4 + 4A^3 + 6A^2 + 4A + 1$, qui signifie maintenant $1 . 4^4 + 4 . 4^3 + 6 . 4^2 + 4 . 4 + 1$.

C'est-à-dire, une fois le carré carré de 4,

savoir..... 256

Quatre fois le cube de 4, savoir.......... 256

Six fois le carré de 4.................... 96

Quatre fois la racine 4................... 16

Plus l'unité.............................. 1

dont la somme... .... $\overline{625}$

fait le carré carré de 5 : et en effet le carré carré de 5 est 625. Et ainsi des autres exemples.

Si on veut trouver le même degré du binome A + 2, il faut prendre de même $1A^4 + 4A^3 + 6A^2 + 4A + 1$, et ensuite écrire ces quatre nombres 2, 4, 8, 16, qui sont les quatre premiers degrés de 2 , sous les nombres 4, 6, 4, 1 , c'est-à-dire , sous chacun des nombres de la base , en laissant le premier : en cette sorte. . . . .

$$1A^4 + 4A^3 + 6A^2 + 4A^1 + 1$$
$$\quad\quad 2 \quad\quad 4 \quad\quad 8 \quad\; 16$$

et multiplier les nombres qui se répondent l'un par l'autre . . . .

$$1A^4 + 4A^3 + 6A^2 + 4A^1 + 1$$
$$\quad\quad 2 \quad\quad 4 \quad\quad 8 \quad\quad 16$$

en cette sorte. . . . .

$$1A^4 + 8A^3 + 24A^2 + 32A^1 + 16$$

Et ainsi on aura le carré carré du binome A + 2 ; de sorte que si A est l'unité, ce carré carré sera tel.

Une fois le carré carré de l'unité A 1
Huit fois le cube de l'unité. 8
Vingt-quatre fois le carré de 1 24
Trente-deux fois 1 . . . . : . . . 32
Plus le carré carré de 2 16
dont la somme. 81
sera le carré carré de 3 : et en effet 81 est le carré carré de 3.

Et si A est 2 , alors A + 2 sera 4 , et son carré carré sera

Une fois le carré carré de A ou de 2 , savoir   16
8 . 2^3. 64
24 . 2^2. 96
32 . 2. 64
Plus le carré carré de 2 16
dont la somme. 256
sera le carré carré de 4.

De la même manière on trouvera le carré carré de A+3, en mettant de la même sorte

.... $A^4+4A^3+6A^2+4A+1$

et au-dessous les nombres 3   9   27   81 qui sont les quatre premiers degrés de 3; et multipliant les nombres correspondants, on trouvera que le carré carré de A+3 est............

$$1A^4+12A^3+54A^2+108A+81.$$

Et ainsi à l'infini.

Si au lieu du carré carré on veut le carré cube, ou le cinquième degré, il faut prendre la base sixième, et en user comme j'ai dit de la cinquième; et ainsi de tous les autres degrés.

On trouvera de même les puissances des apotomes A—1, A—2, etc. La méthode en est toute semblable, et ne diffère qu'aux signes, car les signes de + et de — se suivent toujours alternativement, et le signe de + est toujours le premier.

Ainsi le carré carré de A—1 se trouvera de cette sorte. Le carré carré de A+1 est par la règle précédente $1A^4+4A^3+6A^2+4A+1$. Donc en changeant les signes comme j'ai dit, on aura $1A^4-4A^3+6A^2-4A+1$.

Ainsi le cube de A—2 se trouvera de même.

Car le cube de A+2 par la règle précédente est

$$A^3+6A^2+12A+8.$$

Donc le cube de A—2 se trouvera en changeant les signes $A^3-6A^2+12A-8$.

Et ainsi à l'infini.

Je ne donne point la démonstration de tout cela, parce que d'autres en ont déjà traité, comme Hérigogne (*), outre que la chose est évidente d'elle-même.

~~~~~~~~~~~~~~~~~~~~~~~~~~~~~~~~

TRAITÉ

DES ORDRES NUMÉRIQUES.

———

Je présuppose qu'on a vu le Traité du Triangle arithmétique, et son usage pour les ordres numériques; autrement j'y renvoie ceux qui veulent voir ce discours, qui en est proprement une suite. J'y ai donné la définition des ordres numériques, et je ne la répéterai pas. J'y ai montré aussi que le triangle arithmétique n'est autre chose que la table des ordres numériques;

———

(*) Hérigogne, mathématicien du siècle passé, publia pour la première fois, en 1635, un Cours de Mathématiques, latin et françois, en cinq volumes *in*-8°.; et pour la seconde fois, en 1644, le même ouvrage en sept volumes. J'ai sous la main la seconde édition. Dans le Traité d'Algèbre (Chap. V, page 31), l'auteur détermine immédiatement par le calcul, ou par des multiplications effectives, le carré, le cube, etc., d'un binome tel que $a + b$ ou $a - b$. On voit ici que Pascal trouve, au moyen de son triangle arithmétique, les coefficients des différents termes d'un binome élevé à une puissance quelconque entière et positive.

ensuite de quoi il est évident que toutes les propriétés qui ont été données dans le triangle arithmétique entre les cellules ou entre les rangs, conviennent aux ordres numériques : de sorte que si peu qu'on ait l'art d'appliquer les propriétés des uns aux autres, il n'y a point de proposition dans le Traité du Triangle qui n'ait ses conséquences touchant les divers ordres : et cela est tout ensemble, et si facile, et si abondant, que je suis fort éloigné de vouloir tout donner expressément ; j'aimerois mieux laisser tout à faire, puisque la chose est si aisée ; mais pour me tenir entre ces deux extrémités, j'en donnerai seulement quelques exemples, qui ouvriront le moyen de trouver tous les autres.

Par exemple : de ce qui a été dit dans une des conséquences du Traité du Triangle, que *chaque cellule égale celle qui la précède dans son rang parallèle, plus celle qui la précède dans son rang perpendiculaire*, j'en forme cette proposition touchant les ordres numériques.

PROPOSITION PREMIÈRE.

Un nombre de quelque ordre que ce soit, égale celui qui le précède dans son ordre, plus son co-radical de l'ordre précédent : et par conséquent, le quatrième, par exemple, des pyramidaux égale le troisième pyramidal, plus le quatrième triangulo-triangulaire : ainsi le cinquième triangulo-trian-

gulaire égale le quatrième triangulo-triangulaire,
plus le cinquième pyramidal, etc.

Autre exemple : de ce qui a été montré dans
le triangle, que *chaque cellule, comme F, égale*
$E + B + \psi + \sigma$, *c'est-à-dire, celle qui la précède
dans son rang parallèle, plus toutes celles qui précèdent cette précédente dans son rang perpendiculaire*, je forme cette proposition.

PROPOSITION II.

*Un nombre, de quelque ordre que ce soit, égale
tous ceux tant de son ordre que de tous les précédents, dont la racine est moindre de l'unité que la
sienne ; et partant le quatrième des pyramidaux,
par exemple, égale le troisième des pyramidaux,
plus le troisième des triangulaires, plus le troisième
des naturels, plus le troisième des unités, c'est-à-
dire, l'unité.*

D'où on peut maintenant tirer d'autres conséquences, comme celle-ci, que je donne pour
ouvrir le chemin à d'autres pareilles.

PROPOSITION III.

*Chaque nombre, de quelque cellule que ce soit,
est composé d'autant de nombres qu'il y a d'ordres
depuis le sien jusqu'au premier inclusivement,
chacun desquels nombres est de chacun de ces
ordres · ainsi un triangulo-triangulaire est composé
d'un autre triangulo-triangulaire, d'un pyramidal,
d'un triangulaire, d'un naturel et de l'unité.*

Et si on veut en faire un problème, il pourra
s'énoncer ainsi.

PROPOSITION IV. PROBLÈME.

Étant donné un nombre d'un ordre quelconque, trouver un nombre dans chacun des ordres depuis le premier jusqu'au sien inclusivement, dont la somme égale le nombre donné.

La solution en est facile : il faut prendre dans tous ces ordres les nombres dont la racine est moindre de l'unité que celle du nombre donné.

Autre exemple : de ce que *les cellules correspondantes sont égales entre elles*, il se conclut : ·

PROPOSITION V.

Que deux nombres de différents ordres sont égaux entre eux, si la racine de l'un est le même nombre que l'exposant de l'ordre de l'autre : et partant, le troisième pyramidal est égal au quatrième triangulaire : le cinquième du huitième ordre est le même que le huitième du cinquième ordre, etc.

On n'auroit jamais achevé : par exemple :

PROPOSITION VI.

Tous les quatrièmes nombres de tous les ordres sont les mêmes que tous les nombres du quatrième ordre, etc.

Parce que *les rangs parallèles et perpendiculaires qui ont un même exposant, sont composés de cellules toutes pareilles.* Par cette méthode, on trouvera un rapport admirable en tout le reste, comme celui-ci :

PROPOSITION VII.

Un nombre, de quelque ordre que ce soit, est au prochainement plus grand dans le même ordre, comme la racine du moindre est à cette même racine jointe à l'exposant de l'ordre, moins l'unité.

Ce qui s'ensuit de la quatorzième conséquence du triangle, où il est montré que *chaque cellule est à celle qui la précède dans son rang parallèle, comme l'exposant de la base de cette précédente à l'exposant de son rang perpendiculaire.* Et afin de ne rien cacher de la manière dont se tirent ces correspondances, j'en montrerai le rapport à découvert : il est un peu plus difficile ici que tantôt, parce qu'on ne voit point de rapport de la base des triangles avec les ordres des nombres ; mais voici le moyen de le trouver. Au lieu de *l'exposant de la base* dont j'ai parlé dans cette quatorzième conséquence, il faut substituer *l'exposant du rang parallèle, plus l'exposant du rang perpendiculaire moins l'unité* : ce qui produit le même nombre, et avec cet avantage, qu'on connoît le rapport qu'il y a de ces exposants avec les ordres numériques : car on sait qu'en ce nouveau langage, il faut dire, *l'exposant de l'ordre, plus la racine, moins l'unité.* Je dis tout ceci, afin de faire toucher la méthode pour faire et pour faciliter ces réductions. Ainsi on trouvera que

PROPOSITION VIII.

Un nombre, de quelque ordre que ce soit, est

à son coradical, de l'ordre suivant, comme l'exposant de l'ordre du moindre est à ce même exposant joint à leur racine commune moins l'unité.

C'est la treizième conséquence du triangle : ainsi on trouvera encore que

PROPOSITION IX.

Un nombre, de quelque ordre que ce soit, est à celui de l'ordre précédent, dont la racine est plus grande de l'unité que la sienne, comme la racine du premier à l'exposant de l'ordre du second.

Ce n'est que la même chose que la douzième conséquence du triangle arithmétique. J'en laisse beaucoup d'autres, chacune desquelles, aussi-bien que de celles que je viens de donner, peut encore être augmentée de beaucoup par de différentes énonciations : car au lieu d'exprimer ces proportions comme j'ai fait, en disant qu'*un nombre est à un autre comme un troisième à un quatrième*, ne peut-on pas dire que *le rectangle des extrêmes est égal à celui des moyens ?* et ainsi multiplier les propositions, et non sans utilité ; car étant regardées d'un autre côté, elles donnent d'autres ouvertures. Par exemple, si on veut tourner autrement cette dernière proposition, on peut l'énoncer ainsi :

PROPOSITION X.

Un nombre, de quelque ordre que ce soit, étant multiplié par la racine précédente, égale l'exposant

de son ordre multiplié par le nombre de l'ordre suivant procédant de cette racine.

Et parce que, quand quatre nombres sont proportionnels, le rectangle des extrêmes ou des moyens étant divisé par un des deux autres, donne pour quotient le dernier, on peut dire aussi :

PROPOSITION XI.

Un nombre, de quelque ordre que ce soit, étant multiplié par la racine précédente, et divisé par l'exposant de son ordre, donne pour quotient le nombre de l'ordre suivant qui procède de cette racine.

Les manières de tourner une même chose sont infinies : en voici un illustre exemple, et bien glorieux pour moi. Cette même proposition que je viens de rouler en plusieurs sortes, est tombée dans la pensée de notre célèbre conseiller de Toulouse, M. de Fermat ; et, ce qui est admirable, sans qu'il m'en eût donné la moindre lumière, ni moi à lui, il écrivoit dans sa province ce que j'inventois à Paris, heure pour heure, comme nos lettres écrites et reçues en même temps le témoignent. Heureux d'avoir concouru en cette occasion, comme j'ai fait encore en d'autres d'une manière tout-à-fait étrange, avec un homme si grand et si admirable, et qui dans toutes les recherches de la plus sublime géométrie, est dans le plus haut degré d'excellence, comme ses ouvrages, que nos longues prières

ont enfin obtenus de lui, le feront bientôt voir
à tous les géomètres de l'Europe, qui les attendent! La manière dont il a pris cette même
proposition est telle.

*En la progression naturelle qui commence par
l'unité, un nombre quelconque étant mené dans
le prochainement plus grand, produit le double de
son triangle.*

*Le même nombre étant mené dans le triangle du
prochainement plus grand, produit le triple de sa
pyramide.*

*Le même nombre mené dans la pyramide du
prochainement plus grand, produit le quadruple
de son triangulo-triangulaire; et ainsi à l'infini,
par une méthode générale et uniforme.*

Voilà comment on peut varier les énonciations. Ce que je montre en cette proposition
s'entendant de toutes les autres, je ne m'arrê-
terai plus à cette manière accommodante de
traiter les choses, laissant à chacun d'exercer
son génie en ces recherches où doit consister
toute l'étude des géomètres : car si on ne sait
pas tourner les propositions à tous sens, et
qu'on ne se serve que du premier biais qu'on a
envisagé, on n'ira jamais bien loin : ce sont ces
diverses routes qui ouvrent les conséquences
nouvelles, et qui, par des énonciations assorties
au sujet, lient des propositions qui sembloient
n'avoir aucun rapport dans les termes où elles
étoient conçues d'abord. Je continuerai donc ce

sujet en la manière dont on a accoutumé de traiter la géométrie, et ce que j'en dirai sera comme un nouveau Traité des ordres numériques ; et même je le donnerai en latin, parce qu'il se rencontre que je l'ai écrit ainsi en l'inventant.

DE NUMERICIS ORDINIBUS

TRACTATUS.

TRIANGULI arithmetici tractatum, ipsiusque circa numericos ordines usum, supponit tractatus iste, ut et plerique è sequentibus : huc ergo mittitur lector horum cupidus ; ibi noscet quid sint ordines numerici, nempe, unitates, numeri naturales, trianguli, pyramides, triangulo-trianguli, etc. Quæ cùm perlegerit, facilè hæc assequetur.

Hìc propriè ostenditur connexio inter numerum cujusvis ordinis cum suâ radice et exponente sui ordinis, quæ talis est, ut ex his tribus, datis duobus quibuslibet, tertius inveniatur. Verbi gratiâ, datâ radice et exponente ordinis, numerus ipse datur ; sic dato numero et sui ordinis exponente, radix elicitur ; necnon ex dato numero et radice, exponens ordinis invenitur : hæc constituunt tria priora problemata, quartum de summâ ordinum agit.

DE NUMERICORUM ORDINUM

COMPOSITIONE:

PROBLEMA PRIMUM.

Datis numeri cujuslibet radice et exponente ordinis componere numerum?

Productus numerorum qui præcedunt radicem, dividat productum totidem numerorum quorum primus sit exponens ordinis : quotiens erit quæsitus numerus.

Propositum sit invenire numerum ordinis, verbi gratiâ, tertii, radicis verò quintæ.

Productus numerorum 1, 2, 3, 4, qui præcedunt radicem 5, nempe 24, dividat productum totidem numerorum continuorum 3, 4, 5, 6, quorum primus sit exponens ordinis 3, nempe 360 : quotiens 15, est numerus quæsitus.

Nec difficilis demonstratio : eâdem enim prorsus constructione, inventa est, ad finem tractatûs trianguli arithmetici, cellula quintæ seriei perpendicularis, tertiæ verò seriei parallelæ ; cujus cellulæ numerus, idem est ac numerus quintus ordinis tertii, qui quæritur.

Potest autem et sic resolvi idem problema.

Productus numerorum qui præcedunt exponentem ordinis, dividat productum totidem

v. 5

numerorum continuorum quorum primus sit radix : quotiens est quæsitus.

Sic in proposito exemplo, productus numerorum 1, 2, qui præcedunt exponentem ordinis 3, nempe 2, dividat productum totidem numerorum 5, 6, quorum primus sit radix 5, nempe 3o : quotiens 15 est numerus quæsitus.

Nec differt hæc constructio à præcedente, nisi in hoc solo, quòd in alterâ idem fit de radice, quod fit in alterâ de exponente ordinis : perinde ac si idem esset invenire, quintum numerum ordinis tertii, ac tertium numerum ordinis quinti; quod quidem verum esse jam ostendimus.

Hinc autem obiter colligere possumus arcanum numericum; cùm enim ambo illi quotientes 15 sint iidem, constat divisores esse inter se ut dividendos. Animadvertemus itaque :

Si sint duo quilibet numeri, productus omnium numerorum primum ex ambobus propositis præcedentium, est ad productum totidem numerorum quorum primus est secundus ex his ambobus, ut productus ex omnibus qui præcedunt secundum ex illis ambobus, ad productum totidem numerorum continuorum quorum primus est primus ex iis ambobus propositis.

Hæc qui prosequeretur et demonstraret, novi fortassis tractatûs materiam reperiret : nunc autem quia extra rem nostram sunt sic pergimus.

DE NUMERICORUM ORDINUM
RESOLUTIONE:

PROBLEMA II.

*D*ATO *numero, ac exponente sui ordinis, invenire radicem?*

Potest autem et sic enuntiari.

Dato quolibet numero, invenire radicem maximi numeri ordinis numerici cujuslibet propositi, qui in dato numero contineatur?

Sit datus numerus quilibet, verbi gratiâ, 58, ordo verò numericus quicunque propositus, verbi gratiâ, *sextus.* Oportet igitur invenire radicem *sexti* ordinis numeri 58.

Exhibeatur ex et continuò unâ parte exponens ordinis 6

Multiplicetur ip- et continuò se 6, per numerum 7, proximè majorem; sitque productus. 42

Multiplicetur is- et continuò te productus per proximè sequentem multiplicatorem 8,

Exponatur ex alterâ parte numerus datus 58

Multiplicetur ipse numerus per 2, sitque productus, ... 116

Multiplicetur ipse productus per proximè sequentem multiplicatorem 3,

sitque productus,
. . . . 336

sitque productus,
. . . . 348

Multiplicetur is- et continuò Multiplicetur iste productus per   te productus per
proximè sequentem   proximè sequentem
multiplicatorem 9,   multiplicatorem 4,
sitque productus,   sitque productus,
. . . . 3024   1392

Et sic in infinitum, donec ultimus productus exponentis 6, nempe 3024, major evadat quàm ultimus productus numeri dati nempe 1392; et tunc absoluta est operatio: ultimus enim multiplicator dati numeri, nempe 4, est radix quæ quærebatur.

Igitur dico numerum sexti ordinis cujus radix est 4, nempe 56, maximum esse ejus ordinis qui in numero dato contineatur, seu dico numerum sexti ordinis cujus radix est 4, nempe 56, non esse majorem dato numero 58; numerum verò ejusdem ordinis proximè majorem seu cujus radix est 5, nempe 126, esse majorem numero dato 58.

Etenim productus ille ultimus numeri dati, nempe 1392, factus est ex numero dato 58, multiplicato per productum numerorum 1, 2, 3, 4, nempe 24; productus verò præcedens hunc ultimum, nempe 348, factus est ex numero dato 58, multiplicato per productum numerorum 1, 2, 3, nempe 6.

Ergo productus numerorum 6, 7, 8, non est major producto numerorum 1, 2, 3, multiplicato per 58. Productus verò numerorum 6, 7, 8, 9, est major producto numerorum 1, 2, 3, 4, multiplicato per 58, *ex constructione*.

Jam numerus ordinis *sexti* cujus radix est 4, nempe 56, multiplicatus per numeros 1, 2, 3, æquatur producto numerorum 6, 7, 8, ex demonstratis in Tractatu de ordinibus numericis.

Sed productus numerorum 6, 7, 8, non est major *ex ostensis*, producto numerorum 1, 2, 3, multiplicato per datum 58 ; igitur productus numerorum 1, 2, 3, multiplicatus per 56, non est major quàm idem productus numerorum 1, 2, 3, multiplicatus per datum 58. Igitur 56 non est major quàm 58.

Jam sit 126, numerus ordinis *sexti* cujus radix est 5. Igitur ipse 126, multiplicatus per productum numerorum 1, 2, 3, 4, æquatur producto numerorum 6, 7, 8, 9, ex Tractatu de ordinibus numericis. Sed productus ille numerorum 6, 7, 8, 9, est major quàm numerus datus 58 multiplicatus per productum numerorum 1, 2, 3, 4, *ex ostensis*. Igitur, numerus 126, multiplicatus per productum numerorum 1, 2, 3, 4, est major quàm numerus datus 58 multiplicatus per eundem productum numerorum 1, 2, 3, 4. Igitur numerus 126 est major quàm numerus datus 58.

Ergo numerus 56 *sexti* ordinis cujus radix est 4, non est major quàm numerus datus ; numerus verò 126, ejusdem ordinis cujus radix 5 est proximè major, major est quàm datus numerus.

Ergo ipse numerus 56, maximus est ejus ordinis qui in dato contineatur, et ejus radix 4 inventa est.　　Q. E. F. E. D.

~~~~~~

DE NUMERICORUM ORDINUM

RESOLUTIONE:

PROBLEMA III.

*D*ATO *quolibet numero, et ejus radice, invenire ordinis exponentem ?*

Non differt hoc problema à præcedente; radix enim, et exponens ordinis, reciproce convertuntur, ita ut dato numero, verbi gratiâ, 58, et ejus radice 4, reperietur exponens sui ordinis 6, eâdem methodo, ac si dato numero ipso 58, et exponente ordinis 4, radix 6, esset invenienda; *quartus* enim numerus *sexti* ordinis idem est ac *sextus quarti*, ut jam demonstratum est.

DE NUMERICORUM ORDINUM

SUMMA:

PROBLEMA IV.

PROPOSITI cujuslibet ordinis numerici, tot quot imperabitur, priorum numerorum summam invenire?

Propositum sit invenire summam *quinque*, verbi gratiâ, priorum numerorum ordinis, verbi gratiâ *sexti*.

Inveniatur ex præcedente numerus *quintus*, (quia *quinque* priorum numerorum summa requiritur) ordinis *septimi*, nempe ejus qui propositum *sextum* proximè sequitur : ipse satisfaciet problemati.

Numericorum enim ordinum generatio talis est, ut numerus cujusvis ordinis, æquetur summæ eorum omnium ordinis præcedentis quorum radices non sunt suâ majores ; ita ut quintus septimi ordinis, æquetur, ex naturâ et generatione ordinum, quinque prioribus numeris sexti ordinis, quod difficultate caret.

CONCLUSIO.

Methodus quâ ordinum resolutionem expedio est generalissima : verùm ipsam diù quæsivi ; quæ primò sese obtulit ea est.

Si dati numeri quærebatur radix tertii ordinis, ita procedebam. *Sumatur duplum numeri propositi, istius dupli radix quadrata inveniatur: hæc quæsita est, aut saltem ea quæ unitate minor erit.*

Si dati numeri quæritur radix quarti ordinis, *multiplicetur numerus datus per* 6 *, nempe per productum numerorum* 1, 2, 3 *; producti inveniatur radix cubica, ipsa, aut ea quæ unitate minor est, satisfaciet.*

Si dati numeri quæritur radix quinti ordinis, *multiplicetur datus numerus per* 24 *, nempe per productum numerorum* 1, 2, 3, 4 *, productique inveniatur radix quarti gradûs : ipsa unitate minuta, satisfaciet problemati.*

Et ita reliquorum ordinum radices quærebam, constructione non generali, sed cuique propriâ ordini; nec tamen ideo mihi omninò displicebat : illa enim quâ resolvuntur potestates non generalior est, aliter enim extrahitur radix quadrata, aliter cubica, etc., quamvis ab eodem principio viæ illæ differentes procedant. Ut ergo nondum generalis potestatum resolutio data erat, sic et vix generalem ordinum resolutionem assequi sperabam : conatus tamen expectationem superantes eam quam tradidi præbuerunt generalissimam, et quidem amicis meis, universalium solutionum amatoribus doctissimis, gratissimam ; à quibus excitatus et generalem potestatum purarum resolutionem tentare, ad instar generalis ordinum resolutionis, obtem-

perans quæsivi, et satis feliciter mihi contigit
reperisse, ut infrà videbitur.

DE NUMERORUM

CONTINUORUM PRODUCTIS,

Seu de numeris qui producuntur ex multiplicatione numerorum
serie naturali procedentium.

Numeri qui producuntur ex multiplicatione
numerorum continuorum à nemine, quod
sciam, examinati sunt. Ideo nomen eis impono
nempe, *producti continuorum.*

Sunt autem qui ex duorum multiplicatione
formantur, ut iste 20 qui ex 4 in 5 oritur, et possent dici *secundæ speciei.*

Sunt qui ex trium multiplicatione formantur,
ut iste 120 qui ex 4 in 5 in 6 oritur et dici possent *tertiæ speciei.*

Sic *quartæ speciei* dici possent qui ex quatuor
numerorum continuorum multiplicatione formantur, et sic in infinitum : ita ut, ex multitudine *multiplicatorum*, species nominationem
exponentis sortiretur ; et sic nullus esset productus primæ speciei, nullus est enim productus
ex uno tantùm numero.

Primum hujus tractatuli theorema, illud est
quod obiter in præcedente tractatu annotavi-
mus, quod quærendo, reliqua invenimus imò

et generalem potestatum resolutionem ; adeò
strictâ connexione sibi· mutuo cohærent veri-
tates !

PROPOSITIO PRIMA.

*Si sint duo numeri quilibet, productus omnium
numerorum primum præcedentium, est ad productum totidem numerorum continuorum à secundo incipientium : ut productus omnium numerorum secundum præcedentium, ad productum
totidem numerorum continuorum à primo incipientium.*

Sint duo numeri quilibet 5, 8 : dico productum numerorum 1, 2, 3, 4, qui præcedunt 5,
nempe 24, esse ad productum totidem continuorum numerorum 8, 9, 10, 11, nempe 7920 :
ut productum numerorum 1, 2, 3, 4, 5, 6, 7,
qui præcedunt, 8, nempe 5640, ad productum
totidem continuorum numerorum 5, 6, 7, 8, 9,
10, 11, nempe 1663200.

Etenim productus numerorum 5, 6, 7, ductus
in productum istorum 1, 2, 3, 4, efficit productum horum 1, 2, 3, 4, 5, 6, 7; et idem productus numerorum 5, 6, 7, ductus in productum
numerorum 8, 9, 10, 11, efficit productum
horum 5, 6, 7, 8, 9, 10, 11; ergo, ut productus
numerorum 1, 2, 3, 4, ad productum numerorum 1, 2, 3, 4, 5, 6, 7 : ita productus numerorum 8, 9, 10, 11, ad productum numerorum
5, 6, 7, 8, 9, 10, 11.   Q. E. D.

PROPOSITIO II.

Omnis productus à quotlibet numeris continuis, est multiplex producti à totidem numeris continuis quorum primus est unitas; et quotiens est numerus figuratus.

Sit productus quilibet, à tribus, verbi gratiâ, numeris continuis 5, 6, 7, nempe 210, et productus totidem numerorum ab unitate incipientium 1, 2, 3, nempe 6 : dico ipsum 210 esse multiplicem ipsius 6, et quotientem esse numerum figuratum.

Etenim ipse 6, ductus in quintum numerum ordinis quarti, nempe 35, æquatur ipsi producto ex 5, 6, 7, ex demonstratis in Tractatu de ordinibus numericis.

PROPOSITIO III.

Omnis productus à quotlibet numeris continuis est multiplex numeri cujusdam figurati, nempe ejus cujus radix est minimus ex his numeris, exponens verò ordinis est unitate major quàm multitudo horum numerorum.

Hoc patet ex præcedente. Et unica utrique convenit demonstratio.

MONITUM.

Ambo divisores in his duabus propositionibus ostensi, tales sunt, ut alter alterius sit quotiens. Ita ut quilibet productus à quotlibet numeris continuis, divisus per productum totidem nu-

merorum ab unitate incipientium , ut secunda
propositio docet fieri posse, quotiens sit numerus figuratus in tertiâ propositione enun-
tiatus.

PROPOSITIO IV.

*Omnis productus à quotlibet numeris continuis
ab unitate incipientibus , est muliplex producti à
quotlibet numeris continuis etiam ab unitate incipientibus quorum multitudo minor est.*

Sint quotlibet numeri continui ab unitate 1 ,
2, 3, 4, 5, quorum productus 120, quotlibet
autem ex ipsis ab unitate incipientes 1 , 2 , 3 ,
quorum productus 6 : dico 120 esse multiplicem 6.

Etenim productus numerorum 1, 2 , 3 , 4 , 5 ,
fit ex producto numerorum 1, 2 , 3, multiplicato
per productum numerorum 4 5.

PROPOSITIO V.

*Omnis productus à quotlibet numeris continuis
est multiplex producti à quotlibet numeris continuis ab unitate incipientibus quorum multitudo
minor est.*

Etenim productus continuorum quorumlibet
est multiplex totidem continuorum ab unitate
incipientium *ex secundâ ;* sed *ex quartâ* productus continuorum ab unitate est multiplex producti continuorum ab unitate quorum multitudo minor est. Ergo , etc.

PROPOSITIO VI.

Productus quotlibet continuorum, est ad productum totidem proximè majorum, ut minimus multiplicatorum ad maximum.

Sint quotlibet numeri 4, 5, 6, 7, quorum productus 840; et totidem proximè majores 5, 6, 7, 8, quorum productus 1680 : dico 840 esse ad 1680, ut 4 ad 8.

Etenim productus numerorum 4, 5, 6, 7, est factus ex producto continuorum 5, 6, 7, multiplicato per 4; productus verò continuorum 5, 6, 7, 8, factus est ex eodem producto continuorum 5, 6, 7, multiplicato per 8. Ergo, etc.

PROPOSITIO VII.

Minimus productus continuorum cujuslibet speciei, ille est cujus multiplicatores ab unitate incipiunt.

Verbi gratiâ, minimus productus ex quatuor continuis factus, ille est qui producitur ex quatuor his continuis 1, 2, 3, 4, qui quidem multiplicatores 1, 2, 3, 4, ab unitate incipiunt. Hoc ex se et ex præcedentibus patet.

~~~~~~

PRODUCTA

CONTINUORUM RESOLVERE,

Seu resolutio numerorum qui ex numeris progressione naturali
procedentibus producuntur.

PROBLEMA.

*Dato quocunque numero, invenire tot quot im-
perabitur, numeros continuos ex quorum multiplicatione factus numerus, sit maximus ejus
speciei qui in dato numero contineatur ?*

*Oportet autem datum numerum non esse mino-
rem producto totidem numerorum ab unitate continuorum.*

Datus sit numerus, verbi gratiâ, 4335, opor-
teatque reperire, verbi gratiâ, *quatuor* numeros
continuos ex quorum multiplicatione factus numerus sit maximus qui in dato 4335 contineatur, eorum omnium qui producuntur ex multiplicatione *quatuor* numerorum continuorum :

Sumantur ab unitate tot numeri continui quot
sunt numeri inveniendi, nempe *quatuor* in hoc
exemplo, 1, 2, 3, 4, quorum per productum
24, dividatur numerus datus ; sitque quotiens
180. Ipsius quotientis inveniatur radix ordinis
numerici non quidem *quarti*, sed sequentis,
nempe *quinti*, sitque ea 6 ; ipse 6 est primus
numerus, secundus 7, tertius 8, quartus 9.

Dico itaque productum *quatuor* numerorum 6, 7, 8, 9, esse maximum numerum qui in dato contineatur, id est : dico productum *quatuor* numerorum 6, 7, 8, 9, nempe 3o24, non esse majorem quàm numerum datum 4335; productum verò *quatuor* proximè majorum numerorum 7, 8, 9, 10, nempe 5o4o, esse majorem numero dato 4335.

Etenim ex demonstratis in Tractatu de ordinibus numericis, constat productum numerorum 1, 2, 3, 4, seu 24, ductum in numerum quinti ordinis cujus radix est 6, nempe 126, efficere numerum æqualem producto numerorum 6, 7, 8, 9, nempe 3o24; similiter, et eundem productum numerorum 1, 2, 3, 4, nempe 24, ductum in numerum ejusdem ordinis quinti cujus radix est 7, efficere numerum æqualem producto numerorum 7, 8, 9, 10, nempe 5o4o.

Jam verò numerus quinti ordinis cujus radix est 6, nempe 126, cùm sit maximus ejus ordinis qui in 180 contineatur, ex constructione patet ipsum 126 non esse majorem quàm 180, numerum verò quinti ordinis cujus radix est 7, nempe 210, esse majorem quàm ipsum 180.

Cùm verò numerus 4335 divisus per 24, dederit 180, quotientem patet 180 ductum in 24, seu 432o, non esse majorem quàm 4335, sed aut æqualem esse, aut differre numero minore quàm 24.

Itaque cùm sit 210 major quàm 180 ex constructione, patet 210 in 24, seu 5o4o, majorem

esse quàm 180 in 24 seu 4320, et excessum esse ad
minimum 24; numerus verò datus 4335, aut non
excedit ipsum 4320, aut excedit numero minore
quàm 24. Ergo numerus 5040, major est quàm
datus 4335; id est productus numerorum 7, 8,
9, 10, major est dato numero.

Jam numerus 126, non est major quàm 180,
ex constructione. Igitur 126 in 24, non est major
quàm 180 in 24; sed 180 in 24, non est major
dato numero ex ostensis. Ergo 126 in 24, seu
productus numerorum 6, 7, 8, 9, non est major
numero dato; productus autem numerorum 7,
8, 9, 10, ipso major est. Ergo, etc. Q. E. F. E. D.

Sic ergo exprimi potest et enuntiatio, et generalis constructio.

*Invenire tot quot imperabitur numeros progres-
sione naturali continuos, ex quorum multiplicatione ortus numerus, sit maximus ejus speciei qui
in dato numero contineatur?*

Dividatur numerus datus, per productum
totidem numerorum ab unitate serie naturali
procedentium quot sunt numeri inveniendi;
inventoque quotiente, assumatur ipsius radix ordinis numerici cujus exponens est unitate major
quàm multitudo numerorum inveniendorum:
ipsa radix est primus numerus, reliqui per incrementum unitatis in promptu habentur.

MONITUM.

Hæc omnia ex naturâ rei demonstrari poterant,
absque Trianguli arithmetici aut ordinum nume-

ricorum auxilio; non tamen fugienda illa connexio mihi visa est, præsertim cùm ea sit quæ lumen primum dedit. Et quod amplius est, alia demonstratio laboriosior esset, et prolixior.

NUMERICARUM POTESTATUM
GENERALIS RESOLUTIO.

GENERALEM numericarum potestatum resolutionem inquirenti, hæc mihi venit in mentem observatio : nihil aliud esse quærere *radicem, verbi gratiâ, quadratam dati numeri*, quàm quærere *duos numeros æquetur numero dato*. Sic et quærere *radicem cubicam* nihil aliud esse quàm quærere *tres numeros æquales quorum productus sit datus*, et sic de cæteris.

Itaque potestatis cujuslibet resolutio, est indagatio totidem numerorum æqualium, quot exponens potestatis continet unitates, quorum productus æquetur dato numero; protestates enim ipsæ nihil aliud sunt quàm æqualium numerorum producti.

Sicut enim in præcedenti tractatu, egimus de numeris qui producuntur ex multiplicatione numerorum naturali progressione procedentium, sic et in hoc de potestatibus tractatu, agitur de numeris qui producuntur ex multiplicatione numerorum æqualium.

v.   6

Visum est itaque quàm proximos esse ambos hos tractatus, et nihil esse vicinius, producto ex æqualibus, quàm productum ex continuis solius unitatis incremento differentibus.

Quapropter potestatum resolutionem generalem, seu *productorum ex æqualibus* resolutionem, non mediocriter provectam esse censui, cùm eam *productorum ex continuis* generalis resolutio præcesserit.

Dato enim numero, cujus radix cujusvis gradûs quæritur, verbi gratiâ, *quarti*, quæruntur *quatuor* numeri æquales quorum productus æquetur dato; si ergo inveniantur ex præcedente tractatu, *quatuor* continui quorum productus æquetur dato, quis non videt inventam esse radicem quæsitam, cùm ea sit unus ex his *quatuor* continuis? minimus enim ex his *quatuor*, *quater* sumptus et toties multiplicatus manifestè minor est producto continuorum; maximus verò ex his *quatuor*, *quater* sumptus ac toties multiplicatus, manifestè major est producto continuorum; radix ergo quæsita unus ex illis est.

Verùm latet adhuc ipsa in multitudine, reliquum est igitur ut eligatur, et discernatur quis ex continuis satisfaciat quæstioni.

Huic perquisitioni nondum forte satis incubui, crudam tamen meditationem proferam, aliàs, si digna videatur, diligentiùs elaborandam.

POSTULATUM.

Hoc autem prænotum esse postulo; quæ sit

radix *quadrata* numeri 2, nempe 1 ; *etenim* 1 *est radix maximi quadrati in* 2 *contenti.* Sic et quæ sit radix *cubica* numeri 6 , *scilicet qui ex multiplicatione trium numerorum* 1, 2, 3, *oritur*, nempe 1. Sic et quæ sit radix *quarti* gradûs numeri 24 , *scilicet qui ex multiplicatione quatuor numerorum* 1 , 2 , 3 , 4 , *oritur*, nempe 2, et sic de cæteris gradibus. In unoquoque enim peto nosci radicem , istius gradûs , numeri qui producitur ex multiplicatione tot numerorum continuorum ab unitate quot exponens gradûs propositi continet unitates. Sic ergo in investigatione radicis, verbi gratiâ , *decimi* gradûs ; postulo notam esse radicem istius *decimi* gradûs , numeri 3628800, qui producitur ex multiplicatione *decem* priorum numerorum 1, 2, 3, 4, 5, 6, 7, 8, 9, 10, nempe 5. Et hoc uno verbo dici potest. In unoquoque gradu , postulo notam esse radicem istius gradûs minimi producti totidem continuorum quot exponens gradûs continet unitates ; minimus enim productus continuorum quotlibet, ille est cujus multiplicatores ab unitate sumunt exordium.

Nec sanè molesta hæc petitio est ; in unoquoque enim gradu *unius* tantùm numeri radicem suppono, in vulgari autem methodo, multò graviùs in unoquoque gradu , *novem* priorum characterum , potestates exiguntur.

Notum sit ergo :

Producti numerorum 1 , 2, nempe   2 rad. quadr. esse 1
Producti numeror. 1 , 2, 3, nempe   6 rad. cub. esse   1
Producti num. 1, 2, 3 , 4, nempe 24 rad. 4 grad. esse 2

Prod. num. 1, 2, 3, 4, 5, nempe 120 rad. 5 grad. esse 2
Pr. num. 1, 2, 3, 4, 5, 6, nempe 720 rad. 6 grad. esse 2
Pr. n. 1, 2, 3, 4, 5, 6, 7, nem. 5040 rad. 7 grad. esse 3
etc.

PROBLEMA.

Dato quolibet numero, invenire radicem propositæ potestatis maximæ quæ in dato contineatur?

Sit datus numerus, verbi gratiâ, 4335, et invenienda sit radix gradûs, verbi gratiâ *quarti* maximi numeri *quarti* gradûs seu *quadrato-quadrati* qui in dato numero contineatur.

Inveniantur, ex præcedente tractatu, *quatuor* numeri continui (quia *quartus* gradus proponitur, quorum productus sit maximus ejus speciei qui in 4335 contineatur sintque ipsi 6, 7, 8, 9.

Radix quæsita est unus ex his numeris. Ut verò discernatur, sic procedendum est.

Sumatur ex postulato radix *quarti* gradûs numeri qui producitur ex multiplicatione *quatuor* priorum numerorum 1, 2, 3, 4, nempe radix *quadrato-quadrata* numeri 24 quæ est 2; ipse 2 cum minimo continuorum inventorum 6 unitate minuto nempe 5 efficiet 7.

Hic 7 est minimus qui radix quæsita esse possit; omnes enim inferiores sunt necessariò minores radice quæsitâ.

Jam triangulus *numeri* 4, qui exponens est propositi gradûs *quarti*, nempe 10, dividatur per ipsum exponentem 4, sitque quotiens 2 (*super-*

fluum divisionis non curo) : ipse quotiens 2 , cum minimo continuorum 6 junctus , efficit 8.

Ipse 8 est maximus qui radix esse possit , omnes enim superiores sunt necessariò majores radice quæsitâ.

Denique constituantur *in quarto* gradu ipsi extremi numeri 7, 8 , nempe 2401, 4096 , necnon et omnes qui inter ipsos interjecti sunt , *quod ad generalem methodum dictum sit , hìc enim nulli inter 7 et 8 interjacent , sed in remotissimis potestatibus quidam , quamvis perpauci , contingent.*

Harum potestatum , illa quæ æqualis erit dato numero , *si ita eveniat*, aut saltem quæ proximè minor erit dato numero , nempe 4096 , satisfaciet problemati. Radix enim 8 unde orta est , ea est quæ quæritur.

Sic ergo institui potest et enuntiatio et generalis constructio.

Invenire numerum qui in gradu proposito constitutus maximus sit ejus gradûs qui in dato numero contineatur ?

Inveniantur *ex tractatu præcedenti* tot numeri continni , quot sunt unitates in exponente gradûs propositi , quorum productus sit maximus ejus speciei qui in dato numero contineatur. Et assumpto producto totidem continuorum ab unitate , inveniatur ejus radix gradûs propositi ; *ex postulato* ipsa radix jungatur cum minimo continuorum inventorum unitate minuto : *hic erit minimus extremus.*

Jam triangulus exponentis ordinis per ipsum exponentem divisus quemlibet præbeat quotientem, qui cum minimo continuorum inventorum jungatur : *hic erit maximus extremus.*

Ambo hi extremi ac numeri inter eos interpositi in gradu proposito constituantur.

Harum potestatum, ea quæ dato numero erit aut æqualis aut proximè minor satisfacit problemati; radix enim unde orta est, radix quæsita est.

Horum demonstrationem, paratam quidem, sed prolixam etsi facilem, ac magis tædiosam quàm utilem supprimimus, ad illa, quæ plus afferunt fructûs quàm laboris, vergentes.

COMBINATIONES.

DEFINITIONES.

Combinationis nomen diversè à diversis usurpatur; dicam itaque quo sensu intelligam.

Si exponatur multitudo quævis rerum quarumlibet, ex quibus liceat aliquam multitudinem assumere, verbi gratiâ, si ex *quatuor* rebus per litteras A, B, C, D, expressis, liceat *duas* quasvis ad libitum assumere: singuli modi quibus possunt eligi *duæ* differentes ex his *quatuor* oblatis, vocantur hìc *combinationes.*

Experimento igitur patebit, *duas* posse assumi, inter *quatuor*, *sex* modis; potest enim assumi A et B, vel A et C, vel A et D, vel B et C, vel B et D, vel C et D.

Non constituo A et A inter modos eligendi duas, non enim essent differentes; nec constituo A et B, et deinde B et A, tanquam differentes modos, ordine enim solummodò differunt, *ad ordinem autem non attendo* : ita ut uno verbo dixisse poteram, combinationes hìc considerari quæ nec mutato ordine procedunt.

Similiter experimento patebit, *tria* inter *quatuor*, *quatuor* modis assumi posse, nempe A B C, A B D, A C D, B C D.

Sic et *quatuor* in *quatuor*, *unico* modo assumi posse, nempe A B C D.

His igitur verbis utar :

1 in 4 combinatur 4 modis seu combinationibus.
2 in 4 combinatur 6 modis seu combinationibus.
3 in 4 combinatur 4 modis seu combinationibus.
4 in 4 combinatur 1 modo seu combinatione.

Summa autem omnium combinationum quæ fieri possunt in 4 est 15; summa enim combinationum 1 in 4, et 2 in 4, et 3 in 4, et 4 in 4, est 15.

LEMMA PRIMUM.

Numerus quilibet non combinatur in minore.

Verbi gratiâ, 4 non combinatur in 2.

LEMMA II.

1	*in*	1	*combinatur* 1	*combinatione.*
2	*in*	2	*combinatur* 1	*combinatione.*
3	*in*	3	*combinatur* 1	*combinatione.*

88 COMBINATIONES.

Et sic generaliter omnis numerus semel tantùm in æquali combinatur.

1 *in* 1 *combinatur* 1 *combinatione.*
1 *in* 2 *combinatur* 2 *combinationibus.*
1 *in* 3 *combinatur* 3 *combinationibus.*

Et generaliter unitas in quovis numero toties combinatur quoties ipse continet unitatem.

Si sint quatuor numeri, primus ad libitum, secundus unitate major quàm primus, tertius ad libitum modò non sit minor secundo, quartus unitate major quàm tertius; multitudo combinationum primi in tertio, plus multitudine combinationum secundi in tertio, æquatur multitudini combinationum secundi in quarto.

Sint quatuor numeri ut dictum est:
Primus ad libitum, verbi gratiâ . . . . 1.
Secundus unitate major nempe. . . . . . . 2.
Tertius ad libitum modò non sit minor quàm
    secundus, verbi gratiâ . . . . 3.
Quartus unitate major quàm tertius nempe. 4.

Dico multitudinem combinationum 1 in 3, plus multitudine combinationum 2 in 3, æquari multitudini combinationum 2 in 4. *Quod ut paradigmate fiat evidentius :*

Assumantur *tres* characteres, nempe B, C, D, jam verò assumantur iidem *tres* characteres et *unus* prætereà, A, B, C, D; deinde assumantur

combinationes *unius* litteræ in *tribus*, B, C, D,
nempe B, C, D; assumantur quoque omnes
combinationes *duarum* litterarum in *tribus* B,
C, D, nempe B C, B D, C D; denique assumantur
omnes combinationes *duarum* litterarum in *quatuor* A, B, C, D, nempe A B, A C, A D, B C,
B D, C D.

Dico itaque, tot esse combinationes *duarum*
litterarum in *quatuor* A, B, C, D, quot sunt
duarum in *tribus* B, C, D, et insuper quot *unius*
in *tribus* B, C, D.

Hoc manifestum est ex generatione combinationum; combinationes enim *duarum* in *quatuor*
formantur, partim ex combinationibus *duarum*
in *tribus*, partim ex combinationibus *unius* in
tribus; quod ita evidens fiet.

Ex combinationibus *duarum* in *quatuor*, nempe
A B, A C, A D, B C, B D, C D; quædam sunt in
quibus ipsa littera A usurpatur, ut istæ A B,
A C, A D; quædam quæ ipsâ A carent ut istæ
B C, B D, C D.

Porro, combinationes illæ B C, B D, C D,
duarum in *quatuor* A, B, C, D, quæ ipso A carent, constant ex residuis *tribus* B, C, D; sunt
ergo combinationes *duarum* in *tribus* B, C, D;
igitur combinationes *duarum* in *tribus* B, C, D,
sunt quoque combinationes *duarum* in *quatuor*
A, B, C, D, nempe illæ quæ carent ipso A.

Illæ verò combinationes A B, A C, A D, *duarum* in *quatuor* A, B, C, D, in quibus A usurpatur, si ipso A spolientur, relinquent residuas

litteras B , C , D , quæ sunt ex *tribus* litteris B ,
C , D , suntque combinationes *unius* litteræ in
tribus B , C , D ; igitur combinationes *unius* litteræ in *tribus* B , C , D, nempe B, C , D , ascito A ,
efficiunt A B , A C , A D , quæ constituunt combinationes *duarum* litterarum in *quatuor* A , B , C ,
D , in quibus A usurpatur.

Igitur combinationes *duarum* litterarum in
quatuor A , B , C , D , formantur partim ex combinationibus *unius* in *tribus* B , C , D , partim ex
combinationibus *duarum* in *tribus* B , C , D ;
quare multitudo primarum æquatur multitudini reliquarum.   Q. E. D.

Eodem prorsus modo in reliquis ostendetur
exemplis ; verbi gratiâ :

Tot esse combinationes numeri . . . 29 in 40.
quot sunt combinationes numeri . . 29 in 39.
et insuper quot sunt combin. numeri 28 in 39.

Quatuor enim numeri 28, 29, 39, 40, conditionem requisitam habent.

Sic tot sunt combinationes numeri . 16 in 56.
quot sunt combinationes numeri . . 16 in 55.
ac insuper quot sunt comb. numeri . 15 in 55.
etc.

LEMMA V.

*In omni triangulo arithmetico summa cellula-
rum seriei cujuslibet, æquatur multitudine combinationum exponentis seriei, in exponente trianguli.*

Sit triangulus quilibet, verbi gratiâ, *quartus*
G D λ : dico summam cellularum seriei cujusvis ,

verbi gratiâ, *secundæ* $\varphi + \psi + \theta$, æquari multitudini combinationum numeri 2, *exponentis*
secundæ seriei, in numero 4, *exponente quarti*
trianguli.

Sic dico summam cellularum seriei, verbi
gratiâ, *quintæ* trianguli, verbi gratiâ, *octavi*,
æquari multitudini combinationum numeri 5
in numero 8, etc.

Quamvis infiniti sint hujus propositionis casus, sunt enim infiniti trianguli, breviter tamen demonstrabo, positis duobus assumptis.

Primò, quod ex se patet, *in primo triangulo*
eam proportionem contingere : summa enim cellularum unicæ suæ seriei, nempe numerus primæ cellulæ G, id est unitas, æquatur multitudini combinationum exponentis seriei, in exponente trianguli; hi enim exponentes sunt
unitates; unitas verò in unitate unico modo *ex*
Lemmate 2 hujus combinatur.

Secundò, *si ea proportio in aliquo triangulo*
contingat; id est si summa cellularum uniuscujus-
cunque seriei trianguli cujusdam, æquetur multi-
tudini combinationum exponentis seriei in expo-
nente trianguli : dico et eandem proportionem in
triangulo proximè sequenti contingere.

His assumptis, facilè ostendetur in singulis
triangulis eam proportionem contingere; contingit enim in primo, *ex primo assumpto* ; immò
et manifesta quoque ipsa est in secundo triangulo; ergo *ex secundo assumpto* et in sequenti

triangulo contingit, quare et in sequenti et in infinitum.

Totum ergo negotium in secundi assumpti demonstratione consistit, quod ita expedietur.

Sit triangulus quilibet, verbi gratiâ, *tertius* in quo supponitur hæc proportio, id est, summam cellularum seriei *primæ* G $+$ σ $+$ π æquari multitudini combinationum numeri 1, *exponentis seriei*, in numero 3, *exponente trianguli*; summam verò cellularum *secundæ seriei* ϕ $+$ ψ æquari multitudini combinationum numeri 2, *exponentis seriei*, in numero 3, *exponente trianguli*; summam verò cellularum *tertiæ seriei*, nempe cellulam A, æquari combinationibus numeri 3, *exponentis seriei*, in 3 *exponente trianguli* · dico et eandem proportionem contingere et in sequenti triangulo *quarto*, id est, summam cellularum, verbi gratiâ, *secundæ seriei* ϕ $+$ ψ $+$ θ, æquari multitudini combinationum numeri 2, *exponentis seriei*, in numero 4, *exponente trianguli*.

Etenim ϕ $+$ ψ æquatur multitudini combinationum numeri 2 in 3 *ex hypothesi*; cellula verò θ æquatur, *ex generatione trianguli arithmetici*, cellulis G $+$ σ $+$ π; hæ verò cellulæ æquantur *ex hypothesi* multitudini combinationum numeri 1 in 3. Ergo cellulæ ϕ $+$ ψ $+$ θ æquantur multitudini combinationum numeri 2 in 3, plus multitudine combinationum numeri 1 in 3; hæ autem multitudines æquantur, *ex quarto Lemmate hujus*, multitudini combinationum numeri 2 in

4. Ergo summa cellularum $\varphi + \psi + \theta$ æquatur multitudini combinationum numeri 2 in 4. Q. E. D.

Idem LEMMA v problematicè enuntiatum.

Datis duobus numeris inæqualibus, invenire in triangulo arithmetico *quot modis minor in majore combinetur?*

Propositi sint duo numeri, verbi gratiâ, 4 et 6, oportet reperire in triangulo arithmetico quot modis 4 combinetur in 6.

PRIMA METHODUS.

Summa cellularum *quartæ* seriei *sexti* trianguli, satisfacit, *ex præcedente, nempe cellulæ* D+E+F.

Hoc est numeri $1 + 4 + 10$, seu 15 : ergo 4 in 6 combinatur 15 modis.

SECUNDA METHODUS.

Cellula *quinta*, basis *septimæ* K, satisfacit; *illi numeri* 5, 7, *sunt proximè majores his* 4, 6.

Etenim illa cellula, nempe K, seu 15, æquatur summæ cellularum *quartæ* seriei *sexti* trianguli D+E+F, ex generatione.

MONITUM.

In basi *septimâ* sunt septem cellulæ, nempe V, Q, K, ρ, ξ, N, ζ, ex quibus *quinta* assumenda est; potest autem ipsa duplici modo assumi, sunt enim duæ basis extremitates Vζ : si ergo ab extremo V inchoaveris, erit V prima, Q se-

cunda, K tertia, ρ quarta, ξ quinta quæsita. Si
verò à ζ incipias, erit ζ prima, N secunda, ξ tertia, ρ quarta, K quinta quæsita : sunt igitur duæ
quæ possunt dici *quintæ*; sed quoniam ipsæ
sunt æquè ab extremis remotæ, ideòque reciprocæ, sunt ipsæ eædem; quare indifferenter
assumi alterutra potest, et ab alterutrâ basis
extremitate inchoari.

MONITUM.

Jam satis patet, quàm benè conveniant combinationes et triangulus arithmeticus, et ideò,
proportiones inter series, aut inter cellulas
trianguli observatas, ad combinationum rationes protendi, ut in sequentibus videre est.

PROPOSITIO PRIMA.

*Duo quilibet numeri, æquè combinantur in eo
quod amborum aggregatum est.*

Sint duo numeri quilibet 2, 4, quorum aggregatum 6 : dico numerum 2 toties combinari in
6, quoties ipse 4 in eodem 6 combinatur, *nempe
singulos, modis* 15.

Hoc nihil aliud est quàm consectatio 4 trianguli arithmetici, et potest hoc uno verbo demonstrari; *cellulæ enim reciprocæ sunt eædem.*
Si verò ampliori demonstratione egere videatur,
hæc satisfaciet.

Multitudo combinationum numeri 2 in 6 æqua-
tur *ex* 5 *Lemmate*, seriei *secundæ* trianguli *sexti*,
nempe cellulis $\varphi + \downarrow + \theta + R + S$, seu cellulæ ξ;

sic multitudo quoque combinationum numeri 4 in 6 æquatur, *ex eodem*, seriei *quartæ* trianguli *sexti*, nempe cellulis D + E + F ; seu cellulæ K ; ipsa verò K , est reciproca ipsius ξ , ideòque ipsi æqualis ; quare et multitudo combinationum numeri 2 in 6 , æquatur multitudini combinationum numeri 4 in 6. Q. E. D.

COROLLARIUM.

Ergo omnis numerus toties combinatur in proximè majori, quot sunt unitates in ipso majori.

Verbi gratiâ, numerus 6 in 7 combinatur *septies*, et 4 in 5 *quinquies*, etc. Ambo enim numeri 1, 6, æquè combinantur in aggregato eorum 7, *ex propositione hâc* 1 ; sed 1 in 7 combinatur septies, *ex Lemmate* 3. Igitur 6 in 7 combinatur quoque septies.

PROPOSITIO II.

Si duo numeri combinentur in numero quod amborum aggregatum est unitate minuto ; multitudines combinationum erunt inter se, ut ipsi numeri reciprocè.

Hoc nihil aliud est quàm consectatio 17 trianguli arithmetici.

Sint duo quilibet numeri 3 , 5, quorum summa 8 , unitate minuta, est 7 : dico multitudinem combinationum numeri 3 in 7 , esse ad multitudinem combinationum numeri 5 in 7, ut 5 ad 3.

Multitudo enim combinationum numeri 3 in 7,

æquatur, *ex 5 Lemmate*, *tertiæ* seriei *septimi* trianguli arithmetici, nempe A+B+C+ω+ξ, seu 35. Multitudo autem combinationum numeri 5 in 7, æquatur, *ex eodem*, *quintæ* seriei ejusdem *septimi* trianguli, nempe H+M+K, seu 21 ; in triangulo autem *septimo*, series *quinta* et *tertia* sunt inter se ut 3 ad 5, *ex consectatione* 17 *trianguli arithmetici*, aggregatum enim exponentium serierum 5, 3, nempe 8, æquatur exponenti trianguli 7 unitate aucto.

PROPOSITIO III.

Si numerus combinetur, primò in numero qui sui duplus est, deinde in ipsomet numero duplo unitate minuto, prima combinationum multitudo, secundæ dupla erit.

Hoc nihil aliud est quàm consectatio 10 trianguli arithmetici.

Sit numerus quilibet 3, cujus duplus 6, qui unitate minutus, est 5 : dico multitudinem combinationum numeri 3 in 6, duplam esse multitudinis combinationum numeri 3 in 5.

Possem uno verbo dicere *omnis enim cellula dividentis dupla est præcedentis coradicalis* : sic autem demonstro.

Multitudo enim combinationum numeri 3 in 6, æquatur *ex 5 Lemmate*, cellulæ 4 basis 7, nempe ρ, *seu* 20 ; quæ quidem ρ, medium basis occupat locum, *quod indè procedit quòd 3 sit dimidium 6, undè fit ut 4 proximè major quàm 3, medium occupet locum in numero 7 proximè ma-*

jori quàm 6. Igitur ipsa cellula *quarta* ρ est in
dividente; quare dupla est cellulæ F, seu ω, *ex*
10 *consectatione trianguli arithmetici*, quæ quidem ω est quoque *quarta* cellula basis *sextæ*;
ideòque *ex Lemmate* 5, ipsa ω seu F, æquatur
multitudini combinationum numeri 3 in 5; ergo
multitudo combinationum 3 in 6 dupla est multitudinis combinationum 3 in 5.   Q. E. D.

PROPOSITIO IV.

Si sint duo numeri proximi, et alius quilibet in
utroque combinetur, multitudo combinationum
quæ fiunt in majore, erit ad alteram multitudi-
nem, ut major numerus, ad ipsummet majorem
dempto eo qui combinatus est.

Sint duo numeri unitate differentes 5, 6; et
alius quilibet 2 combinetur in 5, et deinde in 6:
dico multitudinem combinationum ipsius 2 in 6,
esse ad multitudinem combinationum ipsius 2
in 5, ut 6 ad 6 — 2.

Hoc ex 13 consectatione trianguli arithmetici
est manifestum et sic ostendetur.

Multitudo enim combinationum ipsius 2 in 6,
æquatur summæ cellularum seriei 2 trianguli 6,
nempe φ + ψ + θ + R + S, *ex lemmate* 5, hoc est
cellulæ ξ, seu 15. Sed, *ex eodem*, multitudo combinationum ejusdem 2 in 5, æquatur summæ cellularum seriei 2 trianguli 5, nempe φ + ψ + θ + R,
seu cellulæ ω, seu 10; est autem cellula ξ ad ω
ut 6 ad 4, hoc est ut 6 ad 6 — 2, ex 13 consectatione trianguli arithmetici.

7

PROPOSITIO V.

Si duo numeri proximi, in alio quolibet combi-
nentur, erit multitudo combinationum minoris, ad
alteram, ut major numerus combinatus, ad nume-
rum in quo ambo combinati sunt dempto minore
numero combinato.

Sint duo quilibet numeri proximi 3, 4, et
alius quilibet 6 : dico multitudinem combinationum *minoris* 3 in 6, esse ad multitudinem
combinationum *majoris* 4 in 6, ut 4 ad 6 — 3.

Hæc cum 11 consectatione trianguli arithmetici convenit et sic ostendetur.

Multitudo enim combinationum numeri 3
in 6, æquatur, *ex lemmate* 5, summæ cellularum
seriei 3 trianguli 6, nempe $A + B + C + \omega$, seu
cellulæ ρ, seu 20. Multitudo verò combinationum numeri 4 in 6, æquatur, *ex eodem*, summæ
cellularum seriei 4 trianguli 6, nempe $D + E + F$,
seu cellulæ K, seu 15; est autem ρ ad K ut 4 ad 3,
seu ut 4 ad 6 — 3, ex consectatione 11 trianguli
arithmetici.

PROPOSITIO VI.

Si sint duo numeri quilibet quorum minor in
majore combinetur, sint autem et alii duo his
proximè majores quorum minor in majore quoque
combinetur : erunt multitudines combinationum
inter se, ut hi ambo ultimi numeri.

Sint duo quilibet numeri 2, 4, alii verò his
proximè majores 3, 5 : dico multitudinem com-

binationum numeri 2 in 4, esse ad multitudinem combinationum numeri 3 in 5, ut 3 ad 5.

Consectatio 12 trianguli arithmetici hanc continet et sic demonstratur.

Multitudo enim combinationum ipsius 2 in 4, æquatur, *ex lemmate* 5, summæ cellularum seriei 2, trianguli 4, nempe φ + ψ + θ, seu cellulæ C, seu 6. Multitudo verò combinationum numeri 3 in 5, æquatur, *ex eodem*, summæ cellularum seriei 3 trianguli 5, nempe A + B + C, seu cellulæ F, seu 10; est autem C ad F, ut 3 ad 5, ex 12 consectatione trianguli arithmetici.

LEMMA VI.

Summa omnium cellularum basis trianguli cujuslibet arithmetici unitate minuta, æquatur summæ omnium combinationum quæ fieri possunt in numero qui proximè minor est quàm exponens basis.

Sit triangulus quilibet arithmeticus, verbi gratiâ, *quintus* G H μ : dico summam cellularum suæ basis H + E + C + R + μ, minus unitate, *seu minus unâ ex extremis H vel μ*, æquari summæ omnium combinationum quæ fieri possunt in numero 4 qui proximè minor est quàm exponens basis 5. Id est : dico summam cellularum R + C + E + H (*supprimo enim extremam μ*) id est 4 + 6 + 4 + 1, seu 15, æquari multitudini combinationum numeri 1 in 4, nempe 4; plus multitudine combinationum numeri 2 in 4, nempe 6; plus multitudine combinationum numeri 3 in 4,

nempe 4; plus multitudine combinationum numeri 4 in 4, nempe 1. *Quæ quidem sunt omnes
combinationes quæ fieri possunt in* 4; *superiores
enim numeri* 5, 6, 7, *etc.*, *non combinantur in
numero* 4 : *major enim numerus in minore non
combinatur.*

Multitudo enim combinationum numeri 1
in 4, æquatur, *ex* 5 *lemmate*, cellulæ 2 basis 5,
nempe R, seu 4. Multitudo verò combinationum numeri 2 in 4, æquatur cellulæ 3 basis 5,
nempe C, seu 6. Multitudo quoque combinationum numeri 3 in 4, æquatur cellulæ 4 basis 5,
nempe E, seu 4. Multitudo denique combinationum numeri 4 in 4, æquatur cellulæ 5 basis 5,
nempe H, seu 1. Igitur summa cellularum basis
quintæ demptâ extremâ seu unitate, æquatur
summæ omnium combinationum quæ possunt
fieri in 4.

PROPOSITIO VII.

*Summa omnium combinationum quæ fieri pos-
sunt in numero quolibet, unitate aucta, est numerus progressionis duplæ quæ ab unitate sumit
exordium, quippe ille cujus exponens est numerus
proximè major quàm datus.*

Sit numerus quilibet, verbi gratiâ, 4 : dico
summam omnium combinationum quæ fieri
possunt in 4, nempe 15, unitate auctam, nempe 16, esse numerum *quintum* (nempe proximè
majorem quàm *quartum*) progressionis duplæ
quæ ab unitate sumit exordium.

Hoc nihil aliud est quàm 7 consectatio trianguli arithmetici, et sic uno verbo demonstrari posset, *omnis enim basis est numerus progressionis duplæ* : sic tamen demonstro.

Summa enim combinationum omnium quæ fieri possunt in 4, unitate aucta , æquatur, *ex lemmate* 6, summæ cellularum basis *quintæ;* ipsa verò basis est *quintus* numerus progressionis duplæ quæ ab unitate sumit exordium , ex 7 consectatione trianguli arithmetici.

PROPOSITIO VIII.

Summa omnium combinationum quæ fieri possunt in numero quolibet unitate aucta, dupla est summæ omnium combinationum quæ fieri possunt in numero proximè minore unitate auctæ.

Hoc convenit cum 6 consectatione trianguli arithmetici, nempe *omnis basis dupla est præcedentis :* sic autem ostendemus.

Sint duo numeri proximi 4, 5 : dico summam combinationum quæ fieri possunt in 5, nempe 31, unitate auctam , nempe 32, esse duplam summæ combinationum quæ fieri possunt in 4, nempe 15, unitate auctæ, nempe 16.

Summa enim combinationum quæ fieri possunt in 5, unitate aucta, æquatur, *ex præcedente, sexto* numero progressionis duplæ. Summa verò combinationum quæ fieri possunt in 4, unitate aucta, æquatur, *ex eádem, quinto* numero progressionis duplæ. *Sextus* autem numerus progressionis duplæ, duplus est proximè præcedentis, nempe *quinti.*

PROPOSITIO IX.

Summa omnium combinationum quæ fieri possunt in quovis numero unitate minuta, dupla est summæ combinationum quæ fieri possunt in numero proximè minori.

Hæc cum præcedente omninò convenit.

Sint duo numeri proximi 4, 5 : dico summam omnium combinationum quæ fieri possunt in 5, nempe 31, unitate minutam, nempe 30, esse duplam omnium combinationum quæ fieri possunt in 4, nempe 15.

Etenim *ex præcedente* summa combinationum quæ fiunt in 5, unitate aucta, dupla est summæ combinationum quæ fiunt in 4, unitate auctæ : si ergo ex *minori* summâ auferatur unitas, et ex *duplá summâ* auferantur duæ unitates, reliquum summæ *duplæ*, nempe *summa combinationum quæ fiunt in 5 unitate minuta*, remanebit *dupla* residui alterius summæ, nempe *summæ combinationum quæ fiunt in* 4.

PROPOSITIO X.

Summa omnium combinationum quæ fieri possunt in quolibet numero, minuta ipsomet numero, æquatur summæ omnium combinationum quæ fieri possunt in singulis numeris proposito minoribus.

Hâc cum 8 consectatione trianguli arithmetici

concurrit quæ sic habet, *basis quælibet unitate minuta, æquatur summæ omnium præcedentium.* Sic autem ostendo.

Sit numerus quilibet 5 : dico summa omnium combinationum quæ possunt fieri in 5, nempe 31 ipso 5 minutam, nempe 26, æquari summæ omnium combinationum quæ possunt fieri in 4, nempe 15; plus summâ omnium quæ possunt fieri in 3, nempe 7, plus summâ omnium quæ possunt fieri in 2, nempe 3; plus eâ quæ potest fieri in 1, nempe 1, quorum aggregatus est 26.

Etenim proprium numerorum hujus progressionis duplæ illud est, ut quilibet ex ipsis, verbi gratiâ, sextus 32, exponente suo minutus, nempe 6, id est 26, æquetur summæ inferiorum numerorum hujus progressionis, nempe $16+8+4+2+1$ unitate minutorum, nempe, $15+7+3+1+0$, nempe 26. Unde facilis est demonstratio hujus propositionis.

PROBLEMA PRIMUM.

Dato quovis numero, invenire summam omnium combinationum quæ in ipso fieri possunt. Absque triangulo arithmetico.

Numerus progressionis duplæ quæ ab unitate sumit exordium cujus exponens proximè major est quàm numerus datus, satisfaciet problemati, modò unitate minuatur.

Sit numerus datus, verbi gratiâ, 5, quæritur summa omnium combinationum quæ in 5 fieri possunt.

Numerus *sextus* progressionis duplæ quæ ab unitate incipit, nempe 32, unitate minutus, nempe 31 satisfacit, *ex lemmate* 6; ergo possunt fieri 31 combinationes in numero 5.

PROBLEMA II.

Datis duobus numeris inæqualibus, invenire quot modis minor in majore combinetur. Absque triangulo arithmetico.

Hoc est propriè ultimum problema Tractatûs trianguli arithmetici, quod sic resolvo.

Productus numerorum qui præcedunt differentiam datorum unitate auctam, dividat productum totidem numerorum continuorum quorum primus si minor datorum unitate auctus : quotiens est quæsitus.

Sint dati numeri 2, 6.: oportet invenire quot modis 2 combinetur in 6.

Assumatur eorum differentia 4 quæ unitate aucta est 5. Jam assumantur omnes numeri qui præcedunt ipsum 5, nempe 1, 2, 3, 4, quorum productus sit 24. Assumantur totidem numeri continui quorum primus sit 3, *nempe proximè major quàm 2 qui minor est ex ambobus datis*, nempe 3, 4, 5, 6, quorum productus 360, dividatur per præcedentem productum 24 : quotiens 15 est numerus quæsitus. *Ita ut numerus 2 combinetur in 6, modis 15 differentibus.*

Nec difficilis demonstratio. Si enim quæratur in triangulo arithmetico quot modis 2 combinetur in 6, assumenda est cellula 3 basis 7, *ex lemmate* 5, nempe cellula ξ, et ipsius numerus exponet multitudinem combinationum numeri 2 in 6. Ut autem inveniatur numerus cellulæ ξ cujus radix est 5, et exponens seriei 3, oportet, *ex problemate trianguli arithmetici , ut productus numerorum qui præcedunt* 5, *dividat productum totidem numerorum continuorum quorum primus sit* 3, *et quotiens erit numerus cellulæ* ξ, sed idem divisor ac idem dividendus in constructione hujus propositus est, quare et eundem quotientem sortita est divisio; ergo in hâc constructione repertus est numerus cellulæ ξ, quare et exponens multitudinis combinationum numeri 2 in 6, quæ quærebatur.   Q. E. F. E. D.

MONITUM.

Hoc problemate tractatum hunc absolvere constitueram, non tamen omninò sine molestiâ, ·cùm multa alia parata habeam ; sed ubi tanta ubertas, vi moderanda est fames : his ergo pauca hæc subjiciam.

Eruditissimus ac mihi charisimus, D. D. de Ganières, circa combinationes, assiduo ac perutili labore, more suo, incumbens, ac indigens facili constructione ad inveniendum quoties numerus datus in alio dato combinetur, hanc ipse sibi praxim instituit.

Datis numeris, verbi gratiâ, 2, 6, invenire quot modis 2 combinetur in 6.

Assumatur, *inquit*, progressio *duorum* termi-

norum *quia minor numerus est* 2, inchoando à
majore 6, ac retrogrediendo, seu detrahendo
unitatem ex unoquoque termino, hoc modo 6,
5; deinde assumatur altera progressio inchoando
ab ipso minore 2 ac similiter retrogrediendo hoc
modo 2, 1. Multiplicentur invicem numeri primæ
progressionis 6, 5, sitque productus 30. Multiplicentur et numeri secundæ progressionis 2, 1,
sitque productus 2. Dividatur major productus
per minorem : quotiens est quæsitus.

Excellentem hanc solutionem ipse mihi ostendit, ac etiam demonstrandam proposuit, ipsam
ego sanè miratus sum, sed difficultate territus
vix opus suscepi, et ipsi authori relinquendum
existimavi ; attamen trianguli arithmetici auxilio, six proclivis facta est via.

In 5 Lemmate hujus, ostendi numerum cellulæ ξ, exponere multitudinem combinationum
numeri 2 in 6; quare ipsius reciproca cellula K.
eundem numerum continebit. *Verùm cellula
ipsa K est quotiens divisionis in quâ productus
numerorum* 1, 2, *qui præcedunt* 3 *radicem cellulæ K, dividit productum totidem numerorum
continuorum quorum primus est* 5 *exponens seriei
cellulæ K, nempe numerorum* 5, 6. Sed ille divisor ac dividendus sunt iidem ac illi qui in constructione *amici* sunt propositi ; igitur eundem
quotientem sortitur divisio, quare ipse exponit
multitudinem combinationum numeri 2 in 6,
quæ querebatur.   Q. E. D.

Hâc demonstratione assecutâ, jam reliqua

quæ invitus supprimebam libenter omitto, adeò
dulce est amicorum memorari.

~~~~~~

POTESTATUM NUMERICARUM

SUMMA.

MONITUM.

Datis, ab unitate, quotcunque numeris continuis, verbi gratiâ, 1, 2, 3, 4, invenire summam
quadratorum eorum, nempe $1+4+9+16$, id
est 30, tradiderunt veteres ; imò etiam et summam cuborum eorundem ; ad reliquas verò
potestates non protraxerunt suas methodos, his
solummodò gradibus proprias. Hìc autem exhi-
betur, non solùm summa quadratorum, et cuborum, sed et quadrato-quadratorum, et reliquarum in infinitum potestatum. Et non solùm
à radicibus ab unitate continuis, sed à quolibet
numero initium sumentibus, verbi gratiâ, numerorum 8, 9, 10, etc. Et non solùm numerorum qui progressione naturali procedunt, sed
et eorum omnium qui progressione, verbi gratiâ, cujus differentia est 2, aut 3, aut 4, aut
alius quilibet numerus, formantur, ut istorum
1, 3, 5, 7, etc. vel horum 2, 4, 6, 8, qui per
incrementum binarii augentur, aut horum 1,
4, 7, etc. qui per incrementum ternarii, et sic
de cæteris ; sed, *et quod amplius est*, à quolibet
numero exordium sumat illa progressio ; *sive*

incipiat ab unitate , ut isti 1 , 4 , 7 , 10 , 13 , etc.
qui sunt ejus progressionis quæ per incrementum ternarii procedit, et ab unitate sumit exordium ; *sivè* ab aliquo hujus progressionis numero incipiat ut isti 7 , 10 , 13 , 16 , 19 ; *sive quod
ultimum est* , à numero qui non sit ejus progressionis , ut isti 5 , 8 , 11 , 14 , quorum progressio
per ternarii differentiam procedit, et à numero 5,
ipsi progressioni extraneo , exordium sumit. Et
quod sanè feliciter inventum est , tam multos differentes casus , *unica ac generalissima* resolvit
methodus ; adeò *simplex* , ut absque litterarum
auxilio, quibus difficiliores egent enuntiationes,
paucis lineis contineatur : ut ad finem problematis sequentis patebit.

DEFINITIO.

Si binomium , cujus alterum nomen sit A ,
alterum verò numerus quilibet ut 3 , nempe
A+3 , ad quamlibet constituatur potestatem ut
ad quartum gradum , cujus hæc sit expositio.

$$A^4 + 12. A^3 + 54.. A^2 + 108. A + 81 :$$

Ipsi numeri 12 , 54 , 108 , per quos ipse A mul-
tiplicatur in singulis gradibus , quique partim
ex numeris figuratis , partim ex numero 3 , qui
binomii est secundum nomen , formantur , voca-
buntur *coefficientes* ipsius A.

Erit ergo *in hoc exemplo* 12 *coefficiens* A cubi,
et 54 *coefficiens* A quadrati , et 108 *coefficiens* A
radicis.

Numerus verò 81 *numerus absolutus* dicetur.

LEMMA.

Sit radix quælibet 14; altera verò sit binomium 14+3 cujus primum nomen sit 14, alterum verò alius quilibet numerus 3, ita ut harum radicum 14, et 14+3, differentia sit 3. Constituantur ipsæ in quolibet gradu ut in quarto: ergo quartus gradus radicis 14 est 14^4; quartus verò gradus binomii 14+3 est . . . .

$14^1 + 12. \; 14^3 + 54. \; 14^2 + 108. \; 14 + 81.$

Cujus quidem binomii primum nomen 14, *eosdem coefficientes sortitur in singulis gradibus, quos A sortitus est in similibus gradibus in expositione ejusdem gradús binomii A* + 3, *quod rationi consentaneum est;* harum verò protestatum, nempe hujus 14^4 et hujus $14^4 + 12. \; 14^3 + 54 \; 14^2 + 108.$ $14 + 81$, differentia est $12. \; 14^3 + 54. \; 14^2 + 108.$ $14 + 81$: quæ quidem constat primò, ex radice 14 constitutâ in singulis gradibus proposito gradui *quarto* inferioribus, nempe in *tertio*, in *secundo* et in *primo*, et in unoquoque multiplicatâ per *coefficientes* quos A sortitur in similibus gradibus, in expositione ejusdem gradûs binomii A + 3; deinde ex ipso numero 3, *qui est differentia radicum*, constituto in proposito *quarto* gradu, *numerus enim absolutus* 81, *est quartus gradus radicis* 3. Hinc igitur elicietur *Canon iste :*

Duarum similium potestatum differentia, æquatur, *differentiæ radicum constitutæ in eodem gradu in quo sunt potestates propositæ;* plus

minori radice constitutâ in singulis gradibus pro-
posito gradui inferioribus ac in unoquoque multi-
plicatâ per coefficientes quos A sortiretur in simi-
libus gradibus, si binomium cujus primum nomen
esset A, alterum verò esset differentia radicum,
constitueretur in eâdem potestate propositâ.

Sic ergo differentia inter 14^4 et 11^4, erit.....
$12.11^3 + 54.11^2 + 108.11 + 81.$

Differentia enim radicum est 3. Et sic de
cæteris.

Ad summam potestatum cujuslibet progressionis inveniendam unica ac generalis methodus.

Datis quotcunque numeris, in quâlibet progres-
sione, à quovis numero inchoante, invenire qua-
rumvis potestatum eorum summam?

Quilibet numerus 5, sit initium progressionis
quæ per incrementum cujusvis numeri, verbi
gratiâ, *ternarii* procedat, et in eâ progressione
dati sint quotlibet numeri, verbi gratiâ, isti
5, 8, 11, 14, qui omnes in quâcunque potestate
constituantur ut in tertio gradu seu cubo.
Oportet invenire summam horum cuborum,
nempe $5^3 + 8^3 + 11^3 + 14^3$.

Cubi illi sunt $125 + 512 + 1331 + 2744$, quorum summa est 4712 quæ quæritur et sic invenitur.

Exponatur binomium A + 3 cujus primum
nomen sit A, alterum verò sit numerus 3 qui
est differentia progressionis.

Constituatur binomium hoc $A+3$ in gradu *quarto* qui proximè superior est proposito *tertio*, sitque hæc ejus expositio....................

$$A^4+12.A^3+54.A^2+108.A+81.$$

Jam assumatur numerus 17 qui in progressione propositâ proximè sequitur ultimum progressionis terminum datum 14. Et constituto ipso 17 in eodem gradu *quarto*, nempe 83521, auferantur ab eo, hæc :

Primò, summa numerorum propositorum $5+8+11+14$, nempe 38 multiplicata per numerum 108, qui est coefficiens ipsius A radicis.

Secundò, summa quadratorum eorundem numerorum 5, 8, 11, 14, multiplicata per numerum 54, qui est coefficiens A quadrati.

Et sic deinceps procedendum esset si superessent gradus alii inferiores ipsi gradui tertio qui propositus est.

Deinde *auferatur* primus terminus *propositus* 5 *in* quarto *gradu constitutus.*

Denique *auferatur* numerus 3 qui est differentia progressionis *in eodem gradu* quarto *constitutus, ac* toties *sumptus*, quot *sunt numeri propositi*, *nempe* quater *in hoc exemplo.*

Residuum erit multiplex summæ quæsitæ, eamque *toties* continebit, *quoties* numerus 12 qui est coefficiens ipsius A cubi, seu A in gradu *tertio* proposito, continet unitatem.

Si ergo ad *praxim* methodus reducatur, numerus 17 constituendus est in 4 gradu, nempe 83521, et ab eo hæc auferenda sunt :

Primò , summa numerorum propositorum $5+8+11+14$, nempe 38, multiplicata per 108, unde oritur productus 4104.

Deinde summa quadratorum numerorum propositorum, id est, $5^2 + 8^2 + 11^2 + 14^2$, nempe $25 + 64 + 121 + 196$, quorum summa est 406, quæ multiplicata per 54 efficit 21924.

Deinceps auferendus est numerus 5 in *quarto* gradu, nempe 625.

Denique auferendus est numerus 3 in *quarto* gradu, nempe 81, *quater* sumptus, nempe 324. Numeri ergo auferendi, illi sunt 4104, 21924, 625, 324; quorum summa est 26977, quæ ablata à numero 83521, superest 56544.

Hoc ergo *residuum* continebit summam quæsitam, nempe 4712, multiplicatam per 12; et profectò 4712 per 12 multiplicata efficit 56544.

Paradigma facilè est construere; hoc autem sic demonstrabitur.

Etenim numerus 17 in 4 gradu constitutus qui quidem sic exprimitur 17^4 æquatur $17^4 - 14$. $+ 14^4 - 11^4 . + 11^4 - 8^4 . + 8^4 - 5^4 + 5^4.$

Solus enim 17^4 signum affirmationis solum sortitur, reliqui autem affirmantur ac negantur.

Sed differentia radicum 17, 14, est 3, eademque est differentia radicum 14, 11, eademque radicum 11, 8, ac etiam radicum 8, 5. Igitur ex præmisso lemmate :

$17^4 - 14^4$ æquatur 12. $14^3 + 54 . 14^2 + 108 . 14 + 81.$
Sic $14^4 - 14^4$ æquatur 12. $11^3 + 54 . 11^2 + 108 . 11 + 81.$

Sic $11^4 - 8^4$ æquatur 12. $8^3 + 54$. $8^2 + 108$. $8 + 81$.

Sic $8^4 - 5^4$ æquatur 12. $5^3 + 54$. $5^2 + 108$. $5 + 81$.

Non interpretor 5^4.

Igitur 17^4 æquatur his omnibus:

$12 . 14^3 + 54 . 14^2 + 108 . 14 + 81$

$+ 12 . 11^3 + 54 . 11^2 + 108 . 11 + 81$

$+ 12 . \ 8^3 + 54 . \ 8^2 + 108 . \ 8 + 81$

$+ 12 . \ 5^3 + 54 . \ 5^2 + 108 . \ 5 + 81$

$+ 5^4$.

Hoc est, *mutato ordine*, 17^4 æquatur his

$5 + 8 + 11 + 14$ multiplicatis per 108;

$+ 5^2 + 8^2 + 11^2 + 14^2$ multiplicatis per 54;

$+ 5^3 + 8^3 + 11^3 + 14^3$ multiplicatis per 12;

$+ 81 + 81 + 81 + 81$;

$+ 5^4$.

Ablatis undique his

$5 + 8 + 11 + 14$ multiplicatis per 108;

$+ 5^2 + 8^2 + 11^2 + 14^2$ multiplicatis per 54;

$+ 81 + 81 + 81 + 81$;

$+ 5^4$;

Remanet 17^4 minus his, nempe...........

$- 5 - 8 - 11 - 14$ multiplicatis per 108;

$- 5^2 - 8^2 - 11^2 - 14^2$ multiplicatis per 54;

$- 81 - 81 - 81 - 81$;

$- 5^4$;

æqualis $5^3 + 8^3 + 11^3 + 14^3$ multiplicatis per 12, Q. E. D.

Sic ergo potest institui enuntiatio et generalis constructio.

SUMMA POTESTATUM.

Datis quotcunque numeris, in quâlibet progressione, à quovis numero initium sumente, invenire summam quarumvis potestatum eorum ?

Exponatur binomium, cujus primum nomem sit A, alterum verò sit numerus qui differentia progressionis est, et constituatur hoc binomium in *gradu qui proximè superior* est gradui proposito, et in expositione potestatis ejus notentur *coefficientes* quos A sortitur in singulis gradibus.

Constituatur et in eodem *gradu superiori numerus qui* in eâdem progressione propositâ *próximè sequitur ultimum* progressionis terminum propositum. Et ab eo *auferantur* hæc:

Primò, primus terminus *progressionis datus, seu minimus numerus datorum in eodem* superiori gradu *constitutus.*

Secundò, *numerus qui* differentia est progressionis *in eodem* superiori gradu *constitutus,* ac toties *sumptus* quot *sunt termini dati.*

Tertiò, *auferantur* singuli numeri *dati, in* singulis gradibus *proposito gradui* inferioribus *constituti, ac in unoquoque gradu multiplicati per* jam notatos coefficientes *quos* A *sortitur in iisdem gradibus in expositione hujus* superioris *gradûs binomii primò assumpti.*

Reliquum *est multiplex summæ quæsitæ,* eamque toties *continet* quoties coefficiens *quem A in gradu* proposito *sortitur continet unitatem.*

MONITUM.

Praxes jam particulares sibi quisque pro genio suppeditabit : verbi gratiâ , si quæris summam quotlibet numerorum progressionis naturalis à quolibet inchoantis , hic , ex methodo generali , elicietur *Canon* :

In progressione naturali à quovis numero inchoante , differentia inter quadratum minimi termini et quadratum numeri qui proximè major est ultimo termino , minuta numero qui exponit multitudinem , dupla est aggregati ex omnibus.

Sint quotlibet numeri naturali progressione continui , quorum primus sit ad libitum , verbi gratiâ , *quatuor* isti 5 , 6 , 7 , 8 : dico $9^2 - 5^2 - 4$ æquari duplo $5 + 6 + 7 + 8$.

Similes canones et reliquarum potestatum summis inveniendis et reliquis progressionibus facilè aptabuntur , quos quisque sibi comparet.

CONCLUSIO.

Quantùm hæc notitia ad spatiorum curvilineorum dimensiones conferat , satis norunt qui in indivisibilium doctrinâ tantisper versati sunt. Omnes enim omnium generum parabolæ illicò quadrantur , et alia innumera facillimè mensurantur.

Si ergo illa , quæ hâc methodo in numeris reperimus , ad quantitatem continuam applicare libet , hi possunt institui canones.

Canones ad naturalem progressionem quæ ab unitate sumit exordium.

Summa linearum est ad quadratum
maximæ, ut . . . . 1 ad 2.
Summa quadratorum est ad cubum
maximæ, ut . . . . 1 ad 3.
Summa cuborum est ad 4 gradum
maximæ, ut . . . . 1 ad 4.

*Canon generalis ad progressionem naturalem quæ
ab unitate sumit exordium.*

*Summa omnium in quolibet gradu, est ad
maximam in proximè superiori gradu, ut unitas,
ad exponentem superioris gradûs.*

Non de reliquis disseram, quia hìc locus non
est : hæc obiter notavi, reliqua facili negotio pe-
netrantur, eo posito principio, *in continuâ
quantitate, quotlibet quantitates cujusvis generis
quantitati superioris generis additas, nihil ei su-
peraddere.* Sic puncta lineis, lineæ superficiebus,
superficies solidis, nihil adjiciunt : seu *ut numericis, in numerico tractatu verbis utar,* radices
quadratis, quadrata cubis, cubi quadrato-qua-
dratis, etc., nihil apponunt. Quare, inferiores
gradus nullius valoris existentes, non conside-
randi sunt. Hæc, quæ indivisibilium studiosis
familiaria sunt, subjungere placuit, ut nunquam
satis mirata connexio, quâ ea etiam quæ remo-
tissima videntur, in unum addicat unitatis ama-

trix natura, ex hoc exemplo prodeat, in quo, *quantitatis continuæ dimensionem*, cum *numericarum potestatum summâ*, conjunctam contemplari licet.

~~~~~~

DE NUMERIS MULTIPLICIBUS

EX SOLA CHARACTERUM NUMERICORUM ADDITIONE AGNOSCENDIS.

MONITUM.

Nihil tritius est apud arithmeticos, quàm numeros numeri 9 multiplices, constare characteribus, quorum aggregatum est quoque ipsius 9 multiplex. Si enim ipsius, verbi gratiâ, dupli 18, characteres numericos $1+8$, jungas, aggregatum erit 9. Ita ut ex solâ additione characterum numericorum numeri cujuslibet, liceat agnoscere, utrùm sit ipsius 9 multiplex : verbi gratiâ, si numeri 1719 characteres numericos jungas $1+7+1+9$, aggregatum 18 est ipsius 9 multiplex; undè certò colligitur, et ipsum 1719 ejusdem 9 esse multiplicem. Vulgata sanè illa observatio est; verùm ejus demonstratio à nemine quod sciam data est, nec ipsa notio ulteriùs provecta. In hoc autem Tractatulo non solùm istius, sed et variarum aliarum observationum generalissimam demonstrationem dedi, ac methodum universalem agnoscendi ex solâ additione cha-

racterum numericorum propositi cujusvis numeri, utrùm ille sit alterius propositi numeri
multiplex ; et non solùm in progressione denariâ, quâ numeratio nostra procedit (denaria
enim ex instituto hominum , non ex necessitate naturæ ut vulgus arbitratur, et sanè satis
ineptè, posita est); sed in quâcunque progressione instituatur numeratio, non fallet hìc tradita methodus, ut in paucis mox videbitur
paginis.

PROPOSITIO UNICA.

*Agnoscere ex solá additione characterum dati
cujuslibet numeri, an ipse sit alterius dati numeri
multiplex ?*

Ut hæc solutio fiat generalis, litteris utemur
vice numerorum. Sit ergo divisor, numerus
quilibet expressus per litteram A ; dividendus
autem , numerus expressus per litteras T V N M ,
quarum ultima M exprimit numerum quemlibet
in unitatum columnâ collocatum ; N verò, numerum quemlibet in denariorum columnâ ; V
numerum quemlibet in columnâ centenariorum;
T autem numerum quemlibet in columnâ mil-
lenariorum , et sjc deinceps in infinitum : ita
ut, si litteras in numeros convertere velis, assumere possis loco ipsius M quemlibet ex novem
primis characteribus, verbi gratiâ, 4, loco N
quemlibet numerum , ut 3, loco V quemlibet
numerum, ut 5; et loco T, quemlibet numerum,
ut 6; et collocando singulos illos characteres

numericos in propriâ columnâ, prout collocatæ
sunt litteræ quæ illos exprimunt, proveniet hic
numerus 6 5 3 4, divisor autem A erit numerus
quilibet, ut 7. Missis autem peculiaribus his
exemplis generali istâ enunciatione omnia amplectimur.

Dato quocumque dividendo TVNM, et quocumque divisore A, agnoscere ex solâ additione
characterum numericorum TVNM, utrùm ipse
numerus TVNM exactè dividatur per ipsum
numerum?

Ponantur seorsim numeri serie naturali continui 1, 2, 3, 4, 5, 6, 7, 8, 9, 10, 11, et
cæteri à dextrâ ad sinistram sic . . . .
   etc. 10 9 8 7 6 5 4 3 2 1
   etc. K I H G F E D C B 1.

Jam ipsi primo numero 1, subscribatur unitas.

Ex ipsâ unitate *decies* sumptâ, seu ex 10 auferatur A quoties fieri poterit, et supersit B qui
sub 2 subscribatur.

Ex B *decies* sumpto seu ex 10 B, auferatur A
quoties poterit, et supersit C qui ipsi 3 subscribatur.

Ex 10 C, auferatur A quoties poterit, et supersit D qui ipsi 4 subscribatur.

Ex 10 D, auferatur A, etc. in continuum.

Nùnc sumatur ultimus character divi- M
dendi M, qui quidem et primus est à N in B
dextrâ ad sinistram, scribaturque seor- V in C
sim semel; *primo enim numero 1, subjacet* T in D
unitas.

Jam sumatur secundus character N , et toties repetatur quot sunt unitates in B , *qui secundo numero subjacet* , hoc est multiplicetur N per B, et sub M ponatur productus.

Jam sumatur tertius character V, et toties repetatur quot sunt unitates in C , *sub tertio numero subjecto* , seu multiplicetur V per C , et productus sub primis ponatur.

Sic denique multiplicetur quartus T per D, et sub aliis scribatur. Et sic in infinitum.

Dico prout summa horum numerorum M + N in B + V in C + T in D , est ipsius A multiplex aut non , et quoque ipsum numerum TVNM esse ejusdem multiplicem , vel non.

Etenim si propositus dividendus *unicum* haberet characterem M , sanè prout ipse esset multiplex ipsius A , numerus quoque M esset ejusdem A multiplex , cùm sit ipse numerus totus.

Si verò constet *duobus* characteribus NM : dico quoque , prout M + N in B , est multiplex A , et ipsum numerorum NM ejusdem multiplicem esse.

Etenim character N in columnâ denarii, æquatur 10 N.

Verùm ex constructione, est . . . . 10 — B multiplex A.
Quare ducendo 10 — B in N est. . . . . . 10 N — B in N multiplex A.
Si ergo contingit et esse . . . . M + B in N multiplicem A.
Ergo ambo ultimi multiplices juncti . . . . 10 N + M erunt mult. A.
Id est N in columnâ denarii et M in columnâ
    unitatis, seu numerus . . . .   N M est multiplex A.
Q. E. D.

Si numerus dividendus constet *tribus* characteribus VNM: dico quoque ipsum esse aut non esse multiplicem A, prout M+N in B+V in C, erit ipsius A multiplex, vel non.

Etenim character V, in columnâ centenarii, æquatur 100 V.

At ex constructione est..................... 10 — B, multiplex A.
Quare multiplicando 10 — B per 10.......... 100 — 10 B, mult. A.
Et ducendo ipsos in V................ 100 V — 10 B in V, mult. A.
Sed est etiam ex constructione................, 10 B — C, mult. A.
Quare ducendo in V................ 10 B in V — C in V, mult. A.
Sed ex ostensis...................... 100 V — 10 B in V, mult. A.
Ergo juncti duo ultimi.................. 100 V — C in V, mult. A.
Jam verò ostendemus ut in secundo casu. . 10 N — B in N, mult. A·
Ergo juncti duo ultimi, 100 V + 10 N — C in V — B in N, mult. A.
Ergo si contingat hos numeros. C in V + B in N + M, esse mult. A.
Ambo ultimi juncti, nempe....... 100 V + 10 N + M, est mult. A.

Seu V, in columnâ centenarii, N denarii et M unitatis, hoc est numerus VNM, est multiplex A.   Q. E. D.

Non secus demonstrabitur de numeris ex *pluribus* characteribus compositis. Quare prout, etc. Q. E. D.

Exemplis gaudeamus.

Quæro qui sint numeri multiplices numeri 7? Scriptis continuis 1, 2, 3, 4, 5, etc. subscribo 1 sub 1 . . . .

10	9	8	7	6	5	4	3	2	1
6	2	3	1	5	4	6	2	3	1

Ex unitate decies sumptâ, seu ex 10 aufero 7 quoties potest, superest 3 quem pono sub 2.

Ex 3 decies sumpto, seu ex 30 aufero 7 quoties potest, superest 2 quem pono sub 3.

Ex 20 aufero 7 quoties potest, superest 6 et pono sub 4.

Ex 60 aufero 7 quoties potest, superest 4 et pono sub 5.

Ex 40 aufero 7 quoties potest, superest 5 et pono sub 6.

Ex 5o aufero 7 quoties potest, superest 1 et pono sub 7.

Ex 10 aufero 7 quoties potest, et redit 3 et pono sub 8.

Ex 3o aufero 7 quoties potest, et redit 2 et pono sub 9.

Et sic redit series numerorum 1 , 3 , 2 , 6 , 4 , 5 , in infinitum.

Jam proponatur numerus quilibet 287542178, de quo quæritur utrùm exactè dividatur per 7 ; hoc sic agnoscetur.

Sumatur *semel* ejus character qui primus est à dextrâ ad sinistram , nempe 8 , *primo enim numero seriei continuæ subjacet unitas* , quare ponatur ille 8 , primus character *semel* . . . 8.

Secundus, qui est 7, *ter* sumatur, seu per 3 multiplicetur , *secundo enim numero seriei subjacet* 3 , sitque productus . . . . 21.

Tertius *bis* sumatur, *subjacet enim* 2 *ipsi* 3 , quare tertius character qui est 1 , per 2 multiplicatus sit . . . . 2.

Quartus eâdem ratione per 6 multiplicatus 12.

Quintus per 4 multiplicatus . . . . 16.

Sextus per 5 multiplicatus . . . . 25.

Septimus *semel, septimo enim subjacet* 1   7.

Octavus ter sumptus . . . . 24.

Nonus bis sumptus . . . . 4.

Et sic deinceps si superessent. Jungantur hi numeri. . . . . 119.

Si ipse aggregatus 119 est multiplex ipsius 7, numerus quoque propositus 287542178, ejusdem 7 multiplex erit.

Potest autem dignosci eâdem methodo, utrùm

ipse 119, sit multiplex 7, scilicet sumendo semel

primum characterem . . . . : 9.

secundum characterem ter . . . . 3.

et præcedentem bis . . . . 2.

$$\overline{14.}$$

Si enim summa 14 est multiplex 7, erit et 119 ejusdem multiplex.

Sed et si curiositate potiùs quàm necessitate moti, velimus agnoscere utrùm 14 sit multiplex 7, sumatur character ultimus semel . 4.

et præcedens ter . . . . 3.

$$\overline{7.}$$

Si summa est multiplex ipsius 7, erit et 14 multiplex 7, quare et 14, et 119, et 287542178.

Vis agnoscere quinam numeri dividantur per 6? Scriptis, ut sæpiùs dictum est, numeris naturalibus 1, 2, 3, 4, 5, etc., et 1 sub 1 posito . . .

etc. 4 3 2 1

etc. 4 4 4 1

Ex 10 aufer 6, reliquum 4 sub 2 ponito.

Ex 40 aufer 6, reliquum 4 sub 3 ponito.

Ex 40 aufer 6, reliquum 4 sub 4 ponito.

Et sic semper redibit 4, quod agnosci potuit ubi semel rediit.

Ergo, si proponatur numerus quilibet, de quo quærebatur utrùm sit dividendus per 6, nempe 248742? sume ultimam ejus figuram semel . 2.

præcedentem quater . . . . 16.

$$\overline{18.}$$

18.

præcedentem quater, etc. . . . . 28.

et uno verbo, primam semel, reliquarum

verò . . . . 32.

summam quater. . . . . 16.

8.

_____

102.

Si summa 102 dividatur per 6, dividetur et ipse
numerus propositus 248742 per eumdem 6.

Vis agnoscere utrùm numerus dividatur per 3 ?
Scriptis ut priùs numeris naturalibus, et 1 sub 1
posito . . . .

$$5 \quad 4 \quad 3 \quad 2 \quad 1$$
$$1 \quad 1 \quad 1 \quad 1 \quad 1$$

Ex 10 aufer 3 quoties potest, reliquum 1 sub
2 ponito.

Ex 10 aufer 3 quantùm potest, reliquum 1 sub
3 ponito, et sic in infinitum.

Ergo si proponatur numerus quilibet 2451,
ut scias utrùm dividatur per 3,

sume semel ultimam figuram . . . . 1.

præcedentem semel . . . . 5.

et semel singulas . . . . 4.

2.

_____

12.

Si summa dividatur per 3, dividetur et numerus
propositus per 3.

Vis agnoscere utrùm numerus dividatur per 9?
Scriptis numeris 1, 2, 3, etc., et 1 sub 1 posito.

Ex 10 aufer 9, et quoniam superest 1, patet *unitatem* contingere singulis numeris. Ergo, si numeri propositi singuli characteres simul sumpti dividantur per 9, dividetur et ipse.

Vis agnoscere utrùm numerus dividatur per 4? Scriptis numeris naturalibus, ut mos est, et posito 1 sub 1 . . . .

$$4 \quad 3 \quad 2 \quad 1$$
$$0 \quad 0 \quad 2 \quad 1$$

Ex 10 aufer 4 quantùm potest, reliquum 2 pone sub 2.

Ex 20 aufer 4 quantùm potest, reliquum 0 pone sub 3.

Ex 00 aufer 4, superest semper 0.

Quare si proponatur numerus dividendus 2486, pono ultimum characterem semel . . . . . . 6.

præcedentem bis, *subjacet enim 2 sub 2* . . . 16.
———
22.

Præcedens per 0 multiplicatus facit zero et sic de reliquis; quare ad ipsos non attendito; et si summa priorum, nempe 22, per 4 dividatur, dividetur et ipse, secùs autem, non.

Sic numeri quorum ultimus character semel, præcedens bis, præcedens quater (*reliquis neglectis, zero enim sortiuntur*); simul juncti numerum efficiunt multiplicem 8, sunt ipsi et ejusdem 8 multiplices, se cùs autem, non.

In exemplum autem dabimus et illud.

Agnoscere qui numeri dividantur per 16?

Scriptis , ut dictum est , numeris naturalibus
1, 2, 3, 4, 5, 6, 7, etc., et 1 sub 1 posito . . . .

$$7 \quad 6 \quad 5 \quad 4 \quad 3 \quad 2 \quad 1$$
$$0 \quad 0 \quad 0 \quad 8 \quad 4 \quad 10 \quad 1$$

Ex 10 aufer 16 quantùm potest, superest ipse 10.
*Ex minore enim numero major numerus subtrahi
non potest*; *quare ipsemet numerus* 10 *ponatur
sub* 2.

Ex ipso 10 decies sumpto, ut mos est , seu
ex 100, aufero 16 quantùm potest ; superest 4
quem pono sub 3.

Ex 40 aufero 16 quantùm potest, reliquum 8
pono sub 4.

Ex 80 aufero 16 quantùm potest, superest o.

Ideò omnis numerus cujus ultimus character
semel sumptus , penultimus decies , præcedens
quater , et præcedens octies; efficiunt numerum
multiplicem 16 , erit et ipse ipsius 16 multiplex.

Sic reperies omnes numeros , quorum penultimus character decies , reliqui autem omnes ,
scilicet ultimus , ante penultimus , præante penultimus , et reliqui semel sumpti , efficiunt
numerum divisibilem per 45 , vel 18 , vel 15 ,
vel 30 , vel 90 , et uno verbo omnes divisores
numeri 90 , duobus constantes characteribus ,
dividi quoque et ipsos per hos divisores.

Non difficilis indè ad alia progressus ; sed in-
tentatam huc usque materiam aperuisse , et satis
obscuram lucidissimâ demonstratione illustra-
visse , sufficit. Ars etenim illa , quâ ex additione

characterum numeri, noscitur per quos sit divisibilis, ex imâ numerorum naturâ, et ex eorum denariâ progressione vim suam sortitur : si enim aliâ progressione procederent, verbi gratiâ, duodenariâ (quod sanè gratum foret) et sic ultra primas novem figuras, aliæ duæ institutæ essent, quarum altera denarium, altera undenarium exhiberet; tunc non ampliùs contingeret, numeros quorum omnes characteres simul sumpti efficiunt numerum multiplicem 9, esse et ipsos ejusdem 9 multiplices.

Sed methodus nostra, necnon et demonstratio, et huic progressioni, et omnibus possibilibus convenit.

Si enim in hâc duodenariâ progressione, proponitur agnoscere an numerus dividatur per 9.

Instituemus, ut antea, numeros naturali serie continuos 1, 2, 3, 4, 5, etc., et 1 sub 1 posito

$$4\ 3\ 2\ 1$$
$$0\ 0\ 3\ 1$$

Ex unitate jam duodecies sumptâ seu ex 10, (qui jam potest *duodecim*, non autem *decem*) auferendo 9 quantùm potest, superest 3, quem pono sub 2.

Ex 30 (qui jam potest *triginta sex*, scilicet *ter duodecim*) aufer 9 quantùm potest, et superest nihil, continetur enim 9 quater exactè in *triginta sex*; pono igitur 0 sub 3.

Et ideò, zero sub reliquis characteribus continget.

Undè colligo, omnes numeros, quorum ultimus character semel sumptus, penultimus verò ter (*de cæteris non curo quales sint*, *zero enim sortiuntur*) efficiunt numerum divisibilem per 9, dividi quoque per 9, in duodenariâ progressione.

Sic in hâc progressione duodenariâ omnes numeri quorum singuli characteres simul sumpti efficiunt numerum divisibilem per 11, sunt et divisibiles per eumdem.

In nostrâ verò progressione denariâ, contingit omnes numeros divisibiles per 11, ita se habere, ut ultimus semel sumptus, penultimus decies, præcedens semel, præcedens decies, præcedens semel, præcedens decies, et sic in infinitum, conflare numerum multiplicem 11.

Hæc et alia facili studio, ex istâ methodo quisque colliget; tetigimus quidem quoniam intentata placent, relinquimus verò ne nimia perscrutatio tædium pariat.

PROBLEMATA DE CYCLOIDE,

PROPOSITA MENSE JUNII 1658.

———

Cum ab aliquot mensibus, 'quædam circa cycloidem (*), ejusque centra gravitatis, medita-
remur, in propositiones satis arduas ac difficiles,
ut nobis visum est, incidimus, quarum solutionem à præstantissimis toto orbe geometris
supplices postulamus, proposito ipsis præmio,
non mercedis gratiâ (quod absit!) sed in obse-
quii nostri, aut potiùs meriti eorum qui hæc
invenerint, publicum argumentum.

Quæ verò proponimus sunt ejus modi. Dato
puncto quolibet Z (*Fig.* 1) in quacunque cycloide ABCD, ex quo ducta sit ZY basi AD parallela quæ axem CF secet in puncto Y; quæruntur.

Dimensio spatii CZY; ejusdemque centrum
gravitatis; solida genita ex circumvolutione dicti
spatii CZY, tam circa ZY quàm circa CY; et
horum solidorum centra gravitatis.

Quòd si eadem solida, plano per axem ducto
secentur, et sic fiant utrinque duo solida, duo
scilicet ex solido circa basim ZY, et duo ex

———

(*) Cycloidis definitio ad finem hujus scripti habetur.

solido circa axem CY genito , cujusque horum
solidorum quærimus etiam centra gravitatis.

Quia verò quæsitorum demonstratio forsan
adeò prolixa evadet , ut vix intra præstitutum
tempus exequi satis commodè possit, genio et
otio doctissimorum geometrarum consulentes,
ab his tantùm postulamus , ut demonstrent, vel
more antiquorum , vel certè per doctrinam indivisibilium (hanc enim demonstrandi viam
amplectimur) omnia quæ quæsita sunt, data
esse : ita ut facilè ex demonstratis, quælibet
puncta quæsita ex datis in hypothesibus, possint
inveniri.

Et ut apertiùs mentem meam explicem , nec
subsit aliquid ambiguum, exemplo rem illustro.
Proponatur, verbi gratiâ , parabola A B C (*Fig.* 2)
cujus axis A B, basis A C, tangens B D, parallela
axi C D. Inveniendum sit centrum gravitatis trilinei D C B. Satis factum esse problemati cense-
rem , si demonstretur, datum esse centrum
gravitatis parabolæ A B C, necnon et centrum
gravitatis rectanguli C D B A , et proportionem
hujus rectanguli cum parabolâ C B A , ideòque
datum esse centrum gravitatis quæsitum trilinei
C D B. Nam etsi præcisè punctum in quo reperi-
tur centrum gravitatis non exhibeatur, demonstratum tamen est datum esse, cùm ea ex quibus
invenitur data sint ; resque eò deducta erit ut
nihil aliud supersit præter calculum , in quo nec
viis ingenii nec peritia artificis requiruntur : ideòque non is à nobis calculus exigitur, cur enim

in iis immoraremur? Sed tantummodò petimus demonstrari res quæ proponuntur datas esse.

Verùm doctissimi geometræ prorsus necessarium judicabunt, et ab his postulamus, duarum propositionum, vel duorum casuum integram constructionem, seu integrum calculum.

Primus casus est cùm punctum Z constituitur in A.

Secundus, cùm idem punctum Z datur in B, in quo transit parallela GB ducta à puncto G centro circuli genitoris cycloidis.

Quòd si aliquis error calculi in his duobus casibus subrepserit, eum libenter condonamus, et veniam quam ipsi peteremus facilè promerebuntur.

Quisquis superiùs proposita, intra primam diem mensis octobris anni 1658, solverit et demonstraverit, magnus erit nobis Apollo.

Et primus quidem consequetur valorem quadraginta duplorum aureorum Hispanicorum quos ipsi Hispani *doblones*, et Galli *pistoles* vocant; vel certè, si mavult, ipsos duplos aureos.

Secundus verò viginti ejusmodi duplos aureos. Si unus tantùm solverit, sexaginta solus habebit.

Et quia seriò rem agimus, dictos sexaginta duplos aureos illustrissimo domino de Carcavi, regio consiliario Parisiis commoranti apud celsissimum dominum Ducem de Liancourt deponi curavimus, qui eos exsolvet statim ac demonstrationes quæ ad ipsum mittentur, veræ ac geometricæ, à viris ab ipso ad id deputatis, judicabuntur. Et cùm illustrissimum consiliarium, jam à multis annis virum probum, et matheseos amantissimum agnoverimus, audacter pollicemur rem sincerè et absque fallaciâ exequendam.

Quòd si his circiter tribus elapsis mensibus nullus inveniatur qui quæsita nostra solverit, non denegabimus quæ ipsi invenimus, nec aliis invidebimus undè majora jam inventis nanciscántur, et ex quibus forsan apud posteros gratiam inibimus.

Hoc unum restat ut lineæ cycloidis descriptionem exhibeamus, à quâ brevitatis causâ abstinendum arbitrabamur, cùm hæc linea jam pridem Galileo, Toricellio, et aliis innotuerit; sed quia eorum libri omnibus non sunt obnoxii, ideò hanc ex Toricellio damus.

DESCRIPTIO CYCLOIDIS.

Concipiatur super manente rectâ lineâ DA, circulus DL, contingens rectam DA, in puncto D, noteturque punctum D, tanquam fixum in peripheriâ circuli DL : tùm intelligatur super manente rectâ DA converti circulum DL motu circulari simul et progressivo versus partes A, ita ut subindè aliquo suî puncto rectam lineam DA semper contingat, quousque fixum punctum D iterùm ad contactum revertatur, putâ in A. Certum est quòd punctum D fixum in periphe-

riâ circulî rotantis D L, aliquam lineam descri-
bet, surgentem primò à subjectâ lineâ DA,
deindè culminantem versus C , postremò pro-
nam descendentemque versus punctum A : et
talis linea vocata est cyclois (*).

DE EODEM ARGUMENTO

ADDITAMENTUM.

Cum circà ea quæ de cycloide proposuimus, duo
orta esse dubia, nobis illustrissimus D D. de
Carcavi significaverit, his statim occurrendum
duximus, et ita occurrimus.

Prius indè oritur, quòd in proponendis nos-
tris de cycloide problematis hâc voce usi fueri-
mus, *in quacunque cycloide* : cùm tamen unius
tantùm speciei cycloidis definitionem attuleri-
mus. Verùm nihil aliud intelleximus præter
solam illam simplicem, naturalem ac primariam
cycloidem cujus ex Toricellio descriptionem
dedimus ; cùm enim quæ de illâ resolvuntur

(*) Dans l'exemplaire qui appartient à la Bibliothéque du
Roi, on trouve, à la fin de ce programme, les mots suivants
écrits de la main de Pascal : *Centrum curvæ A Z C distat
à basi duabus tertiis partibus axis , et distat ab axe ,
rectâ æquali uni tertiæ parti axis, plus differentiâ inter
basim et axem.*

facile sit, ad omnes alias species protrahere, qui nostra problemata de hâc solâ solverit, nobis omninò satisfecerit.

Posterius in eo consistit, quòd à nobis non sit præcisè positum an supponamus datam esse rationem basis cycloidis A D (*fig.* 1) cum suâ altitudine, seu cum diametro circuli genitoris F C; sed ipsam datam esse rationem pro concesso usurpandum arbitrabamur, et ut omninò æquum est, datam esse supponimus.

Nihil ergò jam superest obscuritatis. Unum tamen restare videtur, ut doctissimos geometras ad propositiones nostras commodiùs et libentiùs investigandas invitemus; scilicet ea omnia removere quæ à perspicacitate ingenii, quam solam magni facimus, et explorare ac coronare instituimus, sunt aliena, qualia sunt tàm calculus integer multorum casuum quem postulabamus, quàm absoluta solutionum conscriptio; cùm ea non à viribus ingenii, sed ab aliis circumstantiis pendeant. Hoc itaque tantummodò jam instituimus, ut sola problematum difficultas remaneat superanda. Nempè :

Qui publico instrumento, intra præstitutum tempus, illustrissimo domino de Carcavi significaverit eorum quæ quæsita sunt demonstrationem penes se habere; et aut ipsammet demonstrationem quantumvis compendiosam ad ipsum miserit : aut si cartæ mandare nondum per otium licuerit, saltem ad confirmandam suæ assertionis veritatem, casûs quem mox designa-

bimus calculum dederit, seque paratum esse
professus fuerit omnia omninò demonstrare ad
ipsius D. de Carcavi nutum, hunc nobis satisfecisse declaramus; et consentimus, primum
qui hæc fecerit primo, secundum secundo, præmio donandum, si sua solutio ab ipso D. de
Carcavi virisque ad id secum abhibitis, cùm
ipsi visum fuerit, exhibita, geometrica ac vera
judicetur, salvo semper erroris calculo.

Casus autem, cujus solius sufficiet calculus,
ille est. Si semicyclois A C F circa basim A F con-
vertatur, et solidum indè genitum secetur plano
per ipsam A F (quæ jam hujus solidi axis est)
ducto, quod quidem, solidum dividet in duo
semisolida paria : alterutrius horum semisolidorum centrum gravitatis assignari postulamus.

RÉFLEXIONS

Sur les conditions des prix attachés à la solution des Problèmes
concernant la Cycloïde.

Le premier octobre étant arrivé, auquel expiroit
le temps destiné pour recevoir les solutions de
ceux qui prétendroient aux prix des problèmes
de la roulette, appelée en latin *cyclois*, ou *tro-
chois*, nous en ouvririons dès à présent l'examen, si l'absence de M. de Carcavi, qui a eu la
bonté d'envoyer nos écrits et d'en recevoir les

réponses, ne nous obligeoit à retarder jusqu'à son retour, qui doit être dans peu de temps. Mais nous avons jugé à propos de répondre cependant à deux sortes de personnes, qui s'efforcent de traverser cet examen par des interprétations ridicules qu'ils font de mes paroles, qu'ils tournent entièrement contre leur sens naturel et contre celui que j'ai eu : essayant, par ces chicaneries, de frustrer ceux qui auroient envoyé les véritables solutions, des prix qu'ils auroient mérités.

Les premiers sont des gens qui écrivant de pays fort éloignés, mandent, par leurs lettres du mois d'août, qu'ayant reçu les écrits que nous leur envoyâmes au mois de juin, ils vont travailler à cette recherche; mais que pour ouvrir l'examen à Paris, on doit attendre non-seulement le premier octobre 1658, mais encore trois ou quatre mois après, et même huit, ou peut-être un an : n'étant pas impossible, disent-ils, que leurs lettres, quoique écrites avant le premier octobre, soient très-long-temps en chemin, soit par les incommodités de la saison, soit par celles de la guerre, soit enfin par les tempêtes de mer qui peuvent arrêter, ou même faire périr les vaisseaux qui les portent, auquel cas ils seroient recevables d'envoyer de secondes lettres, pourvu qu'ils eussent de bonnes attestations de leurs officiers publics, qu'elles fussent conformes aux premières, écrites avant le premier octobre.

Certainement si mon intention avoit été telle, et si les paroles de mon écrit le marquoient, je serois bien suspect d'avoir proposé une chimère, en proposant les prix, puisque j'aurois pu ne jamais les donner; et que quiconque se fût présenté au premier octobre avec ses solutions, j'aurois toujours pu le remettre, dans l'attente de quelque vaisseau, qui, ayant eu le vent favorable en portant mes écrits, pouvoit l'avoir contraire, ou même être péri, en rapportant les réponses. Et même ceux qui auroient gagné les prix en se trouvant les premiers entre ceux dont on auroit reçu les solutions au premier octobre, ne seroient jamais en assurance d'en pouvoir jouir, puisqu'ils pourroient toujours leur être contestés par d'autres solutions qui pourroient arriver tous les jours, premières en date, et qui les excluroient sur la foi des signatures des bourgmestres et officiers de quelque ville à peine connue, du fond de la Moscovie, de la Tartarie, de la Cochinchine ou du Japon. D'ailleurs on auroit eu trop de tromperies à craindre sur cet article; et il n'y eût eu aucune sûreté à produire ses résolutions à l'examen, puisque des plagiaires auroient pu les déguiser et les dater d'auparavant, en les faisant ainsi venir de quelque île bien éloignée.

J'ai voulu agir avec bien plus de clarté, de sûreté et de promptitude; et c'est pourquoi j'ai établi un jour et un lieu fixe : le lieu est Paris; le jour est le premier octobre, auquel le temps

étant expiré, l'ouverture de l'examen des solutions reçues jusqu'alors, doit commencer sans
attendre davantage, et le prix accordé au premier qui se trouvera alors en date, sans qu'il
puisse être troublé en sa possession par ceux qui
viendront après, lesquels seroient toujours, ou
suspects, ou au moins trop tard arrivés, et ne
sont plus recevables pour le prix.

Je sais bien qu'en cela il y a quelque avantage
pour les François, et surtout pour ceux de
Paris ; mais en faisant faveur aux uns, je n'ai
pas fait d'injustice aux autres. Je laisse à tous
ceux qui viendront l'honneur de leur invention ; je ne dispose pas de la gloire ; le mérite la
donne ; je n'y touche pas : je ne règle autre chose
que la dispensation des prix, lesquels venant de
ma pure libéralité, j'ai pu disposer des conditions avec une entière liberté. Or je les ai établies
de cette sorte ; personne n'a sujet de s'en plaindre ; je ne devois rien aux Allemands, ni aux
Moscovites ; je pouvois ne les avoir offerts qu'aux
seuls François ; je puis en proposer d'autres
pour les seuls Flamands, ou pour qui je voudrois. J'y ai néanmoins agi le plus également
que j'ai pu ; et si les conditions sont plus favo-
rables aux François qu'aux autres, ce n'a été
que pour éviter de plus grandes difficultés, et
des injustices toutes évidentes comme celle que
je viens de représenter. Et ainsi ayant été nécessaire pour les éviter, de déterminer un temps et
un lieu, j'ai cru que trois mois et demi suffi-

soient, et que Paris étoit le lieu le plus propre
pour avoir réponse de toutes parts. C'est pourquoi en faisant mes écrits au mois de juin, j'ai
donné jusqu'au premier octobre, *intra primam
diem octobris* ; et j'ai déclaré que si dans ce
temps, d'environ trois mois et demi, il ne se
trouvoit personne qui eût résolu mes questions,
je les résoudrois alors moi-même, sans attendre
davantage : *quod si his circiter tribus elapsus mensibus, nullus inveniatur qui quæsita nostra solverit,
non denegabimus quæ ipsi invenimus.* Par où il
est si visible que je ne voulois laisser passer que
le temps de ces trois mois pour attendre les
solutions, qu'il est ridicule de m'imputer cet
autre sens, qui, comme j'ai dit, eût rendu les
promesses des prix vaines et chimériques : et
mon second écrit le marque encore trop clairement ; car voici les règles que j'y ai établies : que
ceux-là seuls seront admis, qui dans le temps
prescrit auront fait signifier à M. de Carcavi,
par un acte public, qu'ils ont les solutions, en
lui en envoyant, ou une démonstration abrégée,
ou au moins le calcul d'un certain cas par où il
parût qu'ils ont tout résolu. *Qui publico instrumento intra præstitutum tempus illustrissimo domino de Carcavi significaverit se eorum quæ quæsita
sunt solutionem penes se habere, et aut demonstrationem quantumvis compendiosam ad ipsum miserit : aut... saltem ad confirmandam suæ assertionis
veritatem casûs quem mox designabimus calculum
dederit, hunc nobis satisfecisse declaramus.*

Voilà mes termes, qui assurément ne souffrent aucune équivoque, et par lesquels j'ai établi les conditions les plus équitables que j'ai pu imaginer ; car ayant établi qu'on prendroit date du jour qu'on auroit signifié et délivré à M. de Carcavi même, la démonstration ou le calcul proposé, j'ai retranché toutes les disputes sur la primauté, qui seroient nées, si on avoit pris date du jour de l'envoi ; ce qui les auroit fait demeurer indécises durant plusieurs mois ou plusieurs années, comme il a été déjà dit. En exigeant qu'on fît cette signification par un acte public, j'ai arrêté de même les soupçons et les disputes qui auroient pu naître entre les prétendants, sur des écrits de mains privées : chacun ayant intérêt d'être non-seulement premier, mais encore seul ; et ayant sujet de demander des preuves plus authentiques que des écrits de mains privées, pour croire qu'il en est venu d'autres dans le temps, soit devant, soit après soi. Aussi M. de Carcavi, ni moi, ne voulant pas qu'on nous en crût sur notre parole, nous avons averti de prendre des actes publics. Et enfin, en me contentant, ou d'une démonstration abrégée, ou au moins du calcul d'un seul cas pour donner date, en attendant qu'on envoyât la démonstration entière avec plus de loisir, j'ai soulagé les géomètres autant qu'il étoit possible de le faire, puisqu'on ne pouvoit pas moins leur demander, et que néanmoins ce que j'ai demandé est à peu près suffisant :

ce calcul étant si difficile et dépendant tellement du fond d e la question , qu'on peut juger
que qui l'aura trouvé a tout résolu en soi-même,
et ne manque plus que de loisir pour l'écrire et
l'achever. En quoi je crois avoir gardé un assez
juste tempérament ; car, d'une part, il n'étoit
pas juste d'exiger une démonstration entière et
écrite au long, et de faire dépendre la primauté
du loisir qu'il faut pour cela ; et de l'autre côté,
il eût été bien plus injuste de ne pas exiger des
preuves certaines qui marquassent qu'on a résolu les questions , et d'accorder le premier rang
à ceux qui n'auroient donné aucune marque
de les avoir résolues ; de sorte que j'ai satisfait à
tout, en demandant le véritable calcul de ce cas.

Et c'est pourquoi je ne puis assez admirer la
vaine imagination de quelques autres, qui ont
cru qu'il leur suffiroit d'envoyer un calcul faux
et fabriqué au hasard, pour prendre date du
jour qu'ils l'auroient donné, sans avoir produit d'autre marque qui fasse connoître qu'ils
ont résolu les problèmes : ce qui est une imagination si ridicule, que j'ai honte de m'amuser
à la réfuter. Cependant, encore qu'ils sachent
fort bien que leur calcul est faux (car cela est
visible à l'œil même) ; qu'ils l'aient mandé eux-
mêmes par leurs lettres, et qu'ils n'en aient envoyé aucun autre, ils ne laissent pas, par la
plus plaisante imagination du monde, de se
croire en état d'être mis en ordre depuis le jour
qu'ils ont produit ce faux calcul : prétendant

que ce que j'ai dit en d'autres occasions, toutes différentes, du peu d'égard qu'on doit avoir aux erreurs de calcul (savoir quand la démonstration entière et géométrique est envoyée en même temps ; car alors la chose est sans doute) doit aussi avoir lieu lorsqu'on envoie autre chose qu'un faux calcul, en laquelle occasion je n'ai jamais dit un seul mot de pardonner ces erreurs. En effet, il faudroit avoir perdu le sens pour le dire ; car il n'est pas difficile d'entendre quelle différence il y a entre deux personnes qui veulent montrer qu'ils ont résolu une question, dont l'une apporte, pour preuve de son discours, une démonstration parfaite et géométrique sans aucun défaut, à quoi il ajoute encore quelques calculs, tandis que l'autre ne produit autre chose qu'un seul calcul sans aucune sorte de preuve. Qui ne voit la différence qui se trouve entre les conditions de ces deux hommes, en ce qui regarde les erreurs de calcul ? Il est toujours juste de pardonner ces erreurs à celui qui donne en même temps les démonstrations entières et parfaites ; qui rendent le calcul superflu, qui enseignent l'art de le bien faire, qui apprennent à en reconnoître et corriger les défauts, et qui enfin toutes seules convainquent invinciblement qu'on a résolu les questions ; mais la condition de l'autre est toute différente, puisque n'ayant donné pour toute marque de ses solutions qu'un seul calcul pour laisser à juger, selon qu'il sera vrai ou faux, qu'il a résolu les

questions ou non, s'il se trouve faux en toutes
ses parties, que restera-t-il par où on puisse
connoître qu'il a trouvé la vérité ? Y a-t-il rien
de si foible, que de vouloir qu'on lui pardonne
toutes les erreurs qui s'y trouveront, et qu'encore qu'il soit faux en tout, et qu'il ne contienne
rien de vrai, au lieu d'en conclure que l'auteur
n'a pas trouvé la vérité, on en conclue au contraire qu'il possédoit la vérité depuis le jour
qu'il a produit la fausseté ? C'est assurément ce
qu'on ne peut non plus conclure d'un faux calcul, que d'une fausse démonstration ; car ce
que les paralogismes sont en démonstration,
les erreurs de calcul le sont quand le calcul est
seul : il n'y a que deux manières de montrer
qu'on a résolu des questions : savoir, de donner,
ou la solution sans paralogisme, ou le calcul
sans erreur ; et c'est aussi une de ces deux choses
que j'ai exigées, pour pouvoir prendre date.
Mais n'est-ce pas une plaisante prétention, de
vouloir passer pour avoir découvert la vérité, par
cette seule raison qu'on a produit une fausseté,
et de se faire préférer aux autres qui auroient
produit les véritables calculs, parce qu'on auroit donné une fausseté avant eux, et que la
règle que j'aurois établie pour reconnoître qui
seroit le premier qui auroit résolu les questions,
fût de voir qui seroit le premier qui eût fabriqué une fausseté ? Si cela étoit ainsi, il eût été
bien facile à toutes sortes de personnes d'en
fabriquer au hasard et à sa fantaisie, et en les

envoyant à M. de Carcavi, prendre date dès lors ; en quoi sans courir aucun risque, puisqu'ils pouvoient se rétracter à leur volonté, ils se fussent acquis cet avantage, que s'ils avoient pu ensuite découvrir la vérité et même après le temps expiré, ou bien avoir quelques lumières des solutions déjà données quand on les examineroit, ils auroient été assurés d'être les premiers en date, en vertu de la fausseté qu'ils auroient les premiers produite : et de cette manière il seroit arrivé que l'honneur de la première invention, qui est la principale chose qu'on considère en ces matières, n'auroit pas dépendu de la première production de la vérité, mais de la première production qu'on auroit faite à sa fantaisie d'une fausseté ; ce qui est la chose du monde la plus extravagante.

Je serois bien fâché qu'on me crût capable d'avoir donné pour loi une condition si injuste et si impertinente. Mais elle est aussi éloignée de mon sens que de mes paroles. Quand j'ai dit qu'il suffiroit, pour passer pour premier, d'envoyer une démonstration abrégée, ou au moins le calcul d'un seul cas, je n'ai pas dit une seule parole de pardonner les erreurs de calcul, comme mes paroles, que j'ai déjà rapportées, le témoignent : *aut saltem ad confirmandam suæ assertionis veritatem calculum unius casús miserit.* Et c'est être ridicule de rapporter à ce lieu, où je n'en parle en aucune sorte, ce que je dis sur un autre sujet, savoir quand le reste des démonstrations et les solutions entières sont à loisir apportées à l'examen, auquel cas si les juges les trouvent toutes véritables et géométriques, on y pardonnera sans doute les erreurs de calcul (quoique ce soit toujours une grâce): *si solutio exhibita domino de Carcavi virisque secum ad hoc adhibitis geometrica ac vera judicetur, salvo semper errore calculi :* lesquelles, comme j'ai déjà dit, il est toujours aussi juste de pardonner en n'agissant pas à la rigueur, quand la démonstration est présente, qu'il est hors de raison d'y penser quand on ne produit qu'un seul calcul, faux en toutes ses parties.

Il n'est donc que trop visible que ceux qui ont produit ces calculs faux, ne l'ont fait que pour gagner par là le temps de chercher à loisir ce qu'ils n'avoient pas encore trouvé, et ce qu'ils veulent être réputés avoir trouvé depuis le jour qu'ils avoient envoyé leur fausseté, s'ils peuvent y arriver ensuite par quelque voie, en quelque temps que ce soit. Mais c'est en vain qu'ils ont tenté cette finesse ; car la règle est écrite : il falloit envoyer le calcul dans le temps, s'ils l'eussent eu ; et un calcul faux, en toutes ses parties, n'est en aucune sorte un calcul ; et ainsi quand ils l'auroient envoyé, même signé par un notaire, ce ne seroit que des erreurs signées par notaire, et ils seront réputés comme n'ayant rien envoyé.

Leurs calculs sont donc justement réputés nuls puisqu'il n'y avoit que deux mesures à

désigner, et qu'ils les ont données toutes deux
fausses, et chacune d'environ de la moitié. Cependant quelques-uns de ceux-là qui déclarent
franchement qu'ils savent bien qu'elles sont
fausses, mais en ne laissant pas de prétendre
d'en avoir acquis leur rang, disent aussi qu'ils
en ont maintenant un autre calcul qu'ils assu-
rent être le veritable, mais ils ne l'envoient pas:
ce qui ne fait que trop paroître leur finesse ; car
s'ils l'avoient en effet, que ne l'envoyoient-ils
en même temps ? vu même qu'ils ne falloit pas
quatre lignes pour l'écrire ; et qu'au lieu de cela,
ils emploient des pages entières à dire qu'ils
l'enverront si on le leur demande ; mais ce
n'étoit pas cela qu'il falloit faire, il falloit l'envoyer s'ils l'avoient : la règle n'étant pas de le
promettre dans le temps, mais de l'envoyer
réellement. C'est cela qui fait foi ; mais pour les
simples promesses qu'ils font, on n'est pas plus
obligé de les croire, qu'en ce qu'ils promettent
avec une pareille certitude dans les mêmes lettres, qu'ils enverront aussi dans peu de temps
la Quadrature du cercle, et même en deux manières différentes : de toutes lesquelles choses il
sera cependant fort permis de douter, jusqu'à
ce qu'il en paroisse d'autres preuves que des paroles. Et ainsi puisqu'ils ont laissé passer le
temps sans envoyer, ni le vrai calcul demandé,
ni aucune solution, ni aucune autre chose, et
qu'ils nous ont ainsi laissés entièrement dans le
doute, s'ils ont en effet résolu nos questions,

ou en quel temps ils les ont résolues ; leurs faux
calculs ne nous en donnant aucune marque,
nous leur declarons sans les nommer, ni les
marquer en aucune manière, qu'ils ne sont plus
recevables quant aux prix ; que le temps en est
passé à leur égard ; que nous allons examiner
les calculs et les solutions des autres qui ont été
reçus dans le temps ; et que pour eux, qui ne
peuvent plus prétendre ni aux prix, ni à l'honneur de la première invention, il leur reste au
moins celui de corriger leurs erreurs après l'avertissement qu'on leur en donne; ce qui leur sera
d'autant plus facile, que le véritable calcul commence maintenant d'être divulgué. Car comme
je m'étois engagé par mon premier écrit, de le
publier aussitôt que le temps seroit expiré, j'ai
commencé à le faire dans le commencement
d'octobre ; et parce que je ne sais pas encore si
entre tous ceux qui ont déjà envoyé les leurs à
M. de Carcavi, il y en a qui l'aient rencontré,
et que s'il s'en trouve, il est juste que je le laisse
publier sous leur nom, je n'ai pas encore voulu
l'imprimer sous le mien ; mais parce qu'il n'est
pas juste aussi que d'autres s'en attribuent désormais l'invention, le temps où je me suis
obligé de le laisser chercher étant fini, je l'ai
donné écrit à la main à plusieurs personnes dignes de foi, et entre autres à M. de Carcavi, à
M. de Roberval, professeur royal des mathématiques ; à M. Gallois, notaire royal à Paris, et
à plusieurs personnes de France, et d'ailleurs

très-considérables par leurs qualités et par leur science, afin que, comme j'ai déjà dit, si ceux dont on a reçu les solutions l'ont trouvé, je leur en quitte la gloire, sinon, qu'on sache qui en est le premier inventeur.

Voilà ce que nous avions à dire généralement pour tous ceux dont les calculs et les solutions qu'on a reçues dans le temps, se trouveront évidemment fausses dans l'examen, et pour tous ceux qui prétendroient qu'on devroit désormais en recevoir de nouvelles.

Ce 7 octobre 1658.

J'espère donner dans peu de jours la manière dont on est venu à la connoissance de cette ligne, et qui est le premier qui en a examiné la nature; c'est ce que j'appellerai l'*Histoire de la Roulette.*

ANNOTATA

IN QUASDAM SOLUTIONES PROBLEMATUM DE CYCLOIDE.

Elapso tempore præmiis comparandis destinato, et ad kalendas octobris terminato, verum calculum casûs à me propositi hucusquè latentem novissimè evulgare cœpi, ut si in examinandis solutionibus quæ à diversis geometris

intra præstitutum tempus missæ sunt, quædam
reperiatur quæ eòdem inciderit; ejus author
præmio et gloriâ inventionis potiatur : sin verò,
ego meo nomine publici tunc juris faciam illum quem interim manuscriptum ad plurimos
jam undequaquè misi ; et inter cæteros ad illustrissimum D. de Carcavi, ad clarissimum ac in-
signissimum geometram D. de Roberval, regium mathematicorum professorem ad integer-
rimum virum D. Gallois, notarium regium, ac
ad diversos alios tum dignitate, tum scientiâ
præcellentissimos viros, qui rogati sunt diem
quo eum receperunt annotare et subsignare.

Deindè solutiones apud D. de Carcavi missas
ab eo tempore quo Lutetiam deseruit, exami-
nare aggressus sum (quæ enim ante abscessum
suum receperat in arculis clausas reliquit, nec
ante suum reditum poterunt perpendi). Ab eâ
ergo, ex iis quas apud eum reperi, incipere
visum est, quæ gravissima est, quippè quæ absque ullâ demonstratione in solo calculo consistit casûs quem designaveram; quem quidem
calculum postulaveram, ut ex eo, prout verus
aut falsus esset, dignosci possit, an ejus author
absolvisset nec ne, quæ se absolvisse profiteretur problemata. Sic enim locutus eram : *Qui
quæstiones resolverit, significabit intra præstitutum tempus D. de Carcavi, et quidem instrumento
publico, se solutiones habere.* Et quia simplex
illa assertio omni probatione destituta, vana
prorsus fuisset et jus nullum authori suo de-

disset cur aliis præferretur, subjunxi : *Et ad con-*
firmandam suæ assertionis veritatem, aut demon-
strationem compendiosam miserit, aut saltem
calculum istius casûs ex cujus nempè veritate,
de veritate assertionis judicaretur.

Hic igitur author calculum suum hujus casûs
misit in indicium veritatis à se repertæ. At verò
calculus iste suus nimiùm falsus est, et nihil
prorsùs veri continet. Duas enim solùm mensu-
ras profert, et ambas falsas, et, ut dictum est,
nimiùm falsas : ita ut calculus ille quem author
ad confirmandam suæ assertionis veritatem juxta
præscriptam legem misit, nihil aliud confirmet,
nisi ipsum vanè asseruisse se demonstrationem
penes se habere. Falsus enim calculus, in indicium solutionis adductus, falsitatem potiùs
quàm veritatem solutionis indicat. Adeòque mi-
ror hunc authorem, ea quæ de calculi erroribus
condonandis in aliâ omninò occasione diximus,
ad istam trahere voluisse : non intelligens
quanta sit differentia inter eum qui asserens se
cujusvis quæstionis solutionem habere, nullam
demonstrationem affert, sed solummodò calculum, ex quo solo suadere nititur se verè rem
absolvisse ; et eum qui totius quæstionis solutionem omni ex parte geometricè demonstratam profert, et simul cum hâc solidâ demonstratione, etiam superaddit calculum. Magnum
sanè est inter utrumque discrimen, quantùm ad
errores calculi attinet. Qui enim solutionem
geometricè demonstratam exhibet, nullum de

suâ solutione dubium relinquit, eique æquum est semper condonare errores calculi qui præsenti demonstrationis luce evanescunt et corriguntur.

Alter verò qui nihil aliud quàm calculum sine ullâ demonstratione porrigit, si erroneus sit, et nullam veram mensuram habeat, quid ei supererit undè patefaciat se rem resolvisse? An sola falsitas, repertæ veritatis indicium est? Ut ergo ex demonstratione falsâ non ostenderetur detectam esse veritatem, sic et nec ex falso calculo ostenditur. Quod enim paralogismus est in demonstratione, hoc error calculi est in calculo solo, et demonstratione destituto; nec aliter quis judicare potest se quæstionem resolvisse, nisi aut demonstrationem paralogismis purgatam, aut saltem calculum erroris expertem proferendo.

Et ideò cùm apud me statuissem experiri ac certò dignoscere quis futurus esset primus, qui quæstiones nostras absolveret, hæc indicia flagitavi, ut intra præstitutum tempus, aut demonstratio ipsa, quantumvis compendiosa, aut saltem calculus illius quem designaveram casûs, prodiret : quibus verbis quis aliud intelliget quàm verum calculum; non autem falsum? falsus enim calculus non est calculus. Et quid stultius fuisset, quàm ex calculo falso, et nihil veri habente, concludere authorem suum veram possidere demonstrationem, ipsique primas dare, et jus concedere ut omnibus aliis postha-

bitis, prior habeatur solutionis inventor? Non
planè ea mihi intentio fuit; et si ità esset, libe-
rum cuilibet fuisset statim atque scripta nostra
vulgata sunt, calculum fictitium quantumvis
erroneum ad libitum componere, et ex eo tamen
ordinem sibi ascribere, ac nullum damnum
metuendo, indè securitatem adipisci, ut si quâ
deindè viâ problemata etiam ultimo loco solvis-
set, ad prima tamen præmia veniret, quia falsum calculum primus protulisset. Et ita foret,
ut primæ inventionis honor, qui his in rebus
præcipus est, non à primâ veritatis detectione,
sed à primâ falsitate pro arbitratu fabricatâ,
penderet. Absit ut tam iniquam et ineptam conditionem pro lege dederim! Hoc certè longè
abest sicut à mente meâ, sic et à verbis meis,
quæ ita se habent.

Qui publico instrumento, intra præstitutum tem-
pus illustrissimo D. de Carcàvi significaverit se eorum
quæ quæsita sunt demonstrationem penes se ha-
bere; et aut ipsammet demonstrationem ad ipsum
miserit : aut saltem, ad confirmandam suæ asser-
tionis veritatem casús quem mox designabimus
calculum dederit (Ibi nulla prorsus facta est ut
nec fieri potuit, de condonandis erroribus men-
tio.), *seque paratum esse professus fuerit omnia*
omninò demonstrare ad ipsius D. de Carcavi nu-
tum, hunc nobis satisfecisse declaramus; et con-
sentimus primum qui hæc fecerit primo, secundum
secundo præmio donandum. Hæc ergo prima est
conditio, ut aut ipsa abbreviata solutio mittatur,

aut saltem calculus, nullâ de condonandis erroribus factâ mentione. Quia verò hic calculus
etiam verus non omninò sufficiebat ad præmia
obtinenda, hanc secundam conditionem ut
æquum erat subjunxi : *si sua solutio ab ipso
D. de Carcavi virisque ad id secum adhibitis, cùm
ipsi visum fuerit, exhibita, geometrica ac vera
judicetur, salvo semper errore calculi.* Ibi sanè,
ubi de examinandis demonstrationibus agitur,
jure condonantur errores calculi; cùm enim
adest demonstratio, ita eos negligere semper
justum est, ac ridiculum foret cùm calculus
solus exhibitur, qui si nihil veri habeat calculus
non est, ut jam satis diximus.

Talis est autem calculus authoris illius de
quo hìc agitur, nec quicquam veri continet;
ipsiusque falsitatem author ipsemet agnovit,
illumque posterioribus litteris revocavit, nec
ullum alium misit, et sic reverà nihil misisse
censendus est. Se tamen alium calculum penes
se habere scribit, quem verum esse asserit;
cujus novæ assertionis cùm nullum hucusque
indicium protulerit, sed mera tantùm verba,
non plus in hâc re fidei.meretur quàm cùm in
eisdem epistolis, pari fiduciâ promittit se brevi
missurum quadraturam circuli et hyperboles
duabus diversis methodis expeditam ; de quibus
omnibus periti quique interim non temerè dubi-
tabunt. Si enim calculum quæsitum reverà haberet, cur non intra tempus constitutum misisset
non video : hoc enim promptius fuisset quàm

fusis quibus utitur verbis polliceri. Calculum autem verum promittendo, et non mittendo, spatium quærendi sibi præparare videtur, et si forte etiam extra tempus reperiat; aut aliquo modo illius quem jam ad multos misimus notitiam habere possit, illum ipse sibi fortassis, et quasi à se jamdiù repertum, et intra debitum tempus ascribat. Melius tamen de ipso sentimus, hæc enim frustra et inaniter tentaret. Oportebat quippe si habuisset, intra tempus destinatum misisse, scripta namque lex instat, *qui intra præstitutum tempus publico instrumento calculum saltem miserit.* Ille autem nihil ex iis implevit; non enim instrumentum publicum, sed privatas cartulas adduxit, quas sanè reliqui authores qui publicas, ut postulatum est, attulerunt, respuent, sive posteriores sint ut ei præponantur, sive priores fuerint ut soli et sine socio habeantur, quibus cùm ego debitor sim, resistere non possem, non enim privatis scripturis fides adhibetur, nec ut ipsi verbis meis credant, auderem aut vellem petere; et ideò publicum instrumentum flagitaveram fide ex se ipso dignum. Author autem ille nec tale instrumentum validum attulit, sed et nec verum calculum dedit, solam verò falsitatem, etsic cùm nobis omninò dubium reliquerit an quæstiones resolverit, aut à quo tempore resolverit, quidquid de hâc questione scripsit tanquam aut inane aut falsum, et quasi non fuisset, habendum est; et cùm jam elapsum sit tempus, ipse author

jure ab istâ palæstrâ, quantùm ad præmia attinet, exclusus est.

Ipse verò cùm jam ad primæ inventionis honorem, divulgato à nobis vero calculo, pervenire
non possit, suos saltem errores corrigendi gloriam monitus conetur adipisci.

Datum 9 octobris 1658.

HISTOIRE DE LA ROULETTE,

APPELÉE AUTREMENT

TROCHOÏDE OU CYCLOÏDE,

Où l'on rapporte par quels degrés on est arrivé à la connoissance
de cette ligne.

La roulette est une ligne si commune, qu'a-
près la droite et la circulaire, il n'y en a point
de si fréquente; et elle se décrit si souvent aux
yeux de tout le monde, qu'il y a lieu de s'éton-
ner qu'elle n'ait point été considérée par les anciens, dans lesquels on n'en trouve rien : car
ce n'est autre chose que le chemin que fait en
l'air le clou d'une roue, quand elle roule de son
mouvement ordinaire, depuis que ce clou commence à s'élever de terre, jusqu'à ce que le roulement continu de la roue l'ait rapporté à terre,
après un tour entier achevé : supposant que la
roue soit un cercle parfait, le clou un point

dans sa circonférence, et la terre parfaitement plane.

Le feu père Mersenne, minime, fut le premier qui la remarqua environ l'an 1615, en considérant le roulement des roues, ce fut pourquoi il l'appela *la Roulette*. Il voulut ensuite en reconnoître la nature et les propriétés; mais il ne put y pénétrer.

Il avoit un talent tout particulier pour former de belles questions; en quoi il n'avoit peut-être pas de semblable : mais encore qu'il n'eût pas un pareil bonheur à les résoudre, et que ce soit proprement en ceci que consiste tout l'honneur, il est vrai néanmoins qu'on lui a obligation, et qu'il a donné l'occasion de plusieurs belles découvertes, qui peut-être n'auroient jamais été faites, s'il n'y eût excité les savants.

Il proposa donc la recherche de la nature de cette ligne, à tous ceux de l'Europe qu'il en crut capables, et entre autres à Galilée; mais aucun ne put y réussir, et tous en désespérèrent.

Plusieurs années se passèrent de cette sorte jusques en 1634, que le père voyant résoudre à M. de Roberval, professeur royal de mathématiques, plusieurs grands problèmes, il espéra de tirer de lui la solution de la roulette.

En effet M. de Roberval y réussit; il démontra que l'espace de la roulette est triple de la roue qui la forme. Ce fut alors qu'il commença de l'appeler par ce nom tiré du grec, *Trochoïdes*,

correspondant au mot françois, *Roulette.* Il dit
au père que sa question étoit résolue, et lui déclara même cette raison triple, en exigeant
néanmoins qu'il la tiendroit secrète durant un
an, pendant lequel il proposeroit de nouveau
cette question à tous les géomètres.

Le père, ravi de ce succès, leur écrivit à tous,
et les pressa d'y repenser, en leur ajoutant que
M. de Roberval l'avoit résolue, sans leur dire
comment.

L'année et plus étant passée, sans qu'aucun
en eût trouvé la solution, le père leur écrivit
pour la troisième fois, et leur déclara alors la
raison de la roulette à la roue, comme 3 à 1. En
1635, sur ce nouveau secours, il s'en trouva
deux qui en donnèrent la démonstration : on
reçut leurs solutions presque en même temps,
l'une de M. de Fermat, conseiller au parlement
de Toulouse, l'autre de feu M. Descartes, et toutes deux différentes l'une de l'autre, et encore
de celle de M. de Roberval : de telle sorte
néanmoins qu'en les voyant toutes, il n'est pas
difficile de reconnoître quelle est celle de l'auteur; car il est vrai qu'elle a un carractère particulier, et qu'elle est prise par une voie si belle
et si simple, qu'on connoît bien que c'est la naturelle. Et c'est en effet par cette voie qu'il est
arrivé à des dimensions bien plus difficiles sur
ce sujet, à quoi les autres méthodes n'ont pu
servir.

Ainsi la chose devint publique, et il n'y eut

personne en France, de ceux qui se plaisent à la géométrie, qui ne sût que M. de Roberval étoit l'auteur de cette solution, à laquelle il en ajouta en ce même temps deux autres : l'une fut la dimension du solide à l'entour de la base, l'autre, l'invention des touchantes de cette ligne, par une méthode qu'il trouva alors, et qu'il divulgua incontinent, laquelle est si générale, qu'elle s'étend aux touchantes de toutes les courbes : elle consiste en la composition des mouvements.

En 1638, feu M. de Beaugrand ayant ramassé les solutions du plan de la roulette, dont il y avoit plusieurs copies, avec une excellente méthode, *de maximis et minimis*, de M. de Fermat, il envoya l'une et l'autre à Galilée, sans en nommer les auteurs : il est vrai qu'il ne dit pas précisément que cela fût de lui ; mais il écrivit de sorte qu'en n'y prenant pas garde de près, il sembloit que ce n'étoit que par modestie qu'il n'y avoit pas mis son nom ; et pour déguiser un peu les choses, il changea les premiers noms de *Roulette*, et *Trochoïde*, en celui de *Cycloïde*.

Galilée mourut bientôt après, et M. de Beaugrand aussi. Toricelli succéda à Galilée, et tous ses papiers lui étant venus entre les mains, il y trouva entre autres ces solutions de la roulette sous le nom de *Cycloïde*, écrites de la main de M. de Beaugrand, qui paroissoit en être l'auteur, lequel étant mort, il crut qu'il y avoit assez de temps passé pour faire que la mémoire en fût perdue, et ainsi il pensa à en profiter.

Il fit donc imprimer son livre en 1644, dans lequel il attribue à Galilée ce qui est dû au père Mersenne, d'avoir formé la question de la roulette; et à soi-même ce qui est dû à M. de Roberval, d'en avoir le premier donné la résolution : en quoi il fut non-seulement inexcusable, mais encore malheureux; car ce fut un sujet de rire en France, de voir que Toricelli s'attribuoit en 1644, une invention qui étoit publiquement et sans contestation reconnue depuis huit ans pour être de M. de Roberval, et dont il y avoit, outre une infinité de témoins vivants, des témoignages imprimés, et entre autres un écrit de M. Desargues, imprimé à Paris au mois d'août 1640, avec privilége, où il est dit, et que la roulette est de M. de Roberval, et que la méthode *de maximis et minimis* est de M. de Fermat.

M. de Roberval s'en plaignit donc à Toricelli, par une lettre qu'il lui en écrivit la même année; et le père Mersenne en même temps, mais encore plus sévèrement : il lui donna tant de preuves, et imprimées, et de toutes sortes, qu'il l'obligea d'y donner les mains, et de céder cette invention à M. de Roberval, comme il fit par ses lettres que l'on garde, écrites de sa main, du même temps.

Cependant comme son livre est public, et que son désaveu ne l'est pas, M. de Roberval ayant si peu de soin de se faire paroître, qu'il

n'en a jamais rien fait imprimer ; beaucoup de
monde y a été surpris, et je l'avois été moi-
même ; ce qui a été cause que par mes premiers
écrits, je parle de cette ligne comme étant de
Toricelli, et c'est pourquoi je me suis senti
obligé de rendre par celui-ci à M. de Roberval,
ce qui lui appartient véritablement.

Toricelli ayant reçu cette petite disgrâce, et
ne pouvant plus passer auprès de ceux qui sa-
voient la vérité, pour auteur de la dimension
de l'espace de la roulette, ni même de celle du
solide autour de la base, M. de Roberval la lui
ayant déjà envoyée, il essaya de résoudre celui
à l'entour de l'axe. Mais ce fut là qu'il trouva
bien de la difficulté ; car c'est un problème
d'une haute, longue et pénible recherche. Ne
pouvant donc y réussir, il en envoya une solution assez approchante, au lieu de la véritable,
et manda que ce solide étoit à son cylindre
comme 11 à 18 : ne pensant pas qu'on pût le
convaincre. Mais il ne fut pas plus heureux en
cette rencontre qu'en l'autre ; car M. de Roberval, qui en avoit la véritable et géométrique
dimension, lui manda non-seulement son erreur, mais encore la vérité. Toricelli mourut
peu de temps après.

M. de Roberval ne s'arrêta pas à la seule dimension de la première et simple roulette et de
ses solides ; mais il étendit ses découvertes à
toutes sortes de roulettes, *allongées* ou *accourcies*, pour toutes lesquelles ses méthodes sont

générales, et donnent, avec une même facilité, les touchantes, la dimension des plans et de leurs parties, leurs centres de gravité, et les solides, tant autour de la base, qu'autour de l'axe. Car encore qu'il ne l'ait donné au long que des roulettes entières, sa méthode s'étend, sans rien y changer, et avec autant de facilité, aux parties, et ce seroit chicaner que de lui en disputer la première résolution.

La connoissance de la roulette ayant été portée jusque-là par M. de Roberval, la chose étoit demeurée en cet état depuis quatorze ans; lorsqu'une occasion imprévue m'ayant fait penser à la géométrie que j'avois quittée il y avoit long-temps, je me formai des méthodes pour la dimension et les centres de gravité des solides, des surfaces planes et courbes, et des lignes courbes, auxquelles il me sembla que peu de choses pourroient échapper : et pour en faire l'essai sur un sujet des plus difficiles, je me proposai ce qui restoit à connoître de la nature de cette ligne ; savoir, les centres de gravité de ses solides, et des solides de ses parties ; la dimension et les centres de gravité des surfaces de tous ces solides ; la dimension et les centres de gravité de la ligne courbe même de la roulette et de ses parties.

Je commençai par les centres de gravité des solides et des demi-solides, que je trouvai par ma méthode, et qui me parurent si difficiles par toute autre voie, que, pour savoir s'ils l'étoient en effet autant que je me l'étois imaginé, je me résolus d'en proposer la recherche à tous les géomètres, et même avec des prix. Ce fut alors que je fis mes écrits latins, lesquels ont été envoyés partout : et pendant qu'on cherchoit ces problèmes, touchant les solides, j'ai résolu tous les autres, comme on verra à la fin de ce discours, quand j'aurai parlé des réponses qu'on a reçues des géomètres sur le sujet de mes écrits.

Elles sont de deux sortes. Les uns prétendent d'avoir résolu les problèmes proposés, et ainsi avoir droit aux prix; et les écrits de ceux-là seront vus dans l'examen régulier qui doit s'en faire. Les autres n'ont point voulu prétendre à ces solutions, et se sont contentés de donner leurs premières pensées sur cette ligne.

J'ai trouvé de belles choses dans leurs lettres, et des manières fort subtiles de mesurer le plan de la roulette, et entre autres dans celles de M. Sluze, chanoine de la cathédrale de Liége; de M. Richi, Romain ; de M. Huguens, Hollandois, qui a le premier produit que la portion de la roulette, retranchée par l'ordonnée de l'axe, menée du premier quart de l'axe du côté du sommet, est égale à un espace rectiligne donné : et j'ai trouvé la même chose dans une lettre de M. Wren, Anglois, écrite presque en même temps.

On a vu aussi la dimension de la roulette et de ses parties, et de leurs solides à l'entour de la base seulement, du révérend père Lallouere, jésuite de Toulouse. Comme il l'envoya tout imprimée, j'y fis plus de réflexion; et je fus surpris de voir que tous les problèmes qu'il y résout, n'étant autre chose que les premiers de ceux que M. de Roberval avoit résolus depuis si long-temps, il les donnoit néanmoins sous son nom, sans dire un seul mot de l'auteur. Car encore que sa méthode soit différente, on sait assez combien c'est une chose aisée, non-seulement de déguiser des propositions déjà trouvées, mais encore de les résoudre d'une manière nouvelle, par la connoissance qu'on a déjà eue une fois de la première solution.

Je priai donc instamment M. de Carcavi, non-seulement de faire avertir le révérend père que tout cela étoit de M. de Roberval, ou au moins manifestement enfermé dans ses moyens, mais encore de lui découvrir la voie par laquelle il y est arrivé (car on ne doit pas craindre de s'ouvrir entre les personnes d'honneur). Je lui fis donc mander que cette voie de la première découverte étoit la quadrature que l'auteur avoit trouvée depuis long-temps, d'une figure qui se décrit d'un trait de compas sur la surface d'un cylindre droit, laquelle surface étant étendue en plan, forme la moitié d'une ligne, qu'il a appelée *la campagne de la Roulette*, dont les ordonnées à l'axe sont égales aux ordonnées de la roulette, diminuées de celles de la roue. En quoi je crus faire un plaisir particulier au révérend père, parce que dans ses lettres que nous avons, il parle de la quadrature de cette figure, qu'il appelle *Cycloï-cylindrique*, comme d'une chose très-éloignée de sa connoissance, et qu'il eût fort désiré connoître. M. de Carcavi n'ayant pas eu assez de loisir, a fait mander tout cela et fort au long, par un de ses amis, au révérend père, qui a fait réponse.

Mais entre tous les écrits qu'on a reçus de cette sorte, il n'y a rien de plus beau que ce qui a été envoyé par M. Wren; car outre la belle manière qu'il donne de mesurer le plan de la roulette, il a donné la comparaison de la ligne courbe même et de ses parties, avec la ligne droite : sa proposition est, que la ligne de la roulette est quadruple de son axe, dont il a envoyé l'énonciation sans démonstration. Et comme il est le premier qui l'a produite, c'est sans doute à lui que l'honneur de la première invention en appartient.

Je ne croirai pas pourtant lui rien ôter, pour dire, ce qui est aussi véritable, que quelques géomètres de France, auxquels cette énonciation a été communiquée, en ont trouvé la démonstration sur-le-champ, et entre autres M. de Fermat. Et je dirai de plus que M. de Roberval a témoigné que cette connoissance ne lui étoit pas nouvelle ; car aussitôt qu'on lui en parla, il en donna la démonstration entière, avec une très-belle méthode pour la dimension de toutes les courbes, laquelle il n'avoit point encore

voulu publier : espérant d'en tirer quelques connoissances encore plus considérables ; comme
en effet c'étoit par là qu'il avoit comparé depuis
long-temps les lignes spirales aux paraboliques ;
on en voit quelque chose dans les OEuvres du
révérend père Mersenne.

Cette méthode est encore tirée de la composition des mouvements, de même que celle des
touchantes ; car comme la direction du mouvement composé donne la touchante, ainsi sa
vitesse donne la longueur de la courbe, dont
voici la première publication.

Voilà ce que j'ai trouvé de plus remarquable
dans les écrits de ceux qui ne prétendent point
aux prix. Quant aux autres, je n'en parlerai
qu'après l'examen qui devoit s'en ouvrir le premier octobre, mais que nous sommes obligés
de remettre au retour de M. de Carcavi, qu'on
attend de jour en jour.

C'est alors qu'on jugera de ceux qui auront
satisfait aux quatre conditions portées par mes
écrits, publiés au mois de juin ; savoir :

1°. Que la solution ait été reçue et signifiée
chez M. de Carcavi dans le premier octobre, qui
est le temps prescrit : *Qui intra præstitutum
tempus illustrissimo D. de Carcavi significaverit, etc.*

2°. Qu'elle soit accompagnée d'un acte public,
instrumento publico, pour ôter tout soupçon.

3°. Qu'elle contienne, ou une démonstration
abrégée, ou au moins le calcul d'un cas que je

demande pour reconnoître, par la qualité de ce
calcul, si celui qui l'envoie avoit en effet dès
lors la résolution nette et parfaite des problèmes : *aut saltem ad confirmandam suæ assertionis veritatem casús quem mox designabimus
calculum dederit ;* ce qui paroîtroit être vrai ou
faux, selon que le calcul seroit vrai ou faux.

4°. Que l'on enverroit ensuite et à loisir
l'entière démonstration de tous les autres cas
proposés, *omnia omninò demonstrare ;* et qu'elle
soit jugée vraie et géométrique en toutes ses
parties, par ceux que M. de Carcavi voudra
nommer. Et j'ai même pardonné les erreurs de
calcul qui se trouveront dans ces dernières et
entières démonstrations de tous les cas généralement ; parce que quand les démonstrations sont
présentes, les calculs ne sont jamais nécessaires,
et les erreurs y sont toujours pardonnables.

S'il s'en trouve qui soient dans ces conditions, le premier aura le premier prix, et le
second, le second : s'il n'y en a qu'un, il les
aura tous deux. Mais ceux qui ne les auront
pas toutes accomplies, seront exclus des prix,
quoiqu'ils ne le soient pas de l'honneur, qui
leur appartiendra toujours par le mérite des
écrits qu'ils pourront produire ; car je n'ai pas
mis des conditions à la dispensation de l'honneur, dont je ne dispose pas, mais seulement
à celle des prix dont j'ai pu disposer à mon
gré.

Que s'il ne se trouve personne dans l'examen

qui ait résolu les problèmes, je les donnerai
alors moi-même, comme je me suis obligé par
mes écrits de le faire, quand le temps seroit
expiré, c'est-à-dire, au premier octobre. Et j'ai
en effet déjà commencé à divulguer mon calcul,
que j'ai donné écrit à la main à plusieurs personnes dignes de foi, et entre autres, à M. de
Carcavi, à M. de Roberval, à M. Galois, notaire
royal à Paris, et à plusieurs autres personnes de
France, et d'ailleurs très-considérables par leur
qualité et par leur science, qui ont marqué le
jour qu'ils l'ont reçu. J'ai cru à propos d'en user
ainsi, et de ne pas le faire encore imprimer, afin
que si dans l'examen il s'en trouve qui l'aient
déjà rencontré, je publie qu'ils l'ont résolu
avant que j'eusse divulgué ma solution ; sinon je
donnerai publiquement ce que personne n'aura
trouvé, et j'y ajouterai encore les problèmes
suivants, qui restent sur la nature de la roulette, dont quelques-uns ne me semblent pas
moins difficiles.

1°. Le point Z étant donné où l'on voudra, dans
la roulette simple, trouver non-seulement la
dimension de la ligne courbe Z A, comprise
entre le point Z et le sommet (ce que M. Wren
a résolu), mais encore le centre de gravité de
cette portion de la ligne courbe.

2°. Trouver la dimension de la surface décrite
par cette portion de la ligne courbe, tournée,
tant autour de la base (ce qui est facile), qu'autour de l'axe, d'un tour entier, ou d'un demi,

ou d'un quart, ou de telle partie de tour qu'on voudra.

3°. Trouver le centre de gravité de cette surface, ou demi-surface, ou quart de surface, etc.; ce qui est le plus difficile et proprement le seul que je propose.

Dans tous lesquels problèmes je suppose la quadrature du cercle, où il est nécessaire de la supposer.

Voilà ce qui restoit à découvrir sur la nature de cette ligne, et dont je tiendrai la solution secrète jusqu'au dernier décembre de cette année 1658, afin que si quelqu'un en trouve la solution dans ce temps, il ait l'honneur de l'invention. Mais ce temps expiré, si personne ne la donne, je la donnerai alors; et même la dimension générale des lignes courbes de toutes les cycloïdes allongées ou accourcies; lesquelles ne sont pas égales à des lignes droites, mais à des ellipses.

C'est là que j'ai fini de considérer la nature de cette ligne. Et pour reprendre, en peu de mots, toute cette histoire, il paroît :

Que le premier qui a remarqué cette ligne en la nature, mais sans en pénétrer les propriétés, a été le père Mersenne.

Que le premier qui en a connu la nature, trouvé les touchantes, mesuré les plans et les solides, et donné le centre de gravité du plan et de ses parties, a été M. de Roberval.

Que le premier qui en a mesuré la ligne courbe, a été M. Wren.

Et qu'enfin j'ai trouvé le centre de gravité des solides et demi-solides de la ligne et de ses parties, tant autour de la base, qu'autour de l'axe ; le centre de gravité des surfaces, demi-surfaces, quarts de surface, etc., décrites par la ligne et par ses parties, tournées autour de la base et autour de l'axe ; et la dimension de toutes les lignes courbes des roulettes allongées ou accourcies.

Ce 10 octobre 1658.

HISTORIA TROCHOIDIS,

SIVE CYCLOIDIS,

GALLICÈ, *LA ROULETTE:*

In quâ narratur quibus gradibus ad intimam illius lineæ naturam cognoscendam perventum sit.

INTER infinitas linearum curvarum species, si unam circularem excipias, nulla est quæ nobis frequentiùs occurrat quàm trochoides (gallicè *la roulette*) : ut mirum sit quòd illa priscorum seculorum geometras latuerit, apud quos de tali lineâ nihil prorsùs reperiri certum est.

Describitur à clavo rotæ in sublimi delato, dùm rota ipsa, motu rotis peculiari, secundùm

orbitam suam rectâ fertur simul et circumvolvitur, initio motûs sumpto, dùm clavus orbitam
tangit, usque dùm absolutâ unâ conversione,
clavus idem iterùm eandem tangat orbitam.
Supponimus autem hîc ad geometriæ specula-
tionem, rotam esse perfectè circularem; clavum,
punctum in circumferentiâ illius assumptum;
iter rotæ, perfectè planum; orbitam denique
perfectè rectam, quam circumferentia rotæ continuò tangat; ambabus, orbitâ inquam et cir-
cumferantiâ, in uno eodemque plano inter mo-
vendum ubique existentibus.

Hanc lineam primus omnium advertit Mersennus, ex minimorum ordine, circa annum
1615, dùm rotarum motus attentiùs considera-
ret; atque indè rotulæ ei nomen indidit; post
ille naturam ejus et proprietates inspicere vo-
luit, sed irrito conatu.

Erat huic viro ad excogitandas arduas ejusmodi quæstiones singulare quoddam acumen,
et quo omnes in eo genere facilè superaret:
quanquam autem in iisdem dissolvendis, quæ
præcipua hujusce negotii laus est, non eâdem
felicitate utebatur. Tamen hoc nomine de litteris optimè meritus est, quòd permultis iisque
pulcherrimis inventis occasionem præbuerit,
dùm ad eorum inquisitionem eruditos de illis
neque cogitantes excitaret.

Ergo naturam trochoidis omnibus quos huic
operi credidit pares, indagandam proposuit, in
primisque Galileo: at nemini res ex sententiâ

cessit, omnesque de nodi illius dissolutione desperarunt.

Sic viginti proximè abierunt anni ad usque 1634, quo Mersennus, cùm multas ac præclaras propositiones à Robervallio, regio matheseos professore, solvi quotidiè videret, ab eodem suæ quoque trochoidis solutionem speravit.

Nec verò eum sua spes frustrata est. Felici enim inquisitionis suæ successu usus Robervallius, trochoidis spatium, spatii rotæ à quâ describitur, triplum esse demonstravit : ac tùm primùm huic figuræ *Trochoidis* nomen è græco deductum imposuit, quod gallico *la Roulette* aptissimè respondet. Mox ille Mersenno solutum à se problema, ac triplam illam rationem ostendit, acceptâ ab eo fide, id per totum adhuc annum iri compressum, dùm eamdem rursùs quæstionem omnibus geometris proponeret.

Lætus hoc eventu Mersennus mittit rursùs ad omnes geometras : rogat ut de integro in eam inquisitionem incumbant; addit etiam solutum à Robervallio problema : sed de modo nihil adhuc indicat.

Anno et ampliùs elapso, cùm nullus propositæ quæstioni satisfaceret, tertiùm ad geometras scribit Mersennus, ac tunc anno, scilicet 1635, rationem trochoidis ad rotam ut 3 ad 1 esse patefecit.

Hoc novo adjuti subsidio, problematis demonstrationem invenerunt duo, inventamque eodem fermè tempore ad Mersennum transmise-

runt, alteram Fermatius, supremæ tolosanæ
curiæ senator, alteram Cartesius nunc vitâ func-
tus; utramque, et alteram ab alterâ, et à Robervallii demonstratione diversam : ita tamen ut
qui eas omnes videat, illicò illius demonstrationem internoscat qui primus problema dissolvit.
Ea enim singulari quodam caractere insignitur;
ac tam pulchrâ et simplici viâ ad veritatem du-
cit, ut hanc unam naturalem ac rectam esse
facilè scias. Et certè eâdem illâ viâ Robervallius
ad operiosiores multò circa idem argumentum
dimensiones pervenit, ad quas per alias methodos nemo forsan perveniat.

Ita res brevi percrebuit, neminique in totâ
Galliâ geometriæ studiosiori ignotum fuit demonstrationem trochoidis acceptam Robervallio
referendam. Huic autem ille duas sub idem fermè
tempus adjunxit; una est solidorum circa basim
ejus mensio : altera tangentium inventio, cujus
ipse methodum et invenit et statim evulgavit,
tam generalem illam ac latè patentem, ut ad
omnium curvarum tangentes pertineat. Motuum
compositione methodus illa innititur.

Anno autem 1638, Il. de Beaugrand cùm illas
de plano trochoidis demonstrationes collegisset,
quarum ad ipsum multa exemplaria pervene-
rant, itemque egregiam methodum Fermatii *de
maximis et minimis* : utrumque ad Galileum misit, tacitis authorum nominibus. Ac sibi quidem
illa nominatìm non adscripsit : iis tamen usus
est verbis, ut minùs attentè legentibus, quomi-

nùs se istorum profiteretur authorem, solà demùm impeditus modestiâ videretur. Itaque ad
rem paululùm interpolandam, mutatis nominibus, trochoidem in *cycloidem* commutavit.

Non multò post Galileus, et ipse de Beaugrand vitâ cesserunt. Successit Galileo Toricellius, nactusque est inter illius manuscripta,
quæ omnia ad ipsum delata erant, ista de trochoide sub cycloidis nomine problemata ipsius
de Beaugrand manu sic exarata quasi eorum author esset. Cognitâ ergo illius morte Toricellius,
abolitam jam temporis spatio rei memoriam
ratus, ea omnia securè jam ad se transferri posse
arbitratus est.

Itaque anno 1644 librum edidit, in quo ex-
citatam de trochoide quæstionem Galileo tribuit,
quæ Mersenno debebatur : sibi primam ejus
dissolutionem arrogat, quam Robervallii esse
certum erat : in quo sanè, ut candoris aliquid
Toricellio defuit, sic et aliquid felicitatis. Neque
enim sine quorumdam risu exceptus est in Galliâ, qui anno 1644 hoc sibi ascivisset inventum,
cujus parens in vivis constanter jam per octo
annos Robervallius agnoscebatur, qui quod
suum erat non modò compluribus testibus
adhuc viventibus posset revincere, sed etiam
excusis typo testimoniis, in quibus est quoddam
scriptum G. Desargues anno 1640, Augusti
mense, Parisiis editum : in quo nominatìm habetur trochoidis problemata Robervallii esse ;
methodum *de maximis et minimis*, Fermatii.

Ergo hanc injuriam cum ipso Toricellio litteris expostulavit Robervallius ; ac severiùs etiam Mersennus, qui tot ipsum argumentis omnigenisque testimoniis, etiam excusis, coarguit, ut veris victus Toricellius, hoc invento cedere, illudque ad Robervallium transcribere coactus sit : quod litteris propriâ manu scriptis præstitit, quæ etiamnum asservantur.

Verùm quia passìm in manibus est Toricellii liber, contrà ejus, ut ita loquar, recantatio paucis innotuit; Robervallio tam parùm de famâ suâ extendendâ sollicito, ut nihil de eâ recantatione emiserit in vulgus : multi inde in errorem, et ipsemet etiam inductus sum. Hinc factum est ut in prioribus scriptis ità sim de trochoide locutus, quasi eam princeps Toricellius invenerit. Quo errore cognito, faciendum duxi, ut quod jure Robervallio debetur, hoc ipsi scripto restituerem.

Usus hoc infortunio Toricellius, cùm jam nec dimensionem spatii cycloidis, nec solidi circa basim primus invenisse existimari posset ab iis quibus perspecta rei veritas esset, solidi circa axem cycloidis, mensionem aggressus est. Ibi verò non mediocrem difficultatem offendit : est enim illud altissimæ cujusdam et operosissimæ inquisitionis problema ; in quo cùm veram assequi non posset, veræ proximam solutionem misit ; ac solidum illud ad suum cylindrum esse dixit, sicut 11 ad 18, ratus errorem illum à nemine refelli posse. Verùm nihilo fuit hoc etiam in loco felicior ; nam Robervallius qui veram ac geometricam dimensionem invenerat, non modò suum illi errorem , sed etiam veram problematis resolutionem indicavit.

Toricellius non multò post fato concessit. At Robervallius solâ simplicis trochoidis ejusque solidorum dimensione non contentus , omnes omninò trochoides, sive protractas, sive contractas , inquisitione complexus est , easque excogitavit methodos , quæ ad omnem trochoidis speciem pertinerent ; eâdemque facilitate tangentes darent ; plana et planarum partes dimetirentur ; centra gravitatis planorum , ac postremò solida circa basim et circa axem, patefacerent. Quamvis enim integras tantùm trochoides dimensus sit , tamen ad trochoidum partes nihil mutata ejus methodus non minùs expeditè adhiberi potest ; ut qui illud Robervallio inventum abjudicet , meritò cavillator habendus sit.

Nec verò ea omnia apud se celavit Robervallius , sed scriptis mandata publicè , privatìmque, atque etiam in celebri selectorum virorum matheseos peritissimorum cœtu , per complures dies legit et cupientibus describenda permisit.

Eò perductâ Robervallii industriâ trochoidis cognitione, ibi per 14 annos substiterat ; cùm me ad abdicata pridem geometriæ studia repetenda improvisa occasio compulit. Tùm verò eas mihi paravi methodos ad dimensionem , et centra gravitatis solidorum , planarum et curvarum superficierum, curvarum item linearum, ut illas vix quicquam effugere posse videretur : atque adeò ut id materiâ vel difficillimâ periclitarer, ad ea quæ de trochoide vestiganda supererant aggressus sum ; nempè centra gravitatis solidorum trochoidis et solidorum ex ejus partibus exurgentium ; dimensionem, et centra gravitatis superficierum omnium istorum solidorum ; ac postremò dimensionem, et centra gravitatis ipsiusmet lineæ curvæ cycloidis ejusque partium.

Ac primùm centra gravitatis solidorum et semi-solidorum indagavi, et ópe meæ methodi assecutus sum ; quod mihi sic arduum est visum quasvis alias insistentibus vias, ut periculum facturus, an ita res esset quemadmodùm mihi persuaseram, hanc omnibus geometris, etiam constituto præmio, inquisitionem proponere decreverim. Tunc scilicet latina illa scripta quaquaversùm missa vulgavi ; ac dùm illa de solidis problemata investigantur, reliqua ego omnia dissolvi, quemadmodùm sub hujus scriptionis finem exponam, ubi de geometrarum responsis priùs dixero.

Illa verò responsa duplicis sunt generis, quippe diversi sunt scribentium genii. Quidam soluta à se problemata, atque ita jus sibi in præmium esse contendunt : horum scripta legitimo examine propediem excutientur. Alii ad problematum quidem solutionem non aspirant, sed suas tantùm in cycloidem commentationes exponunt.

Horum in litteris multa præclara, et eximiæ dimetiendi cycloidis plani rationes habentur, imprimisque in epistolis Sluzii, leodiensis ecclesiæ canonici; Richii, Romani; Hugenii, Batavi, qui primus omnium detexit eam plani trochoidis portionem trilineam, quæ his tribus lineis comprehenditur, scilicet quartâ parte axis ad verticem terminatâ, rectâ ad axem ab initio illius quartæ partis perpendiculariter ordinatâ usque ad trochoidem, et portione curvæ trochoidis inter duas prædictas rectas terminatâ, spatio rectilineo dato æqualem esse, atque adeò illi æquale quadratum absolutè exhiberi : quod idem in epistolâ Wren, Angli, eodem ferè tempore scriptâ reperi.

Cycloidis etiam, ejusdem partium, itemque solidorum circa basim tantùm dimensionem accepimus ab Allouero, è Socictate Jesu tolosano ; quam, quia ille typis editam misit, attentiùs inspiciens, non sine admiratione cognovi cuncta illa quæ ibi habentur problemata, etsi non alia sint quàm quæ jampridem à Robervallio soluta sunt, tamen ab illo nullâ prorsùs Robervallii factâ mentione, quasi à se primùm soluta, proferri. Quanquam enim diversam secutus est methodum, neminem tamen fugit quàm promptum ac proclive sit jam inventas propositiones novâ specie habituque producere; tùm ex cognitâ illarum solutione, novas solvendi vias comminisci.

Egi igitur sedulò cum Carcavio, tum ut Alloue-

rum moneret, quod pro suo venditabat, Robervallii esse, vel nullo negotio ex ejus inventis
elici; tum etiam ut viam ipsi explanaret quâ eò
Robervallius pervenerat; nam hæc inter ho-
nestos viros citra periculum communicantur.
Me igitur annitente scriptum est ad Alloue-
rum, illam quæ Robervallium eò perduxerat
methodum, cujusdam figuræ quadraturâ niti,
ab eodem pridem inventâ, quam figuram dé-
lineat circini ductus in recti cylindri super-
ficie, quæ superficies in planum porrecta, me-
diam cujusdam lineæ efficit partem, quam
Robervallius Trochoidis sociam sive gemellam
dixit; ex quâ quæ ad axem rectæ ad angulos
rectos ducuntur, æquales sunt ductis ex trochoide, demptis illis quæ ex rotâ ducuntur. In
hoc verò non mediocrem me ab Allouero gratiam
iniisse credidi; quandoquidem ipse in suis litteris quæ adhuc habentur, de istius figuræ quam
cycloi-cylindricam appellat, quadraturâ ita lo-
quitur, quasi quæ à suâ notitiâ longè absit et
quam nosse vehementer expetat.

Hæc pro Carcavio, cui tam multa scribere
non vacabat, quidam ipsius amicus ad Alloue-
rum scripsit, cui vicissim rescripsit Allouerus.

Sed inter missa à geometris scripta, nullum
ipsius Wren scripto præstantius. Nam præter
egregiam dimetiendi cycloidis plani rationem,
etiam curvæ et ejus partium cum rectâ compa-
rationem aggressus est. Propositio ejus est, trochoidem ad suum axem esse quadruplam; hujus

ille enuntiationem sine demonstratione misit; et quia primus protulit, inventoris laudem promeritus est.

Nihil tamen de illius honore detractum iri puto, si quod verissimum est dixero, quosdam è Galliâ geometras ad quos illa enuntiatio perlata est, et in iis Fermatium, ejus non difficulter demonstrationem invenisse. Dicam insuper Robervallium nihil sibi novum afferri planè ostendisse; statim ac enim de eâ propositione audiit, integram ejus demonstrationem continuò subjecit, cum pulcherrimâ methodo ad omnium linearum curvarum dimensionem : quam methodum ipse dum alia indè graviora consectaria sperat eruere, diù occultam habuerat. Et certè eâdem ille methodo usus erat ad comparandas spirales lineas cum parabolicis, quâ de re in operibus Mersenni nonnulla reperias.

Hæc methodus compositione item motuum innititur, ut et illa tangentium. Nam sicuti motûs compositi directio tangentem dat, sic ejus celeritas curvæ longitudinem efficit, quod sanè nunc primùm reseratur.

Hæc sunt quæ in eorum qui præmium non respiciunt scriptis animadversione dignissima reperi; de cæteris, peractâ demùm discussione, dicemus ; quam quidem primâ octobris die aperiri constitutum erat, sed ad reditum usque Carcavii, qui jamjam affuturus nuntiatur, rejicere necesse fuit. Tùm verò judicabitur an aliqui quatuor illis legibus satisfecerint, quas nos editis mense junio scriptis promulgavimus.

I. Ut solutio Carcavio denuntiata et apud eundem rescripta sit intra præstitutum tempus, nimirùm primum octobris diem; *qui intra* (hæc nostra verba) *præstitutum tempus D. de Carcavi significaverit.*

II. Ut illa denuntiatio instrumento publico fiat, ad tollendam fraudis suspicionem.

III. Ut demonstratio compendiaria, vel saltem certi cujusdam casûs calculus offeratur, ex quo intelligi possit an qui eum mittit jam tùm veram problematis solutionem tenere credendus sit : *Aut certè ad confirmandam assertionis veritatem casûs quem mox designabimus calculum miserit.* At misso calculo solo, tunc de vero aut falso omninò statuendum veniet, prout calculus verus vel falsus judicatus fuerit.

IV. Ut deindè per otium, omnium propositorum casuum demonstratio mittatur, eaque vera et omnibus partibus geometrica ab iis judicetur, quos Carcavius arbitros asciverit. Si quis tamen error calculi in integras illas omnium casuum demonstrationes irrepserit, eum putavimus condonandum : quia calculi necessitas cessat, ubi adest demonstratio, adeòque tunc semper ignoscendus est error in calculo interveniens.

Si duo his conditionibus satisfecerint, primus sic primum præmium, secundus secundum accipiet; si unus modò, solus utrumque obtinebit.

At qui vel uni illarum legum defuerit, excidet ille quidem præmio, non item honore, quem pro scriptorum quæ ille publicare poterit pretio, meritum consequetur; non enim ullas dispensando honori leges apposui, qui prorsùs mei juris non erat; sed tantùm præmiis, quorum mihi plena et soluta potestas fuit.

Quòd si, re legitimè discussâ, nullus problemata dissolvisse reperiatur, tunc meas ipse solutiones proferam, uti me in scriptis meis, postquam præstituta ad id prima octobris dies advenisset, facturum esse pollicitus sum. Itaque calculum meum jam evulgare cœpi, multisque illum fide dignissimis personis tradidi manuscriptum, et inter alios Carcavio, Robervallio, D. Galois, regio tabellioni Parisiis degenti, ac compluribus aliis Galliæ viris dignitate et eruditione præstantibus, qui diem accepti à me calculi diligenter annotarunt.

Hunc verò proptereà statim edendum non censui, ut si qui in ipsâ discussione eum invenisse reperti sint, id ab ipsis ante vulgatam solutionem meam factum prædicem : sin minùs, à nemine inventa publicabo.

Quin etiam, quò tota trochoidis natura pernoscatur, sequentia adjungam problemata, quorum nonnulla mihi videntur non minùs ad solvendum difficilia, quàm quæ huc usque proposita sunt.

I. Puncto Z dato quocùmque in trochoide simplici, invenire centrum gravitatis curvæ Z A

inter assignatum punctum Z et verticem A inter-
ceptæ.

II. Invenire dimensionem superficiei curvæ
ab eâdem curvâ Z A, descriptæ, dùm ipsa Z A
circumvolvitur, vel circa basim, qui casus facilis est, vel circa axem : et sive conversio proponatur integra, sive dimidiata, vel ejus quæcum-
que pars.

III. Omnium prædictarum superficierum à
curvâ Z A descriptarum, tam partium, quàm
integrarum, centra gravitatis assignare.

Et hoc quidem tertium omnium inventu difficillimum mihi extitit. Esto ergo idem solum
ac unicum præ cæteris ad discutiendum propositum.

In omnibus autem illis problematibus supponitur circuli quadratura, ubicumque suppo-
nenda fuit.

Hæc sunt quæ de naturâ trochoidis retegendâ
restabant, quorum solutionem ad ultimum usque decembris diem hujus anni 1658 compri-
memus : ut si quis ea intra id tempus invenerit,
inventionis gloriâ potiatur. At hoc elapso, si
nemo attulerit, ipsimet afferemus atque ipsam
etiam generalem dimensionem omnium linearum curvarum cujusvis trochoidis vel protractæ
vel contractæ, quæ non rectis lineis, sed ellip-
sibusæ quales ostendentur.

Hic nostræ in hujus lineæ naturâ rimandâ
pervestigationis limes fuit ; quare ut totam hanc
narrationem in summam contraham :

Primus Mersennus, hanc lineam in naturâ rerum advertit, nec tamen ejus naturam pervidere valuit.

Primus Robervallius, et naturam retexit, et tangentes assignavit, ac plana et solida dimensus est; et centra gravitatis, tum plani, tum plani partium, invenit.

Primus Wren lineam curvam dimensus est.

Ego denique primus, solidorum, ac semisolidorum trochoidis et ejus partium, tum circa basim, tum circa axem, centra gravitatis inveni. Primus, ipsiusmet lineæ centrum gravitatis. Primus, dimensionem superficierum curvarum prædicta solida, semisolida, eorumque partes comprehendentium. Primus, centra gravitatis talium superficierum integrarum et diminutarum. Ac primus, dimensionem omnium linearum curvarum cujusvis trochoidis, tam protractæ, quàm contractæ.

10 Octobris 1658.

RÉCIT

De l'examen et du jugement des écrits envoyés pour les prix proposés publiquement sur le sujet de la Roulette, où l'on voit que ces prix n'ont point été gagnés, parce que personne n'a donné la véritable solution des problèmes.

L'ABSENCE de M. de Carcavi ayant retardé l'examen des écrits qu'il a reçus sur les problèmes

proposés touchant la roulette ; aussitôt qu'il
fut de retour, il assembla, le 24 novembre, des
personnes très-savantes en géométrie, lesquelles
il pria de vouloir examiner ces écrits : et leur
dit qu'encore qu'on lui en eût envoyé plusieurs,
il y en avoit peu néanmoins à examiner, parce
que la plupart avoient été retirés par les auteurs
qui avoient prié qu'on ne les soumît pas à l'examen, et qu'ainsi il ne lui en restoit que de deux
personnes, qu'il ne voulut point nommer. Que
l'un de ces écrits consistoit en un simple calcul
d'un cas proposé, lequel lui fut envoyé signé
par l'auteur (*) en date du 15 septembre 1658,
et porté chez lui, le 23, par une personne qui
demanda qu'on marquât sur le paquet le jour de
la réception, en disant qu'il étoit question d'un
prix ; ce qui fut fait. Mais qu'il reçut incontinent
après des lettres du même auteur, du 21 septembre, par lesquelles il mandoit que son calcul
étoit faux : en quoi il persista par d'autres des
mois de septembre, d'octobre et de novembre,
sans néanmoins envoyer d'autres calculs, mais
déclarant aussi qu'il ne prétendoit point aux
prix destinés à ceux qui auroient résolu les problèmes dans le temps déterminé. De toutes lesquelles choses M. de Carcavi conclut qu'encore
que cet auteur ne lui eût pas mandé qu'on ne
soumît point son calcul à l'examen ; il jugeoit

(*) Le père Lallouère, jésuite. *Voyez* le Discours imprimé à la tête du premier volume de cette Collection.

néanmoins que cela n'étoit pas nécessaire, un
auteur étant le meilleur juge des défauts de son
propre ouvrage : de sorte qu'on ne fut pas obligé
d'y apporter beaucoup d'attention ; et même on
vit d'abord qu'il en falloit peu pour en juger,
parce que les mesures qui y sont données, sont
différentes des véritables, chacune presque de
la moitié ; et que dans un solide aigu par une
extrémité, et qui va toujours en s'élargissant
vers l'autre, il assigne le centre de gravité vers
l'extrémité aiguë, ce qui est visiblement contre
la vérité. On jugea aussi que ce calcul ayant été
envoyé seul, pour faire juger selon qu'il seroit
vrai ou faux, que l'auteur avoit ou n'avoit pas
les méthodes pour la résolution des problèmes,
au temps qu'il l'avoit envoyé ; les erreurs qui s'y
trouvoient, lui donnoient l'exclusion, et ne de-
voient pas être mises au rang de ces autres simples
erreurs de calcul, que l'anonyme avoit bien voulu
excuser à ceux qui enverroient en même temps
les démonstrations ou les méthodes entières et
véritables, auxquelles si les calculs ne se trouvoient pas conformes, il paroîtroit assez que ces
erreurs ne seroient que de calcul et non pas de
méthode ; sur quoi l'anonyme avoit dit, *salvo
semper errore calculi :* au lieu que quand le calcul est seul, on ne sauroit juger si l'erreur qui
s'y trouve est de méthode ou de calcul, dont
aussi l'anonyme n'a dit en aucune manière,
salvo errore calculi ; et qu'il y a apparence que
c'est une erreur de méthode, lorsque ayant re-

connu que le calcul est faux, on n'en envoie ensuite aucun autre. Mais on jugea en même temps qu'il falloit laisser à l'auteur de ce calcul l'avantage d'avoir reconnu le premier sa faute, puisqu'il l'avoit en effet écrit incontinent après l'avoir envoyé.

M. de Carcavi dit ensuite qu'il ne restoit donc à examiner que l'écrit d'un autre auteur (*), daté du 19 août, style ancien, et signé par un notaire le même jour, où l'auteur prétend donner une méthode entière pour la résolution de tous les problèmes, avec les solutions et démonstrations en cinquante-quatre articles. Que le paquet en fut délivré à Paris au commencement de septembre, et qu'il avoit reçu depuis trois autres lettres du même auteur; l'une du 3 septembre, par laquelle il corrige quelques erreurs qu'il avoit remarquées dans son écrit, et il ajoute même qu'*il n'est pas encore pleinement assuré du reste, ne l'ayant pas, jusques à ce temps-là, assez exactement examiné;* l'autre du 16 septembre, par laquelle il ne fait qu'avertir de l'envoi des premières, et la dernière du 30 septembre, où il dit en général, et sans rien marquer en particulier, qu'outre les corrections qu'il a envoyées, il peut y en avoir d'autres à faire : par où il semble être en défiance de ses solutions; et ce qui le marque encore davantage, est qu'il demande, par la même lettre, *si on ne se contenteroit pas*

(*) Wallis. *Voyez* le Discours déjà cité.

d'une solution approchante de la véritable. Or, il
n'y a guères d'apparence qu'une personne qui
croiroit avoir donné les solutions exactes et
géométriques, demandât si on ne se contenteroit
pas des approchantes ; mais néanmoins comme
il ne révoque pas les siennes en propres termes,
quoiqu'il y ait eu beaucoup de temps pour le
faire, s'il l'eût voulu, on jugea qu'on ne pouvoit
pas sur cela refuser d'examiner des écrits envoyés
avec acte public, et qui n'avoient pas été expressément révoqués : vu même qu'il dit par
une de ses lettres , que *les défauts qui pouvoient
être dans ses solutions, et qu'il appelle des erreurs
de calcul, n'empêchoient pas, selon son avis,
que la difficulté des problèmes ne fût suffisamment
surmontée.*

On s'y appliqua donc, et on jugea que, ni
dans son premier écrit, ni dans ses corrections,
il n'avoit trouvé, ni la véritable dimension des
solides autour de l'axe, ni le centre de gravité
de la demi-roulette, ni de ses parties (ce qui
avoit été résolu depuis long-temps par M. de
Roberval), ni aucun des centres de gravité des
solides, ni de leurs parties, tant autour de la
base qu'autour de l'axe, qui étoient proprement
les seuls problèmes proposés par l'anonyme avec
la condition des prix, comme n'ayant encore
été résolus par personne; et l'on trouva qu'outre
les erreurs qu'il avoit corrigées par sa lettre, il
en avoit laissé d'autres, et qu'il y en avoit de
nouvelles dans sa correction même, lesquelles

se rencontrent dans presque tous les articles,
depuis le trente jusqu'au dernier.

On jugea aussi que ces erreurs n'étoient point
de calcul, mais de méthode, et proprement des
paralogismes: parce que les calculs qu'il y donne,
sont très-conformes à ses méthodes, mais que
ces méthodes mêmes sont fausses. Et on remarqua qu'une de ses erreurs les plus considérables,
consiste en ce qu'il raisonne de certaines surfaces indéfinies en nombre, et qui ne sont pas
également distantes entre elles, de même que
si elles l'étoient; ce qui fait qu'ayant à mesurer
la somme de ces surfaces, ou la somme des
forces de leurs poids (à quoi se réduit toute
la difficulté et tout le secret), il n'en trouve
que de fausses mesures, ses méthodes n'allant
point aux véritables.

C'est ce qui le mène à comparer, comme nombre à nombre, des quantités qui sont entre elles,
comme des arcs de cercle au diamètre, ou comme
leurs puissances; et c'est ainsi que voulant donner la raison du solide de la roulette à l'entour
de l'axe à la sphère de sa roue (ou de son cercle
générateur), après l'avoir donné, comme 23
à 2 dans son premier écrit, il la donne, comme
37 à 4 dans sa correction, par un calcul très-
conforme à ses méthodes; au lieu que la véritable raison, que M. de Roberval a donnée de
ce même solide à son cylindre de même hauteur et de même base, est *comme les trois quarts
du carré de la demi-base de la roulette, moins*

le tiers du carré du diamètre de la roue, au carré de cette demi-base.

Il n'est pas moins éloigné du véritable centre de gravité des solides à l'entour de la base, et encore plus de ceux à l'entour de l'axe, à cause d'un nouveau paralogisme qu'il y ajoute, en prenant mal les centres de gravité de certains solides élevés perpendiculairement sur des trapèzes, dont il se sert presque partout, et coupés par des plans qui passent par l'axe. Et on jugea que les erreurs de ces écrits donnoient encore sans difficulté l'exclusion.

Le jugement de ces écrits ayant été ainsi arrêté, il fut conclu que puisqu'on n'avoit reçu aucune véritable solution des problèmes que l'anonyme avoit proposés, dans le temps qu'il avoit prescrit; il ne devoit à personne les prix qu'il s'étoit obligé de donner à ceux dont on auroit reçu les solutions dans ce temps; et qu'ainsi il étoit juste que M. de Carcavi lui remît les prix qu'il avoit mis en dépôt entre ses mains, puisqu'ils n'avoient été gagnés par personne; ce qui a été exécuté.

Paris, le 25 novembre 1658.

~~~~~~

SUITE DE L'HISTOIRE

DE LA ROULETTE,

Où l'on voit le procédé d'une personne (*) qui avoit voulu
s'attribuer l'invention des Problèmes proposés sur ce sujet.

———

Les matières de géométrie sont si sérieuses
d'elles-mêmes, qu'il est avantageux qu'il s'offre
quelque occasion pour les rendre un peu divér-
tissantes. L'histoire de la roulette avoit besoin
de quelque chose de pareil, et fût devenue lan-
guissante, si on n'y eût vu autre chose, sinon
que j'avois proposé des problèmes avec des prix,
que personne ne les avoit gagnés, et que j'en
eusse ensuite donné moi-même les solutions,
sans aucun incident qui égayât ce récit ; comme
est celui que l'on va voir dans ce discours.

Une personne, que je ne nomme point, ayant
appris qu'entre les problèmes que M. de Roberval avoit résolus autrefois, la dimension du solide de la roulette à l'entour de l'axe, étoit sans
comparaison le plus difficile ; il fit dessein, après
avoir reçu l'énonciation de ce problème, et les
moyens par lesquels M. de Roberval y étoit arrivé, de se faire passer pour y être aussi venu

———

(*) Le père Lallouère.

de lui-même, et par ses méthodes particulières :
espérant que cette estime lui seroit assez glo-
rieuse, quoique ce ne fût que vingt-deux ans
après. Mais la manière dont il s'y prit, détruisit
sa prétention, et fit voir trop clairement qu'il
n'avoit point de part de lui-même à cette invention. Car l'énonciation qu'il envoya, et qu'il
vouloit faire passer pour sienne, étoit accompagnée de celle de M. de Roberval, dont elle
ne différoit que de termes : comme qui diroit,
le rectangle de la base et de la hauteur, au lieu
de dire, *le double de l'espace du triangle*. Et il
reconnoissoit dans la même lettre, qu'une autre
énonciation qu'il avoit donnée auparavant, étoit
fausse ; mais qu'il s'assuroit que cette dernière
étoit véritable, par cette raison qu'elle étoit
conforme à celle de M. de Roberval.

Ce discours fit juger le contraire de ce qu'il
vouloit : puisque, s'il eût eu en main des méthodes et des démonstrations géométriques de
la vérité, ce n'eût pas été par cette conformité
qu'il se fût assuré de sa solution, mais qu'il en
eût jugé plutôt, et de celle de M. de Roberval
même, par ses propres preuves. On connut donc
qu'il n'avoit, en cela, de lumière qu'empruntée ;
et ainsi on s'étonna de la prière qu'il faisoit en
même temps, qu'on s'assurât et qu'on crût sur
sa parole qu'il étoit arrivé à cette connoissance,
de soi-même, et par la seule balance d'Archimède. A quoi on répondit que son énonciation
étoit véritable et très-conforme à celle de M. de

Roberval ; mais qu'il étoit bon qu'il envoyât ses méthodes pour voir si elles étoient différentes.

Il ne satisfit point sur cette demande, mais continua à prier qu'on s'assurât sur sa parole, qu'il avoit trouvé ce problème par la balance d'Archimède, sans mander en aucune sorte ses moyens. Ce qui ne fit que trop connoître son dessein, et on le lui témoigna assez clairement par plusieurs lettres : mais il y demeura si ferme, que, quand il vit l'*Histoire de la Roulette* imprimée, sans qu'il y fût en parallèle avec M. de Roberval, il se plaignit hautement de moi, comme si je lui eusse fait une extrême injustice.

Sa plainte me surprit, et je lui fis mander que, bien loin d'avoir été injuste en cela, j'aurois cru l'être extrêmement d'ôter à M. de Roberval l'honneur d'avoir seul résolu ce problème : n'ayant aucune marque que personne y eût réussi. Que je n'avois point d'intérêt en cette affaire ; mais que je devois y agir équitablement, et donner à tous ceux qui avoient produit leurs inventions sur ce sujet, ce qui leur étoit dû. Que s'il avoit montré qu'il fût en effet arrivé à cette connoissance sans secours, je l'aurois témoigné avec joie : mais que n'ayant rien fait d'approchant, et n'y ayant personne qui ne pût, aussi-bien que lui, donner une énonciation déguisée, et se vanter de l'avoir trouvée soi-même par la balance d'Archimède, j'aurois failli de donner à M. de Roberval un compagnon dans ses inventions.

Ces raisons ne le satisfirent point : il persista
à écrire qu'on ne lui rendoit pas justice : de
sorte qu'on fut obligé de lui mander plus sévèrement les sentiments qu'on en avoit. On lui fit
donc entendre que dès qu'on a vu une invention publiée, on ne peut persuader les autres
qu'on l'auroit trouvée sans ce secours, ni s'en
assurer soi-même, parce que cette connoissance
change les lumières et la disposition de l'esprit,
qui ne sont plus les mêmes qu'auparavant ; et
quand on auroit pris de nouvelles voies, ce n'en
seroit pas une marque, parce qu'on sait qu'il est
aussi facile de réduire à d'autres méthodes ce
qui a été une fois découvert, qu'il est difficile
de le découvrir la première fois. Qu'ainsi tout
l'honneur consiste en la première production ;
que toutes les autres sont suspectes, et que
c'est pour éviter ce soupçon, que les personnes
qui prennent les choses comme il faut, suppri-
ment leurs propres inventions, quand ils sont
avertis qu'un autre les avoit auparavant pro-
duites, quelques preuves qu'il y ait qu'ils n'en
avoient point eu de connoissance : aimant bien
mieux se priver de ce petit avantage, que de
s'exposer à un reproche si fâcheux, parce qu'ils
savent qu'il n'y a point assurément de déshon-
neur à n'avoir point résolu un problème ; qu'il
y a peu de gloire à y réussir, et qu'il y a beaucoup de honte à s'attribuer des inventions étran-
gères.

La moindre de ces raisons et de toutes les

autres qu'on lui écrivit, eût été capable, ce me
semble, de faire renoncer à tous les problèmes
de la géométrie, ceux qui sont au-dessus de ces
matières : mais pour lui il n'en rabattit rien de sa
prétention, et il persiste encore maintenant.
Voilà quel a été son procédé sur les problèmes
de M. de Roberval, où j'admirai à quoi cette fantaisie de l'honneur des sciences porte ceux qui
veulent en avoir, et qui n'ont pas de quoi en
acquérir d'eux-mêmes.

Mais il n'en demeura pas là, et pendant qu'on
l'exhortoit à quitter cette entreprise, il s'engagea
à une autre, qui fut de se vanter d'avoir résolu
tous les problèmes que j'avois proposés publiquement : en quoi il se trouva dans un étrange
embarras, et bien plus grand qu'auparavant ;
car, dans sa première prétention, il avoit en
main les énonciations de M. de Roberval, et
pouvoit ainsi en produire de semblables et véritables, en assurant qu'il y étoit arrivé par des
moyens qu'il vouloit tenir secrets : au lieu que
dans sa seconde prétention, il ne pouvoit au
plus avoir que l'énonciation d'un seul cas, que
j'ai communiquée à quelques personnes, et qui
n'est peut-être pas venue jusques à lui : de sorte
qu'étant dans l'impuissance entière de produire
toutes les énonciations dont il se vantoit, ne
pouvant y arriver, ni par sa propre invention,
ni par communication, il se mit dans la nécessité de succomber à tous les défis qu'on lui a
faits d'en faire paroître aucune, et par ce moyen,

en état de nous donner tout le divertissement
qu'on peut tirer de ceux qui s'engagent en de
pareilles entreprises, comme cela est arrivé en
cette sorte.

Ce fut dans le mois de septembre qu'il commença à écrire qu'il avoit résolu tous ces problèmes : on me le fit savoir, et je fus surpris de
sa petite ambition ; car je connoissois sa force et
la difficulté de mes problèmes, et je jugeois
assez, par tout ce qu'il avoit produit jusqu'ici,
qu'il n'étoit pas capable d'y arriver. Je m'assurai
donc, ou qu'il s'étoit trompé lui-même, et qu'en
ce cas il falloit le traiter avec toute la civilité
possible, s'il le reconnoissoit de bonne foi, ou
qu'il vouloit nous tromper, et attendre que
j'eusse publié mes problèmes pour se les attribuer ensuite, et qu'alors il falloit en tirer le
plaisir de le convaincre, qui étoit en mon pouvoir, puisque la publication de mes problèmes
dépendoit de moi. Je témoignai donc mon soupçon, et je priai qu'on observât ses démarches.
La première qu'il fit, fut d'envoyer, avant que
le terme des prix fût expiré, un calcul d'un cas
proposé, si étrangemement faux en toutes ses
mesures, que lui-même le révoqua par le premier courrier d'après : mais bien loin de le faire
avec modestie, il y agit avec la fierté du monde
la plus plaisante et la moins fine ; car il manda
qu'à la vérité son calcul étoit faux, mais qu'il en
avoit un autre bien véritable, et même de tous
les cas généralement, avec toutes les démonstra-

tions écrites au long en l'état qu'il vouloit les faire paroître, et toutes prêtes à donner à l'imprimeur ; mais que néanmoins il ne vouloit pas les produire avant que j'eusse imprimé les miennes, comme je devois le faire en ce temps-là, qui étoit le commencement d'octobre.

Je l'entendis assez, et il ne fut pas difficile à tout le monde de voir que c'étoit justement ce que j'avois prédit. On résolut donc de le pousser à l'extrémité ; et pour montrer parfaitement qu'il ne pouvoit rien donner qu'après moi, je promis publiquement, dans l'Histoire de la Roulette, de différer de trois mois, savoir, jusqu'au premier janvier, la publication de mes problèmes ; au lieu qu'il s'étoit attendu que je les donnerois au premier octobre, comme je l'eusse fait en effet sans cela.

Cette remise, qui lui eût été si favorable, s'il eût eu véritablement ses solutions, trahit son mystère, et lui devint insupportable, parce qu'il ne les avoit pas, et qu'il voyoit bien qu'on alloit juger de lui par l'usage qu'il feroit de ce délai. Cela le mit donc en colère ; et il fut si naïf dans sa mauvaise humeur, qu'il le témoigna franchement par ses lettres, où il mandoit que c'étoit une chose étrange, que je voulusse ainsi sans raison, différer de trois mois entiers la publication de mes solutions. A quoi on lui répondit, qu'il avoit le plus grand tort du monde de s'en plaindre ; que rien ne lui étoit plus avantageux ; qu'il devoit bien en profiter, et s'assurer

par là l'honneur de la première production,
pendant que je m'étois lié les mains moi-même,
et que si son ouvrage étoit prêt, il pouvoit le
faire paroître deux ou trois mois avant aucun
autre. Qu'ainsi étant le premier de loin, il n'y
auroit que lui dont il fût certain qu'il ne tînt ses
inventions de personne : et enfin on lui dit alors,
en sa faveur, tout ce qu'on avoit dit contre lui
en l'autre occasion.

Ces raisons étoient les meilleures du monde;
mais il en avoit une invincible, qui le forçoit
à ne point y consentir, et à mander encore qu'il
étoit résolu de ne rien produire qu'après moi.
Cette réponse fut reçue de la manière qu'on peut
penser, et on délibéra là-dessus de ne plus le
flatter : de sorte qu'on lui écrivit nettement,
que son procédé n'étoit pas soutenable ; qu'on
lui donnoit avis de la défiance où l'on étoit de
lui ; qu'après avoir donné un faux calcul, il
étoit engagé d'honneur de se hâter de donner le
véritable, s'il l'avoit ; mais que de demeurer si
long-temps sans le faire, après tant de défis,
et de ne point vouloir en produire avant que
d'avoir vu les solutions d'un autre, c'étoit montrer aux moins clairvoyants qu'il n'en avoit
point ; et qu'ainsi on lui déclaroit, pour la dernière fois, qu'il devoit envoyer avant le premier
janvier, ou ses méthodes, ou ses calculs : et
s'il ne vouloit pas les donner à découvert, qu'au
moins il les donnât en chiffre ; que cet expédient
ne pouvoit être refusé, sous quelque prétexte

que ce fût ; que c'étoit la manière la plus sûre
et la plus ordinaire dont on se servît en ces rencontres , pour s'assurer l'honneur d'une invention , sans que personne pût en profiter ; que
s'il acceptoit cette condition , il n'avoit qu'à envoyer son chiffre à un de ses amis dans le mois
de décembre ; que le mien étoit déjà fait , et
qu'on les produiroit ensemble ; qu'ensuite son
explication et la mienne paroîtroient aussi ensemble ; et que celui dont le chiffre expliqué se
trouveroit contenir la vérité , seroit reconnu
pour avoir résolu les problèmes de lui-même
et sans secours ; mais que celui dont le chiffre
expliqué se trouveroit faux , seroit exclus de
l'honneur de l'invention , sans pouvoir ensuite
y prétendre , après avoir vu les solutions de
l'autre à découvert.

Voilà l'expédient décisif qu'on lui proposa ; et
on lui ajouta , le plus sévèrement que la civilité
peut le permettre , que s'il le refusoit , il paroîtroit à toute la terre qu'il n'avoit point ces solutions ; qu'autrement il ne céderoit pas à un autre
l'avantage de la première invention ; et que si
ensuite de ce refus , et après que j'aurois produit les miennes , il entreprenoit d'en produire
aussi , il ne passeroit que pour les avoir prises
de moi , et acquerroit toute la méchante opinion
que méritoit un procédé de cette nature. On
attendit la réponse à tout cela , comme devant
servir de dernière preuve de l'esprit avec lequel
il agissoit ; et on la reçut peu de temps après ,

qui portoit ce que j'avois tant prédit, qu'il ne vouloit donner ni discours, ni chiffre, ni autre chose, ni accepter aucune condition, qu'il vouloit voir mes inventions publiées et à découvert, avant que de rien produire ; qu'il ne me disputoit ni les prix ni l'honneur de la première invention ; qu'il ne prétendoit autre chose, sinon de voir mes problèmes, et en publier ensuite de semblables ; que c'étoit sa dernière résolution, et qu'il ne vouloit plus parler sur ce sujet.

Cette réponse, la plus claire du monde, fit voir son impuissance aussi parfaitement qu'il étoit possible, à moins que de la confesser en propres termes, ce qu'il ne falloit pas espérer de lui. Et ainsi on jugea que ce refus absolu de donner ni discours ni chiffre, le convainquoit pleinement ; et qu'il me seroit inutile de remettre encore à un nouveau terme la publication de mes problèmes, puisque ayant déclaré qu'il ne produiroit rien qu'après moi, ses remises suivroient toujours les miennes, et que la chose iroit à l'infini. Je crus donc qu'il ne falloit point différer après le terme du premier janvier, et qu'alors je devois, à ma première commodité, terminer cette affaire, qui a assez duré, et donner à tant de personnes savantes qui se sont plues à ces questions, la satisfaction qu'ils attendent. Mais il me sembla qu'il étoit bon de faire voir ce récit par avance, afin qu'après que j'aurois donné mes solutions, s'il arrivoit qu'il fût si mal conseillé que de les déguiser, tout le monde connût la vérité. C'est la seule chose que j'ai voulu faire par ce discours, et non pas décrier sa personne; car je voudrois le servir, et je respecte sa qualité de tout mon cœur. Aussi j'ai caché son nom ; mais s'il le découvre après cela lui-même, pour s'attribuer ces inventions, il ne devra se prendre qu'à lui de la mauvaise estime qu'il s'attirera ; car il doit bien s'assurer que ses artifices seront parfaitement connus et relevés.

Et qu'il n'espère pas s'en sauver, par l'attestation d'un ami qu'il pourroit mendier, qui certifieroit avoir vu son livre en manuscrit avant le premier janvier : ce n'est pas ainsi qu'on agit en ces matières, où la seule publication fait foi. S'il n'étoit question que d'un simple calcul de trois lignes, dont on eût donné les copies à plusieurs personnes, qui se trouvassent toutes conformes, ce seroit quelque chose. Mais quand il s'agit d'un livre entier, et de cent propositions de géométrie avec leurs calculs, où il n'y a rien de si facile que de mettre un nombre ou un caractère pour un autre ; c'est une plaisante chose de prétendre que ce seroit assez de produire le certificat d'un ami, qui attesteroit d'avoir vu ce manuscrit un tel jour ; et principalement, si on avoit de quoi montrer que cet ami ne l'auroit ni lu ni examiné en donnant ce certificat. Il n'y a personne qui dût prétendre que son autorité pût arrêter ainsi tous

les doutes : on ne croit en géométrie que les
choses évidentes. Je lui ai donné six ou sept
mois pour en produire : il ne l'a point fait ; et
il lui a été aussi impossible de le faire, qu'il
seroit aisé de déguiser les vraies solutions quand
elles seront une fois publiées.

Mais on ne doit pas être surpris de son procédé en cette rencontre, ni de ce qu'il avoit entrepris sur les problèmes de M. de Roberval, car
il agit de même en toutes occasions. Et il y a
plusieurs années qu'il se vante et qu'il répète
souvent qu'il a trouvé la quadrature du cercle,
qu'il la donnera à son premier loisir, résolue en
deux manières différentes, et aussi celle de l'hy-
perbole : d'où l'on peut juger s'il y a sujet de
croire sur sa parole, qu'il ait les choses dont il
se vante.

Paris, ce 12 décembre 1658.

Paris, le 20 janvier 1659.

Depuis que cette pièce a été faite, j'ai publié
mon Traité de la Roulette ; et le premier jour de
janvier j'en envoyai le commencement à cette
même personne dont j'ai parlé dans cet écrit,
afin qu'il y vît le calcul du cas que j'avois proposé, et où il s'étoit trompé : sur quoi il n'a pas
manqué de dire que c'étoit justement ainsi qu'il
avoit réformé le sien ; et il s'est hasardé de plus
de faire davantage, et d'envoyer les calculs de

quelques autres cas dans une feuille imprimée
du 9 janvier, où il assure qu'elle est toute conforme au manuscrit qu'il en avoit donné depuis
long-temps à des gens de croyance, pour servir
de preuve qu'il avoit tout trouvé sans moi. Mais
outre que quand ses calculs seroient justes, cela
lui seroit maintenant inutile, après la lumière
que ce que je lui ai envoyé a pu lui donner : il
se trouve de plus, que ceux de ses calculs que je
viens d'examiner en les recevant, sont tellement
faux que cela est visible à l'œil ; et entre autres,
le centre de gravité du solide autour de l'axe,
qu'il place tout contre le quart de l'axe. Il ne
donne pas moins mal à propos la distance entre
l'axe et le centre de gravité du demi-solide de la
partie supérieure de la roulette autour de l'axe.
De sorte que cette pièce qu'il dit être si conforme
à son manuscrit, et laquelle il vient de produire
pour soutenir sa prétention, est ce qui lui ferme
absolument la bouche, et qui montre le mieux
le besoin qu'il avoit de voir mes solutions et mes
méthodes, que je lui ai toutes envoyées maintenant, sur lesquelles il lui sera aussi facile de corriger encore ses nouvelles fautes après l'avis que
je lui en donne, et de trouver les véritables calculs, qu'il lui seroit inutile de se les attribuer
désormais.

HISTORIÆ TROCHOIDIS

SIVE CYCLOIDIS CONTINUATIO,

In quâ videre est cujusdam viri machinamenta qui se autorem problematum super hâc re propositorum erat professus.

———

Tantum in rebus geometricis severitatis inest, ut peropportunum sit aliquid intervenire, quo possit earum asperitas aliquantulùm mitigari. Nescio quid hujusmodi trochoidis historia desiderabat, quæ sensim elanguisset, si nihil aliud lectores ex eâ didicissent, nisi quædam à me problemata ad explicandum proposita, certaque explicaturis præmia constituta : quæ cum nemo esset adeptus, tandem eorum solutionem à meipso proditam. Hâc narratione quid tristius, si nullus eam jocularis eventus hilarasset ? Percommodè igitur accidit is quem hìc exposituri sumus.

Audierat quidam, cujus nomen à me tacebitur, omnium quæ olim Robervallio dissoluta erant problematum longè illud difficillimum esse, quo solidum circa trochoidis axem dimensus est. Ergo cùm et hujus problematis solutionem, et vias quibus ad eam pervenerat Robervallius accepisset, sibi quoque solutionis istius gloriam asserere meditatus est, quasi suâ ipsius

industriâ repertæ : magnum aliquid ratus si ad
hanc laudem ante annos viginti duos ab altero
præceptam socius accederet. Sed consilium
suum ipse pervertit, tam rudibus artificiis rem
aggressus, ut omnibus palam foret, nullam hujus inventionis partem ipsi deberi. Quam enim
protulit enuntiationem , quamque adoptabat in
suam, Robervallianæ simul conjunctam emisit
à quâ solis duntaxat vocibus distinguebatur, ut
si dixeris, rectangulum ex basi et altitudine,
pro eo quod est, duplicatum trianguli spatium.
In hâc porrò epistolâ fatebatur se falsam quidem
enuntiationem ante id temporis evulgasse , de
hujus autem posterioris veritate confidere se,
quia Robervallianæ congruebat.

Hæc in hominum mentes planè contrariam de
illo opinionem injicere. Nam si certæ quædam
methodi , ac geometricæ demonstrationes ipsi
fuissent in manibus, an ille de solutione suâ ex
hâc tantùm similitudine certior factus foret?
ac non potiùs de solutione tum suâ , tum etiam
Robervallii ex propriis rationibus judicaret?
Patuit ergo virum alieno lumine usum, non suo :
nec satis justè visus est postulare, ut ipsi demùm
affirmanti crederemus suâ se operâ uniusque
Archimedis bilancis auxilio ad eam cognitionem
esse perductum. Undè et responsum est de pro-
latæ ab ipso enuntiationis veritate deque illius
cum Robervallianâ congruentiâ dubitare quidem neminem , non alienum tamen fore, si
suas quoque methodos proferret quò faciliùs

cerneretur, an propriæ ipsi ac peculiares essent.

Nil ille ad ista postulata reponere, de methodis suis nullam mentionem facere, nec minùs tamen enixè instare, ut ipsum solâ Archimedis bilance usum omnes sibi persuaderent. Quorsùm hæc tenderent satis superque innotuit, nec id obscurè ipsi litteris significatum. Haud tamen segniùs perrexit quò occœperat, atque etiam ubi historiam trochoidis typis evulgatam inspexit, seque illic Robervallio æquiparatum minimè reperit, gravem sibi factam injuriam apertè conquestus est.

Ego verò hujus expostulationis novitate perculsus, homini scribendum curavi, me quidem non modò iniquum in eo nullo modo fuisse, sed contra potiùs summæ iniquitatis reum futurum, si solutionis istius gloriam, quam præter Robervallium nemo meritus videretur, cum alio quovis communicassem. Rem sanè totam meâ nihil interesse, mihi tamen æquo cum omnibus jure agendum, et unumquemque pro suarum inventionum meritò ornandum fuisse. Ad hanc cognitionem si suâ se operâ pervenisse demonstrasset, id me prompto animo prædicaturum. Sed cùm ab eo nil quidquam simile esset effectum, ac cuivis enuntiationem ementiri, eamque solâ Archimedis bilance inventam jactare promptum esset, non potuisse me sine summâ injuriâ ullum Robervallio comitem adjungere.

Hæc animum ejus non satis placaverunt, nec etiam tùm destitit acriter postulare jus suum ; ita ut paulò severiùs admonendus fuerit officii sui. Denuntiatum est igitur eam esse inventionis semel evulgatæ conditionem, ut illam se nemo proprio acumine comprehensurum fuisse fidem vel sibi vel aliis facere possit. Hac quippe cognitione menti novum lumen novasque cogitationes inseri; nequicquam autem peculiares quasdam vias ostentari, cùm liqueat tam facilè problemata jam resoluta novis rationibus explicari quam ægrè primum solvi et expediri : adeòque totam primis solutionibus gloriam deberi; suspicione cæteras non carere, quam ut amoliantur honesti homines, qui res istas ut par est æstimant, sua statim inventa spontè premunt, si fortè ab altero jam prolata rescierint, quibuslibet argumentis constet hæc ipsis penitùs ignota fuisse. Multò enim malunt istius gloriæ jacturam facere, quàm in tam molestæ opinionis periculum venire. Norunt scilicet in problemate non solvendo nullum dedecus, lenissimum in solvendo honorem, in alienis verò fœtibus sibi arrogandis gravissimum esse flagitium.

Quemvis alium paulò ingenio erectiorem, et geometricis rebus aliquantò superiorem, vel una ex istis cæterisque quæ ipsi allatæ sunt rationibus ab omnibus hujusmodi problematis alienasset. At ille de suâ spe nihil remisit, cui etiamnum inhæret pertinacissimè. En quâ ille ratione super illis solutionibus Robervallianis se gesserit : ubi mihi demirari subiit, quò vana illa laudis ex scientiâ petitæ cupiditas impelleret jejunos animos, gloriæ avidos, sed minores !

Utinam verò hìc stetisset! At longè ultrà provectus est. Quippe dum illum ab hoc consilio deterrent omnes, aliud et id longè operiosius aggressus est. Palam siquidem prædicavit quæcunque proposueram problemata dissolvisse se : quod quidem ipsum in incredibiles quasdam multòque prioribus difficiliores conjecit angustias ; siquidem antea enunciationes Robervallianæ in promptu erant, nec arduum erat similes aliquas easque veras emittere, ac certis et arcanis comprehensas methodis jactitare ; nunc verò nihil prorsùs, præter unius duntaxat capitis enunciationem, penes illum poterat esse, quæ paucis insuper à me credita ad ipsum fortè non pervenit. Cùm ergo hinc quascunque enunciationes et pollicitus præstare minimè posset, nec eas suâ vel alienâ ope comparare, illinc sæpiùs compelleretur ab omnibus, ut vel unam saltem ex iis ostenderet, fieri aliter non potuit, quin nobis identidem provocantibus turpiter deesset, ac multum de se risum excitaret, ut solent qui majora viribus temerè audent. Hoc quâ ratione contigerit jam exponam.

Mense septembri occœperat scribere omnia hæc se problemata dissolvisse. Res ad me statim delata est : nec mediocriter animum percussit

minuta hominis ambitio. Noveram enim vires
ipsius, et problematum meorum difficultatem :
et ex cæteris quæ ad hunc diem ille protulerat,
satis ipsum huic oneri imparem esse conjicie-
bam. Ratus sum igitur illum aut decipi atque
adeò si suum sponte fateretur errorem, summâ
cum humanitate tractandum : aut id agere ut
nos deciperet, ac problematum meorum evul-
gationem manere, ut ea deinceps sibi arrogaret,
ipsumque animi causâ reum fraudis istius esse
peragendum; quod quidem mihi pronum erat
ac proclive penes quem totum hujus evulgatio-
nis stabat arbitrium. Itaque nonnullis suspiciones meas palàm testatus, curavi ut omnes motus
ejus incessusque servarentur.

Ac primùm nondum exactâ præmiorum die
venit ab eo cujusdam propositionis calculus tot
et tantis undequaquè confertus erroribus, ut ab
ipso per proximum statim cursorem fuerit abdi-
candus, non eâ sanè quâ debuerat moderatione,
sed quâ poterat lepidissimâ pinguissimâque fero-
ciâ. Fatebatur enim priorem quidem calculum
falsum esse, sibi verò tum alterum omni ex
parte verum, universasque simul propositiones
complexum, tum demonstrationes omnes serie
descriptas, et ad edendum paratas esse in manibus, quas tamen in publicum exire non esset
passurus, nisi meis antea vulgatis, quod per
illud temporis, ineunte scilicet octobre, præsti-
turum me professus eram.

Quid hæc sibi vellent satis intellexi, nec cui-

quam ampliùs dubitatum est quin ipsissimum
illud esset quod futurum esse denuntiaram. Placuit igitur ad extremas hunc angustias deducere.
Et quò manifestiùs liqueret nihil ipsum nisi me
praeeunte promere posse, tres in menses ad
kalendas nempe januarias vulgationem problematum meorum in historiâ trochoidis rejeci,
eas alioquin kalendis octobris, quod et ipse
sibi pollicebatur, daturus in lucem.

Hâc quidem prolatione nihil ipsi fuerat commodius, si modò solutiones istæ præsto fuissent. Illæ verò procul aberant, ideòque et hanc
velut infensam et mysteriorum suorum enun-
ciatricem tulit ægerrimè. Noverat enim ita de se
sententiam laturos omnes, ut hâc morâ uteretur.
Illud, inquam, homini stomachum fecit, quem
ille tam candidè ac non dissimulanter aperuit,
ut scribere non veritus sit, novum planè sibi
videri me meorum problematum editionem tres
totos in menses sine causâ distulisse. Responsum
est summâ illum injuriâ mihi succensere ; nil
ipsi commodius et opportunius ; quin potiùs occasionem oblatam arriperet ac primæ inventionis honorem sibi assereret, dùm ego quasi con-
strictis mihimet manibus otiosus sederem;
posse illum si modò quod antea prædicaverat in
promptu esset opus suum, illud geminis vel
etiam tribus ante alterum quemlibet mensibus
producere, atque ita unum fore, quem constaret
inventa sua à nemine mutuatum ; denique quæcunque alio loco ad ipsum deterrendum dicta

erant, nunc ad ipsum excitandum stimulan-
dumque repetita sunt.

His rationibus nihil validius quicquam. Nihilo-
minus homini conscio infirmitatis suæ altera
quædam suberat ineluctabilis quâ ad dissentien-
dum cogebatur. Iterùm ergo rescripsit fixum esse
sibi nihil omninò nisi post editas propositiones
meas edere. Hæc responsio sic accepta est ut
dignum erat : visum est nullâ circuitione jam
utendum.

Planè ergò et apertè significatum est ejus rationem iniquissimam esse, nec commodas de ipso
suspiciones omnium animis insedisse ; missum
ante fallacem ab illo calculum, veri, si modò
ipsi præstò esset, mittendi necessitatem afferre,
siquidem honori suo consultum vellet ; at rem
semper in diem trahere, et tam multis compella-
tionibus exstimulatum silere ; denique nullas
mittere solutiones nisi alienis priùs inspectis ; id
verò vel tardioribus ingeniis fidem facere nullas
reverâ solutiones ipsi suppetere. Postremò itaque denuntiatum est ; ut intra finem vertentis
anni vel methodos suas, vel calculos mitteret, si
non expressis verbis conceptos, saltem aliqui-
bus notis involutos ; nullum jam tergiversandi
locum relictum esse ; eam enim demùm et secu-
rissimam et frequentissimam esse viam, quâ
quis sibi posset alicujus inventionis gloriam
vindicare, nec aliis rapiendam exponere. Quæ si
conditiones ipsi arriderint, reliquum esse, ut
alicui suorum mense decembris notas suas mit-

teret; meas dudùm paratas; utrasque simul productum iri, ut cujus notæ expositæ veritati con-
gruere deprehenderentur, hic genuinus istorum
problematum interpres haberetur : contra cujus
expositæ notæ errore censerentur implicitæ, is
inventionis palmâ excideret, nec ad eam alienis
deinceps solutionibus cognitis aspirare posset.

His conditionibus nihil æquius præcisiusque
visum, quas si refugeret ille sedulò commoni-
tus est, et severitate quantam humanitatis leges
ferre poterant maximâ, certo istud indicio futu-
rum omnibus eas illum solutiones nunquam
habuisse, nunquam alioquin primæ inventionis
laudem cuiquam concessurum fuisse. Quòd si
repudiatis quæ ipsi oblatæ fuerant conditionibus, meisque exinde solutionibus vulgatis, aliquas etiam vulgandi consilium resumeret, manifestum apud omnes plagiarium habitum iri,
debitamque his factis opinionem sibi accersitu-
rum. Suspensis omnium animis expectabatur
ejus responsio, tanquam ultimum ingenii ejus
specimen datura. Nec multo post tempore ad-
venit illa quidem auguriorum meorum confir-
matrix certissima. Enim verò rescribebat ille,
nequicquam à se vel scripta vel notas vel aliud
quidpiam exigi; conditiones nullas se recipere;
nec quidlibet editurum, priusquam mea inventa
edita inspexisset : de præmiis laudibusve nihil
mecum certare : id unum sibi esse in animo, ut
problemata mea videret, nonnullaque similia
promeret : fixum illud sibi ac immotum ; nec

quidquam amplius de his omnibus auditurum libenter.

Plana hæc erant et aperta, nec quidlibet effla-gitari potuit, quò plenius convinceretur, nisi reum se ingenuè confiteretur, quod ab ipso sperari non poterat. Hâc igitur omnium condi-tionum declinatione satis superque convictus jùdicatus est : ego verò nequicquam meorum ploblematum editionem prorogaturus, quando-quidem ille nullos nisi me præeunte gressus facturum se professus, me quoque cunctante cunctaturus foret, ac res sic in immensum pro-cessura. Ratus sum itaque rem ultra præstitu-tum kalendarum januarii tempus protrahendam non esse, sed ubi quid primùm otii nactus essem, totum id post tantas prolationes absol-vendum, ac sic votis tot eruditorum hominum quibus hæ quæstiones non injucundæ fuerunt faciendum satis.

Interim haud abs re visum est mihi, ut hæc narratio velut præcurreret, si fortè solutiones meas ille in se transferre moliretur; omnium oculis expositura veritatem. Id unum hoc scripto perfectum volui, non autem virum ullatenùs infamatum, quem equidem omnibus officiis lubentissimè colerem, cujus et dignitati hono-rem habeo quamplurimum. Ideòque nomini ejus peperci; quod ille si modò hæc inventa sibi arrogando revelaverit, sibi tribuat quicquid de-decoris indè contraxerit. Nec dubitet ille futu-rum ut ejus artes omnium oculis subjiciantur.

Neque verò effugium sibi speret emendicato alicujus amici chirographo, testificantis forsan visum sibi ante kalendas januarii librum ejus manu exaratum. Haud ita omninò ista tractantur : sola editio fidem facit. Non negaverim quin si de calculo quodam tribus versibus comprehenso disceptaretur, plura ac inter se congruentia ejus exemplaria multis antè tradita, nonnihil fidei factura essent. At cùm de integro volumine, de centum geometriæ propositionibus earumque calculis agitur, ubi nihil æquè facile est ac numeros pro numeris, notas pro notis substituere, ludicrum sanè ac lepidum amici afferre chirographum, asserentis hunc librum hac vel istâ die sibi inspectum, præsertim si ostendi posset ab ipso nec lectum illum nec excussum. Nemo sibi tantùm jure tribuerit, ut ad dubitationes omnes tollendas sola sua autoritas sufficiat. In geometricis sola demùm manifesta creduntur. Sex septemve menses concessi ut sua ederet, nihil edidit. Atque hoc ipsi non minùs arduum fuit quàm pronum esset veras solutiones jam prolatas interpolare.

Sed hæc cave ne nova illi ac inusitata existimes, nec quos etiam in Robervalliana problemata fecit incursus. Ita enim ubique homo est : adeò ut jam plures annos ambitiosè effutiat quadraturam circuli à se inventam, eamque ubi tempus tulerit à se proditum iri, simul cum hyperboles quadraturâ : i nunc, et homini, quantum de se prædicat, credulus largito.

DIVERSES INVENTIONS

DE A. DETTONVILLE (*),

EN GÉOMÉTRIE.

LETTRE

DE M. DE CARCAVI A M. DETTONVILLE.

Monsieur,

Personne n'ayant donné les solutions des problèmes que vous avez proposés depuis si long-temps, vous ne pouvez plus refuser de paroître pour les donner vous-même, comme la promesse que vous en avez faite vous y engage. Je sais que ce vous sera de la peine d'écrire tant de solutions et de méthodes; mais aussi c'est toute celle que vous y aurez: car, pour l'impression, je ne songe pas à vous la proposer; j'ai des personnes qui en auront soin: et il s'offre encore un soulagement à votre travail, en ce qu'il ne sera pas nécessaire de vous étendre sur les problèmes que vous avez proposés comme faciles, tels que sont *le centre de gravité de la ligne courbe* de la roulette et de ses parties, et *la dimension des surfaces* des solides; de sorte que vous n'aurez presque qu'à donner ceux que vous avez proposés comme difficiles, c'est-à-dire, *le centre de gravité des solides et des demi-solides* de la roulette et de ses parties, tant autour de la base qu'autour de l'axe, auxquels vous aviez attaché les prix dans votre premier écrit; et *le centre de gravité des surfaces de ces solides et demi-solides*, desquels vous avez dit, en les proposant dans l'Histoire de la Roulette, *que c'étoient ceux que vous estimiez difficiles, et proprement les seuls que vous proposiez.*

Ce sont donc aussi proprement les seuls que nous vous prions de donner, et dont nous avons considéré le succès avec attention. Car, comme ils paroissent si difficiles par la seule énonciation, et que vous

---

(*) C'est le nom sous lequel Pascal se cacha, comme il a été dit dans l'Histoire de sa vie.

qui les connoissiez à fond, vous m'aviez dit plusieurs fois que vous en jugiez la difficulté si grande, je crus qu'elle étoit extrême; et quand je les eus un peu considérés en effet, il me sembla, selon le peu de lumière que j'en ai, que le moins qu'on pouvoit en dire, étoit qu'il n'avoit rien été résolu de plus caché dans toute la géométrie, soit par les anciens, soit par les modernes, et je ne fus pas seul dans ce sentiment.

Ainsi, lorsque le terme du 1er octobre fut arrivé, nous fûmes bien aises de voir que vous le prolongeâtes jusqu'au 1er janvier, parce que nous espérâmes de mieux reconnoître, par un plus long espace de temps, si le jugement que nous en faisions étoit véritable; et le succès confirme bien notre pensée; car une attente de sept ou huit mois sans solution en est une marque considérable, en un temps où se trouvent d'aussi grands géomètres, et en plus grand nombre à la fois qu'on en ait jamais vu, et où l'on a résolu les problèmes les plus difficiles. Car encore que pour la grandeur du génie aucun des anciens n'ait peut-être surpassé Archimède, il est certain néanmoins que, pour la difficulté des problèmes, ceux d'aujourd'hui surpassent de beaucoup les siens; comme il se voit par la comparaison des figures toutes uniformes qu'il a considérées, à celles que l'on considère maintenant, et surtout à la roulette et à ses solides, à l'escalier, aux triangles cylindriques, et aux autres surfaces et solides dont vous avez découvert les propriétés.

Il n'y a donc jamais eu de temps si propre que celui-ci à éprouver la difficulté des propositions de géométrie. Or, nous n'avons vu la solution d'aucune de celles que vous avez proposées comme difficiles. On a bien envoyé celle des problèmes que vous aviez déclaré être plus faciles; savoir: *le centre de gravité de la ligne courbe* et *la dimension des surfaces des solides*, laquelle M. Wren nous envoya dans ses lettres du 12 octobre; et M. de Fermat aussi dans les siennes, où il donne une méthode fort belle et générale pour la dimension des surfaces rondes; mais pour ces *centres de gravité des solides et demi-solides, et de leurs surfaces*, nous n'en avons point vu de résolution.

Je dirai à tout autre qu'à vous, monsieur, ce que cela a fait juger de la difficulté de vos problèmes, et de ce qu'il falloit être pour les résoudre; et je ne vous parlerai ici que du désir que nous en avons, et de la nécessité où nous sommes d'avoir recours à vous pour des choses que nous ne pouvons avoir que de vous. N'espérez donc pas fuir nos importunités. Je suis résolu de ne jamais cesser de vous en faire, non plus que de rechercher les occasions de vous témoigner combien je suis, etc.

De Paris, ce 10 décembre 1658.

LETTRE

DE M. DETTONVILLE A M. DE CARCAVI,

CI-DEVANT CONSEILLER DU ROI EN SON GRAND-CONSEIL.

MONSIEUR,

Puisque je suis enfin obligé de donner moi-
même la résolution des problèmes que j'avois
proposés, et que la promesse que j'en ai faite
m'engage nécessairement à paroître, je veux, en
découvrant mon nom, faire connoître en même
temps à tout le monde combien celui qui le porte
a de respect et d'estime pour votre personne, et
de reconnoissance pour toute la peine que vous
avez voulu prendre en cette occasion. Je souhaiterois qu'elle pût être, en quelque façon, récom-
pensée par ce discours que je vous donne, où
vous verrez non-seulement la résolution de ces
problèmes, mais encore les méthodes dont je
me suis servi, et la manière par où j'y suis arrivé.
C'est ce que vous m'avez témoigné souhaiter
principalement, et sur quoi je vous ai souvent
ouï plaindre de ce que les anciens n'en ont pas
usé de même; ne nous ayant laissé que leurs
seules solutions sans nous instruire des voies
par lesquelles ils y étoient arrivés, comme s'ils
nous eussent envié cette connoissance.

Je ne me contenterai donc pas de vous donner les calculs, desquels voici celui du cas que j'avois proposé : *le centre de gravité du demi-solide de la demi-roulette, tournée à l'entour de la base, est distant de la base d'une droite qui est au diamètre du cercle générateur, comme sept fois le diamètre à six fois la circonférence, et est distant de l'axe d'une droite égale au quart de la circonférence du cercle générateur, moins seize quinzièmes parties de la distance qui est entre le centre du cercle générateur, et le centre de gravité de son demi-cercle.* Mais je vous découvrirai, de plus, ma méthode générale pour les centres de gravité, qui vous plaira d'autant plus, qu'elle est plus universelle ; car elle sert également à trouver les centres de gravité des plans, des solides, des surfaces courbes et des lignes courbes. J'ai besoin, pour vous l'expliquer, de cette définition.

S'il y a tant de quantités qu'on voudra A, B, C, D, lesquelles on prenne en cette sorte : premièrement, la somme de toutes A, B, C, D ; puis la somme des mêmes, excepté la première, savoir, B, C, D ; puis la somme des mêmes, excepté les deux premières, savoir, C, D ; et ainsi toujours, comme on les voit ici marquées :

J'appelle la somme de ces quantités,   A B C D
prises de cette sorte, *la somme trian-*   B C D
gulaire de ces mêmes quantités, à   C D
commencer par A ; car on pourroit   D
prendre la somme de ces mêmes quantités, à commencer par D, et qui ne seroit pas la même.

Cela posé, je vous dirai les pensées qui m'ont mené à cette connoissance. J'ai considéré une balance B, A, C, suspendue au point A, et. . .

$$\overset{\text{B}}{\underset{4 \quad 5 \quad 3}{\rule{3cm}{0.4pt}}} \quad \overset{\text{A}}{\bullet} \quad \overset{\text{C}}{\underset{9 \quad 8}{\rule{2cm}{0.4pt}}}$$

ses bras de telle longueur qu'on voudra A B, A C, divisés en parties égales de part et d'autre, avec des poids pendus à chaque point de division ; savoir, au bras A B, les poids 3, 5, 4, et au bras A C les poids 9, 8 ; et supposant la balance être en équilibre en cet état, j'ai tâché de comprendre quel rapport il y avoit entre les poids d'un bras et ceux de l'autre, pour faire cet équilibre ; car il est visible que ce n'est pas que la somme des uns soit égale à celle des autres ; mais voici le rapport nécessaire pour cet effet.

Pour faire que les poids d'un bras soient en équilibre avec ceux de l'autre, *il faut que la somme triangulaire des uns soit égale à la somme triangulaire des autres*, à commencer toujours du côté du point A. Et la démonstration en sera facile par le moyen de ce petit lemme, dont vous verrez un assez grand usage dans la suite.

Si les quatre quantités A, B, C, D sont prises en cette sorte : la première une fois, la seconde deux fois, la troisième trois fois, etc. ; je dis que la somme de ces quantités prises de cette sorte, est égale à leur somme triangulaire, en commençant du côté A.

DCBA   ABCD

4 3 2 1   BCD

                                  CD

                                       D

Car en prenant leur somme triangulaire, on ne fait autre chose que les combiner en telle sorte, qu'on prenne A une fois, B deux fois, C trois fois, etc.

Venons maintenant à ce que je propose de la balance. On sait assez en géométrie, que les forces des poids sont en raison composée des poids et des bras, et qu'ainsi le poids 4 en la troisième distance, a une force triple ; que le poids 5 en la seconde distance, a une force double, etc. Donc la force des poids des bras doit se considérer en prenant celui qui est à la première distance une fois, celui qui est à la seconde deux fois, etc. Ainsi pour faire qu'ils soient en équilibre de part et d'autre, il faut que la somme des poids d'un bras étant pris de cette sorte : savoir, le premier une fois, le second deux fois, etc., soit égale à la somme des poids de l'autre pris de la même sorte ; c'est-à-dire (par le lemme précédent), que la somme triangulaire des uns soit égale à la somme triangulaire des autres. Ce qu'il falloit démontrer.

Vous voyez, monsieur, que je suis entré dans le style géométrique ; et pour le continuer, je ne vous parlerai plus que par propositions, corollaires, avertissements, etc. Permettez-moi

donc de m'expliquer en cette sorte sur ce que je
viens de vous dire, afin qu'il ne reste aucune
ambiguité.

AVERTISSEMENT.

J'entends toujours que les deux extrémités de
la balance passent pour des points de division ;
et ainsi quand je dis que des poids soient pendus
à tous les points de division, j'entends qu'il y
en ait aussi aux deux extrémités de la balance.

J'entends aussi que le bras AB puisse être
égal ou inégal à l'autre bras AC, et que chacune
des parties égales du bras AB soit égale à chacune des parties égales du bras AC, et que les
parties d'un bras ne diffèrent au plus des parties de l'autre bras que par leur multitude. Or,
de cette égalité de chacune des parties, il s'ensuit que le poids 3 étant pris, par exemple,
de trois livres, et pesant simplement comme
trois livres sur la première distance ; le poids 5
étant de cinq livres sur la seconde distance,
aura la force de dix livres, c'est-à-dire, double
de celle qu'il auroit sur la première distance ; et
le poids 4 sur la troisième distance, aura la force
de douze livres, c'est-à-dire, triple de celle qu'il
auroit sur la première distance. De même sur
l'autre bras le poids 9 sur la première distance,
aura simplement la force de neuf livres, et le
poids 8 la force de seize livres ; et ainsi à l'infini, les poids seront multipliés autant de fois
qu'il y aura de parties égales dans leurs bras, à

compter du centre de gravité commun A, auquel la balance est suspendue.

Il faut aussi remarquer que cette propriété de la balance que j'ai donnée, savoir, l'égalité des sommes triangulaires des poids de chaque bras est générale, encore qu'il y ait des points de division sans poids, au lieu desquels en mettant un zéro, il ne laissera pas d'être employé en prenant les sommes triangulaires, comme on voit en cet exemple :

Soit une balance B A C suspendue au point A, et divisée en parties égales comme il a été dit ; et soit sur la première distance du bras A C le poids 9, et sur la seconde le poids 8 : et sur la première distance du bras A B, le poids 4 ; sur la seconde distance, nul poids ou zéro ; sur la troisième le poids 7 :

$$
\begin{array}{ccccc}
\text{B} & & \text{A} & & \text{C} \\
\hline
7 & 0 & 4 & 9 & 8
\end{array}
$$

Je dis que si la somme triangulaire des poids 4, 0, 7, est égale à la somme triangulaire des poids 9, 8 (à commencer toujours du côté A), la balance sera en équilibre sur le centre A.

La démonstration en est la même que la précédente.

$$
\begin{array}{ccc}
7 & 0 & 4 \\
7 & 0 & \\
7 & & \\
\hline
& 25 &
\end{array}
\qquad
\begin{array}{cc}
9 & 8 \\
 & 8 \\
\hline
& 25
\end{array}
$$

De cette propriété je démontre les trois propositions suivantes.

PROPOSITION PREMIÈRE.

Soit C A B une balance divisée en tant de parties égales qu'on voudra aux points C, D, A, E, F, B, auxquelles soient pendus les poids 8, 9, 5, 4, o, 7;

B	F	E	A	D	C
7	o	4	5	9	8

de tous lesquels ensemble le centre de gravité commun soit au point A (l'un de ces points): Je dis que la somme triangulaire de tous ces poids, à commencer du côté qu'on voudra, par exemple, du côté C; c'est-à-dire, la somme triangulaire des poids 8, 9, 5, 4, o, 7, *est égale à la simple somme de ces poids* 8, 9, 5, 4, o, 7 (*c'est-à-dire, à la somme de ces poids pris chacune une fois*), *multipliée autant de fois qu'il y a de points dans le bras C A (puisqu'on a commencé par le côté C), c'est-à-dire, trois fois en cette figure.*

```
7  o  4  5  9  8          7  o  4  5  9  8
7  o  4  5  9             7  o  4  5  9 /8
7  o  4  5                7  o  4  5  9  8
_____              _____
7  o  4
7  o
7
_____
    99                          99
```

Car la somme triangulaire des poids 4, o, 7, pendus au bas A B (qui est distinguée du reste par une barre dans la première partie de la

figure), est égale à la petite somme triangulaire
des poids 9, 8 , pendus à l'autre bas AC (qui
est aussi distinguée du reste dans l'autre partie
de la figure). Et les restes sont les mêmes de part
et d'autre.

AVERTISSEMENT.

Je sais bien que cette manière de démontrer
n'est pas commune ; mais comme elle est courte,
nette et suffisante à ceux qui ont l'art de la démonstration, je la préfère à d'autres plus longues que j'ai en main.

PROPOSITION II.

*Les mêmes choses étant posées : je dis que la
simple somme des poids, multipliée autant de fois
qu'il y a de points en toute la balance, est à la
somme triangulaire de tous les poids , à commencer par le côté qu'on voudra, par exemple, par le
côté C, comme le nombre des points qui sont dans
la balance entière, au nombre des points qui sont
dans le bras par où on a commencé à compter ;
c'est-à-dire, en cet exemple, dans le bras CA :*

7	o	4	5	9	8
7	o	4	5	9	
7	o	4	5		
7	o	4			
7	o				
7					

99

7	o	4	5	9	8
7	o	4	5	9	8
7	o	4	5	9	8
7	o	4	5	9	8
7	o	4	5	9	8
7	o	4	5	9	8

198

*Je dis que la somme triangulaire 99 est à la
somme 198, des poids multipliée par leur mul-*

*titude, comme la multitude des points du bras CA,
savoir,* 3, *à la multitude de tous les points, savoir,* 6.

Car dans la figure la somme triangulaire de tous
les poids est égale, par la précédente, à la simple somme des poids multipliée par la multitude
des points qui sont dans le bras A C, et qui sont
ici au-dessus de la barre. Or, la somme des poids
multipliée par cette multitude des points du
bras A C, est visiblement à la même somme des
poids multipliée par la multitude des points de
la balance entière, comme une de ces multitudes
est à l'autre.

PROPOSITION III.

*Les mêmes choses étant posées : je dis que la
somme triangulaire des poids, à commencer par
un des côtés, comme par le côté C, est à la
somme triangulaire des mêmes poids, à commencer par l'autre côté B, comme le nombre des
points qui sont dans le bras A C, par où l'on a
commencé la première fois, au nombre des points
qui sont dans le bras B A, par où l'on a commencé la seconde fois . . . .*

7	0	4	5	9	8		7	0	4	5	9	8
7	0	4	5	9				0	4	5	9	8
7	0	4	5						4	5	9	8
7	0	4								5	9	8
7	0										9	8
7												8

99   132

Je dis que la somme triangulaire 99 , *en commen-*
çant par 8 , *est à l'autre somme triangulaire* 132 ,
en commençant par 7, *comme la multitude des*
points du bras 8, *savoir,* 3 , *à la multitude des*
points de l'autre bras 7, *savoir,* 4.

Car chacune de ces sommes triangulaires est,
par la précédente, à la simple somme de tous
les poids multipliés par leur multitude, comme
la multitude des points de chaque bras, à la multitude de tous les points de la balance entière.
Donc , etc. Ce qu'il falloit démontrer.

AVERTISSEMENT.

Comme toutes les choses que je viens de démontrer sur le sujet des poids d'une balance
doivent s'appliquer à toutes sortes de grandeurs,
c'est-à-dire , aux lignes courbes , aux surfaces
planes et courbes , et aux solides , il me semble
à propos , pour faciliter cette application , de
donner quelques exemples de la manière dont
on doit prendre les sommes triangulaires dans
ces grandeurs.

Soit donc (*fig.* 3) une ligne courbe quelconque C B divisée comme on voudra en parties
égales ou inégales aux points I , G , F : pour
prendre la somme triangulaire des portions C I ,
I G , G F , F B , à commencer du côté de C , il
faudra prendre la toute C F B , plus la portion
I F B , plus la portion G F·B , plus la portion F B.

Car par la définition , la somme triangulaire
de toutes les portions C I , I G , G F , F B se trouve

en les prenant en cette sorte : premièrement,
toutes ensemble, et ensuite toutes ensemble,
excepté la première, et puis toutes ensemble,
excepté les deux premières, etc., en cette sorte...

$$C I + I G + G F + F B \text{ ou la ligne } C F B.$$
Plus.........$I G + G F + F B$ ou la ligne $I F B$.
Plus.............$G F + F B$ ou la ligne $G F B$.
Plus..................$F B$ ou la ligne $F B$.

Pareillement la somme triangulaire de ces
mêmes portions $B F$, $F G$, $G I$, $I C$, à commencer
par B, se trouvera en prenant la ligne entière
$B I C$, plus la portion $F I C$, plus la portion $G I C$,
plus la portion $I C$; ce qui paroît de même en
cette sorte :

$$B F + F G + G I + I C \text{ ou la ligne } B I C.$$
Plus......... ..$F G + G I + I C$ ou la ligne $F I C$.
Plus.......·........$G I + I C$ ou la ligne $G I C$.
Plus....................$I C$ ou la ligne $I C$.

De la même sorte, si le triligne $C A B$ est divisé en tant de parties qu'on voudra, par les
droites $I K$, $G H$, $F E$, la somme triangulaire de
ses portions $C I K A$, $I G H K$, $G F E H$, $F B E$, à
commencer du côté de $C A$, se trouvera en prenant le triligne $C B A$, plus le triligne $I B K$, plus
le triligne $G B H$, plus le triligne $F B E$.

Ce qui paroît par la somme de ces portions prises
en la manière accoutumée, comme on voit ici :

$$C I K A + I G H K + G F E H + F B E \text{ ou le triligne } B C A.$$
Plus........$I G H K + G F E H + F B E$ ou l'espace $I B K$.
Plus.............$G F E H + F B E$ ou l'espace $G B H$.
Plus....................$F B E$ ou l'espace $F B E$.

On prendra de même sorte la somme triangulaire des portions des surfaces courbes et celle des solides, sans qu'il soit besoin d'en donner davantage d'exemples.

Méthode générale pour les centres de gravité de toutes sortes de lignes, de surfaces et de solides.

Étant proposée une ligne courbe, ou un plan, ou une surface courbe, ou un solide, en trouver le centre de gravité?

Soit entendue une multitude indéfinie de plans parallèles entre eux et également distants (c'est-à-dire, que la distance du premier au second soit égale à la distance du second au troisième, et à celle du troisième au quatrième, etc.), lesquels plans coupent toute la grandeur proposée en une multitude indéfinie de parties comprises chacune entre deux quelconques de ces plans voisins.

Maintenant si de tous ces plans on en considère principalement trois, savoir, les deux extrêmes, qui comprennent la grandeur proposée, et celui qui passe par le centre de gravité de la grandeur proposée, et qu'on entende qu'une droite quelconque menée perpendiculairement d'un des plans extrêmes à l'autre, rencontre le plan du centre de gravité, lequel la divise en deux portions : cette droite entière, qui mesure la distance d'entre les plans extrêmes, sera appelée *la balance de la grandeur proposée*, et ses deux portions qui mesurent la distance entre le centre de gravité de la grandeur proposée et les plans extrêmes, s'appelleront *les bras de la balance* : et la raison d'un de ces bras à l'autre se trouvera en cette sorte :

Je dis qu'un des bras est à l'autre (c'est-à-dire, que la distance entre le centre de gravité de la figure et l'un des plans extrêmes, est à la distance entre le même centre de gravité et l'autre plan extrême), comme la somme triangulaire de toutes les portions de la figure, à commencer par le premier plan extrême, à la somme triangulaire de ces mêmes portions, à commencer par l'autre plan extrême.

AVERTISSEMENT.

Afin qu'il ne reste ici aucune ambiguité, je m'expliquerai plus au long.

Soit donc proposée, premièrement, une ligne courbe C B (*fig.* 3) laquelle soit coupée en un nombre indéfini de parties aux points C , I , G , F , B , par une multitude indéfinie de plans parallèles et également distants, ou, si l'on veut, par une multitude indéfinie de droites parallèles et également distantes C A , I K , G H , F E , B O (car les droites suffisent ici, et les plans n'ont été mis dans l'énonciation générale, que parce que les droites ne suffiroient pas en tous les cas). Soit maintenant menée A B où l'on voudra perpendiculaire à toutes les parallèles, la-

quelle coupe les extrêmes aux points B, A, et
celle qui passe par le centre de gravité de la ligne
proposée au point T : cette droite BA sera appelée *la balance*, et les portions TA, TB, seront
appelées *les bras de la balance*.

Je dis que le bras TB sera au bras TA, comme
la somme triangulaire des portions de la ligne,
savoir, des portions BF, FG, GI, IC, à commencer du côté de B, à la somme triangulaire
des mêmes portions, à commencer du côté de A.

Soit maintenant la grandeur proposée un plan,
comme le triligne CBA, coupé par les mêmes
parallèles CA, IK, GH, FE, BO, et que la même
perpendiculaire BA le coupe comme il a été dit,
et rencontre celle qui passe par le centre de
gravité du plan proposé CBA au point T : je dis
que le bras TB sera au bras TA, comme la
somme triangulaire des portions du triligne,
BFE, EFGH, GIKH, CIKA, à commencer du
côté de BO, à la somme triangulaire des mêmes
portions, à commencer du côté de AC.

Soit maintenant la grandeur proposée une
surface courbe CYZBFC, coupée par les mêmes
plans parallèles ACY, KIM, HGN, EFZ, OBX,
qui coupent la surface donnée et y produisent,
par leurs communes sections, les lignes CY, IM,
GN, FZ, etc.; et que la balance BA mesure toujours la distance entre les plans extrêmes, et
coupe celui qui passe par le centre de gravité de
cette surface courbe au point T : je dis que le
bras TB sera au bras TA, comme la somme

triangulaire des portions de la surface, savoir,
ZFB, FZNG, NGIM, MICY, à commencer
du côté de B, c'est-à-dire la somme des surfaces
BCY, ZFCY, NGCY, MICY, à la somme triangulaire des mêmes portions, à commencer du
côté de AC, c'est-à-dire, des surfaces CYB, IMB,
GNB, FZB.

Enfin, si la grandeur proposée est un solide
YCFBAC, coupé par les mêmes plans parallèles,
et que la balance BA mesure de même la distance
entre les plans extrêmes, et coupe celui qui passe
par le centre de gravité du solide au point T : le
bras TB sera toujours au bras TA, comme la
somme triangulaire des portions du solide, à
commencer par B, à la somme triangulaire des
mêmes portions, à commencer par C.

DÉMONSTRATION DE CETTE MÉTHODE.

La démonstration en est facile, puisque ce
n'est que la même chose que ce que j'ai donné de
la balance.

Car soit considérée la droite BA comme une
balance divisée en un nombre indéfini de parties
égales aux points A, K, H, E, B, auxquels pendent pour poids les portions de la grandeur proposée, et à l'un desquels se rencontre le point T,
qui sera le centre de gravité de la balance,
comme cela est visible par la doctrine des indivisibles, laquelle ne peut être rejetée par ceux
qui prétendent avoir rang entre les géomètres.

Donc, par la troisième proposition de la balance, la somme triangulaire des poids (ou des portions de la figure), à commencer du côté B, est à la somme triangulaire des mêmes poids, à commencer du côté A C, comme le nombre des points (ou des parties) du bras B T, au nombre des points (ou des parties) du bras A T, c'est-à-dire, comme BT à TA. Ce qu'il falloit démontrer.

AVERTISSEMENT.

Je sais bien que ces portions de la grandeur proposée ne pendent pas précisément aux points de division de la balance B A ; mais je n'ai pas laissé de le dire, parce que c'est la même chose. Car en divisant chacune de ces parties égales de la balance B A par la moitié, ces nouvelles divisions donneront une nouvelle balance qui ne différera de la première que d'une grandeur moindre qu'aucune donnée (puisque la multitude des parties est indéfinie), et le centre de gravité de la balance se trouvera encore à une de ces nouvelles divisions, ou n'en sera éloigné que d'une distance moindre qu'aucune donnée, ce qui ne changera point les raisons : et les portions de la grandeur proposée pendront précisément aux points de ces nouvelles divisions, en considérant au lieu des portions de la grandeur proposée, qui seront peut-être irrégulières, les portions régulières qu'on leur substitue en géométrie, et qui ne changent point les raisons ; c'est-à-dire, en substituant aux portions de la ligne courbe leurs cordes, aux portions du tri-

ligne les rectangles compris de chaque ordonnée
et d'une des petites portions égales de l'axe ; et
de même aux solides : ce qui ne change rien,
puisque la somme des portions substituées ne
diffère de la somme des véritables, que d'une
quantité moindre qu'aucune donnée.

Donc on conclura nécessairement dans cette
nouvelle balance la proportion dont il s'agit,
et par conséquent elle se conclura aussi dans
l'autre.

J'ai voulu faire cet avertissement, pour montrer que tout ce qui est démontré par les véritables règles des indivisibles, se démontrera aussi
à la rigueur et à la manière des anciens ; et
qu'ainsi l'une de ces méthodes ne diffère de
l'autre qu'en la manière de parler : ce qui ne
peut blesser les personnes raisonnables quand
on les a une fois averties de ce qu'on entend
par là. Et c'est pourquoi je ne ferai aucune
difficulté, dans la suite, d'user de ce langage des
indivisibles, *la somme des lignes*, ou *la somme
des plans* ; et ainsi quand je considérerai, par
exemple (*fig.* 4), le diamètre d'un demi-cercle
divisé en un nombre indéfini de parties égales
aux points Z, d'où soient menées les ordonnées ZM, je ne ferai aucune difficulté d'user de
cette expression, *la somme des ordonnées*, qui
semble ne pas être géométrique à ceux qui n'entendent pas la doctrine des indivisibles, et qui
s'imaginent que c'est pécher contre la géométrie,
que d'exprimer un plan par un nombre indéfini

de lignes; ce qui ne vient que de leur manque
d'intelligence, puisqu'on n'entend autre chose
par là sinon la somme d'un nombre indéfini de
rectangles faits de chaque ordonnée avec chacune des petites portions égales du diamètre,
dont la somme est certainement un plan, qui ne
diffère de l'espace du demi-cercle que d'une
quantité moindre qu'aucune donnée.

Ce n'est pas que ces mêmes lignes Z M ne
puissent être multipliées par d'autres portions
égales d'une autre ligne quelconque qui soit,
par exemple, double de ce diamètre, comme en
la *figure* 5; et alors la somme de ces lignes Z M
formera un espace double du demi-cercle,
savoir, une demi-ellipse : et ainsi la somme des
mêmes lignes Z M formera un espace qui sera
plus ou moins grand, selon la grandeur de la
ligne droite, par les portions égales de laquelle
on entend qu'elles soient multipliées, c'est-à-
dire, selon la distance qu'elles garderont entre
elles. De sorte que quand on parle de *la somme
d'une multitude indéfinie de lignes*, on a toujours
égard à une certaine droite, par les portions
égales et indéfinies de laquelle elles soient multipliées. Mais quand on n'exprime point cette
droite (par les portions égales de laquelle on entend qu'elles soient multipliées), il faut sous-
entendre que c'est celle des divisions de laquelle
elles sont nées, comme en l'exemple de la figure 4,
où les ordonnées Z M du demi-cercle étant nées
des divisions égales du diamètre, lorsqu'on dit

simplement *la somme des lignes* ZM, sans exprimer quelle est la droite par les portions de laquelle on veut les multiplier, on doit entendre que c'est le diamètre même, parce que c'est le naturel : et si on vouloit les multiplier par les portions d'une autre ligne, il faudroit alors l'exprimer.

Il faut entendre la même chose quand toutes les lignes seroient courbes, tant celles dont on considère la somme, que celle par les portions de laquelle on les multiplie : ou quand les unes sont droites et les autres courbes, comme, par exemple, en la *fig.* 4, si l'on dit simplement ainsi, *la somme de tous les arcs* C M, compris entre le point C et chacune des ordonnées, on doit entendre la somme des rectangles compris de chacun de ces arcs C M étendus en ligne droite, et de chacune des petites portions égales du diamètre Z Z, Z Z, etc.

Ainsi en la *fig.* 6, où l'arc de 90 degrés B C est divisé en un nombre indéfini d'arcs égaux aux points D, d'où sont menés les sinus droits D E, si on dit simplement ainsi, *la somme des sinus* D E, on entendra par là la somme des rectangles compris de chaque sinus D E et de chacun des petits arcs égaux D D considérés comme étendus en ligne droite ; parce que ces sinus sont nés des divisions égales de l'arc : et si on vouloit les multiplier par les portions égales d'une autre ligne, il faudroit l'exprimer, et dire, *la somme des sinus multipliés par les portions égales d'une telle ligne.*

Il faut entendre la même chose de la somme des carrés de ces lignes et de leurs cubes, etc. Ainsi si on dit dans la même *fig.* 6, *la somme des carrés des sinus D E*, il faut entendre la somme des solides faits du carré de chaque sinus multiplié par l'un des petits arcs égaux D D, et si dans la *fig.* 4 on dit, *la somme des carrés des arcs C M,* il faut entendre la somme des solides faits du carré de chaque arc C M (étendu en ligne droite) multiplié par chacune des petites portions égales Z Z; et ainsi en toutes sortes d'exemples.

En voilà certainement plus qu'il n'étoit nécessaire pour faire entendre que le sens de ces sortes d'expressions, *la somme des lignes, la somme des plans, etc.*, n'a rien que de très-conforme à la pure géométrie.

La même Méthode générale pour les centres de gravité, énoncée autrement.

Une grandeur quelconque étant proposée, comme il a été dit, et le même ordre de plans qui la coupent : je dis que la somme de toutes les portions de cette grandeur, comprises entre un des plans extrêmes et un chacun de tous les plans, est à la grandeur entière prise autant de fois, c'est-à-dire, multipliée par sa balance, comme le bras sur l'autre plan extrême, c'est-à-dire, comme la distance entre son centre de gravité et cet autre plan extrême, est à la balance entière.

Autrement encore :

Je dis que la somme de toutes les portions de la grandeur, comprises entre un des plans extrêmes et un chacun de tous les plans, est égale à la grandeur entière multipliée par son bras sur l'autre plan extrême.

Soit proposée, par exemple, la ligne C F B (*fig.* 3) : je dis que la somme des portions C F B, I F B, G F B, F B, est égale à la ligne entière C F B multipliée par le bras T A.

Car la somme de ces lignes n'est autre chose que la somme triangulaire des portions C I, I G, G F, F B, à commencer par C : donc la droite B A est une balance divisée en un nombre indéfini de parties égales aux points E, H, etc. auxquels points de division (comme il a déjà été dit) pendent pour poids les petites portions C I, I G, G F, F B, et à l'un desquels points de division se rencontre le centre de gravité T. Donc, par la seconde proposition de la balance, la somme triangulaire de ces portions à commencer par C, c'est-à-dire, la simple somme des portions C F B, I F B, C F B, F B, est égale à la simple somme des petites portions C I, I G, G F, F B, c'est-à-dire, la ligne C F B, prise autant de fois qu'il y a de points (ou de parties) dans le bras T A, c'est-à-dire, multipliée par le bras T A. Ce qu'il falloit démontrer.

On démontrera de même, si la grandeur proposée est le triligne A B C, que la somme des

espaces BCA, EFCA, HGCA, KICA, est égale
à l'espace BCA, multiplié par le bras TB. Et de
même pour les solides, etc.

Quand j'ai parlé de la somme des lignes CFB,
IFB, GFB, FB, on n'a dû entendre autre chose
sinon la somme des rectangles compris de chacune de ces lignes, et de chacune des petites
portions égales BE, EH, etc. (c'est-à-dire, avec
chacune des distances égales d'entre les plans
voisins); et qu'ainsi cette multitude indéfinie
de petits rectangles de même hauteur forment
un plan. C'est ce que j'ai déjà assez dit dans les
avertissements précédents.

De même, quand j'ai parlé de la somme des
espaces BCA, EFCA, HGCA, KICA, on a dû
entendre que chacun de ces espaces fût multiplié
par chacune de ces petites distances égales d'entre les plans voisins BE, EH, etc., et formassent
ainsi une multitude indéfinie de petits solides
prismatiques, tous de même hauteur, la somme
desquels formera un solide, qui est celui que
l'on considère quand on a parlé de la somme de
ces plans.

On doit entendre la même chose par la somme
des solides; car il faut entendre de même qu'ils
soient tous multipliés par ces mêmes portions
égales, ou au moins (si l'on ne veut pas admet-
tre une quatrième dimension) qu'on prenne

autant de lignes droites qui soient entre elles
en même raison que ces solides, lesquelles
étant multipliées chacune par chacune de ces
parties égales B E , E H , etc. , elles formeront un
plan qui servira de même à trouver la raison
cherchée. Ce qu'il ne sera plus nécessaire de
redire.

COROLLAIRE PREMIER.

De cette méthode s'ensuit ce corollaire : *Si la
grandeur est donnée et la somme de toutes ses
portions comprises entre un des plans extrémes, et
chacun des autres plans , et que la balance soit
aussi donnée : je dis que les deux bras seront
aussi donnés.*

Soit proposée, par exemple (*fig.* 7) la ligne
courbe de la demi-roulette A Y C, laquelle soit
supposée être donnée de grandeur, et qu'on sache qu'elle est double de l'axe C F qui soit aussi
donné. Soit aussi supposé qu'ayant mené les ordonnées Z Y , coupant l'axe en Z, en un nombre
indéfini de parties égales , et la roulette aux
points Y , la somme de toutes les portions C Y
de la courbe soit aussi donnée : je dis que la
distance entre le centre de gravité de cette courbe
A Y C, et la droite A F sera donnée.

Car la somme de toutes les courbes C Y est
donnée par l'hypothèse ; et on sait en effet d'ailleurs que cette somme est double de la somme
des droites C M , menées de C aux points où les

ordonnées coupent la circonférence , ou de la
somme des droites Z O (qui soient les ordonnées
de la parabole C O G , dont C F soit l'axe, et dont
le côté droit soit égal à la même C F ; car alors
chaque C M carré , ou F C en C Z , c'est-à-dire , le
rectangle F C Z, sera égal à Z O carré) : et ainsi
la somme des lignes courbes C Y est double de
l'espace de la parabole C F G, lequel étant les
deux tiers de C F carré , la somme des courbes
C Y sera égale aux quatre tiers du carré de C F.

Mais , par la précédente , la même somme est
égale au rectangle compris de la courbe C A (ou
de deux fois la droite C F), et du bras de la
courbe sur A F. Donc quatre tiers du carré de
C F sont égaux à deux fois C F, multipliée par
le bras cherché sur A F; donc ce bras est donné,
et égal aux deux tiers de C F, puisque les deux
tiers de C F, multipliés par deux fois C F, sont
égaux à quatre tiers du carré de C F.

COROLLAIRE II.

La converse de ce corollaire sera aussi véritable , savoir : *Si une grandeur est donnée et les
bras de la balance aussi : la somme de ses portions
comprises entre un des plans extrémes , et chacun
des autres , sera donnée.*

Soit donné , par exemple (*fig.* 8) l'arc de cercle de quatre-vingt-dix degrés B M C, duquel je
suppose que le centre de gravité étant Y, son
bras Y X soit aussi donné : je dis que la somme

des arcs B M , compris entre le point B et chacune des ordonnées menées des divisions égales et indéfinies du rayon B A , est aussi donnée.

Car la somme de ces arcs sera égale au rectangle , compris de l'arc entier B C et de Y X , lequel rectangle étant égal , comme on le connoît d'ailleurs, au carré du rayon A B ; il s'ensuit aussi que la somme des arcs B M , est égale au même carré du rayon A B.

AVERTISSEMENT.

J'ai voulu donner ces exemples de l'usage de cette méthode, tant pour connoître les bras de la balance par la connoissance de la somme de ces portions, que pour connoître la somme de ces portions par la connoissance des bras. J'en donnerois bien ici d'autres exemples plus considérables ; mais on les verra dans la suite, et je ne veux donner ici que les propositions qui servent comme de lemmes au reste du discours.

DÉFINITION.

S'il y a tant de quantités qu'on voudra A , B , C , lesquelles on prenne en cette sorte : premièrement , la somme triangulaire de toutes ; savoir, A B C , B C , C ; ensuite la somme triangulaire de toutes , excepté la première ; savoir, B C , C ; puis la somme triangulaire de toutes, excepté les deux premières ; savoir, C , etc.

J'appelle la somme de ces quantités prises de

cette sorte, *la somme pyramidale* de ces mêmes quantités.

En voici la figure, où l'on voit que *la somme pyramidale n'est autre chose que la somme des sommes triangulaires* qui sont ici séparées par des barres.

```
A   B   C
    B   C
        C
  ───────
    B   C
        C
  ───────
        C
  ───────
  1   3   6
```

Or, il est à remarquer que la nature de cette sorte de combinaison est telle, que, si on prend deux fois cette même somme pyramidale, comme on voit ici, et qu'on en ôte la première somme triangulaire qui est séparée du reste par une double barre, il arrivera dans ce reste que la première quantité A s'y trouvera une fois; la seconde B, quatre fois; la troisième C, neuf fois; et ainsi toujours selon la suite des nombres carrés.

```
A   B   C
    B   C
        C
  ═══════
    B   C
        C
  ───────
        C
  ───────
A   B   C
    B   C
        C
  ───────
    B   C
        C
  ───────
        C
  ───────
  1   4   9
```

Et cela est aisé à démontrer par la nature des combinaisons qui forment ces sommes triangulaires et pyramidales, qui est telle:

Dans les sommes triangulaires, la première grandeur se prend une fois, la seconde deux fois, la troisième trois fois, etc., selon l'ordre des nombres naturels. Et dans les sommes pyramidales, la première grandeur se prend une fois,

V.   16

la seconde trois fois, la troisième six fois, etc.,
selon l'ordre des nombres triangulaires. Or tout
nombre triangulaire, pris deux fois et diminué
de son exposant, est le même que le carré de
son exposant ; comme, par exemple, le troisième nombre triangulaire 6 étant doublé, est 12,
qui diminué de l'exposant 3, il reste 9, qui est
le carré de 3.

Cela est aisé par Maurolic (*); et de là paroît
la vérité de ma proposition.

D'où il s'ensuit que s'il y a tant de quantités
qu'on voudra A, B, C, dont la première soit
multipliée par le carré de 1, la seconde par le
carré de 2, la troisième par le carré de 3, etc. :
leur somme prise de cette sorte, sera égale à
deux fois leur somme pyramidale, moins leur
somme triangulaire.

AVERTISSEMENT.

On verra dans la suite l'usage de cette propriété, dans l'application qui s'en fera aux lignes

---

(*) Maurolic, abbé de Messine, florissoit vers le milieu
du seizième siècle. C'étoit un géomètre profond pour son
temps. Nous avons de lui divers Traités concernant la
sphère, le comput ecclésiastique, les instruments d'astro-
nomie, l'arithmétique, la perspective, la musique, etc.
Dans son Traité d'arithmétique, il démontre plusieurs
propriétés de différentes suites de nombres, comme la
suite des nombres simples, la suite des nombres carrés, la
suite des nombres triangulaires, etc. C'est à cet ouvrage
que Pascal fait ici allusion.

droites ou courbes ; et pour faciliter l'intelligence de cette application , j'en donnerai ici
quelques exemples.

Soit donc dans la troisième figure, par exemple, l'axe B A du triligne B A C, divisé en un
nombre indéfini de parties égales , aux points
K, H, E, d'où soient menées les ordonnées :
on est assez averti par les choses précédentes,
que la simple somme de ces ordonnées est égale
à l'espace du triligne.

Je dis maintenant que la somme triangulaire
de ces ordonnées I K, G H, F E, etc., à commencer du côté de la base C A, est la même
chose que la somme des rectangles compris de
chaque ordonnée , et de sa distance de la base ;
c'est-à-dire , la somme des rectangles I K en K A,
G H en H A, F E en E A.

Ce qui est bien aisé à démontrer en cette
sorte. Puisque les distances A K, K H, H E, sont
égales, et qu'ainsi en prenant A K pour 1, A H
sera 2, A E, 3, etc. : il s'ensuit que la somme
des rectangles I K en K A, G H en H A, F E en
E A, etc., n'est autre chose que I K multiplié
par 1, G H par 2, F E par 3, etc. ; ce qui n'est
que la même chose que la somme triangulaire
de ces droites I K, G H, F E, comme je l'ai
montré dans le commencement.

Je dis de même que deux fois la somme pyramidale de ces mêmes ordonnées , à commencer
du côté de la base C A, est égale à la somme
des solides faits de ces mêmes ordonnées multi-

pliées chacune par le carré de sa distance de la base ; c'est-à-dire, I K en K A carré $+$ G H en H A carré, etc.

Car ces carrés étant 1, 4, 9, etc., il s'ensuit que la somme des ordonnées multipliées chacune par chacun de ces carrés, est la même chose que leur somme pyramidale prise deux fois, moins leur somme triangulaire prise une fois. Or cette somme triangulaire n'est qu'un indivisible à l'égard des sommes pyramidales, puisqu'il y a une dimension de moins, et que c'est la même chose qu'un point à l'égard d'une ligne, ou qu'une ligne à l'égard d'un plan, ou qu'un plan à l'égard d'un solide, ou enfin qu'un fini à l'égard de l'infini ; ce qui ne change point l'égalité.

Car il faut remarquer que comme la simple somme de ces lignes fait un plan, ainsi leur somme triangulaire fait un solide, qui est composé d'autant de plans qu'il y a de divisions dans l'axe ; lesquels plans sont formés chacun par les simples sommes particulières des ordonnées, dont la somme totale fait la somme triangulaire. En effet, la somme triangulaire de ces ordonnées se prend ainsi : premièrement, en les prenant toutes ensemble C A, I K, G H, F E, ce qui fait un plan égal au triligne : ensuite en les prenant toutes, excepté la première, c'est-à-dire, I K, G H, F E, ce qui fait un autre plan égal au triligne B I K : et ensuite G H, F E, ce qui fait un autre plan égal au triligne B G H, etc. De sorte qu'il y a autant de plans que de divisions, chacun desquels plans étant multiplié par les petites portions de l'axe, forment autant de petits solides prismatiques d'égale hauteur, tous lesquels ensemble font un solide, comme je l'ai dit ailleurs.

De la même sorte, la somme pyramidale des mêmes ordonnées fait un plan-plan, composé d'autant de solides qu'il y a de portions dans l'axe, lesquels solides sont formés chacun par les sommes triangulaires particulières, dont la somme totale fait la somme pyramidale; car leur somme pyramidale se prend ainsi : premièrement, en prenant la somme triangulaire de toutes, qui fait un solide, comme nous venons de dire; et ensuite la somme triangulaire de toutes, excepté la première, qui fait un autre solide, etc. Et ainsi autant qu'il y aura de divisions, il y aura aussi de solides, lesquels étant multipliés chacun par une des petites divisions de l'axe, formeront autant de petits plan-plans de même hauteur, qui tous ensemble font le plan-plan dont il s'agit.

Et l'on ne doit pas être blessé de cette quatrième dimension, puisque, comme je l'ai dit ailleurs, en prenant des plans au lieu des solides, ou même de simples droites, qui soient entre elles comme les sommes triangulaires particulières, qui font toutes ensemble la somme pyramidale, la somme de ces droites fera un plan qui tiendra lieu de ce plan-plan.

Il faut entendre la même chose des lignes
courbes B F, B F G, B F I, B F C, et de leurs
sommes triangulaires et pyramidales ; car tout
cela est général pour toutes sortes de grandeurs,
chacune selon sa nature.

Je viens maintenant aux problèmes proposés
publiquement touchant la roulette, desquels
voici ceux que je proposai dans le premier écrit
au mois de juin. Étant donnée (*fig.* 7.) une portion quelconque C Z Y, de la demi-roulette, retranchée par une quelconque ordonnée à l'axe ;
trouver :

1°. La dimension et le centre de gravité de
l'espace C Z Y.

2°. La dimension et le centre de gravité de
son demi-solide autour de la base Z Y, c'est-à-
dire, du solide, fait par le triligne C Z Y, tourné
autour de la base Z Y d'un demi-tour seulement.

3°. La dimension et le centre de gravité de
son demi-solide autour de l'axe C Z.

Et ceux que je proposai au commencement
d'octobre dans l'Histoire de la Roulette, sont
ceux-ci :

1°. Trouver le centre de gravité de la ligne
courbe C Y.

2°. Trouver la dimension et le centre de gravité de la surface de son demi-solide autour de
la base.

3°. Trouver la dimension et le centre de gravité de la surface de son demi-solide autour de
l'axe.

Pour résoudre ces problèmes, la première chose que je fais, est de substituer à ces demi-solides, des onglets qui y ont un grand rapport, et dont voici la définition.

DÉFINITION.

Soit un triligne rectangle ABC (*fig.* 12), composé de deux droites AB, AC, dont celle qu'on voudra comme AB, sera l'axe, et l'autre la base, faisant angle droit, et de la courbe quelconque BC. Soient divisées en un nombre indéfini de parties égales, tant AB aux points D, que AC aux points E, et encore la courbe même BC aux points L; et que chacune des parties de AB soit égale à chacune des parties de AC, et encore à chacune des parties de la courbe BC (car il ne faut pas craindre l'incommensurabilité, puisqu'en ôtant d'une de deux grandeurs incommensurables une quantité moindre qu'aucune donnée, on les rend commensurables). Soient maintenant des points D, menées des perpendiculaires à l'axe jusqu'à la courbe, elles s'appelleront *les ordonnées à l'axe.* Soient menées des points E, des perpendiculaires à la base jusqu'à la courbe, elles s'appelleront *les ordonnées à la base.* Soient encore menées des points L, des perpendiculaires à la base, elles s'appelleront *les sinus sur la base.* Soient enfin menées des mêmes points L, des perpendiculaires à l'axe, elles s'appelleront *les sinus sur l'axe.*

AVERTISSEMENT.

On suppose toujours ici que le triligne est une figure plane, et que la courbe est de telle sorte, que tant les sinus que les ordonnées ne la rencontrent qu'en un point. Et les portions de l'axe de la base et de la courbe, sont toutes égales, tant entre elles que les unes aux autres.

Il faut aussi remarquer que les sinus diffèrent des ordonnées, en ce que les sinus naissent des divisions égales de la courbe, et les ordonnées des divisions égales de l'axe ou de la base.

Soient maintenant entendues des perpendiculaires, élevées sur le plan de tous les points du triligne, qui forment un solide prismatique infini, qui aura le triligne pour base, lequel soit coupé par un plan incliné passant par l'axe, ou par la base du triligne : la portion de ce solide, retranchée par le plan, s'appellera *onglet*.

Que si l'on fait au-dessous du triligne ce que je viens de figurer au-dessus ; c'est-à-dire, que les perpendiculaires de tous les points du triligne soient prolongées de l'autre part, et coupées par un autre plan également incliné de l'autre part, il se formera au-dessous du plan du triligne un autre onglet, égal et semblable à celui du dessus : et tous deux ensemble s'appelleront *le double onglet*.

Or il est visible que tant l'onglet que le double onglet, sera compris de trois plans et d'une portion de la surface *cylindracée*, laquelle portion s'appellera *la surface courbe de l'onglet* ou du *double onglet*.

Et l'onglet ou le double onglet, qui seront retranchés par des plans inclinés, passant par la base du triligne, s'appelleront *l'onglet*, ou *le double onglet de la base*.

Et l'onglet ou le double onglet, qui seront retranchés par des plans passant par l'axe, s'appelleront *l'onglet*, ou *le double onglet de l'axe*.

J'avertis que je suppose toujours ici que le plan qui retranche les onglets est incliné à celui du triligne de 45 degrés.

Je donnerai maintenant ici les rapports qu'il y a entre le double onglet de l'axe, par exemple, et le demi-solide du triligne tourné à l'entour de l'axe.

Je dis donc, premièrement, que le double onglet est au demi-solide, comme le rayon au quart de la circonférence.

Car soit entendu (*fig.* 10) le triligne C F A, tourné à l'entour de l'axe C F; et que le solide qui en sera formé soit coupé par un plan passant par l'axe C F, perpendiculaire au plan du triligne qui coupe le solide en deux demi-solides égaux, dont je considérerai celui qui est du côté du triligne. Maintenant soit divisé l'axe en un nombre indéfini de parties égales aux points Z, d'où soient menées les ordonnées Z Y. Soit aussi (*fig.* 11) un demi-cercle quelconque R Y S, et le rayon Z Y, perpendiculaire au diamètre R S. Soit aussi la touchante menée du point Y, dans laquelle soient prises YM, YN, égales chacune au rayon. Donc chacune des droites ZM, ZN, fera avec YZ un angle de 45 degrés (qui est l'angle d'inclinaison des plans qui engendrent le double onglet sur le plan du triligne) et l'angle entier MZN sera droit.

Maintenant (*fig.* 10) soient entendus des plans élevés sur chacune des ordonnées ZY, perpendiculairement au plan du triligne, qui coupent, tant le double onglet que le demi-solide. Il est visible que la figure entière MYNZRS, représentera la section que chacun de ces plans perpendiculaires passant par les ordonnées ZY, formeront, tant dans le double onglet que dans le demi-solide autour de l'axe; c'est-à-dire que les sections que chacun de ces plans formera dans le double onglet, seront des triangles rectangles et isocèles, dont les angles droits seront aux points Z (et qui seront semblables au triangle rectangle MZN), et la base de chacun de ces triangles sera double de chaque ordonnée ZY de même que MN est double de ZY. Et le contenu de chaque triangle sera égal au carré de son ordonnée; c'est-à-dire, de l'ordonnée sur laquelle il est formé, de même que le triangle MZN est égal au carré de ZY.

Il est aussi visible que les sections que ces mêmes plans formeront dans le demi-solide, seront des demi-cercles, qui auront pour rayons les mêmes ordonnées ZY, et qui seront semblables au demi-cercle R Y S ; et lesquels auront partout aux triangles du double onglet, chacun au sien, la même raison que le demi-cercle R Y S au triangle M Z N.

D'où il paroît que les sections formées par les plans sur les droites Z Y, étant toutes semblables, tant entre elles qu'à la figure M N Z R S, il arrivera que tous les triangles ensemble, formés dans le double onglet, seront à tous les demi-cercles ensemble formés dans le demi-solide, comme le triangle M Z N au demi-cercle R Y S, ou comme le rayon au quart de la circonférence, et qu'ainsi le double onglet sera au demi-solide, en la même raison du rayon au quart de la circonférence. Ce qu'il falloit démontrer.

Je dis, 2°. que les centres de gravité, tant du double onglet (lequel soit au point H), que du demi-solide (lequel soit au point V) seront sur le plan du triligne.

Cela est visible, puisque le plan du triligne sépare en deux parties égales et toutes pareilles, tant le double onglet, que le demi-solide.

Je dis, 3°. que ces deux centres de gravité du double onglet et du demi-solide, et même celui du solide entier à l'entour de l'axe, sont tous également distants de la base.

Car tous les triangles qui forment l'onglet sont entre eux en même raison que les demi-cercles qui forment le demi-solide ; et partant en

considérant C F comme une balance, à laquelle
soient pendus les triangles de l'onglet, ses deux
bras seront en même raison que les deux bras
de la même balance, en considérant qu'au lieu
des triangles de l'onglet, on y pende les demi-
cercles du demi-solide, ou même les cercles
entiers qui formeroient le solide entier à l'entour de l'axe; et par conséquent les centres de
gravité du solide entier, et du demi-solide, et
du double onglet, sont tous également distants
de la base AF.

Je dis, 4°. *que le bras H T* (*ou la distance
entre le centre de gravité du double onglet et
l'axe CF*) *est au bras V T* (*ou à la distance entre
le centre de gravité du demi-solide et le même
axe CF*), *comme le quart de la circonférence d'un
cercle à son rayon.*

Car en entendant, comme tantôt, des plans
élevés perpendiculairement sur chaque ordonnée, ils formeront des sections dans l'onglet et
dans le demi-solide, semblables au triangle
M Z N, et au demi-cercle R Y S; et il arrivera que
le centre de gravité de chaque triangle du
double onglet divisera toujours l'ordonnée en
même raison; savoir, aux deux tiers depuis Z:
et qu'aussi le centre de gravité de chaque demi-
cercle divisera toujours l'ordonnée en même
raison; savoir, en la raison de Z P à Z Y (*fig.* 11),
où le point P est le centre de gravité du demi-
cercle R Y S. Donc puisque toutes les ordonnées

ZY sont divisées aux deux tiers, par les centres
de gravité des triangles qui sont les portions du
double onglet, de même que ZY est divisée aux
deux tiers au point O, et que les mêmes ordonnées ZY sont aussi toutes divisées par les centres
de gravité des demi-cercles, qui sont les portions du demi-solide, en même raison que ZY
est divisée au point P : il s'ensuit que le bras de
chaque triangle est au bras de chaque demi-
cercle, toujours en la même raison que OZ, qui
est le bras du triangle MZN sur RS, à PZ, qui
est aussi le bras du demi-cercle RYS, à l'égard
de RS. Et par conséquent le bras HT de tous les
triangles ensemble, c'est-à-dire, du double onglet, est au bras VT de tous les demi-cercles
ensemble, c'est-à-dire, du demi-solide, en la
même raison que OZ à ZP, laquelle on sait
être la même que le quart de la circonférence
au rayon.

*Je dis, 5°. que la surface courbe du double
onglet est à la surface du demi-solide, comme le
rayon au quart de la demi-circonférence.*

Car, soit maintenant la courbe AYC, divisée
en un nombre indéfini de parties égales aux
points Y; d'où soient menées les perpendiculaires ou sinus YZ; et soient entendus de même
des plans élevés perpendiculairement au triligne, passant par chacun des sinus ZY, lesquels
plans coupent, tant la surface courbe du double
onglet, que celle du demi-solide. Il est visible

que les sections que ces plans formeront dans
la surface courbe du double onglet, seront des
lignes droites, doubles des sinus Z Y, comme
M N est double de Y Z; et que les sections que
ces mêmes plans formeront dans la surface du
demi-solide seront des demi-circonférences, lesquelles seront partout aux droites formées dans
la surface du double onglet, chacune à la sienne,
comme la demi-circonférence RYS, à la droite
M N : et par conséquent que toutes les droites
ensemble de la surface courbe du double onglet,
seront à toutes les demi-circonférences ensemble, en la même raison que la droite M N, à la
demi-circonférence RYS, ou comme le rayon au
quart de la circonférence; mais la somme de
toutes les droites de la surface de l'onglet (c'est-
à-dire, la somme des rectangles compris de chacune de ces droites, et des portions égales de la
courbe AYC, des divisions de laquelle elles sont
menées) compose la surface même; et la somme
de ces demi-circonférences de la surface du
demi-solide, composent cette surface même,
comme d'autres l'ont démontré, et entre autres
le père Tacquet (*).

Donc la surface courbe du double onglet est à
la surface du demi-solide, comme le rayon au
quart de la circonférence.

Je dis, 6°. que le centre de gravité de la surface

_____

(*) Pascal a ici en vue le Traité du père Tacquet, *de
Annullaribus et Cylindricis.*

courbe du double onglet, et le centre de gravité de la surface du demi-solide, et même celui de la surface du solide entier autour de l'axe, sont tous sur le plan du triligne, et tous également distants de la base AF.

Ce qui se démontrera de même qu'on a vu pour les centres de gravité de leurs solides.

Je dis, 7°. que le point H étant maintenant le centre de gravité de la surface courbe du double onglet, et le point V étant le centre de gravité de la surface du demi-solide, le bras HT sera au bras VT, comme le quart de la circonférence au rayon.

Car en prenant (*fig.* 11) le point I, qui soit le centre de gravité de la demi-circonférence, on démontrera de même (*fig.* 10) que les sinus YZ seront tous divisés par les centres de gravité de chaque demi-circonférence, en même raison que ZY de la *fig.* 11 l'est au point I. Et il est visible que dans la *fig.* 10 les points Y sont les centres de gravité de chacune des droites du double onglet, et qu'ainsi les sinus YZ seront leurs bras. Donc les bras des droites du double onglet sont aux bras des demi-circonférences du demi-solide, chacune à la sienne, toujours en la même raison de YZ à ZI (*fig.* 11). Donc le bras de toutes les droites ensemble (ou de la surface courbe du double onglet) sera au bras de toutes les demi-circonférences ensemble (ou de la surface du demi-solide), en la même raison que YZ à ZI, laquelle on sait d'ailleurs être la même, que du quart de la circonférence au rayon.

AVERTISSEMENT.

Puisque celle qu'on veut des deux droites d'un triligne est prise pour l'axe et l'autre pour la base, tout ce qui a été dit de l'onglet de l'axe à l'égard du solide autour de l'axe, sera de même véritable de l'onglet de la base à l'égard du solide à l'entour de la base, et se démontrera de même, puisqu'il ne faudra qu'appeler *axe* la droite qui étoit appelée *base*, et appeler *base* celle qui étoit appelée *axe*.

Voilà les rapports qui sont entre les demi-solides et les onglets. Par où il paroît que si on connoît la dimension et les centres de gravité des onglets et de leurs surfaces courbes, on connoîtra la même chose dans les demi-solides, par la comparaison du rayon au quart de la circonférence, dont on suppose ici que la raison est donnée.

Ainsi, pour résoudre tous les problèmes proposés, il suffira de trouver ces trois choses : 1°. la dimension et le centre de gravité d'une portion quelconque de la roulette C Z Y (*fig.* 7); 2°. le centre de gravité de sa ligne courbe C Y; 3°. la dimension et le centre de gravité des doubles onglets, tant de la base que de l'axe, et la dimension et le centre de gravité de leurs surfaces courbes. Ce sont donc là les problèmes que vous verrez ici.

Or, pour arriver à ces connoissances sur le sujet des portions de la roulette en particulier, je donnerai des propositions universelles pour connoître toutes ces choses en toutes sortes de trilignes généralement.

C'est, monsieur, ce que j'ai cru devoir vous dire avant que d'entrer en matière, et que j'aurois pu peut-être mettre en moins de place, si j'y avois travaillé davantage; mais j'ai eu une raison particulière de démêler de petites difficultés qui embarrassent ceux qui n'entendent pas la science des indivisibles : auxquels ayant voulu proportionner ce discours, j'ai mis dans les avertissements ce qui pouvoit leur être nécessaire, mais en articles détachés, afin de ne point ennuyer les autres qui n'auront qu'à les passer sans les lire. Je n'ai donc plus qu'à vous prier d'excuser les défauts que vous verrez ici, ce que j'espère de votre bonté, et de la connoissance que vous avez du peu de loisir que j'ai de m'appliquer à ces sortes d'études ; ce qui fait que je vous envoie ce discours à mesure que je l'écris : de sorte qu'il pourra bien m'arriver de répéter plus d'une fois les mêmes choses, et peut-être que je l'ai déjà fait, ne me souvenant pas assez de ce que j'ai une fois envoyé.

Il me reste encore à vous dire que dans la suite de ce discours, je me servirai souvent de cette expression : *une multitude indéfinie*, ou *un nombre indéfini* de grandeurs ou de parties, etc.

V. 17

par où je n'entends autre chose, sinon une multitude ou un nombre plus grand qu'aucun nombre donné.

Je vous avertirai encore que j'use indifféremment de ces deux termes, *donné* ou *connu*, pour signifier une même chose : ce n'est pas que je ne sache qu'il y a de la différence, en ce que, selon Euclide et les anciens, une grandeur est *donnée*, quand on peut y en donner une égale, et qu'ainsi l'espace du cercle est donné, quand son rayon est donné ; au lieu qu'on ne peut pas dire absolument qu'il soit *connu*, parce que le mot de *connu* enferme quelque autre chose. Mais dans ce discours j'appelle *un espace donné* ou *connu*, celui qui a une raison donnée à un carré connu ; et de même j'appelle *un solide donné* ou *connu*, celui qui a une raison donnée à un parallélépipède connu : et j'appelle *raison donnée* ou *connue*, la raison de nombre connu à nombre connu, ou de droite connue à droite connue, ou de la circonférence d'un cercle à une portion connue de son diamètre, et je n'en reçois aucune autre pour *donnée* ou *connue*.

Il m'arrivera souvent de marquer un même point par plusieurs lettres, comme, par exemple (*fig.* 31), où le diamètre F M étant divisé en un nombre indéfini de parties égales aux points O, d'où sont menées toutes les ordonnées, entre lesquelles je considère particulièrement celle qui part d'un point donné P : je marque de la lettre A tous les points où les ordonnées cou-

pent la demi-circonférence ; et je marque encore
de la lettre R les points où les ordonnées O A qui
sont entre P et M, coupent la circonférence, et
je marque de la lettre I les points où les ordonnées O A qui sont entre P et F, coupent la circonférence : et ainsi quand je dis les ordonnées
O A, je les comprends toutes généralement ;
quand je dis les ordonnées O R, je n'entends
que celles qui sont entre P et M ; et de même
quand je dis O C, j'entends celles qui sont entre
G et P, parce que le point C est marqué particulièrement pour celles-là, comme on le voit dans
la figure.

Je crois aussi avoir oublié de vous dire, en dé-
finissant les trilignes rectangles, qu'encore que
la ligne B C, qui joint les extrémités des deux
droites perpendiculaires A B, A C (et qui est
comme l'hypothénuse du triligne) ne soit pas
une ligne courbe, mais une ligne droite, ou
ligne mixte, ce seroit toujours un triligne rectiligne ou mixtiligne : pourvu que cette condition s'y rencontre, que les ordonnées, tant à
l'axe qu'à la base, ne coupent jamais l'hypothénuse du triligne en deux points. Ainsi un
triangle rectangle sera un triligne rectiligne ; et
ainsi (*fig.* 13 et 14) le triangle B A C F B est un
triligne, dont les deux droites sont B A, A C,
et l'hypothénuse est la courbe B F C (*fig.* 13) ou
la ligne mixte B F C (*fig.* 14) composée de la
courbe C F et de la droite F B parallèle à la base
A C : toutes lesquelles sortes de trilignes sont

considérées ici généralement, le discours devant
s'entendre de tous sans exception.

TRAITÉ

DES TRILIGNES RECTANGLES,

ET DE LEURS ONGLETS.

LEMME GÉNÉRAL.

SOIT un triligne rectangle quelconque (fig. 11)
tel qu'il a été défini dans la lettre précédente
ABC, dont les ordonnées à l'axe soient DF, et
lès ordonnées à la base soient EG, coupant la
courbe en G ; d'où soient remenées des perpendi-
culaires GR à l'axe, prolongées indéfiniment, et
lesquelles j'appelle les contre-ordonnées : *soient*
aussi prolongées indéfiniment les ordonnées à
l'axe. Et soit sur l'axe AB, et de l'autre côté du
triligne, une figure quelconque BKOA, dans le
même plan, comprise entre les parallèles extré-
mes CA, BK (cette figure s'appellera l'adjointe
du triligne). Que cette figure adjointe soit coupée
par les ordonnées FD, aux points O, et par les
contre-ordonnées GR, aux points I. Je dis que la
somme des rectangles FD en DO, compris de
chaque ordonnée du triligne et de chaque ordon-
née de la figure adjointe, est égale à la somme
des espaces ARI, qui sont les portions de l'ad-

jointe, comprises depuis chacune des contre-ordonnées, jusqu'à l'extrémité de l'adjointe du côté de A.

Car soit entendu le triligne BAC être multiplié par la figure BAOK, et former par ce moyen un certain solide : c'est-à-dire, soient de toùs les points du triligne ABC, élevées des perpendiculaires au plan, qui forment un solide prismatique infini, ayant le triligne ABC pour base. Soit aussi entendue la figure BAOK, tournant sur l'axe BA, relevée perpendiculairement au plan du triligne ABC; et soit enfin entendue la base AC s'élever toujours parallèlement à soi-même, le point A parcourant toujours le bord de la figure relevée AOIKB, jusqu'à ce qu'elle retombe au point B ; la portion du solide prismatique infini, retranchée par la surface décrite par la ligne CA dans son mouvement, sera le solide que l'on considère ici, laquelle sera comprise de quatre surfaces, entre lesquelles le triligne tiendra lieu de base.

Soient maintenant entendus deux ordres de plans perpendiculaires à celui du triligne, les uns passant par les ordonnées DF à l'axe (lesquels coupant le solide, donneront pour sections les rectangles FD en DO, compris de chaque ordonnée DF, et de chaque ordonnée DO de la figure adjointe) : et les autres plans passant par les ordonnées GE, lesquels seront parallèles à l'adjointe BAOK, relevée comme il a été dit, et coupant le même solide, formeront

pour sections des figures égales et toutes semblables aux portions R I A, comprises depuis
chaque contre-ordonnée R I, jusqu'à l'extrémité
de la figure du côté de A (ce qui paroît par les
parallélismes, tant de chacun de ces plans avec
l'adjointe relevée, que de la ligne A C avec soi-
même dans tout son mouvement). Or, il est
visible que les sommes des sections, faites par
chacun de ces ordres de plans, sont égales chacune au solide, et par conséquent entre elles
(puisque les portions indéfinies A E, E E, etc.
de la base, sont égales, tant entre elles qu'aux
portions égales et indéfinies A D, D D, etc. de
l'axe); c'est-à-dire que la somme de tous les
rectangles F D en D O, est égale à la somme
de toutes les portions R I A : ce qu'il falloit
démontrer.

LEMME.

Soit A B K (fig. 15) un triangle rectangle et iso-
cèle, dont B soit l'angle droit ; soit aussi A I K
une parabole dont A soit le sommet, A B la tou-
chante au sommet, et A B ou B K le côté droit ; et
soit une droite quelconque R I V, parallèle à B K,
coupant A B en R, la parabole en I, et la droite
A K en V.

Je dis, 1°. que le triangle isocèle A R V est
égal à la moitié de A R carré. Cela est visible.

Je dis, 2°. que le triligne parabolique A R I,
multiplié par A B, est égal au tiers de A R,
cube.

Car le triligne A R I, par la nature de la parabole, est le tiers du rectangle A R en R I. Donc en multipliant le tout par A B, le triligne A R I multiplié par A B, sera le tiers du solide de A R en R I en A B; c'est-à-dire, de A R cube, puisque R I en A B, est égal à A R carré.

Je dis, 3°. que si A I K est une parabole cubique (c'est-à-dire, que les cubes des ordonnées soient entre eux comme les portions de l'axe, ou, ce qui est la même chose, que A B carré en R I, soit toujours égal à A R cube): le triligne A R I, multiplé par A B carré, sera égal au quart de A R carré-carré.

Car, par la nature de cette parabole, le triligne A R I est le quart du rectangle A R en R I; donc en multipliant le tout par A B carré, on démontrera le reste comme en l'article précédent.

Et de même pour les autres paraboles carré-carrées, carré-cubiques, etc.

Rapports entre les ordonnées à l'axe et les ordonnées à la base d'un triligne rectangle quelconque.

PROPOSITION PREMIÈRE.

La somme des ordonnées à la base est la même que la somme des ordonnées à l'axe.

Car l'une et l'autre est égale à l'espace du triligne.

PROPOSITION II.

La somme des carrés des ordonnées à la base est double des rectangles compris de chaque ordonnée à l'axe, et de sa distance de la base; c'est-à-dire (fig. 13), *que la somme de tous les EG carré est double de la somme de tous les rectangles FD en DA.*

Car si le triligne ABC a pour adjointe un triangle rectangle et isocèle ABK, dont les côtés AB, BK soient égaux entre eux, et la base AK une ligne droite qui soit coupée par les ordonnées FD, aux points O, et par les contre-ordonnées GR, aux points I; il arrivera, comme il a été démontré, que la somme de tous les rectangles FD en DO, ou FD en DA (puisque partout DO sera égale à DA), sera égale à la somme de tous les triangles ARI; c'est-à-dire, par le lemme précédent, à la moitié de la somme de tous les AR carré, ou de tous les EG carré.

COROLLAIRE.

Donc la somme des carrés des ordonnées à la base est double de la somme triangulaire des ordonnées à l'axe, à commencer par la base.

Car la somme des rectangles FD en DA, est la même chose que la somme triangulaire des ordonnées FD, à commencer du côté de A, comme il a été démontré dans la lettre à M. de Carcavi.

PROPOSITION III.

La somme des cubes des ordonnées à la base est triple des solides, compris de chaque ordonnée à l'axe, et du carré de sa distance de la base · la somme de tous les E G cube est triple de la somme de tous les F D en D A carré.

Car si la figure adjointe A B K est composée des deux droites perpendiculaires A B, B K, et de la parabole A O K, telle qu'elle a été supposée dans le lemme précédent, il arrivera toujours, par le lemme général, que la somme des rectangles F D en D O, sera égale à la somme des portions A R I qui seront ici des trilignes paraboliques. Donc en multipliant le tout par B A, la somme des solides F D en D O en A B, ou F D en D A carré, sera égale à la somme des trilignes A R I, multipliés par A B; c'est-à-dire, par le lemme précédent, au tiers de la somme des A R cube, ou des E G cube.

COROLLAIRE.

Donc la somme des cubes des ordonnées à la base est égale à six fois la somme pyramidale des ordonnées à l'axe, à commencer par la base.

Car la somme des E G cube est triple de la somme des F D en D A carré; et la somme des F D en D A carré est double de la somme pyramidale des ordonnées F D, à commencer du côté de A, comme il a été démontré dans la même lettre.

PROPOSITION IV.

On démontrera de même que la somme des carré-carrés des ordonnées à la base, est quadruple de la somme des ordonnées à l'axe, multipliées chacune par le cube de sa distance de la base ; et ainsi toujours.

AVERTISSEMENT.

Puisque celle qu'on veut des deux droites d'un triligne est prise pour l'axe et l'autre pour la base, tout ce qui a été dit des ordonnées à la base, à l'égard des ordonnées à l'axe, pourra se dire de même des ordonnées à l'axe, à l'égard des ordonnées à la base.

PROPOSITION V.

La somme des solides compris du carré de chaque ordonnée à la base, et de sa distance de l'axe, est égale à la somme des solides, compris du carré de chaque ordonnée à l'axe et de sa distance de la base : je dis que la somme des solides de tous les E G carré en E A, est égale à la somme des solides de tous les D F carré en D A.

Ou ce qui est la même chose :

La somme triangulaire des carrés des ordonnées à la base, est égale à la somme triangulaire des carrés des ordonnées à l'axe, en commençant toujours du côté du centre du triligne ;

c'est-à-dire, du point où l'axe et la base se coupent : je dis que la somme triangulaire de tous les EG carré, est égale à la somme triangulaire de tous les DF carré, en commençant toujours du côté de A.

Car si on entend que le double onglet de la base soit formé sur le triligne C A B, dont le centre de gravité soit au point Y, d'où soient menées les perpendiculaires YZ, YZ, qui seront les bras sur l'axe et sur la base, et qu'on entende que ce double onglet soit coupé par des plans perpendiculaires au triligne, passant par les ordonnées E G; il est visible que les sections que ces plans donneront dans le double onglet, seront des triangles rectangles et isocèles, égaux chacun au carré de son ordonnée E G; comme on l'a vu dans la lettre (*fig.* 10 et 11) où il a été montré que le triangle rectangle et isocèle M Z N, qui représente les triangles de ces sections, est égal au carré de Z Y, qui représente les ordonnées.

Maintenant soit entendu le même double onglet, coupé par un autre ordre de plans perpendiculaires à celui du triligne, et passant par les ordonnées D F, lesquels donneront pour sections, dans le double onglet, des rectangles qui auront la base chacun égal à son ordonnée D F, et la hauteur égale à deux fois A D : tous lesquels rectangles seront coupés en deux également par les ordonnées D F; et partant les centres de gravité de ces rectangles seront aux points Q, où

chaque ordonnée est coupée par la moitié, et
les droites Q D seront leurs bras sur B A ; c'est-
à-dire, la distance entre leur centre de gravité
et B A.

Or il est visible que la somme de ces rectangles
compose le solide du double onglet, et que la
somme des triangles, formés par l'autre ordre
de plans E G, compose aussi le même solide du
double onglet; et qu'ainsi la somme des uns
n'est que la même chose que la somme des autres; et que chacune des deux n'est que la même
chose que le solide du double onglet : d'où il
paroît qu'aussi la somme triangulaire des portions du solide, comprises entre tous les plans
voisins du premier ordre E G, est la même chose
que la somme triangulaire des triangles formés
par les plans E G; et que ce n'est encore que la
même chose que la somme triangulaire des portions des rectangles formés par les plans F D,
comprises toujours entre tous les mêmes plans
voisins du premier ordre E G.

Mais, par la méthode générale des centres de
gravité, la somme triangulaire des portions de
chacun de ces rectangles, comprises entre les
plans E G, est égale à chaque rectangle multiplié
par son bras Q D sur l'axe A B; donc la somme
de ces rectangles multipliés chacun par Q D, est
égale à la somme triangulaire des triangles formés par les plans E G (à commencer toujours du
côté de A B).

Mais chacun de ces triangles, formés par les

plans E G, est égal à chaque E G carré ; et chacun des rectangles formés par les plans F D, est égal à deux fois chaque A D en D F ; donc la somme triangulaire de tous les E G carré, est égale à la simple somme de deux fois tous les A D en D F multipliés par D Q ; c'est-à-dire, à la simple somme de tous les A D en D F carré ; (ou ce qui n'est que la même chose, puisque le premier A D est 1, le second A D, 2, etc.), à la somme triangulaire de tous les D F carré. Ce qu'il falloit démontrer.

AVERTISSEMENT.

On a été assez averti dans la lettre, que la quatrième. dimension n'est point contre la pure géométrie ; puisqu'en substituant, tant aux E G carré, qu'aux rectangles A D en D F, des droites qui soient entre elles en même raison que ces carrés et ces rectangles., on démontrera la même chose par la même manière, sans aucun change-ment et sans quatrième dimension.

Rapports entre les sinus sur la base d'un triligne quelconque, et les portions de sa ligne courbe comprises entre le sommet et les ordonnées à l'axe.

DÉFINITION.

On appelle ici *arcs* non-seulement les portions des circonférences de cercle, mais encore les portions de toutes sortes de lignes courbes.

HYPOTHÈSE GÉNÉRALE.

Soit un triligne rectangle quelconque BAH (*fig.* 16), et soit le même triligne BAP, renversé de l'autre part de l'axe BA, et qu'ainsi les deux bases égales HA, AP, ne fassent qu'une même ligne droite; soit divisé, tant l'axe, que la courbe BP, en un nombre indéfini de parties toutes égales entre elles; c'est-à-dire, que les parties de l'axe BD, DD, etc., soient égales, tant entre elles, qu'aux parties égales de la courbe BI, II, etc. Soient menées les ordonnées DO à l'axe, et les sinus IL sur la base.

Les rapports qui se trouvent entre la somme des sinus IL, et la somme des arcs ou des portions BO de la courbe (comprises entre le point B et chacune des ordonnées à l'axe) seront les suivants.

PROPOSITION VI.

La somme des arcs de la courbe, compris entre le sommet et chaque ordonnée à l'axe, est égale à la somme des sinus sur la base; c'est-à-dire que la somme de tous les arcs BO, est égale à la somme des sinus IL.

PROPOSITION VII.

La somme des carrés de ces mêmes arcs BO, est égale à deux fois la somme triangulaire des mêmes sinus IL, à commencer par A.

PROPOSITION VIII.

La somme des cubes de ces mêmes arcs BO, est égale à six fois la somme pyramidale des mêmes sinus IL, à commencer par A.

PROPOSITION IX.

La somme triangulaire des mêmes arcs BO, à commencer par A, est égale à la moitié de la somme des carrés des mêmes sinus IL.

PROPOSITION X.

La somme pyramidale des mêmes arcs BO, à commencer par A, est égale à la sixième partie des cubes des mêmes sinus IL.

PROPOSITION XI.

La somme triangulaire des carrés des mêmes arcs BO, à commencer par A, est égale à la somme triangulaire des carrés des mêmes sinus IL, à commencer par A.

PROPOSITION XII.

Je dis maintenant qu'en menant les sinus sur l'axe, savoir, les perpendiculaires IR; la somme des rectangles compris de chacun des mêmes arcs et de l'ordonnée qui le termine, savoir, la somme de tous les rectangles BO en OD, est égale à la somme des portions du triligne, comprises entre chaque sinus sur l'axe et la base, savoir, à la somme de toutes les portions IRAP.

PROPOSITION XIII.

La somme des carrés de chaque arc, multipliée par son ordonnée, c'est-à-dire, de tous les BO carré en OD, est double de la somme triangulaire de ces mêmes portions IRAP du triligne, entre la base et chaque sinus sur l'axe, à commencer du côté de B.

PROPOSITION XIV.

La somme triangulaire des rectangles de chaque ordonnée avec son arc, c'est-à-dire, la somme triangulaire de tous les BO en OD, à commencer par A, ou, ce qui est la même chose, la somme de tous les solides AD en DO en OB, compris de chaque arc, de son ordonnée, et de la distance entre l'ordonnée et la base, est égale à la somme de ces portions IRAP du triligne, multipliées chacune par son bras sur la base AP, c'est-à-dire, par la perpendiculaire, menée sur AP du centre de gravité de chaque portion IRAP.

PROPOSITION XV.

La somme des arcs multipliés chacun par le carré de son ordonnée, c'est-à-dire, de tous les BO en OD carré, est double de la somme de ces portion IRAP du triligne, multipliées chacune par son bras sur l'axe AB, c'est-à-dire, par la perpendiculaire sur AB, menée du centre de gravité de chaque portion IRAP.

PRÉPARATION A LA DÉMONSTRATION. (*Fig.* 16.)

Soit prise dans la droite AH prolongée, la portion AC égale à la ligne courbe BIP ou BOH : et ayant divisé AC en autant de parties égales qu'il y en a dans la courbe BIP, aux points E, et qu'ainsi chacune des portions AE, EE, etc., soit égale à chacun des arcs BI, II, etc.; soient des points E, menées des perpendiculaires EG, qui rencontrent les sinus IR sur l'axe, prolongés s'il le faut aux points G; de sorte que chacune des droites EG, soit égale à chacun des sinus IL sur la base, et que par tous les points B, G, G, C, soit entendue passer une ligne courbe, dont les droites EG seront les ordonnées à la base, et les droites GR en seront les contre-ordonnées : la nature de cette ligne sera telle, que quelque point qu'on y prenne G, d'où on mène les droites GE, GRI, parallèles à l'axe et à la base, il arrivera toujours que la portion AE, ou la droite RG, sera égale à l'arc BI, et la portion restante EC, à l'arc restant IP : et par ce moyen les ordonnées DO à l'axe étant prolongées, et la coupant en F, chacune des droites DF sera égale à chacun des arcs BO, compris entre l'ordonnée même DF et le sommet.

Cela posé, la démonstration des propositions 6, 7, 8, 9, 10, 11, 12, 13, 14, 15, qui viennent d'être énoncées, sera facile.

DÉMONSTRATION DE LA PROPOSITION VI.

Je dis que la somme de tous les arcs B O est égale à la somme des sinus I L.

Car tous les arcs B O sont les mêmes que toutes les ordonnées D F à l'axe, dont la somme est égale à celle des ordonnées E G, par la première proposition, c'est-à-dire, à la somme des sinus I L.

DÉMONSTRATION DE LA PROPOSITION VII.

Je dis que la somme des arcs B O carré est double de la somme triangulaire des sinus I L, à commencer par A, ou que la somme des D F carré est double de la somme triangulaire des ordonnées E G, à commencer par A : ce qui est démontré par le corollaire de la seconde proposition.

DÉMONSTRATION DE LA PROPOSITION VIII.

Je dis que la somme des arcs B O cube est égale à six fois la somme pyramidale des mêmes sinus I L, à commencer par A, ou que la somme de tous les D F cube est égale à six fois la somme pyramidale de toutes les E G, à commencer par A : ce qui a été démontré par la troisième.

DÉMONSTRATION DE LA PROPOSITION IX.

Je dis que la somme triangulaire des arcs B O, à commencer par A, est égale à la moitié de la somme des carrés des sinus I L, ou que la somme triangulaire des ordonnées D F, à commencer par A, est égale à la moitié de la somme des carrés des ordonnées E G : ce qui est démontré par le même corollaire de la seconde.

DÉMONSTRATION DE LA PROPOSITION X.

Je dis que la somme pyramidale des arcs BO, à commencer par A, est égale à la sixième partie de la somme des cubes des sinus I L, ou que la somme pyramidale des ordonnées D F, à commencer par A, est égale à la sixième partie de la somme des cubes des ordonnées E G : ce qui a été démontré par le corollaire de la troisième.

DÉMONSTRATION DE LA PROPOSITION XI.

Je dis que la somme triangulaire des arcs B O carré, est égale à la somme triangulaire des sinus I L carré, à commencer toujours par A, ou que la somme triangulaire des ordonnées D F carré est égale à la somme triangulaire des ordonnées E G carré, à commencer toujours par A : ce qui a été démontré par la cinquième.

DÉMONSTRATION DE LA PROPOSITION XII.

Je dis que la somme des rectangles B O en O D, ou FD en D O, est égale à la somme des portions I R A P.

C'est la même chose que ce qui a été démontré dans le lemme général. Car en considérant le triligne B A P comme étant la figure adjointe du triligne B A C, il s'ensuit, par ce qui a été démontré dans ce lemme, que la somme des rectangles FD en DO (compris de chaque ordonnée DF du triligne BAC, et de chaque ordonnée DO du triligne BAP), est égale à la somme des portions ARIP de la figure adjointe, comprises entre chaque contre-ordonnée RI et la droite AP, et que les unes et les autres composent un même solide.

DÉMONSTRATION DE LA PROPOSITION XIII.

Je dis que la somme de tous les BO carré en OD, ou FD carré en DO, est double de la somme triangulaire des mêmes portions ARIP, à commencer du côté de B : ou que cette somme triangulaire des portions ARIP est égale à la somme des solides QD en FD en DO (qui sont la moitié des FD carré en DO, chaque FD étant divisée par la moitié en Q).

Car soït entendue la figure adjointe BAP relevée perpendiculairement au plan du triligne BAC, et former le solide dont il a été parlé dans le lemme général, qui soit coupé par deux ordres de plans perpendiculaires au triligne, les uns passant par les droites EG et les autres par les droites DF; les uns donnant pour sections des figures pareilles aux espaces ARIP, et les autres donnant pour sections les rectangles FD en DO, comme cela a été dit dans le lemme général : et ainsi ce solide sera composé de la somme des espaces ARIP, et le même solide est aussi composé de la somme des rectangles

FD en DO : d'où il s'ensuit que la somme des portions ARIP, élevées perpendiculairement au plan ABC sur les droites EG ; et la somme des rectangles FDO, élevés aussi perpendiculairement au même plan ABC, ne sont qu'une même chose, tant entre elles qu'avec le solide : et par conséquent, que la somme triangulaire des portions du solide, comprises entre tous les plans EG, à commencer du côté de AB, est la même chose que la somme triangulaire des espaces ARIP ; et que c'est aussi la même chose que la somme triangulaire des portions de chaque rectangle FD en DO, comprises entre tous les mêmes plans EG.

Mais, par la méthode générale des centres de gravité, la somme triangulaire des portions de chacun de ces rectangles, comprises entre les plans EG, à commencer du côté de AB, est égale à chaque rectangle multiplié par son bras QD sur AB ; donc aussi la somme des rectangles FDO, multipliés chacun par son bras QD, est égale à la somme triangulaire des portions ARIP, à commencer par B. Ce qu'il falloit démontrer.

DÉMONSTRATION DE LA PROPOSITION XIV.

Je dis que la somme triangulaire de tous les BO en OD, ou FD en DO, à commencer par A, est égale à la somme de ces espaces IRAP, multipliés chacun par son bras sur la base AP.

Car en relevant le triligne adjoint BAP, qui

formera le solide coupé par les deux ordres de
plans, comme en l'article précédent, desquels
les uns forment pour sections les espaces pareils
à ARIP, et les autres les rectangles FD en DO,
la somme de chacun, c'est-à-dire, tant des espaces ARIP que des rectangles FD en DO, ne
sont qu'une même chose que le solide. D'où il
est évident que la somme triangulaire des portions du solide, comprises entre tous les plans
FD, est la même chose que la somme triangulaire de tous les rectangles FD en DO; et que
c'est aussi la même chose que la somme triangulaire des portions des espaces ARIP, comprises entre tous les mêmes plans FD.

Mais la somme triangulaire de chaque espace
ARIP, compris entre les plans FD, à commencer du côté de AP, est égale (par la méthode générale des centres de gravité) à chaque
espace ARIP, multiplié par son bras sur AP:
donc aussi la somme de ces espaces ARIP,
multipliés chacun par son bras sur AP, est
égale à la somme triangulaire des rectangles
FDO, à commencer par A. Ce qu'il falloit démontrer.

DÉMONSTRATION DE LA PROPOSITION XV.

Je dis que la somme de tous les DO carré en
OB, ou de tous les FD en DO carré, est double
de la somme des portions ARIP, multipliées
chacune par son bras sur l'axe BA; ou que la
somme des solides FD en DO en DS, qui est

la moitié des FD en DO carré (chaque DO étant divisé par la moitié en S) est égale à la somme des espaces ARIP, multipliés chacun par son bras sur l'axe AB.

Car soit relevé de même le triligne adjoint BAP, qui formera un solide coupé par les deux ordres de plans sur EG et DF, qui donnent pour sections dans le solide les rectangles FDO et les espaces ARIP, qui sont tels que la somme des rectangles FDO et la somme des espaces ARIP, ne sont qu'une même chose, tant entre elles qu'avec le solide.

Soit maintenant entendu un troisième ordre de plans, parallèles à celui du triligne et élevés au-dessus du plan du triligne, et tous en distances égales l'un de l'autre; en sorte qu'ils divisent la droite AP (relevée perpendiculairement au plan du triligne) en un nombre indéfini de parties égales : et qu'ainsi ils coupent le solide en un nombre indéfini de parties, comprises chacune entre deux quelconques plans voisins.

Donc, puisque ces trois choses ne sont qu'une même; savoir, la somme des rectangles FDO, relevés sur les droites FD, la somme des espaces ARIP, relevés sur les droites EG et le solide : il s'ensuit que la somme triangulaire de toutes les portions des espaces ARIP, comprises entre tous les plans voisins de ce troisième ordre, est la même que la somme triangulaire de toutes les portions des rectangles FD en DO, comprises entre les mêmes plans voisins de ce même troisième ordre, à commencer toujours du côté d'en bas, c'est-à-dire, du côté du triligne A B C, qui sert de base au solide.

Mais la somme triangulaire des portions de chaque espace A R I P, comprises entre les plans voisins du troisième ordre, est égale à chaque espace A R I P, multiplié par son bras sur l'axe A B : et de même la somme triangulaire des portions de chaque rectangle F D O, comprises entre les mêmes plans du troisième ordre, est égale à chaque rectangle F D O, multiplié par son bras sur l'axe, ou à chaque rectangle F D O, multiplié par S D (car S D est le bras sur l'axe), c'est-à-dire, à chaque solide F D en D O en D S.

Donc la somme de tous les F D en D O en D S, est égale à la somme des espaces A R I P, multipliés chacun par son bras sur l'axe A B. Ce qu'il falloit démontrer.

Méthode générale pour trouver la dimension et les centres de gravité d'un triligne quelconque et de ses doubles onglets, par la seule connoissance des ordonnées à l'axe ou à la base.

Pour trouver la dimension, tant du triligne, que de ses doubles onglets, et leurs centres de gravité ; c'est-à-dire, la distance entre leurs centres de gravité et la base du triligne, et la distance entre leurs mêmes centres de gravité et l'axe du triligne, ou, ce qui est la même chose, leur bras sur la base et sur l'axe : je me suis servi d'une méthode qui réduit tous ces problèmes à la connoissance des seules ordonnées ; c'est-à-dire, à la connoissance de leurs sommes simples, triangulaires et pyramidales, ou de leurs puissances, comme on va le voir ici.

Je dis donc que si on connoit dans un triligne toutes les choses suivantes :

1°. *La somme des ordonnées à l'axe ;*

2°. *La somme des carrés de ces ordonnées ;*

3°. *La somme des cubes de ces ordonnées ;*

4°. *La somme triangulaire de ces ordonnées ;*

5°. *La somme triangulaire des carrés de ces ordonnées ;*

6°. *La somme pyramidale de ces ordonnées ;*

On connoîtra aussi la dimension et les centres de gravité, tant du triligne, que de ses doubles onglets ; c'est-à-dire, qu'on connoîtra aussi les choses suivantes :

1°. *La dimension de l'espace du triligne ;*

2°. *Le bras du triligne sur l'axe ;*

3°. *Le bras du triligne sur la base ;*

4°. *La dimension du double onglet de la base ;*

5°. *Le bras de cet onglet sur la base ;*

6°. *Le bras de cet onglet sur l'axe ;*

7°. *La dimension du double onglet de l'axe ;*

8°. *Le bras de cet onglet sur la base ;*

9°. *Le bras de cet onglet sur l'axe.*

Car, pour le premier point, la somme des ordonnées étant connue, l'espace du triligne sera aussi connu, puisqu'il lui est égal.

Pour le deuxième : soit le triligne BAC (*fig.* 13) dont AB soit l'axe et AC la base ; DF les ordonnées à l'axe, dont on connoisse la simple somme, la somme des carrés et les autres choses qui ont été supposées : soient EG les ordonnées à la base, et soit Y le centre de gravité du triligne ; et soient les deux bras YD, YE sur l'axe et sur la base : je dis que le bras YD sur l'axe sera connu.

Car, puisque la somme des DF carré est connue par l'hypothèse, la somme triangulaire des ordonnées EG, à commencer par A, le sera aussi (puisqu'elle en est la moitié, par le corollaire de la seconde proposition). Et par conséquent le bras YD sera aussi connu, puisqu'il a été montré par la Lettre, que cette somme triangulaire des ordonnées EG, laquelle est connue, est égale au solide fait du triligne ABC, multiplié par son bras YD sur AB, lequel solide sera par conséquent connu : mais l'espace du triligne ABC est connu par le premier article. Donc aussi YD sera connu.

Pour le troisième : savoir, que le bras YE du triligne sur la base sera connu : cela est visible, puisque la somme triangulaire des ordonnées FD (qui est connue par l'hypothèse) est égale au solide fait du triligne, multiplié par son bras YE, lequel solide sera par conséquent connu ; mais l'espace du triligne est connu, par le premier article. Donc aussi le bras YE sera connu.

Pour le quatrième : je dis que le contenu du double onglet de la base sera connu.

Car le contenu de ce double onglet est composé de deux fois la somme des rectangles F D en D A, ou de tous les E G carré, comme cela a été assez montré dans la cinquième proposition, où l'on a fait voir que si on entend que le double onglet soit coupé par un ordre de plans perpendiculaires à celui du triligne, passant par les ordonnées F D, et s'étendant infiniment de part et d'autre : leurs sections dans le double onglet seront des rectangles, dont chacun sera double de chaque rectangle A D en D F : et qu'en coupant ce même double onglet par un autre ordre de plans perpendiculaires, passant par toutes les droites E G, leurs sections dans le double onglet seront des triangles rectangles, dont chacun sera égal au carré de chaque ordonnée E G.

Donc si la somme des E G carré est connue, le contenu du double onglet le sera aussi. Or la somme, tant de ces carrés E G, que de deux fois la somme de ces rectangles F D en D A est connue, puisque (par le corollaire de la seconde) c'est la même chose que deux fois la somme triangulaire des ordonnées D F, à commencer par A (qui est donnée par l'hypothèse).

D'où il s'ensuit que le contenu du double onglet est aussi connu.

Pour le cinquième : soit maintenant Y, le

centre de gravité du double onglet de la base :
je dis que son bras YE sur la base sera connu ;
et que le double onglet multiplié par le bras
YE, est égal à quatre fois la somme pyramidale
des ordonnées DF, à commencer par A, ou,
ce qui est la même chose, comme on l'a vu dans
la lettre, à deux fois la somme de tous les AD
carré en DF; ce qui se démontrera ainsi.

La somme de tous les AD carré en DF, est
la même chose que la somme de tous les rectangles AD en DF, multipliés chacun par son côté
AD; c'est-à-dire (puisque le premier AD est 1,
le second, 2, etc.), la somme triangulaire de
tous les AD en DF, à commencer par A. Donc
aussi le double de la somme des AD carré en
DF, sera la même chose que la somme triangulaire de deux fois tous les AD en DF; c'est-à-
dire, la somme triangulaire des rectangles ou
sections formées dans le double onglet, par les
plans perpendiculaires passant par DF; mais la
somme triangulaire de ces sections du double
onglet, à commencer du côté de AC est égale
(par la méthode générale des centres de gravité)
au double onglet multiplié par son bras YE sur
AC; donc aussi le double de la somme des AD
carré en DF, est égal au double onglet multiplié par YE. Mais deux fois la somme des AD
carré en DF, ou quatre fois la somme pyramidale des ordonnées DF, est connue par l'hypothèse.

Donc ce produit du double onglet, multiplié

par YE est aussi connu ; mais on connoît le contenu du double onglet : donc on connoîtra aussi le bras YE.

Pour le sixième : je dis que le bras YD, sur l'axe, sera aussi connu, et que le double onglet, multiplié par le bras YD, est égal à la somme triangulaire des EG carré, à commencer par A, ou, ce qui est la même chose, à la somme triangulaire des FD carré, à commencer toujours par A : ce qui sera montré ainsi.

Si on entend que le double onglet soit coupé par des plans perpendiculaires à celui du triligne, passant par les ordonnées EG, ils y formeront pour sections des triangles rectangles et isocèles, égaux chacun à EG carré, comme il a été dit. Or, par la méthode générale des centres de gravité, la somme triangulaire de ces sections ou des carrés EG, à commencer par A, est égale au double onglet multiplié par son bras YD : mais la somme triangulaire des EG carré est connue, puisque la somme triangulaire des DF carré est connue par l'hypothèse : donc le produit du double onglet, multiplié par YD, est connu : mais le contenu du double onglet est connu ; donc YD est connu.

Pour le septième : je dis que le contenu du double onglet de l'axe sera connu.

Car, puisque la somme des DF carré est connue par l'hypothèse, le double onglet de l'axe l'est aussi, puisqu'il en est composé.

Pour le huitième et neuvième : soit maintenant Y le centre de gravité du double onglet de l'axe : je dis que ses deux bras YE, YD sur la base et sur l'axe seront connus.

Car, puisque tous les AE carré en EG sont connus, étant égaux par la troisième au tiers de tous les DF cube, dont la somme est connue par l'hypothèse, on en conclura que le bras YD sera connu : et de même, puisque la somme triangulaire des DF carré est connue par l'hypothèse, on en conclura que le bras YE sera aussi connu, de la même sorte qu'on l'a conclu des deux bras du double onglet de la base dans les articles 5 et 6, par le moyen des données semblables à l'égard de ce double onglet de la base.

COROLLAIRES.

1. *L'espace du triligne est égal à la somme des ordonnées à la base, ou à la somme des ordonnées à l'axe.*

2. *Le triligne multiplié par son bras sur l'axe, est égal à la somme triangulaire des ordonnées à la base, en commençant par l'axe ; ou à la moitié de la somme des carrés des ordonnées à l'axe.*

Cela est démontré dans le second article.

3. *Le triligne multiplié par son bras sur la base, est égal à la somme triangulaire des ordonnées à l'axe, à commencer par la base ; ou à la moitié des carrés des ordonnées à la base.*

C'est la même chose que le précédent.

4. *Le double onglet de la base est égal à la somme des carrés des ordonnées à la base ; ou au double de la somme des ordonnées à l'axe, multipliées chacune par sa distance de la base ; ou à deux fois la somme triangulaire des ordonnées à l'axe, à commencer par la base.*

Cela est montré dans le quatrième article.

5. *Le double onglet de la base, multiplié par son bras sur la base, est égal à deux fois la somme des ordonnées à l'axe, multipliées chacune par le carré de sa distance de la base ; ou à quatre fois la somme pyramidale des ordonnées à l'axe, à commencer par la base ; ou au double de la somme triangulaire des rectangles compris de chaque ordonnée et de sa distance de l'axe, à commencer du côté de la base ; ou aux deux tiers des cubes des ordonnées à la base.*

Cela s'ensuit du cinquième article.

6. *Le double onglet de la base, multiplié par son bras sur l'axe, est égal à la somme triangulaire des carrés des ordonnées à la base, à commencer du côté de l'axe ; ou à la somme triangulaire des carrés des ordonnées à l'axe, à commencer du côté de la base ; ou à la simple somme des carrés des ordonnées à la base, multipliés chacun par sa distance de l'axe ; ou à la simple somme des carrés des ordonnées à l'axe, multipliés chacun par sa distance de la base.*

Cela s'ensuit du sixième article.

Il faut entendre la même chose du double onglet de l'axe, sans autre différence que de mettre *axe* au lieu de *base*, et *base* au lieu d'*axe*.

On peut tirer de là plusieurs autres corollaires, comme, par exemple, les converses des choses démontrées dans tous ces articles; savoir, que si on connoît la dimension et le centre de gravité, tant du triligne que de ses onglets, on connoîtra aussi, 1°. la somme des ordonnées à l'axe; 2°. la somme des carrés de ces ordonnées; 3°. la somme des cubes de ces ordonnées; 4°. la somme triangulaire de ces ordonnées; 5°. la somme triangulaire des carrés des ordonnées; 6°. la somme pyramidale des ordonnées. Et on connoîtra la même chose à l'égard des ordonnées à la base.

On peut encore en tirer d'autres conséquences, mais un peu plus recherchées, et entre autres celle-ci, qui peut être d'un grand usage.

CONSÉQUENCE.

Si un triligne est tourné, premièrement sur la base, et ensuite sur l'axe, et qu'il forme ainsi deux solides, l'un autour de la base et l'autre autour de l'axe : je dis que la distance entre l'axe et le centre de gravité du solide autour de la base est à la distance entre la base et le centre de gravité du solide autour de l'axe, comme le bras du triligne sur l'axe du bras du triligne sur la base.

D'où il paroît que si on connoît le centre de

gravité du triligne et d'un de ses solides, celui de l'autre sera aussi connu.

Soit un triligne rectangle B A C (*fig.* 13) dont le centre de gravité soit Y, et les bras sur l'axe et sur la base soient Y X, Y Z, soit aussi M le centre de gravité du solide autour de l'axe, et soit N le centre de gravité du solide autour de la base : je dis que A M est à A N, comme A X à A Z, ou comme Y Z à Y X : et qu'ainsi si A X, A Z et A N sont connus, A M le sera aussi.

Car en coupant le solide sur l'axe par des plans perpendiculaires passant par les ordonnées D F, ils donneront pour sections des cercles, dont les ordonnées D F seront les rayons ; et en coupant ensuite le solide autour de la base par des plans perpendiculaires passant par les ordonnées E G, qui donneront aussi pour sections des cercles, dont les ordonnées E G seront les rayons, il arrivera que la somme triangulaire des cercles D F, à commencer par A, sera égale au solide autour de l'axe, multiplié par son bras A M (par la méthode générale des centres de gravité) ; et par la même méthode, la somme triangulaire des cercles E G, à commencer par A, sera aussi égale au solide autour de la base, multiplié par son bras A N : mais la somme triangulaire des cercles D F est égale à la somme triangulaire des cercles E G, à commencer toujours par A, puisque les sommes triangulaires de leurs carrés sont égales entre elles : donc le solide autour de l'axe, multiplié par son bras

A M , est égal au solide autour de la base, multiplié par son bras A N; donc A M est à A N,
comme le solide autour de la base au solide
autour de l'axe, c'est-à-dire , comme le bras Y Z
au bras Y X.

Car on sait assez que le solide autour de la
base est au solide autour de l'axe , comme le
bras Y X du triligne sur l'axe au bras Y Z du triligne sur la base ; ce qui est encore une conséquence qui se tire des propositions précédentes,
et qui se démontrera ainsi.

Le solide autour de la base est au solide autour de l'axe, comme la somme des cercles E G
à la somme des cercles D F; ou comme la somme
des E G carré à la somme des D F carré, c'est-à-
dire (par le corollaire de la deuxième), comme
la somme triangulaire des ordonnées D F à la
somme triangulaire des ordonnées E G, à commencer toujours par A , c'est-à-dire (par la méthode générale des centres de gravité)', comme
le triligne multiplié par son bras A X ou Y Z,
au triligne multiplié par son bras A Z ou Y X,
c'est-à-dire comme Y Z à Y X. Ce qu'il falloit démontrer.

*Méthode pour trouver la dimension et le centre de
gravité de la surface courbe des doubles onglets, par la seule connoissance des sinus sur
l'axe.*

Si on connoît dans un triligne :
1°. *La grandeur de sa ligne courbe ;*
2°. *La somme des sinus sur l'axe ;*
3°. *La somme des carrés de ces sinus sur l'axe ;*
4°. *La somme des rectangles de ces mêmes sinus
sur l'axe multipliés chacun par leur distance de la
base : je dis qu'on connoîtra aussi la dimension de
la surface courbe du double onglet de l'axe et le
centre de gravité de cette surface courbe, c'est-à-
dire, le bras de cette surface sur la base, et le
bras de cette même surface sur l'axe.*

Car (*fig.* 10) si la courbe AYC est divisée en
un nombre indéfini de parties égales aux points
Y, d'où soient menés les sinus sur l'axe, et que,
comme il a été dit vers la fin de la lettre, des
plans soient entendus élevés perpendiculairement au plan du triligne, passant par chacun
des sinus Y Z : les sections qu'ils donneront dans
la surface du double onglet seront des droites
perpendiculaires au plan du triligne, qui seront
doubles chacune de chaque sinus Y Z, comme il
a été montré dans la lettre.

Or, il est visible que la somme de ces perpendiculaires formées dans cette double surface,
composent la surface courbe, étant perpendi-

culaires à la courbe AY C. Donc, si on connoît la somme de ces perpendiculaires, c'est-à-dire; le double de la somme des sinus ZY, et qu'on connoisse aussi la grandeur de la ligne courbe, on connoîtra aussi la surface courbe. Ce qu'il falloit premièrement démontrer.

Je dis maintenant que *si on connoît la somme des rectangles FZ en ZY, compris de chaque sinus et de sa distance de la base, on connoîtra aussi le bras TF ou HK, le point H étant pris pour le centre de gravité de la surface courbe du double onglet : et que la somme des sinus ZY étant multipliée par le bras TF, est égale à la somme de tous les rectangles YZ en ZF.*

Car il est visible que le même bras TF, qui mesure la distance d'entre le centre de gravité H de la surface courbe du double onglet, et la base FA, mesurera aussi la distance qui est entre le centre de gravité commun de tous les sinus ZY, placés comme ils se trouvent, et la même base AF: d'autant que chaque sinus ZY est éloigné de la base AF de la même distance que chacune des perpendiculaires au plan du triligne, passant par les points Y, et que chaque sinus est à chaque perpendiculaire toujours en même raison, savoir, comme 1 à 2.

Or, il sera montré incontinent que la somme des rectangles ZY en ZF, compris de chaque YZ et de sa distance du point F, est égale à la somme des mêmes YZ, multipliée par la distance d'entre la base et le centre de gravité commun de toutes les Z Y, placées comme elles se trouvent ; mais la somme des rectangles Y Z en Z F est donnée par l'hypothèse. Donc la somme des sinus, multipliée par la distance entre leur centre de gravité commun et la base, sera aussi donnée ; mais la somme des sinus est aussi donnée par l'hypothèse. Donc la distance entre leur centre de gravité commun et la base sera aussi donnée : et par conséquent aussi la distance entre la base et le centre de gravité de la surface courbe du double onglet, puisqu'elle est la même.

Maintenant on démontrera le lemme qui a été supposé, en cette sorte :

Soit (*fig.* 9) FC une balance horizontale divisée comme on voudra en parties égales ou inégales, aux points Z, où pendent pour poids des droites perpendiculaires Z Y de telle longueur qu'on voudra. Soit enfin le centre de gravité commun de toutes au point T, auquel la balance soit suspendue en équilibre : je dis que la somme des rectangles Y Z en Z F, compris de chaque perpendiculaire Y Z et de sa distance de l'extrémité de la balance F, est égale à la somme des rectangles, compris du bras T F et de chacune des perpendiculaires Z Y.

Car en prenant la droite X si petite que le rectangle compris de cette droite X et de la plus grande des droites Z Y, soit moindre qu'aucun espace donné, et divisant cette droite X en parties égales qui soient en plus grand nombre que la multitude des droites Z Y ; il est visible que la somme des rectangles, compris de chaque ZY et de chacune des petites portions de X, sera moindre qu'aucun espace donné, puisque par la construction, le rectangle compris de la plus grande des ZY et de l'entière X, est moindre qu'aucun espace donné.

Maintenant soit divisée la balance entière FC en parties égales, chacune à chacune des petites parties de X : donc les points Z se rencontreront aux points de ces divisions, ou la différence n'altérera point l'égalité qui est proposée, puisque la somme de toutes les ZY, multipliées chacune par une de ces petites parties de la balance, sera moindre qu'aucun espace donné. Et par conséquent FC sera une balance divisée en parties égales, et aux points de division pendent des poids ; savoir, aux uns les perpendiculaires ZY, et aux autres pendent pour poids des zéro : et le centre de gravité commun de tous ces poids est au point T. Donc, par ce qui a été démontré dans la Lettre, la somme de tous les poids multipliés par le bras FT (c'est-à-dire, la somme des rectangles, compris des FT et de chacune des ZY), est égale à la somme triangulaire de tous les poids, à commencer par F. Or, en prenant cette somme triangulaire, il est visible qu'on prendra la première ZY ou VY autant de fois qu'il y a de parties dans la distance FV, et qu'on prendra de même la seconde ZY ou HY autant de fois qu'il y a de parties dans la distance FH, et ainsi toujours. Donc la somme triangulaire de ces poids, à commencer par F, n'est autre chose que la somme des produits des poids, multipliés chacun par son propre bras sur F Y, c'est-à-dire, la somme des rectangles F Z en Z Y, qui seront partant égaux à la somme des rectangles, compris de chaque Z Y et du bras commun TF.

AVERTISSEMENT.

De là paroît la démonstration de cette méthode assez connue, que *la somme des poids, multipliée par le bras commun de tous ensemble, est égale à la somme des produits de chaque poids, multiplié par son propre bras, à l'égard d'un même axe de balancement.*

Je ne m'arrête pas à l'expliquer davantage, parce que je ne m'en sers point : ce n'est pas que je n'eusse pu démontrer par cette méthode les propositions V, XIII, XIV, XV. Mais ma méthode m'ayant suffi partout, j'ai mieux aimé ne point en employer d'autre.

Je dis maintenant que *si on connoît (fig.* 10) *la somme des carrés Z Y, on connoîtra aussi le bras HT ou KF, c'est-à-dire, la distance entre l'axe CF et le centre de gravité H de la surface courbe du double onglet : et que la somme des sinus Z Y étant multipliée par le bras KF, sera égale à la somme des carrés des mêmes sinus Z Y.*

Car en menant de tous les points Y les perpendiculaires YQ sur la base AF, et en les prolongeant de l'autre côté de la base jusqu'en B,

en sorte que chaque Q B soit égale à chaque Z Y :
il est visible que le même bras H T ou K F, qui
mesure la distance d'entre l'axe et le centre de
gravité H de la surface courbe du double onglet,
mesurera aussi la distance qui est entre le même
axe C F et le centre de gravité de toutes les perpendiculaires Q B, placées comme elles se trouvent, par la même raison qu'en l'article précédent : savoir, que chaque Q B est toujours en
même distance de l'axe C F, que la perpendiculaire correspondante élevée dans la surface
courbe sur le point Y, et qu'elles sont toujours
en même raison entre elles.

Or, par le lemme précédent, le centre de
gravité commun des perpendiculaires Q B, placées comme elles sont, est distant de l'axe C F
de telle sorte, que la somme des rectangles Q B
en Q F, compris de chaque Q B et de sa distance
du point F, est égale à la somme des mêmes Q B,
multipliée par la distance d'entre leur centre de
gravité commun et l'axe. Mais la somme de ces
rectangles Q B en Q F, ou des Z Y carré, ou
des Q B carré (chaque Q B étant faite égale à
chaque Z Y) est connue par l'hypothèse. Donc
on connoîtra aussi la somme des droites Q B,
multipliée par la distance d'entre leur centre de
gravité commun et l'axe. Mais la somme des Q B
ou des Z Y est aussi connue par l'hypothèse.
Donc on connoîtra aussi la distance d'entre l'axe
et le centre de gravité commun des droites Q B,
placées comme elles sont, c'est-à-dire, la dis-

tance d'entre l'axe et le centre de gravité de la surface courbe du double onglet.

AVERTISSEMENT.

Il faut entendre la même chose du double onglet de la base, et cela se démontrera de même, en mettant simplement *base* au lieu d'*axe*, et *axe* au lieu de *base*; c'est-à-dire, que si on connoît la somme des sinus sur la base et la somme de leurs carrés, et la somme des rectangles compris de chaque sinus et de sa distance de l'axe, on connoîtra aussi la dimension et le centre de gravité de la surface courbe du double onglet de la base.

Or il est visible que les sinus sur la base ne sont autre chose que les distances entre la même base et les sinus sur l'axe, et que les sinus sur l'axe ne sont aussi autre chose que les distances d'entre l'axe et les sinus sur la base.

Donc si on connoît :

1°. La somme des sinus sur l'axe ;

2°. La somme des carrés de ces sinus ;

3°. La somme des distances entre ces sinus et la base ;

4°. La somme des carrés de ces distances ;

5°. La somme des rectangles compris de chaque sinus sur l'axe et de sa distance de la base ;

Et qu'on connoisse outre cela la grandeur de la ligne courbe :

On connoîtra aussi la dimension et le centre de gravité, tant de la surface courbe du double

onglet de l'axe que de la surface courbe du double onglet de la base.

Et on connoîtra aussi le centre de gravité de la
ligne courbe.

Car la ligne courbe multipliée par son bras
sur la base, c'est-à-dire, par la distance entre
son centre de gravité et la base, est égale à la
somme des sinus sur la base : ce qui est visible
par ces deux propositions qui sont démontrées
dans les choses précédentes ; l'une, que la somme
des sinus sur la base est égale à la somme triangulaire des portions de la ligne courbe ; comprises entre le sommet et chacune des ordonnées
à l'axe, à commencer par la base ; l'autre, que
cette somme triangulaire est égale à la ligne
courbe entière multipliée par son bras sur la
base.

Et la même chose sera véritable à l'égard de
l'axe, en prenant l'*axe* pour *base* et la *base* pour
axe.

PROPRIÉTÉS

DES SOMMES SIMPLES,

TRIANGULAIRES ET PYRAMIDALES.

AVERTISSEMENT.

ON suppose ici que ces trois lemmes soient connus :

I. Si une droite quelconque AF est divisée comme on voudra au point H : A H F

je dis que AF carré est égal à deux fois le rectangle FA en AH, moins AH carré, plus HF carré.

II. Je dis aussi que AF cube est égal à AH cube, plus HF cube, plus 3 AH carré en HF, plus 3 HF carré en HA.

III. Je dis que 3 AF en HA carré, plus 3 AF en HF carré, moins AF cube, moins 2 FH cube, sont égaux à 2 AH cube.

PREMIÈRE PROPRIÉTÉ.

Soit une multitude indéfinie de grandeurs telles qu'on voudra A, B, C, D, desquelles on connoisse la somme simple, la somme triangulaire et la somme pyramidale, à commencer par A : je dis qu'on connoîtra aussi leur somme triangulaire et pyramidale, à commencer par D.

Car soit prise (*fig.* 17) la ligne droite A F de telle grandeur qu'on voudra, laquelle soit divisée en un nombre indéfini de parties égales aux points H, et que de tous les points de division on élève des perpendiculaires H D, qui soient entre elles comme les grandeurs proposées ; c'est-à-dire, que la première H D (qui est la plus proche du point A) soit à la seconde H D, comme A est à B, etc.

Maintenant puisqu'on connoît tant la droite A F, par la construction, que la somme des droites H D, par l'hypothèse, on connoîtra la somme de tous les rectangles compris de A F et de chacune des H D ; mais la somme des rectangles A H en H D est donnée, puisque la première A H étant 1, la seconde A H, 2, etc.; la somme des rectangles A H en H D n'est autre chose que la somme triangulaire de toutes les H D, à commencer par A, laquelle est donnée par l'hypothèse. Donc la somme des rectangles restant F H en H D sera donnée, c'est-à-dire, la somme triangulaire des H D, à commencer par F, et par conséquent aussi la somme triangulaire des grandeurs proposées A, B, C, D, à commencer par D.

De même puisque A F carré est donné, et aussi la somme de tous les H D, il s'ensuit que la somme de tous les A F carré en H D est donnée ; c'est-à-dire, la somme des solides compris de chaque H D et de A F carré. Mais, par les lemmes supposés dans l'avertissement, A F carré

est égal à deux fois FA en AH, moins AH carré,
plus HF carré; et cela est toujours vrai, quelque point que l'on considère d'entre les points
H : donc tous les DH en AF carré sont égaux
à deux fois tous les DH en HA en AF, moins
tous les DH en HA carré, plus tous les DH en
HF carré : mais tous les HD en AH en AF sont
donnés (puisque AF est donnée, et aussi tous les
AH en HD, comme on vient de voir), et tous
les DH en AH carré sont aussi donnés, puisque
c'est la même chose que la somme pyramidale
des HD, à commencer par A, laquelle est donnée par l'hypothèse. Donc aussi tous les restants, savoir, tous les DH en HF carré, seront
par conséquent donnés ; c'est-à-dire, la somme
pyramidale des HD, à commencer par F ; et
partant aussi la somme pyramidale des grandeurs proposées, à commencer par la dernière
D. Ce qu'il falloit démontrer.

IIᵉ PROPRIÉTÉ.

*Les mêmes choses étant posées : si on ajoute
à chacune des grandeurs proposées A, B, C, D,
une même grandeur commune E, laquelle soit
aussi connue ; en sorte que chacune des grandeurs A, B, C, D, avec l'ajoutée E, ne soit plus
considérée que comme une même : et qu'ainsi il
y ait maintenant autant de grandeurs nouvelles
qu'auparavant ; savoir, A plus E, B plus E,
C plus E, D plus E, etc. : je dis que la somme
triangulaire et la somme pyramidale de ces gran-*

deurs ainsi augmentées, sera aussi connue, de quelque côté que l'on commence.

Car en prenant la figure AHFD comme auparavant, et prolongeant chacune des perpendiculaires DH jusques en O, en sorte que l'ajoutée commune HO soit à chacune des HD, comme la grandeur ajoutée E, est à chacune des autres A, B, C, D : il est visible que puisque HO est donnée, et aussi la somme de toutes les AH (car elles sont égales à la moitié de AF carré), la somme des rectangles AH en HO sera donnée; mais la somme des rectangles AH en HD est aussi donnée; donc la somme des rectangles AH en DO est aussi donnée, c'est-à-dire, la somme de tous les rectangles RO en OD, c'est-à-dire, la somme triangulaire des OD; et partant aussi la somme triangulaire des grandeurs augmentées A plus E, B plus E, C plus E, D plus E. Ce qu'il falloit premièrement démontrer.

On montrera de même que la somme pyramidale des OD est donnée; ou, ce qui est la même chose, la somme des RO carré en OD : car la somme des RO carré est donnée; savoir, le tiers de RS cube ou AF cube; mais HO est donnée; donc tous les RO carré en OH sont donnés; mais tous les RO carré, ou AH carré en HD sont aussi donnés, comme il a été dit; donc tous les RO carré en OD sont donnés; donc, etc.

IIIᶜ PROPRIÉTÉ.

Les mêmes choses étant posées : si les grandeurs proposées A, B, C, D sont des lignes droites ou courbes, desquelles les sommes simples, triangulaires et pyramidales soient données comme il a déjà été supposé, et outre cela la somme simple de leurs carrés, la somme triangulaire de leurs carrés et la somme simple de leurs cubes : je dis que la ligne commune E leur étant ajoutée, comme il a été supposé, et qu'ainsi chacune d'elles avec leur ajoutée ne soit plus considérée que comme une seule ligne, la somme des carrés de ces lignes augmentées sera donnée, et aussi la somme triangulaire de leurs carrés et la simple somme de leurs cubes.

Car, soit comme auparavant les perpendiculaires H D égalées aux lignes proposées A, B, C, D, chacune à la sienne, et la droite HO à la ligne ajoutée E : donc, par l'hypothèse, la simple somme des H D sera donnée, et la somme de leurs carrés, et la somme de leurs cubes, et aussi la somme triangulaire des droites H D, ou la somme des A H en H D, et la somme triangulaire de leurs carrés, ou la somme des A H en H D carré, et la somme pyramidale des H D ou des A H carré en H D.

Il faut maintenant démontrer que la somme des O D carré est donnée, et aussi la somme des O D cube, et enfin la somme triangulaire des

O D carré, ou la somme des R O en O D carré. Ce qui sera aisé en cette sorte.

Chaque O D carré étant égal à deux fois O H en H D, plus O H carré, plus H D carré, il s'ensuit que la somme des O D carré sera donnée, si la somme des O H en H D deux fois est donnée, et la somme des O H carré, et la somme des H D carré. Or, puisque O H est donné, et aussi la somme des H D, la somme des rectangles O H en H D est donnée; et partant aussi deux fois la somme de ces mêmes rectangles O H en H D; mais la somme des O H carré est donnée, et aussi la somme des H D carré, par l'hypothèse. Donc la somme des O D carré est donnée. Ce qui est le premier article.

Maintenant chaque O D cube étant égal à trois fois O H carré en H D, plus trois fois O H en H D carré, plus O H cube, plus H D cube, il s'ensuit que la somme des O D cube sera donnée, si trois fois la somme des O H carré en H D est donnée, plus trois fois la somme des H O en H D carré, plus la somme des H O cube, plus la somme des H D cube. Or, puisque H O carré est donné, et aussi la somme des H D, la somme des H O carré en H D sera aussi donnée; et partant aussi le triple de cette somme. De même puisque H O est donné, et aussi la somme des H D carré, la somme des O H en H D carré sera aussi donnée, et partant aussi le triple de cette somme. Mais tous les O H cube sont encore donnés, et tous les H D cube sont aussi donnés par l'hypothèse.

Donc la somme des O D cube sera donnée. Ce qui est le second article.

Enfin pour montrer que la somme des R O en O D carré est donnée, il faut montrer que la somme des R O en O H carré est donnée, plus la somme des R O en H D carré, plus le double de la somme des R O en O H en H D. Or la somme des R O ou A H en H D carré est donnée par l'hypothèse : et puisque H O carré est donné, et aussi la somme de tous les R O, il s'ensuit que la somme de tous les R O en O H carré est donnée : et de même, puisque H O est donné, et aussi tous les A H en H D par l'hypothèse, tous les A H en H D en H O le seront aussi, ou tous les R O en O H en H D; et partant aussi le double de cette somme. Donc tous les R O en O D carré sont aussi donnés. Ce qui est le dernier article.

IVe PROPRIÉTÉ.

Les mêmes choses étant posées : si on applique à chacune des lignes proposées une ligne quelconque, comme D N, qui sera appelée sa coefficiente, et que chaque coefficiente D N ait telle raison qu'on voudra avec sa ligne D H ; soit que ces raisons soient partout les mêmes, ou qu'elles soient différentes, et qu'on connoisse la simple somme des coefficientes D N, et la simple somme de leurs carrés, et la somme triangulaire des droites D N, ou, ce qui est la même chose, la somme des R O en D N :

v. 20

Je dis, 1°. *que si la somme des HD en DN est donnée, c'est-à-dire, la somme des rectangles compris de chaque ligne et de sa coefficiente ; aussi la somme des OD en DN sera donnée, c'est-à-dire, la somme des rectangles compris de chaque augmentée et de sa cofficiente.*

Car tous les O D en D N sont égaux à tous les H D en D N (qui sont donnés par l'hypothèse) plus tous les O H en D N , qui sont donnés, puisque O H est donné, et aussi la somme des D N par l'hypothèse.

Je dis, 2°. *que si la somme des HD en DN carré est donnée, la somme des OD en DN carré sera aussi donnée.*

Car la somme des O H en D N carré est aussi donnée, puisque O H est donné, et aussi la somme des D N carré , par l'hypothèse.

Je dis, 3°. *que si la somme des HD carré en DN est donnée, et aussi la somme des HD en DN, la somme des OD carré en DN sera aussi donnée.*

Car la somme des H D carré en D N est donnée par l'hypothèse , et la somme des H O carré en D N est aussi donnée (puisque H O carré est donné , et aussi la somme des D N), et la somme des O H en H D en D N est aussi donnée , puisque O H est donné, et aussi la somme des H D en D N par l'hypothèse ; et partant aussi le double de cette somme.

Je dis, 4°. *que si la somme triangulaire des*

rectangles HD en DN est donnée, ou, ce qui est la même chose, si la somme des AH en HD en DN est donnée, ou des RO en HD en DN, la somme triangulaire des OD en DN sera aussi donnée ; ou, ce qui est la même chose, la somme des RO en OD en DN.

Car la somme des R O en O H en D N est aussi donnée, puisque O H est donné, et aussi la somme des R O en D N par l'hypothèse.

AVERTISSEMENT.

Si au lieu d'ajouter la grandeur commune E, ou H O à chacune des grandeurs proposées H D, comme on a fait ici, pour en former les toutes O D, on ôte, au contraire, de chacune des grandeurs H D la grandeur commune H I, on conclura des restes D I, tout ce qui a été conclu des entières O D. Et si on prend, au contraire, une grandeur quelconque H G, de laquelle on ôte chacune des grandeurs proposées H D, on conclura encore des restes G D les mêmes choses : et de même si on prend A X (égale à la plus grande des grandeurs proposées) pour la grandeur commune, de laquelle on ôte chacune des autres H D, on conclura toujours la même chose des restes D X. Car il n'y a de différence en tous ces cas, que dans les signes de *plus* et de *moins* ; et la démonstration en sera semblable et n'aura nulle difficulté, principalement après les lemmes marqués dans l'avertissement devant la première de ces propriétés.

D'où il paroît que s'il y a une ligne quelconque
droite ou courbe, donnée de grandeur R S, coupée
comme on voudra aux points T, en parties égales
ou inégales, et qu'elle soit prolongée du côté de S
jusqu'en P, et du côté de R jusqu'en Q, et que
les lignes ajoutées S P, Q R soient données de grandeur : si on connoît toutes ces choses, savoir, la
somme de leurs carrés, la somme de leurs cubes,
la somme triangulaire des mêmes lignes T P, la
somme pyramidale des mêmes lignes, et la somme
triangulaire de leurs carrés, à commencer toujours du côté de R : il arrivera aussi que les mêmes
choses seront données à l'égard des lignes T Q,
c'est-à-dire, la somme des lignes T Q, la somme
de leurs carrés, la somme de leurs cubes, la
somme triangulaire des mêmes lignes T Q, leur
somme pyramidale, et la somme triangulaire de
leurs carrés, à commencer maintenant du côté
de S.

Car en prenant les droites H D de la grandeur,
des droites P T ; c'est-à-dire, que la première P T
ou P R, soit égale à la première H D, c'est-à-dire,
à la plus proche du point A, et que la seconde
P T soit égale à la seconde H D, etc., et prenant
H G égale à P Q : il est visible que (puisque toutes
les sommes supposées sont données à l'égard des
droites T P, à commencer par la grande R P) les
mêmes sommes seront données dans les droites
H D qui leur sont égales, à commencer du côté
de la grande H D, ou du côté du point A ; et par
conséquent les mêmes sommes seront données

à l'égard des mêmes H D , à commencer du côté
de F (par la première de ces propriétés) : et
partant les mêmes sommes seront données à
l'égard des restes G D , à commencer du côté E ;
c'est-à-dire, que les mêmes choses seront données
à l'égard des droites T Q , à commencer du côté
de S ; puisque chaque T Q est égal à chaque D G,
des choses égales étant ôtées de choses égales.

Il faut entendre la même chose dans les portions des figures planes , comme on va voir dans
cet exemple.

Soit une figure plane quelconque (*fig.* 18)
L Z Z V donnée de grandeur, et divisée comme
on voudra par les droites Y Z , et qu'on y ajoute
d'une part la figure M L Z , et de l'autre la figure
K V Z , qui soient aussi toutes deux données de
grandeur : je dis que si on connoît la somme des
espaces M Y Z , et aussi leur somme triangulaire,
à commencer du côté de V Z , on connoîtra aussi
la somme des espaces K Y Z et leur somme triangulaire.

Et on le montrera de la même sorte , en prenant
de même les droites H D qui représentent les espaces M Y Z ; c'est-à-dire que la première H D
représente le plus grand M Y Z ou M V K , et la
seconde , le second , etc. : et que la droite H G
représente l'espace entier M V Z ; c'est-à-dire que
ces droites soient entre elles en même raison que
ces espaces.

De toutes les propriétés qui sont ici données,

se tirent plusieurs conséquences, et entre autres celles-ci.

Que s'il y a un triligne quelconque F D X A (*fig.* 17) dont on connoisse l'espace, le solide autour de l'axe F A, et le centre de gravité de ce demi-solide, lequel centre de gravité soit Y : je dis que quelque droite qu'on prenne dans le même plan, parallèle à F A, et qui ne coupe point le triligne, comme R S, laquelle soit éloignée de F A d'une distance donnée ; et qu'on entende que le plan tout entier soit tourné autour de cette droite R S : on connoîtra aussi le solide formé par le triligne dans ce mouvement ; et aussi le solide formé dans le même mouvement par le triligne F D X X (qui est le reste du rectangle circonscrit FA X X), et aussi les centre de gravité de ces solides et de leurs demi-solides.

Cela se conclut des propriétés précédentes ; car on a ici les grandeurs H D, desquelles on connoît la somme simple et la somme de leur carrés, (puisque l'espace A F D X et son solide autour de A F sont donnés) ; donc en leur ajoutant, pour grandeur commune, la distance H O (qui est aussi donnée par l'hypothèse), il s'ensuit de ce qui a été montré dans ces propriétés, que la somme des O D carré sera donnée ; et partant aussi le solide formé par la figure entière S F D X A R, tournée autour de R S, sera donné. Mais le cylindre formé par le rectangle S F A R sera aussi donné ; donc le solide annulaire restant, formé par le triligne FDXA autour de RS, sera aussi donné.

On montrera de même que le solide annulaire formé par le triligne FDXX, sera aussi donné, puisque le cylindre de SXXR est donné.

Et pour leur centre de gravité, cela se montrera ainsi.

Puisque le centre de gravité du demi-solide, formé par le triligne FXA autour de FA, est donné, ou (ce qui est la même chose, en supposant la quadrature du cercle) le centre de gravité du double onglet de l'axe ; il s'ensuit que la somme des HD cube est donnée, et aussi la somme triangulaire des HD carré ; donc puisque la grandeur commune HO est aussi donnée, la somme des OD cube sera aussi donnée, et aussi la somme triangulaire des OD carré ; donc le centre de gravité du demi-solide de la figure entière SFDXAR, tournant autour de SR d'un demi-tour, sera aussi donné. Mais le centre de gravité du demi-cylindre de SFAR est aussi donné (en supposant toujours la quadrature du cercle quand il le faut) ; donc le centre de gravité du demi-solide annulaire restant, formé par le triligne FXA autour de la même SR, sera aussi donné ; la raison du cylindre au solide annulaire étant donnée.

On le montrera de même du solide annulaire FDXX. Et on montrera aussi la même chose en faisant tourner tout le plan autour de XX ou de BE, etc.

TRAITÉ

DES SINUS DU QUART DE CERCLE.

LEMME (*fig.* 29).

*S*OIT *ABC* un quart de cercle, dont le rayon *AB*
soit considéré comme axe, et le rayon perpendiculaire *AC* comme base; soit *D* un point quelconque dans l'arc, duquel soit mené le sinus *DI*
sur le rayon *AC*; et la touchante *DE*, dans laquelle soient pris les points *E* où l'on voudra, d'où
soient menées les perpendiculaires *ER* sur le rayon
AC : je dis que le rectangle compris du sinus *DI*
et de la touchante *EE*, est égal au rectangle compris de la portion de la base (enfermée entre les
parallèles) et du rayon *AB*.

Car le rayon *A*D est au sinus *D*I, comme *E*E
à *R*R ou à *E*K : ce qui paroît clairement à cause
des triangles rectangles et semblables *DIA*,
EKE, l'angle *EEK* ou *EDI* étant égal à l'angle *DAI*.

PROPOSITION PREMIÈRE.

*La somme des sinus d'un arc quelconque du
quart de cercle, est égale à la portion de la base
comprise entre les sinus extrémes, multipliée par
le rayon.*

PROPOSITION II.

La somme des carrés de ces sinus est égale à la somme des ordonnées au quart de cercle, qui seroient comprises entre les sinus extrémes, multi-pliées par le rayon.

PROPOSITION III.

La somme des cubes des mémes sinus est égale à la somme des carrés des mémes ordonnées, comprises entre les sinus extrémes, multipliées par le rayon.

PROPOSITION IV.

La somme des carré-carrés des mémes sinus est égale à la somme des cubes des mémes ordonnées, comprises entre les sinus extrémes, multipliées par le méme rayon.

Et ainsi à l'infini.

PRÉPARATION A LA DÉMONSTRATION (*fig.* 34).

Soit un arc quelconque BP, divisé en un nombre indéfini de parties aux points D, d'où soient menés les sinus PO, DI, etc. : soit prise dans l'autre quart de cercle la droite AQ, égale à AO (qui mesure la distance entre les sinus extrêmes de l'arc BAPO) : soit AQ, divisée en un nombre indéfini de parties égales aux points H, d'où soient menées les ordonnées HL.

DÉMONSTRATION DE LA PROPOSITION I.

Je dis que la somme des sinus DI (multipliés

chacun par un des arcs égaux D D, comme cela s'entend de soi-même) est égale à la droite A O multipliée par le rayon A B.

Car en menant de tous les points D les touchantes D E, dont chacune coupe sa voisine aux points E, et remenant les perpendiculaires E R; il est visible que chaque sinus D I multiplié par la touchante E E, est égal à chaque distance R R multipliée par le rayon A B. Donc tous les rectangles ensemble des sinus D I, multipliés chacun par sa touchante E E (lesquelles sont toutes égales entre elles) sont égaux à tous les rectangles ensemble, faits de toutes les portions R R avec le rayon A B; c'est-à-dire (puisqu'une des touchantes E E multiplie chacun des sinus, et que le rayon A B multiplie chacune des distances) que la somme des sinus D I, multipliés chacun par une des touchantes E E, est égale à la somme des distances R R ou à A O, multipliée par A B : mais chaque touchante E E est égale à chacun des arcs égaux D D. Donc la somme des sinus multipliés par un des petits arcs égaux, est égale à la distance A O multipliée par le rayon.

AVERTISSEMENT.

Quand j'ai dit que toutes les distances ensemble R R, sont égales à A O, et de même que chaque touchante E E est égale à chacun des petits arcs D D, on n'a pas dû en être surpris, puisqu'on sait assez qu'encore que cette égalité ne soit pas véritable quand la multitude des sinus est finie ; néanmoins l'égalité est véritable quand la multitude est indéfinie, parce qu'alors la somme de toutes les touchantes, égales entre elles EE, ne diffère de l'arc entier BP, ou de la somme de tous les arcs égaux DD, que d'une quantité moindre qu'aucune donnée : non plus que la somme des RR de l'entière AO.

DÉMONSTRATION DE LA PROPOSITION II.

Je dis que la somme des DI carré (multipliés chacun par un des petits arcs égaux DD) est égale à la somme des HL ou à l'espace BHQL multiplié par le rayon AB.

Car, en prolongeant, tant les sinus DI, que les ordonnées HL de l'autre côté de la base, jusques à la circonférence de l'autre part de la base qui les coupe aux points G et N, il est visible que chaque DI sera égal à chaque IG, et HN à HL.

Maintenant, pour montrer ce qui est proposé, que tous les DI carré en DD sont égaux à tous les HL en AB, il suffit de montrer que la somme de tous les HL en AB, ou tous les HN en AB, ou l'espace QNN multiplié par AB, est égal à tous les GI en ID en EE, ou à tous les GI en RR en AB (puisque ID en EE est égal à chaque RR en AB). Donc en ôtant la grandeur commune AB, il faudra montrer que l'espace AQNN est égal à la somme des rectangles GI en RR : ce qui est visible, puisque la somme des rectangles compris de chaque G I et de chaque R R, ne diffère que d'une grandeur moindre qu'aucune donnée de l'espace AOGN, qui est égal à l'espace AQNN, puisque la droite AQ est prise égale à la droite AO. Ce qu'il falloit démontrer.

DÉMONSTRATION DE LA PROPOSITION III.

Je dis que la somme des D I cube est égale à la somme des H L carré, multipliée par le rayon A B.

Car soit décrite la ligne CGNNM de telle nature, que quelque perpendiculaire qu'on mène à la base, comme D IG ou LHN, il arrive toujours que chaque D I carré soit égal à I G en A B, et la démonstration sera pareille à la précédente, en cette sorte.

Il est proposé de montrer que la somme des H L carré en A B, ou des H N en A B carré, ou de l'espace AQNN, multiplié par A B carré, est égal à la somme des D I cube, multipliés par chaque arc D D, ou à la somme des D I carré en D I en E E, ou des G I en A B en R R en A B, ou des A B carré en G I en R R : donc en ôtant de part et d'autre le multiplicateur commun A B carré, il faudra montrer que l'espace AQNN est égal à la somme des rectangles G I en R R; ce qui est visible par la même raison qu'en la précédente.

DÉMONSTRATION DE LA PROPOSITION IV.

Je dis que la somme des D I carré carré est égale à la somme des H L cube, multipliés par A B.

Car en décrivant une figure C G N M, dont la nature soit telle que quelque perpendiculaire qu'on y mène, comme D I G, il arrive toujours que D I cube soit égal à I G en A B carré ; la démonstration sera semblable à la précédente, parce que cette figure sera toujours coupée en deux portions égales et semblables par l'axe A B N, de même que le demi-cercle C B M ; et ainsi à l'infini.

COROLLAIRE.

De là première proposition, il s'ensuit que la somme des sinus verses d'un arc est égale à l'excès dont l'arc surpasse la distance d'entre les sinus extrêmes, multiplié par le rayon.

Je dis (*fig.* 19) que la somme des sinus verses D X est égale à l'excès, dont l'arc B P surpasse la droite A O, multiplié par A B.

Car les sinus verses ne sont autre chose que l'excès, dont le rayon surpasse les sinus droits : donc la somme des sinus verses D X est la même chose que le rayon A B, pris autant de fois ; c'est-à-dire, multiplié par tous les petits arcs égaux D D ; c'est-à-dire, multiplié par l'axe entier B P, moins la somme des sinus droits D I, ou le rectangle B A en A O. Et par consé-

quent la somme des sinus verses D X est égale
au rectangle compris du rayon A B , et la différence entre l'arc B P et la droite A O.

PROPOSITION V.

*Le centre de gravité de tous les sinus d'un arc
quelconque , placés comme ils se trouvent , est
dans celui qui divise en deux également la distance d'entre les extrêmes.*

Soit (*fig.* 19) un arc quelconque B P , et soit
A O la distance entre les sinus extrêmes, coupée
en deux également en Y : je dis que le point Y
sera le centre de gravité de tous les sinus D I
de l'arc B P.

Car si on entend que A O soit divisée en un
nombre indéfini de parties égales , d'où soient
menées des ordonnées , et que l'on considère
chaque somme des sinus qui se trouve entre
deux quelconques des ordonnées voisines , il
est visible que toutes ces petites sommes particulières de sinus seront toutes égales entre
elles , puisque les distances d'entre les ordonnées voisines sont prises toutes égales entre
elles , et que chaque somme de sinus est égale
au rectangle fait de chacune de ces distances
égales , multipliée par le rayon. Donc la droite
A O est divisée en un nombre indéfini de parties égales , et ces parties égales entre elles sont
toutes chargées de poids égaux entre eux (qui
sont les petites sommes de ces sinus , comprises
entre les ordonnées voisines).

Donc le centre de gravité de tous ces poids, c'est-à-dire, de tous les sinus placés comme ils sont, se trouvera au point du milieu Y. Ce qu'il falloit démontrer.

PROPOSITION VI.

La somme des rectangles, compris de chaque sinus sur la base et de la distance de l'axe, ou du sinus sur l'axe, est égale à la moitié du carré de la distance d'entre les sinus extrémes sur la base, multiplié par le rayon, lorsque l'arc est terminé au sommet.

Soit l'arc B P, terminé au sommet B, et soient DS les sinus sur l'axe : je dis que la somme des rectangles DI en IA ou DI en DS, est égale à la moitié du carré de A O multiplié par A B.

Car il a été démontré, à la fin du Traité des Trilignes, que la somme des rectangles A I en I D, est égale à la somme des sinus I D multipliée par A Y (qui est la distance entre le dernier A B et leur centre de gravité commun Y); mais la somme des sinus est égale A B en A O: donc la somme des rectangles A I en I D est égale à A B en A O en A Y, c'est-à-dire, à la moitié du carré de A O, multiplié par A B.

PROPOSITION VII.

La somme triangulaire des sinus sur la base d'un arc quelconque, terminé au sommet, à commencer par le moindre des sinus extrémes, est égale à la somme des sinus du même arc sur l'axe, multipliée par le rayon, ou, ce qui est la même chose, à la différence d'entre les sinus extrémes sur la base, multipliée par le carré du rayon.

Je dis que la somme triangulaire des sinus D I, à commencer du côté de D O, est égale à la somme des sinus D S, multipliée par le rayon, ou à B V (qui est la différence entre B A et D O), multipliée par B A carré, ce qui n'est visiblement que la même chose, puisque la somme des sinus D S est égale au rectangle V B en B A, par la première de ce Traité.

Car la somme triangulaire des sinus D I, à commencer par D O, n'est autre chose, par la définition, que la simple somme de tous les D I compris entre les extrêmes B A, D O: plus la somme de tous les D I, excepté le premier D O; c'est-à-dire, compris entre le second Q T et A B, et ainsi de suite : mais la somme des sinus compris entre D O et B A, est égale à O A ou P V en A B; et la somme des sinus compris entre D T et A B, est de même égale au rectangle T A ou Q S en A B, et ainsi toujours. Donc la somme triangulaire des sinus D I, à commencer par D O, est égale à la somme des sinus P V, Q S, D S, etc., multipliée par A B. Ce qu'il falloit démontrer.

PROPOSITION VIII.

La somme pyramidale des sinus d'un arc quelconque, terminé au sommet, à commencer par

le moindre, est égale à la somme des sinus
verses du même arc multipliée par le carré du
rayon ; ou, ce qui est la même chose, à l'excès,
dont l'arc surpasse la distance entre les sinus
extrêmes, multiplié par le cube du rayon.

Je dis que la somme pyramidale des sinus DI,
à commencer par DO, est égale à la somme des
sinus verses DX, multipliée par BA carré ; ou,
ce qui est la même chose, par le corollaire, à
l'arc BP, moins la droite AO en AB cube.

Car cette somme pyramidale n'est autre chose
que la somme triangulaire des sinus DI compris
entre PO et AB, plus la somme triangulaire de
tous les sinus compris entre DT et AB, et ainsi
de suite : mais la première de ces sommes triangulaires est égale par la précédente, à BV ou
PX en AB carré ; et la seconde de ces sommes
triangulaires est égale, par la même raison, à
BZ ou QX en AB carré. Donc toutes les sommes
triangulaires ensemble, c'est-à-dire, la somme
pyramidale des sinus DI, à commencer par
DO, est égale à la somme des sinus verses DX
multipliée par AB carré. Ce qu'il falloit démontrer.

PROPOSITION IX.

La somme des espaces, compris entre l'axe et
chacun des sinus d'un arc, terminé au sommet,
est égale, étant prise quatre fois, au carré de
l'arc ; plus, le carré de la distance entre les sinus
extrêmes, multiplié chacun par le rayon.

Je dis que la somme des espaces D I A B, prise quatre fois, est égale au carré de l'arc B P, multiplié par A B; plus le carré de la droite A O, multiplié aussi par A B.

Car ces espaces D I A B ne sont autre chose que les secteurs A D B, plus les triangles rectangles A I D. Or chaque secteur A D B est égal à la moitié du rectangle, compris de l'arc B D et du rayon : donc le secteur pris deux fois, est égal au rectangle compris de l'arc et du rayon : et partant tous les secteurs ensemble pris deux fois, sont égaux à tous les arcs B D, multipliés par A B, ou à la moitié du carré de l'arc entier B P, multiplié par A B (puisque tous les arcs ensemble B D sont égaux à la moitié du carré de l'arc entier B P, parce qu'il est divisé en parties égales). Donc la somme des secteurs, prise quatre fois, est égale au carré de l'arc B P, multiplié par le rayon. Et chaque triangle rectangle A I D est la moitié du rectangle de A I en I D; et partant tous les triangles ensemble A I D, pris deux fois, sont égaux à tous les rectangles A I en I D, c'est-à-dire, par la cinquième, à la moitié du carré A O en A B : donc quatre fois la somme des triangles A I D est égale au carré A O, multiplié par A B. Donc quatre fois la somme des espaces D I A B est égale au carré de l'arc B P; plus, au carré de A O, multiplié chacun par A B. Ce qu'il falloit démontrer.

PROPOSITION X.

La somme triangulaire des mêmes espaces, prise quatre fois, à commencer par le moindre sinus, est égale au tiers du cube de l'arc; plus, la moitié du solide, compris de l'arc et du carré du rayon, moins la moitié du solide, compris du moindre sinus, et de la distance d'entre les extrémes et du rayon; le tout multiplié par le rayon.

Je dis que la somme triangulaire des espaces DIAB, à commencer par DO, prise quatre fois, est égale au tiers du cube de l'arc BP, multiplié par AB; plus, la moitié de l'arc BP, multiplié par AB cube, moins la moitié du rectangle AO en OD, multiplié par AB carré.

Car la somme triangulaire de ces espaces, à commencer par DO, se forme en prenant, premièrement, la somme simple de tous ces espaces, dont le quadruple est égal, par la précédente, au carré de l'arc BP, multiplié par AB, plus OA carré multiplié aussi par AB; et en prenant ensuite la somme de tous les espaces, excepté le premier BPOA, savoir, la somme de tous les espaces BQTA, BDIA, etc., donc le quadruple est égal par la précédente, à l'arc BQ carré, multiplié par AB, plus TA carré multiplié par AB; et ainsi toujours. Donc quatre fois cette somme triangulaire des espaces BDIA, est égale à la somme de tous les arcs BD carré multipliés par AB, c'est-à-dire, au tiers du cube de l'arc entier BP, multiplié par AB, plus la somme de tous les I A carré, ou de tous les D S carré (qui sont les sinus sur l'axe) multipliés par A B. Mais la somme des sinus D S carré est égale à l'espace B P V, multiplié par A B (par la seconde de ces propositions) : et en prenant A B pour commune hauteur, la somme des D S ou I A carré multipliés par A B, sera égale à l'espace B P V multiplié par A B carré.

Donc la somme triangulaire de tous les espaces D I A B est égale au tiers du cube de l'arc B P multiplié par A B ; plus à l'espace B P V, multiplié par A B carré ; mais l'espace B P V, est égal au secteur B P A, moins le triangle A V P, c'est-à-dire, à la moitié du rectangle compris de l'arc B P et du rayon B A, moins la moitié du rectangle de A O en O P. Donc cette somme triangulaire est égale au tiers du cube de l'arc B P, multiplié par A B, plus la moitié de l'arc multiplié par A B cube, moins la moitié de A O en O D, multiplié par A B carré. Ce qu'il falloit démontrer.

PROPOSITION XI.

La somme triangulaire des carrés des sinus d'un arc quelconque, terminé au sommet, à commencer par le moindre sinus, est égale, étant prise quatre fois, au carré de l'arc, plus au carré de la distance entre les sinus extrémes, multipliés chacun par le carré du rayon.

Je dis que la somme triangulaire des D I carré, prise quatre fois, à commencer par D O, est égale au carré de l'arc B P , plus au carré de la droite A O , multipliés chacun par A B carré.

Car cette somme triangulaire des D I carré se trouve, en prenant premièrement la simple somme de tous les D I carré, qui est égale, par la seconde, à l'espace B D O A multiplié par A B, et en prenant ensuite la somme des mêmes carrés, excepté le premier D O , savoir , Q T carré, D I carré, etc., qui sont égaux, par la même seconde, à l'espace Q T A B, multiplié par A B, et ainsi toujours. Donc la somme triangulaire de tous les D I carré est égale à la somme des espaces D I A B, multipliée par A B : donc aussi leurs quadruples seront égaux ; mais la somme de ces espaces, prise quatre fois, est égale au carré de l'arc B P, plus au carré A O, multipliés par A B : et en multipliant encore le tout par A B, la somme des espaces D I A B, prise quatre fois, et multipliée par A B, sera égale au carré de l'arc B P, plus au carré A O, multipliés par A B carré. Donc aussi la somme triangulaire des D I carré sera égale au même arc B P carré, plus au même A O carré, multipliés de même par A B carré. Ce qu'il falloit démontrer.

TRAITÉ

DES ARCS DE CERCLE.

DÉFINITION.

J'APPELLE *triligne circulaire* toutes les portions d'un quart de cercle, retranchées par une ordonnée quelconque au rayon.

Soit (*fig.* 20) un quart de cercle A B C, dont A soit le centre, A B un des rayons, qui sera appelé l'*axe*; A C l'autre rayon perpendiculaire au premier, qui sera appelé *la base*; et le point B sera le sommet, Z M une ordonnée quelconque à l'axe. L'espace Z M B sera appelé *un triligne circulaire*: sur quoi il faut remarquer que le quart de cercle entier est aussi lui-même un triligne circulaire.

AVERTISSEMENT.

On suppose dans tout ce discours, que la raison de la circonférence au diamètre est connue, et que quelque point qu'on donne dans le rayon B A, comme S, d'où on mène l'ordonnée S R, coupant l'arc en R, l'arc B R retranché par l'ordonnée (et qui s'appelle l'*arc de l'ordonnée*) est aussi donné; et de même que quelque point qui soit donné dans l'arc, comme R, d'où on mène R S perpendiculaire à B A, les droites R S, S B sont aussi données.

PROPOSITION PREMIÈRE.

Soit (fig. 17) *BSR un triligne circulaire quel-conque donné , dont l'axe BS étant divisé en un nombre indéfini de parties égales en Z, les ordon-nées ZM coupent l'arc en M : je dis que toutes ces choses seront aussi données ; savoir,* 1°. *la somme de tous les arcs BM ;* 2°. *la somme des carrés de ces arcs ;* 3°. *la somme des cubes de ces arcs ;* 4°. *la somme triangulaire de ces arcs ;* 5°. *la somme triangulaire des carrés de ces arcs ;* 6°. *la somme pyramidale de ces arcs.*

Car en menant les sinus sur la base de ce même arc , ou de l'arc pareil B P, pris de l'autre part (pour rendre la figure moins confuse), les-quels sinus coupent l'arc en D, la base S P du triligne en T, et le rayon A C en I : il a été dé-montré dans le Traité des Trilignes, que la con-noissance de toutes les sommes cherchées dans les arcs B M , dépend de la connoissance des mêmes sommes dans les sinus D T, et on en a donné toutes les raisons ; en sorte que la con-noissance des uns enferme aussi celle des autres. Donc il suffira de montrer que toutes ces som-mes sont données dans les sinus D T pour mon-trer qu'elles le sont aussi dans les arcs B M.

Mais toutes ces sommes seront connues dans les sinus DT, si elles le sont dans les sinus en-tiers D I , parce que la droite T I ou SA, qui est donnée , comme on l'a vu dans l'Avertissement, est une grandeur commune , qui est retranchée de toutes les autres D I : et partant, par le traité des sommes simples triangulaires, etc., ces sommes seront données dans les restes D T, si elles le sont dans les entières D I.

Or, toutes ces sommes sont données dans les droites D I comme il s'ensuit facilement des propositions 1, 2, 3, 7, 8, 11, du Traité des Sinus du quart de cercle.

Car, 1°. la somme des droites D I est donnée, puisqu'il est démontré qu'elle est égale au rectangle compris du rayon donné A B, et de la droite donnée A O ou S P.

2°. La somme des carrés D I est donnée, puisqu'il est démontré qu'elle est égale à l'espace donné B P O A multiplié par le rayon donné A B.

3°. La somme des D I cubes est donnée, puisqu'il est démontré qu'elle est égale à la somme des carrés des ordonnées au rayon A C, comprises entre les sinus extrêmes B A, P O, multipliés par A B. Or, A B est connu, et aussi la somme des carrés de ces ordonnées, puisque l'espace B P O A est ici donné, et que son solide autour de A O l'est aussi, par Archimède.

4°. La somme triangulaire de ces ordonnées D I est aussi donnée, puisqu'il est démontré qu'elle est égale à la différence d'entre les sinus extrêmes B A, T O, c'est-à-dire, à B S qui est donnée, multipliée par le carré du rayon.

5°. La somme pyramidale des mêmes sinus D I est aussi donnée, puisqu'il est démontré qu'elle est égale à l'excès dont l'arc donné B P surpasse la droite donnée A O ou S P, multiplié par le cube du rayon.

6°. Enfin la somme triangulaire des D I carré est donnée, puisqu'il est démontré qu'étant prise quatre fois, elle est égale au carré de l'arc donné B P, plus au carré de la droite donnée A O ou P S, multipliés chacun par le carré du rayon.

PROPOSITION II.

Soit maintenant dans le diamètre du demi-cercle (fig. 21) *ABCF, la portion BH donnée plus grande que le rayon BA, laquelle étant divisée en un nombre indéfini de parties égales aux points Z, soient menées les ordonnées ZD : je dis que les mêmes sommes que dans la précédente, seront données dans les arcs BD; c'est-à-dire, la somme simple des arcs; celle de leurs carrés et celle de leurs cubes; la somme triangulaire des arcs; la somme triangulaire de leurs carrés, et la somme pyramidale des arcs.*

Car en achevant de diviser la portion restante H F aux points Z, en parties égales aux parties de la portion H B, et menant les ordonnées Z S : il s'ensuit, par la précédente, que toutes ces sommes sont données, tant dans les arcs F N, compris entre les points F et C, que dans les arcs F S, compris entre les points F et K (puisque F H K est un triligne circulaire, et que le quart de cercle F A C en est un autre, desquels le point F est le sommet). Donc aussi les mêmes sommes seront données dans les arcs F M, puisque si de tous les arcs F N en ôte les arcs F S, il restera les arcs F M. Donc l'arc C K sera une ligne donnée, divisée comme on voudra en un nombre indéfini de parties aux points D, ou M, ou S (car toutes ces lettres ne marquent qu'un même point), à laquelle sont ajoutées de part et d'autre des portions données K F, C B ; et il arrive que toutes les sommes proposées sont données dans les lignes F M : donc elles le seront aussi dans les arcs B M (par ce qui est démontré à la fin des propriétés des sommes simples triangulaires, etc.). Mais les mêmes sommes sont données, par la précédente, dans les arcs B O du quart de cercle B C A : donc, en ajoutant les deux ensemble, les mêmes sommes seront données dans tous les arcs B D, puisque la somme des arcs B D n'est autre chose que la somme des arcs B O, plus la somme des arcs B M. Ce qu'il falloit démontrer.

COROLLAIRE.

De ces propositions, il paroît que si la portion quelconque A H donnée est divisée en un nombre indéfini de parties égales en Z, d'où soient menées les ordonnées Z M, on connoîtra la somme des arcs F N, et leurs sommes triangulaires, et leurs sommes pyramidales, etc.

LEMME.

Soit une figure plane quelconque (fig. 28)

ACQT, dont le centre de gravité soit Y : soit divisée cette figure en tant de parties qu'on voudra, et telles qu'on voudra, comme en deux parties AQT, AQC, desquelles les centres de gravité soient R, V, d'où soient menées les perpendiculaires VS, RK sur une droite quelconque AC (laquelle AC ne coupe pas la figure proposée ACQT : mais, ou qu'elle la borne, ou qu'elle en soit entièrement dehors); et soit sur la même AC, menée la perpendiculaire YO du centre de gravité de la figure entière ACQ : je dis que le solide fait de la figure entière ACQT, multipliée par son bras YO, est égale à tous les solides ensemble faits des parties, multipliées chacune par son bras particulier, c'est-à-dire, au solide de la figure TAQT, multipliée par son bras RK, plus au solide de la figure QAC, multipliée par son bras VS.

Car si on entend une multitude indéfinie de droites parallèles à AC, et toutes éloignées chacune de sa voisine d'une même distance moindre qu'aucune donnée, et qui coupent ainsi toute la figure, comme il a été supposé dans la méthode des centres de gravité : il est visible, par cette méthode, que la somme triangulaire des portions de cette figure entière ACQT, comprises entre les parallèles voisines, est égale à la figure multipliée par son bras YO; et que de même la somme triangulaire des portions de la petite figure TAQ, comprises entre les mêmes parallèles, est égale à cette figure TAQ, multipliée par son bras RK; et enfin que la somme triangulaire des portions de l'autre petite figure A Q C, comprises entre les mêmes parallèles, est égale à cette même portion A Q C, multipliée par son bras V S. Mais les portions de la figure entière A C Q T, comprises entre les mêmes parallèles, ne sont autre chose que les portions de sa partie A T Q; plus les portions de sa partie A Q C, comprises entre les mêmes parallèles : et de même la somme triangulaire des portions de la figure entière, n'est autre chose que la somme triangulaire des portions de la partie A Q T; plus la somme triangulaire des portions de l'autre figure A Q C. Donc aussi la figure entière A C Q T, multipliée par son bras Y O, est égale à la partie A Q T, multipliée par son bras R K, plus à la partie A Q C multipliée par son bras V S.

COROLLAIRE.

De là il s'ensuit que la figure entière A T Q C multipliée par son bras Y O, plus la même figure entière, moins sa première portion A Q T, savoir, la portion A Q C, multipliée par son bras V S, est égale à la première partie A Q T multipliée par son bras R K, plus à la seconde portion de la figure A Q C, multipliée par deux fois son bras V S. Ce qui paroît par l'égalité démontrée dans le lemme, puisqu'on ne fait qu'y ajouter de part et d'autre le solide de la partie A Q C, multipliée par son bras V S.

Et si la figure étoit divisée en trois parties, comme le secteur A Q C (*fig.* 27), lequel est

divisé en trois parties, qui sont les secteurs
QAS, SAR, RAC : on montrera de même que
la figure entière QAC, multipliée par son bras
sur AC, plus la figure entière, moins sa première portion QAS, c'est-à-dire, la figure restante SAC, multipliée par son propre bras sur
la même AC, plus la figure entière QAC, diminuée de ses deux premières portions QAS, SAR,
c'est-à-dire, la portion restante RAC multipliée
aussi par son propre bras sur la même AC, sont
égales à la première portion QAS multipliée par
son propre bras sur AC, plus la seconde portion
SAR multipliée par deux fois son bras sur AC,
plus la troisième portion RAC multipliée par
trois fois son bras sur AC.

Et ainsi à l'infini en quelque nombre de portions que la figure soit divisée.

LEMME III.

Soit (fig. 32) *un secteur quelconque, qui ne soit
pas plus grand qu'un quart de cercle, DAC divisé en un nombre indéfini de petits secteurs égaux
QAS, SAR, RAC, desquels les centres de gravité soient P, T, N, et les bras sur AC soient PO,
TO, NO : je dis que tous les points P, T, N, sont
dans un arc de cercle concentrique à l'arc QDC,
et que les petits arcs NN sont tous égaux entre
eux, comme les petits arcs DD sont aussi égaux
entre eux ; et que chacun des petits arcs NN est
à chacun des arcs DD, comme le rayon FA de*

l'arc PTN, *au rayon* DA *de l'arc* QDC; *et que le rayon* FA *est les deux tiers du rayon* DA.

Cela est visible de soi-même, puisque ces secteurs étant en nombre indéfini, ils doivent être considérés comme des triangles isocèles, desquels le centre de gravité est aux deux tiers de la droite qui divise l'angle par la moitié.

COROLLAIRE.

De là il paroît que les bras NO des secteurs DAD, sont les sinus de l'arc FNI, dont le rayon est les deux tiers du rayon AD.

PROPOSITION III.

Soit (fig. 32) *un quart de cercle donné* ABC, *dans l'arc duquel soit donné le point* Q, *tel qu'on voudra, et ayant divisé l'arc* QC *en un nombre indéfini d'arcs égaux aux points* D, *d'où soient menés les rayons* AD : *je dis que la somme des secteurs* ADC *est donnée, et égale au quart du carré de l'arc* QC *multiplié par le rayon* AB.

Car chaque secteur ADC est égal à la moitié de l'arc DC multiplié par le rayon AB. Or puisque l'arc QC est divisé en parties égales, la somme de tous les arcs DC sera égale à la moitié du carré de l'arc entier QC; et partant la moitié de la somme des mêmes arcs DC sera égale au quart du carré de l'arc QC : et en multipliant le tout par AB, la moitié de tous les arcs DC multipliés par AB, c'est-à-dire, la somme des sec-

teurs ADC sera égale au quart du carré de l'arc
QC multiplié par AB. Ce qu'il falloit démontrer.

PROPOSITION IV.

*Les mêmes choses étant posées : je dis que la
somme triangulaire des mêmes secteurs ADC, à
commencer du côté de QA, est donnée, et égale à
la douzième partie du cube de l'arc QC, multiplié
par le rayon.*

Car la somme triangulaire des secteurs ADC,
à commencer du côté de AQ, n'est autre chose
que la simple somme de tous les secteurs ADC,
prise une fois, c'est-à-dire, par la précédente, le
quart de QC carré en AB, plus la simple somme
des mêmes secteurs ADC, excepté le premier
QAS, c'est-à-dire, la somme des secteurs SAC,
RAC, etc., qui sont égaux, par la précédente,
au quart de SC carré en AB, et ainsi des autres.
D'où il paroît que la somme triangulaire des
secteurs ADC est égale au quart des carrés de
tous les arcs DC. Mais la somme des carrés de
tous les arcs DC est égale au tiers du cube de
l'arc entier QC; donc la somme triangulaire des
secteurs ADC est égale à la douzième partie du
cube de l'arc entier QC, multiplié par AB. Ce
qu'il falloit démontrer.

PROPOSITION V.

*Soit (fig. 32) le point Q, donné où l'on voudra
dans l'arc BC du quart de cercle donné BAC; et
soit l'arc QC, divisé en un nombre indéfini d'arcs*

égaux aux points D, d'où soient menés les rayons
DA : je dis que la somme des solides, compris de
chaque secteur ADC et de son propre bras sur AC,
est connue et égale au tiers de l'arc DC, moins le
tiers de la droite CK (en menant le sinus QK)
multiplié par AB cube.

Car pour connoître la somme de ces solides,
il suffira de connoître la somme de ces autres
solides qui leur sont égaux, par le second
lemme; savoir, le petit secteur QAS multiplié
par son propre bras PO, plus l'autre petit secteur SAR multiplié par deux fois son propre
bras TO, plus le petit secteur RAC multiplié
par trois fois son propre bras NO, et ainsi toujours; c'est-à-dire, le petit secteur QAS, ou le
rectangle compris du rayon AB, et de la moitié
du petit arc QS ou DD, multiplié par PO pris
une fois, plus par TO pris deux fois, plus par
l'autre NO pris trois fois, et ainsi toujours;
c'est-à-dire, la somme triangulaire des bras NO,
à commencer par PO, multipliés chacun par la
moitié des petits arcs DD, et le tout multiplié
par AB.

Or le rayon AB est connu : donc si on connoît
encore la somme triangulaire des bras NO (multipliés chacun par la moitié des petits arcs DD),
on connoîtra la somme de tous les solides proposés.

Mais, par le lemme précédent, tous ces bras
NO sont les sinus de l'arc FPI, desquels la

somme triangulaire est connue par le Traité des Sinus, et égale au solide compris de AF carré, et de la différence dont l'arc FNI surpasse la droite GI (lorsque les sinus NO sont multipliés par les petits arcs NN). Et partant cette somme triangulaire des sinus NO sera à la somme triangulaire des mêmes sinus NO multipliés par les petits arcs DD, en raison donnée; savoir, comme AF carré à AQ ou AB carré (parce que la somme triangulaire de ces sinus multipliés par ces petits arcs, est un solide duquel les arcs donnent deux dimensions). Donc cette somme triangulaire des sinus NO multipliés par les arcs DD, est égale à l'arc FNI, moins la droite IG, multiplié par AB carré, ou aux deux tiers de l'arc QC, moins les deux tiers de la droite CK, multipliés par AB carré. Et par conséquent la somme triangulaire des mêmes sinus NO multipliés par la moitié des petits arcs DD, est égale à un tiers de l'arc QC, moins un tiers de la droite CK, multiplié par AB carré. Et en multipliant le tout par AB, le tiers de l'arc QC, moins le tiers de la droite CK, multipliés par AB cube, sera égal à la somme triangulaire des mêmes sinus NO multipliés par la moitié des petits arcs DD, et le tout multiplié par AB; ce qui est démontré être égal aux solides proposés à connoître.

PROPOSITION VI.

Les mêmes choses étant posées : je dis que la

somme des solides, compris de chaque secteur ADC
et de son bras sur AB, est donnée, et égale au tiers
de la droite CK multipliée par AB cube.

Car en menant les bras NT sur AB, qui seront aussi des sinus, on démontrera de même
que la somme des solides proposés est égale à la
somme triangulaire des bras ou sinus NT, à
commencer par PT, multipliés chacun par la
moitié des petits arcs DD, et le tout multiplié
par AB.

Et d'autant que la somme triangulaire des sinus
NT (multipliés chacun par les petits arcs NN)
est égale, par le Traité des Sinus, à la droite IG
multipliée par AF carré : on conclura, comme
en la précédente, que la somme triangulaire des
mêmes sinus NT multipliés par la moitié des
petits arcs DD, et le tout multiplié par AB, est
égale au tiers de la droite CK multipliée par AB
cube.

PROPOSITION VII.

Soit donné (fig. 27) *le même quart de cercle*
ABC, et un point Q dans son arc, d'où soient
menés les sinus DX et les rayons DA : je dis que
la somme des triangles AXD est donnée, et égale
au quart du carré de la droite AZ, qui mesure
la distance entre les sinus extrêmes, multipliée par
le rayon.

Car tous ces triangles AXD sont la moitié des
rectangles AX en XD, la somme desquels est
démontrée, dans le Traité des Sinus, être égale

à la moitié du carré de la droite AZ multipliée par AB. Donc, etc.

PROPOSITION VIII.

Les mêmes choses étant posées : je dis que la somme triangulaire des mêmes triangles AXD, à commencer du côté de QX, est donnée et égale à la huitième partie de l'arc QC, multipliée par AB cube, moins la huitième partie du rectangle compris du dernier sinus QZ et de ZA (qui est sa distance du point A) multipliée par AB carré.

Car la somme triangulaire des triangles AXD, à commencer du côté de ZQ, n'est autre chose que la simple somme de tous, c'est-à-dire, par la précédente, un quart de AZ carré multiplié par AB, plus la somme des mêmes triangles AXD, excepté le premier AZQ, qui sera égal, par la précédente, au quart de AV carré, multiplié par AB ; et ainsi toujours. De sorte que la somme triangulaire de ces triangles est égale au quart de la somme des carrés AX multipliés par AB, ou au quart des carrés DI multipliés par AB, ou au quart de l'espace QKC multiplié par AB carré (car la somme des carrés des sinus DI est égale à l'espace QKC multiplié par AB, par le Traité des Sinus) ; c'est-à-dire, au quart du secteur AQC multiplié par AB carré, moins le quart du triangle AKQ multiplié par AB carré. Ce qui est la même chose qu'un huitième de l'arc QC, multiplié par AB cube, moins un huitième du rectangle QZ en ZA, multiplié par AB carré.

Soit un quart de cercle (fig 27) donné, dans l'arc duquel soit donné le point quelconque Q, et l'arc QC étant divisé en un nombre indéfini d'arcs égaux aux points D, d'où soient menés les sinus DX et les rayons DA : je dis que la somme des solides, compris de chaque triangle AXD et de son bras sur AC, est donnée et égale au tiers de la portion AZ en AB cube, moins le tiers de la somme des carrés des ordonnées à la portion AZ (qui sont donnés, puisque l'espace AZQC, et son solide autour de AZ sont donnés par Archimède) multipliés par AB.

Car le bras de chacun de ces triangles sur AC, est les deux tiers de chaque AX; donc la somme des solides proposés n'est autre chose que la somme des triangles AXD multipliés chacun par les deux tiers de son côté AX. Or, chaque triangle rectangle AXD multiplié par les deux tiers de son côté AX, est égal au tiers de AX carré en XD, c'est-à-dire (chaque AX carré étant AD carré, moins DX carré), au tiers de chaque AD carré en DX, moins le tiers de chaque DX cube. Donc tous les triangles ensemble AXD multipliés chacun par les deux tiers de AX, sont égaux au tiers de tous les DX multipliés par AD ou AB carré, moins le tiers de la somme de tous les DX cubes; c'est-à-dire (puisque tous les D X sont égaux à A Z en A B , et que tous les D X cubes sont égaux aux carrés des ordonnées à la portion A Z multipliés par A B), au tiers de la portion A Z en A B cube, moins le tiers de la somme des carrés des ordonnées à la portion AZ, multipliés par A B. Ce qu'il falloit démontrer.

Les mêmes choses étant posées : je dis que la somme des solides, compris de chacun des triangles A X D , multiplié par son bras sur A B , est donnée , et égale à un sixième de C K (qui est la différence entre les sinus extrêmes) , multipliée par A B cube, moins un sixième de la somme des carrés des ordonnées à la portion C K (laquelle est donnée , puisque l'espace Q K C et son solide sont donnés par Archimède) multipliée par A B carré.

Car chacun de ces triangles est la moitié du rectangle A X en X D, et le bras de chacun sur A B est le tiers de X D. Donc la somme de ces triangles multipliés par ces bras , est la moitié des rectangles A X en X D, multipliée par un tiers de X D; c'est-à-dire, un sixième des solides A X en X D carré , ou (puisque chaque X D carré est égal à A D carré, moins A X carré) un sixième des solides de A X en A D carré, moins un sixième des A X cubes, ou un sixième des solides des D I en A D carré, moins un sixième des D I cubes ; c'est-à-dire (puisque la somme

des D I est égale à C K en A B, et que la somme
des D I cubes est égale à la somme des carrés
des ordonnées à la portion C K, multipliées par
A B) un sixième de la portion C K en A B cube,
moins un sixième de la somme des carrés des
ordonnées à la portion C K, multipliée par A B
carré.

COROLLAIRE PREMIER.

Si le point donné Q est au point B, c'est-à-
dire, si on considère tout le quart de cercle entier, au lieu de n'en considérer que la portion
A Z Q C : on y conclura les mêmes choses qu'on
a faites jusqu'ici ; puisque ce n'est qu'un cas de
la proposition générale, et que même ce cas est
toujours le plus facile.

Il faudra entendre la même chose dans les
propositions suivantes :

COROLLAIRE II.

De toutes ces propositions, il s'ensuit que s'il
y a un quart de cercle donné (*fig.* 27) A B C,
dans l'arc duquel soit donné le point Q, et que
l'arc Q C étant divisé en un nombre indéfini
d'arcs égaux en D, on en mène les sinus D X et
les rayons D A ; il arrivera :

1°. Que la somme des espaces A X D C sera
donnée, puisque chacun de ces espaces est composé du secteur A Q C et du triangle A X D, et
que la somme de ces parties est donnée ; c'est-
à-dire, tant la somme des secteurs A Q C, que

celle des triangles A X D est donnée par les précédentes ;

2°. Que la somme triangulaire des mêmes espaces A X D C est donnée : car elle est égale aux sommes triangulaires de leurs parties qui sont données par les précédentes ;

3°. Que la somme de ces espaces A X D C, multipliés chacun par son bras sur A C, est donnée : car la somme de leurs parties (savoir de ses secteurs et de ses triangles), multipliées chacune par leurs bras sur A C, est donnée par les propositions précédentes. Et il a été montré, par les lemmes précédents, que la figure entière, multipliée par son bras sur A C, est égale à ses parties multipliées chacune par leurs bras sur la même A C;

4°. Que la somme des mêmes espaces A X D C, multipliés chacun par son bras sur A B, est donnée : car elle est égale à la somme de leurs parties multipliées par leurs bras sur la même A B, qui est donnée par les propositions précédentes.

PROPOSITION XI.

Soit (fig. 3o) *un quart de cercle donné MTG, dans le rayon duquel soit donné le point quelconque P, d'où soit menée l'ordonnée PV, et la portion PM divisée en un nombre indéfini de parties égales aux points O, d'où soient menées les ordonnées OR : je dis que la somme des rectangles compris de chaque ordonnée OR et de son arc RM*

(*compris entre l'ordonnée et le sommet M*), *est donnée.*

Car en prenant dans un autre quart de cercle pareil ABC (*fig.* 31) le point correspondant Z, et menant le sinus QZ, et divisant l'arc entier BQC aux points D, en un nombre indéfini d'arcs égaux, tant entre eux qu'aux portions égales OO de la droite MP, d'où soient menés les sinus DX : il a été démontré dans le Traité des Trilignes, proposition XII, que la somme des rectangles, compris de chaque OR et de l'arc RM, est égale à la somme des espaces QZLN (compris entre le sinus QZ et chacun des autres sinus DN ou LN, qui sont entre les points Q, B).

Or, la somme de ces espaces est donnée ; car si de la somme des espaces AXDC (compris entre AC et le point B), qui est donnée par les propositions précédentes, on ôte la somme des espaces AXSC (compris entre AC et ZQ) qui est aussi donnée par les corollaires précédents : les portions restantes ANLC seront aussi données ; c'est-à-dire (en prenant les portions au lieu du total), la somme des portions ZNLQ, plus la portion AZQC prise autant de fois, c'est-à-dire, multipliée par l'arc BLQ : mais cette portion AZQC multipliée par l'arc BQ, est donnée, puisque, tant la portion que l'arc sont donnés. Donc la somme des portions ZNLQ sera donnée ; et partant aussi la somme des rectangles compris de chaque OR, et de l'arc RM. Ce qu'il falloit démontrer.

PROPOSITION XII.

Les mêmes choses étant posées : je dis que la somme des solides, compris de chaque O R et du carré de l'arc R M, est donnée.

Car en reprenant la même figure, il a été démontré dans le Traité des Triligues, proposition XIII, que la somme de ces solides est double de la somme triangulaire des portions Z N L Q, à commencer par B.

Il suffira donc de montrer que cette somme triangulaire est donnée, et on le montrera en cette sorte.

Si de la somme triangulaire de toutes les portions A X D C, qui est donnée par les corollaires précédents, en ôte la somme triangulaire de toutes les portions A X S C, qui est aussi donnée par les mêmes propositions, la somme triangulaire restante des portions A N L C sera donnée (c'est-à-dire, en prenant les parties au lieu du total) la somme triangulaire des portions Z N L Q, plus la portion A Z Q C, prise autant de fois, ou multipliée par la moitié du carré de l'arc B Q (car la somme triangulaire d'un nombre indéfini de points est égale à la moitié du carré de leur somme simple); mais la portion A Z Q C est donnée, et aussi la moitié du carré de l'arc B Q. Donc la somme triangulaire des Z N L Q l'est aussi. Ce qu'il falloit démontrer.

Les mêmes choses étant posées : je dis que la somme des carrés des ordonnées R O , multipliés chacun par l'arc RM, est donnée.

Car, par la proposition xv des trilignes , la somme de ces solides est double de la somme des solides, compris de chaque espace ZNLQ, multiplié par son bras sur AB. Donc il suffira de connoître la somme de ces derniers solides. Ce qui se fera en cette sorte.

Si de la somme des solides, compris de chaque espace AXDC et de son bras sur AB, qui est donnée par le corollaire précédent, on ôte la somme des solides , compris de chaque espace AXSC et de son bras sur AB, on aura la somme des solides compris de chacun des espaces restants ANLC et de son bras sur AB ; c'est-à-dire (en prenant les portions au lieu du total), qu'on connoîtra la somme des solides, compris de chaque espace ZNLQ et de son bras sur AB, plus l'espace AZQC pris autant de fois , ou multiplié par l'arc BQ , et le tout multiplié par le bras de cet espace AZQC sur AB ; car il a été démontré , dans les lemmes de ce Traité , que l'espace entier quelconque ANLC , multiplié par son bras sur AB , est égal à la portion AZQC, multipliée par son bras sur AB , plus à la portion restante ZNLQ multipliée toujours par son bras sur la même AB.

Or on connoît l'espace AZQC, multiplié par

BQ, et le tout multiplié par son bras sur AB, puisqu'on connoît l'arc BQ, l'espace AZQC et son bras sur AB. Donc on connoît la somme restante des espaces ZNLQ multipliés chacun par son bras sur AB. Ce qu'il falloit démontrer.

Les mêmes choses étant posées : je dis que la somme triangulaire des rectangles, compris de chaque ordonnée OR et de son arc RM, est donnée, ou, ce qui est la même chose ; la somme des PO en OR en RM.

Car cette somme est égale, par la proposition XIV des trilignes, à la somme des solides, compris de chaque espace ZNLQ et de son bras sur ZQ. Donc il suffira de connoître cette dernière somme, ou même il suffira de connoître la somme des solides, compris de chacun des mêmes espaces ZNLQ et de son bras sur AC ; puisque chaque bras sur ZQ diffère du bras sur AC d'une droite égale à ZA, et que la somme des espaces ZNLQ, multipliés chacun par ZA, est donnée (ZA étant donnée, et aussi la somme des espaces ZNLQ). Or on connoîtra cette somme des espaces ZNLQ, multipliés chacun par son bras sur AC, en cette sorte :

Si de la somme des espaces AXDC, multipliés chacun par son bras sur AC, qui est donnée par le corollaire précédent, on ôte la somme des espaces AXSC, multipliés chacun par leurs bras sur AC, qui est aussi donnée par le même corollaire, la somme restante des espaces A L N C, multipliés par leurs bras sur A C sera connue ; c'est-à-dire (en prenant les portions au lieu du total), la somme des portions Z N L Q, multipliées chacune par son bras sur A C, plus A Z Q C pris autant de fois (ou multiplié par l'arc B Q), et le tout multiplié par le bras de l'espace A Z Q C sur AC. Or, on connoît ce dernier produit de l'espace A Z Q C, multiplié de cette sorte (puisqu'on connoît l'espace A Z Q C, et son bras sur A C, et l'arc Q B).

Donc on connoît la somme des espaces Z N L Q multipliés chacun par son bras sur AC. Donc, etc. Ce qu'il falloit démontrer.

PROPOSITION XV.

Soit donné un demi-cercle M T F (fig. 3o) dont G soit le centre, et dont le diamètre M F soit divisé en un nombre indéfini de parties égales aux points O, d'où soient menées les ordonnées O A ; et soit donnée une ordonnée quelconque P V, menée du point donné P dans le demi-diamètre G M : je dis que la somme des rectangles compris de toutes les ordonnées O I (qui sont entre l'ordonnée P V et le point F, qui est l'extrémité de l'autre demi-diamètre G F) et de l'arc I F (entre chaque ordonnée et le point F) est donnée.

Car si on ôte la somme des rectangles O R en R M (compris de toutes les ordonnées, depuis P V, jusqu'à M, et de leurs arcs), qui est donnée par la précédente, de la somme des rectangles OS en SM (compris des ordonnées, depuis le rayon GT, jusqu'à M, et de leurs arcs), qui est aussi donnée par la même précédente : les rectangles restants OC en CM, compris des ordonnées OC en GT et PV, et de leurs arcs, seront connus.

Donc par les propriétés des sommes simples triangulaires, etc., en considérant l'arc TV comme une ligne donnée, divisée en un nombre indéfini de telles parties qu'on voudra, aux points C, à laquelle sont ajoutées de part et d'autre les lignes données VRM, TBF, et en prenant les droites CO pour *coefficientes* : il s'ensuit que puisque la somme des rectangles OC en CM est donnée, aussi la somme des rectangles OC en CF (compris de chaque CO et de l'arc CBF) sera donnée.

Mais la somme des rectangles OD en DF (compris des ordonnées entre GT et F, et de leurs arcs DF) est donnée, par la précédente. Donc la somme, tant des rectangles OC en CF, que des rectangles OD en DF, est donnée, c'est-à-dire, la somme des rectangles OI en IF. Ce qu'il falloit démontrer.

PROPOSITION XVI.

Les mêmes choses étant posées : je dis que la somme triangulaire des mêmes rectangles OI en IF (compris des ordonnées qui sont entre P et F, et de leurs arcs jusques à F) est donnée, et aussi la simple somme des OI carré en IF ; et la simple somme des OI en IF carré.

Car on montrera de même qu'en la précédente, que la somme triangulaire des rectangles OS en SM est donnée (compris des ordonnées qui sont entre GT et M, et de leurs arcs jusqu'à M) ; et aussi la simple somme de tous les OS carré en SM ; et celle de tous les OS en SM carré.

Et on démontrera aussi de même que la somme triangulaire des OR en RM est donnée (compris des ordonnées qui sont entre PV et M, et de leurs arcs) ; et aussi la simple somme des OR carré en RM ; et aussi celle des OR en RM carré.

D'où on conclura de même qu'en la précédente, que la somme triangulaire des OC en CM (compris des ordonnées qui sont entre G et P, et de leurs arcs jusqu'à M) est donnée ; et aussi la simple somme des OC carré en CM ; et aussi celle des OC en CM carré.

Et de là on conclura par la propriété des sommes simples triangulaires, etc., que puisqu'on connoît la somme des ordonnées OC, qui sont les coefficientes, et aussi leurs sommes triangulaires, et aussi la simple somme de leurs carrés (car l'espace GTVP est connu, et partant la somme des ordonnées OC ; et le centre de gravité de cet espace GTVP est aussi connu, et partant la somme triangulaire des OC, ou la somme des rectangles GO en OC ; et aussi le solide de l'espace GTVP tourné autour de GP, et partant la somme des carrés OC) : il s'ensuit qu'on connoîtra aussi la somme triangulaire des OC en CF, compris des mêmes OC et de leurs arcs jusqu'à F; et aussi la simple somme des OC carré en CF ; et aussi celle des OC en CF carré. Mais on connoît, par la précédente, la somme triangulaire des OD en DF, compris des ordonnées qui sont entre G et F, et de leurs arcs jusqu'à F, et aussi la simple somme des OD carré en DF, et celle des OD en DF carré.

Donc en ajoutant les deux ensemble, on aura la somme triangulaire des OI en IF, compris des ordonnées entre P et F, et de leurs arcs jusqu'à F; et aussi la simple somme des OI carré en IF, et celle des OI en IF carré. Ce qu'il falloit démontrer.

PETIT TRAITÉ

DES SOLIDES CIRCULAIRES.

I. Soit donné le point V, où l'on voudra (*fig.* 30) dans la demi-circonférence donnée MTF; soit le rayon GT perpendiculaire au diamètre MF, et soit menée VP parallèle à GT, et ayant divisé le diamètre entier FM en un nombre indéfini de parties égales aux points O, d'où soient menées les ordonnées OA :

J'ai supposé dans tout le discours précédent, comme je suppose encore ici, qu'on sache que l'espace G T V P est donné, et aussi son centre de gravité ; parce qu'en menant le rayon G V, le triangle G P V est donné, et son centre de gravité ; et aussi le secteur G T V, et son centre de gravité, comme cela peut être démontré si facilement, et comme cela l'a été par plusieurs personnes, et entre autres par Guldin : en supposant toujours la quadrature du cercle quand il le faut.

J'ai supposé de même que l'espace V P M et l'espace V T F P sont donnés, et aussi leurs centres de gravité : ce qui n'est que la même chose.

J'ai supposé encore que les solides de ces espaces tournés autour du diamètre M F, sont encore donnés ; ce qui a été démontré par Archimède.

De toutes lesquelles choses j'ai pris pour supposé qu'on sût que la somme des ordonnées O C entre G et P est donnée, et que la somme de leurs carrés le sera aussi ; et de même la somme triangulaire de ces mêmes droites O C, ou la somme des espaces V C O P, ce qui n'est que la même chose (comme on l'a assez vu dans la Lettre à M. de Carcavi); parce que la somme des droites O C n'est autre chose que l'espace G T V P, et que la somme triangulaire des O C est égale à cet espace multiplié par son bras sur G T; et que le solide de la figure G T V P autour de G P étant donné, la somme des cercles dont

OC sont les rayons, est donnée; et partant aussi la somme des carrés OC.

Il faut entendre la même chose des ordonnées OR, qui sont entre P et M, et des ordonnées OI qui sont entre P et F.

II. Je dis maintenant que le centre de gravité du solide de l'espace VMP, tourné autour de MP, est donné.

Car, en prolongeant les ordonnées RO jusqu'en Z, en sorte que toutes les OZ soient entre elles comme les carrés OR, l'espace MZP sera une portion de parabole, et son centre de gravité Y sera donné par Archimède : d'où menant YB perpendiculaire à PM, le point B sera visiblement le centre de gravité du solide MVP autour de MP; puisque MP étant une balance, aux points O de laquelle pendent pour poids les perpendiculaires OZ, qu'étant en équilibre au point B, elle sera en équilibre au même point B, si on entend qu'au lieu des perpendiculaires OZ, on y pende pour poids les cercles qui leur sont proportionnels et qui composent ce solide, et dont les OR sont les rayons. Et elle sera encore en équilibre au même point B, si ou y pend pour poids les OR carré.

D'où il paroît que la somme triangulaire des OR carré est aussi donnée, puisqu'elle est égale, par la méthode générale des centres de gravité, à la somme des OR carrés, multipliés par leurs bras BP.

v. 23

Il faut entendre la même chose, par la même raison, des solides des espaces PVTG et PVF, et de la somme triangulaire des carrés de leurs ordonnées.

III. Je dis aussi que le solide de l'espace MVP, tourné autour de PV, sera donné, et aussi son centre de gravité.

Car en divisant PV en un nombre indéfini de parties égales en L, d'où l'on mène les perpendiculaires KLH, il est visible, par ce qui vient d'être dit, que la somme des HK est donnée, et leur somme triangulaire, et la somme de leurs carrés, et la somme triangulaire de leurs carrés. Et partant en ôtant de toute la grandeur commune HL, la somme des carrés des restantes LK sera donnée, et la somme triangulaire de ces carrés; et partant le solide de PVM autour de PV, sera donné, et aussi son centre de gravité; puisque son bras sur PM multipliant la somme des carrés LK, le produit en est égal à la somme triangulaire des carrés LK. Il faut toujours entendre la même chose des espaces VTGP et VFP.

IV. Je dis de même que la somme des OR carré carré est donnée.

Car en menant la même parabole MZZ, dont le côté droit soit le rayon GM, et qu'ainsi chaque RO carré soit égal à chaque OZ en GM; et partant aussi chaque RO carré carré, à chaque OZ carré en GM carré : il est visible que puisque, tant le plan MZP, que son centre de gravité sont donnés, le solide de MZP autour de MP sera aussi donné ; et partant aussi la somme des carrés OZ ; mais GM carré est aussi donné ; donc la somme de OZ carré en GM carré sera donnée, et par conséquent la somme des OR carré carré qui lui est égale.

V. Je dis enfin que la somme des RO cube sera donnée ; ou, ce qui est la même chose, que le centre de gravité du demi-solide de l'espace MVP, autour de MP, sera donné.

Car si le centre de gravité du demi-solide du secteur MVG, tourné autour de MG, est donné, celui du demi-solide de MVP sera aussi donné ; puisqu'on sait que le solide du demi-cône du triangle GVP, tournant autour de GP, est donné, et qu'on connoît la raison de ce cône au solide de MVP. Or, le centre de gravité du demi-solide du secteur MVG autour de MG, sera connu, si on connoît le centre de gravité de la surface sphérique de ce demi-solide, décrite par l'arc MV, tournant d'un demi-tour autour de MG. Car de même que Guldin et d'autres ont démontré que, si du centre de gravité de l'arc MV on mène une droite au centre G, les deux tiers de cette droite, depuis G, donneront le centre de gravité du secteur MVG, parce qu'il est composé d'une multitude indéfinie d'arcs semblables à l'arc MV, qui sont entre eux comme les nombres naturels 1, 2, 3, etc.; ainsi, et sans aucune différence, on démontrera que si du centre de gravité de la surface décrite par l'arc M V, on mène une droite au centre G, les trois quarts de cette droite depuis G donneront le centre de gravité du solide décrit par le secteur M V G, dans le même mouvement; parce que ce solide est composé d'un nombre indéfini de portions de surfaces sphériques, semblables à celle qui est décrite par l'arc M V, qui sont entre elles comme les carrés des nombres naturels 1, 2, 3, etc.

Or, le centre de gravité de la surface de ce demi-solide sera connu (par la fin du Traité des Trilignes), si en divisant l'arc en un nombre indéfini d'arcs égaux, d'où on mène les sinus sur M P, il arrive qu'on puisse connoître la somme de ces sinus, et la somme de leurs carrés, et la somme des rectangles compris de chaque sinus et de sa distance de V P.

Et toutes ces choses sont connues; car, par le Traité des Sinus, l'arc T V étant donné, la somme de ces sinus est donnée; et aussi la somme des carrés de ces sinus; et la somme des rectangles compris de ces sinus, et de leurs distances de T G. Mais la somme des sinus de l'arc entier T M est donnée; et la somme des carrés de ces sinus; et la somme des rectangles compris de chaque sinus, et de sa distance de T G. Donc, en ôtant les uns des autres, la somme des sinus de l'arc V M sera donnée; et la somme des carrés de ces sinus; et la somme des rectangles compris de ces sinus, et de leurs distances de TG ; et partant aussi la somme des rectangles compris des mêmes sinus et de leurs distances de VP, puisqu'ils ne diffèrent pas de la somme des autres rectangles, compris des · mêmes sinus et de leurs distances de la droite TG ; laquelle somme est donnée, puisque PG est donnée, et aussi la somme des sinus de l'arc VM.

Donc le centre de gravité de cette demi-surface sera donné ; et partant celui du demi-solide du secteur MVG ; et aussi celui du demi-solide MVP ; et partant aussi la somme des OR cube.

Et, par la même raison, la somme des cubes des ordonnées du quart de cercle GTM et GTF, sera donnée ; et partant aussi la somme des cubes des ordonnées de l'espace GTVP, puisque ces ordonnées ne sont que les restes de celles du quart de cercle, quand on en a ôté celles des espaces PVM ; et de même les cubes des ordonnées de l'espace PVF sont donnés, puisque ce n'est qu'y ajouter le quart de cercle.

VI. On démontrera de même que la somme des LK cube est donnée, puisque la somme des HK cube est donnée par l'article précédent, et que la droite HL est une grandeur commune, et ôtée de toutes les HK.

VII. Il s'ensuit aussi de toutes ces choses, que tant dans l'espace TVPG, que dans le quart de cercle entier, la somme des GO cube en OC est donnée, puisqu'en divisant (*fig.* 33) tout le rayon GT en un nombre indéfini de parties égales aux points H et Q, et menant les perpendiculaires HL jusqu'à PV, et QQ jusqu'à l'arc; et considérant TVPG comme un triligne mixte dont TG et GP sont les droites, et TVP la ligne mixte, composée de l'arc TV, et de la droite VP: la somme de tous les GO cube en OC, prise quatre fois, est égale à la somme des carré-carrés des droites HL et QQ. Or la somme des HL carré carré est donnée, puisque, tant HL ou GP, que PV sont données; et la somme des QQ carré carré est donnée, par ce qui a été dit ici article IV.

Il faut entendre la même chose de tous les GO cube en OS, c'est-à-dire, dans tout le quart de cercle GTM.

VIII. Il paroît aussi, par tout ce qui a été dit, que la somme des GO carré en OS est donnée, puisque étant prise trois fois, elle est égale, par le Traité des Trilignes, à la somme des cubes des droites HK, QQ, qui est donnée par le cinquième article. Et de même la somme de GO carré en OC sera donnée, puisque étant prise trois fois, elle est égale à la somme des cubes des droites HL, QQ, qui est donnée, puisque la somme des QQ cube est donnée par le cinquième article, et que la somme des HL cube est donnée, HL ou PG et PV étant données.

IX. Il paroît aussi par là que la somme pyramidale des OC est donnée, ou, ce qui est la même chose, la somme triangulaire des espaces VCOP, comme on verra dans l'avertissement suivant, puisque le double en est donné, savoir, GO carré en OC. Il faut dire le même de la somme pyramidale des OS, ou de la somme triangulaire des espaces MOS, et de même pour la somme pyramidale des OD (*fig.* 3o). Et partant (par la fin du Traité des Sommes simples, triangulaires, etc.), la somme pyramidale, tant des droites OR entre P et M, que des droites OI entre P et F, sera donnée, puisque les espaces MVP, TFG, sont donnés; et qu'ainsi la somme triangulaire des espaces FCO sera donnée. Mais la somme triangulaire des espaces FDO est aussi donnée (puisque ce n'est que la somme pyramidale des droites OD). Donc, en ajoutant les deux ensemble, la somme triangulaire des espaces FIO sera donnée, c'est-à-dire, la somme pyramidale des droites OI. On le démontrera de même de celle des droites OR.

AVERTISSEMENT.

On a dit, en un mot, que la somme pyramidale des droites OC est la même chose que la somme triangulaire des espaces VCOP : et on a dit aussi, dans le commencement, que la somme triangulaire des mêmes OC est la même chose que la simple somme des espaces VCOP; parce que l'un et l'autre est visible, et assez expliqué par la Lettre à M. de Carcavi.

Car la somme triangulaire des OC, à commencer par G, n'est autre chose que la simple somme de ces lignes, c'est-à-dire, l'espace GTVP, plus la simple somme de ces mêmes lignes, excepté la première GT, c'est-à-dire, l'espace YCVP; et ainsi toujours. De sorte que la somme triangulaire entière est proprement la somme de tous les espaces VCOP.

Et de même la somme pyramidale des mêmes CO n'est autre chose que la somme des sommes triangulaires des mêmes lignes ; c'est-à-dire, premièrement, la somme triangulaire de toutes les lignes CO, laquelle, par ce qui vient d'être dit, est la même chose que la simple somme de tous les espaces VCOP : secondement, la somme triangulaire de toutes les lignes OC, excepté la première TG, laquelle n'est autre chose que la somme de tous les espaces VCOP, excepté le premier VTGP : troisièmement, la somme triangulaire des mêmes droites OC, excepté les deux premières TG, YC, ce qui est encore la même chose que la somme des espaces VCOP, excepté les deux premiers VTGP, VCYP; et ainsi toujours. Or, cette manière de prendre les espaces VCOP, en les prenant premièrement tous ; et ensuite tous, excepté le premier ; et puis tous, excepté les deux premiers, etc. : c'est ce qu'on appelle en prendre la somme triangulaire ; et ainsi la somme pyramidale des OC n'est autre chose que la somme triangulaire des espaces VCOP.

Et de même la somme triangulaire des espaces MRO est la même chose que la somme pyramidale des droites RO, et la somme triangulaire des espaces FIO est la même chose que la somme pyramidale des droites IO.

Toutes ces choses viennent de ce que les droites OI sont des ordonnées, c'est-à-dire qu'elles sont également distantes, et partent des divisions égales et indéfinies du diamètre; ce qui fait que la simple somme des ordonnées est la même chose que l'espace compris entre les extrêmes. Mais cela ne seroit pas véritable des sinus, parce que les distances d'entre les voisins ne sont pas égales entre elles, et qu'ainsi la simple somme des sinus n'est pas égale à l'espace compris entre les extrêmes; à quoi il ne faut pas se méprendre.

TRAITÉ GÉNÉRAL

DE LA ROULETTE,

Ou Problèmes touchant la Roulette, proposés publiquement et résolus par A. DETTONVILLE.

AVERTISSEMENT.

On suppose ici qu'on sache la définition de la roulette, et qu'on soit averti des écrits qui ont été envoyés sur ce sujet à tous les géomètres pour leur proposer les problèmes suivans.

PROBLÈMES PROPOSÉS AU MOIS DE JUIN 1658.

Étant donnée (fig. 22) une portion quelconque de la roulette COS, retranchée par une ordonnée quelconque OS à l'axe CO : trouver la dimension et le centre de gravité, tant du triligne COS, que de ses demi-solides formés par ce triligne, tourné premièrement autour de sa base OS, et ensuite autour de son axe CO, d'un demi-tour seulement : en supposant qu'on connoisse la raison de la base de la roulette AF à son axe FC, c'est-à-dire, de la circonférence au diamètre ?

PROBLÈMES PROPOSÉS AU MOIS D'OCTOBRE 1658.

Trouver la dimension et le centre de gravité des surfaces de ces deux demi-solides ?

———

Résolution des Problèmes touchant la dimension et le centre de gravité du triligne et de ses demi-solides.

Il a été démontré à la fin de la Lettre à M. de Carcavi, que pour résoudre tous ces problèmes, il suffit de connoître la dimension et le centre de gravité, tant du triligne COS, que de ses deux doubles onglets, sur l'axe et sur la base. Et il a été démontré dans le Traité des Trilignes, que pour connoître la dimension, et le centre de gravité de ce triligne et de ses doubles onglets, il suffit de connoître ces six choses : savoir, en divisant l'axe CO en un nombre indéfini de parties égales en Z, d'où soient menées les ordonnées ZY :

1°. *La somme des ordonnées ZY;*

2°. *La somme de leurs carrés ;*

3°. *La somme de leurs cubes ;*

4°. *La somme triangulaire des mêmes lignes ZY;*

5°. *La somme triangulaire de leurs carrés ;*

6°. *La somme pyramidale des mêmes lignes ZY.*

Or, pour connoître toutes ces sommes, je me sers d'une seule propriété de la roulette, qui réduit la roulette à son seul cercle générateur : la voici:

Chaque ordonnée à l'axe de la demi-roulette est égale à l'ordonnée du demi-cercle générateur, plus à l'arc du même cercle, compris entre l'ordonnée et le sommet.

Soit CRF le demi-cercle générateur de la demi-roulette CYAF, et que les ordonnées à la demi-roulette ZY, coupent la demi-circonférence en M : je dis que chaque ordonnée ZY est égale à l'ordonnée ZM, plus à l'arc MC.

Cette propriété est trop facile pour s'arrêter à la démontrer. Or, il paroît par là qu'on trouve la roulette entière dans son seul cercle générateur; puisqu'en considérant toujours chaque arc CM et son ordonnée MZ, comme une seule ligne mixte ZMC, on trouvera toutes les ordonnées ZY de la demi-roulette dans toutes les lignes mixtes ZMC.

Donc tous les problèmes proposés touchant la

roulette, qui viennent d'être réduits à la connoissance des six sommes des ordonnées à l'axe,
se réduiront maintenant à la connoissance des
six mêmes sommes des lignes mixtes Z M C : et
ainsi tous ces problèmes de la roulette se réduiront aux problèmes suivans, où l'on ne parlera
point de roulette, et où l'on ne considérera qu'un
seul demi-cercle.

Étant donnés (fig. 23) *un demi-cercle CRF, et
la portion quelconque CO de son diamètre, laquelle soit divisée en un nombre indéfini de parties
égales aux points Z, d'où soient menées les ordonnées ZM, chacune desquelles, avec son arc MC,
soit considérée comme une seule et même ligne
mixte ZMC; trouver :*

1°. *La somme des lignes mixtes ZMC;*
2°. *La somme des carrés de ces lignes mixtes
ZMC;*
3°. *La somme des cubes de ces lignes mixtes ZMC;*
4°. *La somme triangulaire des lignes mixtes ZMC;*
5°. *La somme triangulaire des carrés de ces
mêmes lignes ZMC;*
6°. *La somme pyramidale des lignes mixtes ZMC.*

Or, tous ces problèmes vont être facilement
résolus par le moyen des traités précédens, en
cette sorte.

1. *Pour connoître la somme des lignes mixtes ZMC.*

Il faut connoître la somme de leurs parties :
savoir, la somme des ordonnées Z M, plus la

somme des arcs C M. Or, la somme des ordonnées est connue, puisque l'espace C O R est connu : et la somme des arcs C M est donnée par le Traité des Arcs de cercle. Donc la somme des lignes mixtes Z M C est donnée.

2. *Pour connoître la somme des carrés des lignes mixtes ZMC.*

Il faut connoître la somme de leurs parties : savoir, la somme des carrés Z M (qui est donnée, puisque l'espace C R O est donné ; et aussi son solide autour de C O, par Archimède): plus la somme des carrés des arcs C M (qui est donnée par le Traité des Arcs de cercle): plus deux fois la somme des rectangles C M en M Z, compris de chaque arc et de son ordonnée (qui est donnée par le Traité des Arcs de cercle). Donc puisque toutes les parties sont données, le tout sera donné ; c'est-à-dire, la somme des carrés des lignes mixtes Z M C.

3. *Pour connoître la somme des cubes des lignes mixtes ZMC.*

Il faut connoître la somme de leurs parties : savoir, la somme des Z M cubes, (qui est donnée par le Traité des Solides circulaires): plus la somme des C M cube (qui est donnée par le Traité des Arcs): plus trois fois la somme des Z M carré en M C (qui est donnée par le Traité des Arcs): plus trois fois la somme des Z M en M C carré (qui est donnée par le même Traité des Arcs). Donc les parties étant données, le tout est donné.

4. *Pour connoître la somme triangulaire des lignes mixtes ZMC.*

Il faut connoître la somme triangulaire des parties : savoir, la somme triangulaire des ZM (qui est donnée par le Traité des Solides circulaires) : plus la somme triangulaire des arcs CM (qui est donnée par le Traité des Arcs de cercle). Donc les parties étant données, etc.

5. *Pour connoître la somme triangulaire des carrés des lignes mixtes ZMC.*

Il faut connoître la somme triangulaire des parties : savoir, la somme triangulaire des ZM carré (qui est donnée par le Traité des Solides circulaires): plus la somme triangulaire des CM carré (qui est donnée par le Traité des Arcs de cercle) : plus deux fois la somme triangulaire des rectangles ZM en MC (qui est donnée par le Traité des Arcs, etc.). Donc, etc.

6. *Pour connoître la somme pyramidale des lignes mixtes ZMC.*

Il faut connoître la somme pyramidale des parties : savoir, la somme pyramidale des ordonnées ZM (qui est donnée par le Traité des Solides circulaires): plus la somme pyramidale des arcs CM (qui est donnée par le Traité des Arcs de cercle). Donc, etc.

Et par conséquent on connoît toutes les choses proposées à trouver par les premiers problèmes, touchant la dimension et le centre de gravité de la demi-roulette et de ses portions, et de leurs demi-solides.

Je viens maintenant aux derniers, pour lesquels j'ai besoin de ces deux lemmes.

LEMME PREMIER.

Soit CDF un demi-cercle (fig. 26) *dont FC soit le diamètre : soit FCEZ un autre demi-cercle, dont CF prolongée et doublée soit le diamètre : je dis que quelque droite qu'on mène du point F, comme FDN, coupant les deux circonférences en D, N, d'où on mène la droite DC au point C, et les droites NK, NM, perpendiculaires, l'une à FC, l'autre au rayon FE, qui est perpendiculaire à CZ : il arrivera toujours que NM sera égale à FK* ; ce qui est visible : *et que NK sera égale à CD* ; ce qui se voit par la similitude des triangles rectangles FKN, FDC, ayant les côtés FC, FN égaux entre eux.

Je dis enfin que l'arc CN sera égal à l'arc CD.

Car ces arcs sont entre eux en raison composée de la raison des rayons FC, GC (G étant le centre du demi-cercle CDF), et de la raison des angles NFC, DGC. Or un de ces angles est double de l'autre, et réciproquement un des rayons est double de l'autre ; et ainsi la raison composée de ces deux raisons, dont l'une est

double et l'autre sous-double, est la raison
d'égalité.

LEMME II.

*Soit C D F un demi-cercle (fig. 25) dont F C soit
le diamètre : soit F C E Z un autre demi-cercle,
dont C F prolongée et doublée soit le diamètre :
soit C H K une parabole dont C F soit l'axe, C le
sommet, et dont le côté droit soit égal à C F, et
partant à la base F K : soit donnée une portion
quelconque C O du diamètre, et soit O R perpendiculaire au diamètre. Soient accommodées à l'arc
C R un nombre indéfini de droites C D, dont la
première soit 1, la seconde 2, et ainsi toujours
selon l'ordre des nombres naturels, toutes terminées au point C, et coupant la circonférence aux
points D, d'où soient menées les droites D G perpendiculaires à C F, coupant la parabole en H.
soient aussi menées les droites D F, du point F
par tous les points D, coupant l'arc C E en N,
d'où soient menées N M V, parallèles à C F, re-
coupant en V la circonférence, et en M le rayon
F E perpendiculaire à F C :*

*Je dis que toutes les droites F M seront égales
à toutes les droites C D, chacune à la sienne ; et
qu'ainsi la plus grande F M sera coupée en un
nombre indéfini de parties égales aux points M.*
Cela est visible par le lemme précédent.

*Je dis de même que toutes les M N ou M V,
seront égales à toutes les F D, chacune à la
sienne.* Ce qui est aussi visible par le lemme
précédent.

Je dis de même que les droites FL seront égales aux droites CD, chacune à la sienne, et qu'ainsi la plus grande FL sera coupée en un nombre indéfini de parties égales aux points L.

Car par la nature du cercle chaque CD carré est égal à chaque rectangle FC en CG, c'est-à-dire, par la nature de la parabole à chaque GH carré ; et partant chaque CD est égal à chaque GH ou à chaque FL.

Je dis aussi que tous les rectangles compris de CF et de chaque GD, sont égaux à tous les rectangles FM en MV, chacun au sien.

Car FC en GD est égal à CD en DF, c'est-à-dire, par ce qui vient d'être démontré, à FM en MV.

AVERTISSEMENT.

Je suppose qu'on sache que les mêmes choses étant posées que dans le lemme précédent, si le cercle CDF est le générateur de la demi-roulette CBAF, et qu'on prolonge les droites DG jusqu'à ce qu'elles coupent la roulette au point B : il arrivera que toutes les portions BB de la courbe seront égales entre elles ; parce que chaque portion de la courbe CB sera double de chaque droite CD.

C'est cette propriété dont j'ai dit dans l'Histoire de la Roulette, que M. Wren l'a produite le premier : je ne m'arrête pas à la démontrer ici, parce que plusieurs personnes l'ont déjà fait ; car depuis M. Wren, M. de Roberval en a produit une démonstration et M. de Fermat ensuite, et depuis encore M. Auzoult : et j'ai moi-même démontré la même chose dans un Traité à part (*), où j'ai fait voir que cette propriété dépend immédiatement de celle-ci ; savoir, que si la demi-circonférence d'un cercle est divisée en un nombre indéfini d'arcs égaux, et que de l'extrémité du diamètre on mène des droites à chaque point de division, la somme de ces droites sera égale au carré du diamètre.

Et cette proposition n'est encore que la même chose que celle-ci : la somme des sinus d'un quart de cercle, est égale au carré du rayon (ce qui est démontré dans le Traité des Sinus, proposition I); de sorte que ces trois propositions ne sont presque qu'une même chose.

Résolution des derniers problèmes touchant la dimension et le centre de gravité des surfaces des demi-solides de la roulette.

Il a été démontré à la fin de la lettre à M. de Carcavi, que, pour résoudre ces problèmes, il suffit de connoître la dimension et le centre de gravité des surfaces courbes, des deux doubles onglets de l'axe et de la base. Et il a été démontré dans le Traité des Trilignes, que pour connoître ces choses, il suffit de connoître les cinq suivantes ; savoir, en divisant (*fig.* 24) la

(*) Nous n'avons pas ce Traité ; heureusement il peut être suppléé par celui des Sinus du quart de cercle.

ligne courbe CS de la portion donnée de la demi-roulette, en un nombre indéfini de parties égales aux points B, d'où soient menés les sinus sur l'axe BG :

1°. *La somme des sinus BG ;*
2°. *La somme des distances GF ;*
3°. *La somme des GF carré ;*
4°. *La somme des rectangles BG en GF ;*
5°. *La somme des BG curré.*

Or, pour connoître toutes ces sommes, je me sers de deux propriétés de la roulette. L'une est celle, dont j'ai parlé, qui reduit la roulette au cercle ; savoir, que chaque BG (coupant le cercle générateur en D) est égale à la ligne mixte CDG, en considérant la droite GD et l'arc DC, comme une seule ligne mixte GDC. L'autre, qu'en menant les droites CD, chaque portion de la roulette CB sera égale à deux fois la droite CD.

D'où il paroît que puisque la première portion CB de la roulette est 1, que la seconde CB est 2, et ainsi toujours selon l'ordre des nombres naturels : il arrivera aussi que la première CD sera 1, la seconde CD, 2 ; et ainsi toujours selon la même suite des nombres naturels.

Donc tous les problèmes des surfaces des demi-solides de la roulette qui viennent d'être réduits à la connoissance des droites BG et GF, se réduiront aux problèmes suivants, où l'on ne parlera plus de roulette, et où l'on ne considérera qu'un seul demi-cercle.

Étant donné (fig. 24) *un demi-cercle CDF et la portion quelconque CO de son demi-diamètre, et l'ordonnée OR ; et un nombre indéfini de droites CD dont la première soit 1, la seconde 2, etc. selon l'ordre des nombres naturels, étant accommodées à l'arc CR, et toutes terminées au point C, et coupant l'arc aux points D, d'où soient menées DG perpendiculaires à l'axe ; chacune desquelles DG avec son arc DC soit considérée comme une seule et même ligne mixte : il faut trouver :*

1°. *La somme des droites FG ;*

2°. *La somme des FG carré ;*

3°. *La somme des lignes mixtes GDC ;*

4°. *La somme des carrés de ces lignes mixtes GDC ;*

5°. *La somme des rectangles compris de chaque ligne mixte GDC et de FG.*

Or, tous ces problèmes vont être résolus en reprenant toute la construction du second lemme, en cette sorte :

1. *Pour connoître la somme des lignes FG.*

Il suffit de connoître la somme des lignes L H qui leur sont égales : or, la somme des droites L H est connue, puisque l'entière F L étant divisée en un nombre indéfini de parties égales, la somme des H L est la même chose que l'espace parabolique F C H L, compris entre F C et la dernière H L, lequel espace est connu par Archimède.

2. *Pour connoître la somme des F G carré.*

Il suffit de connoître la somme des L H carré, laquelle est connue, puisqu'on connoît par Archimède, tant l'espace F C H L, que son centre de gravité, et partant son solide autour de F L ; ce qui donne la somme des carrés L H, et par conséquent des carrés F G.

3. *Pour connoître la somme des lignes mixtes G D C.*

Il faut en connoître les parties, savoir la somme des droites G D et la somme des arcs D C.

Or, la somme des droites D G sera connue, si en les multipliant chacune par la droite connue F C, on peut connoître la somme des rectangles F C en D G, ou la somme des rectangles C D en D F, ou la somme des rectangles F M en M V. Mais puisque l'entière F M est divisée en un nombre indéfini de parties égales aux points M, d'où sont menées les ordonnées M V : il est évident que la somme des rectangles F M en M V est donnée par le Traité des Solides circulaires ; et par conséquent aussi la somme des rectangles F C en D G, et partant aussi la somme des D G.

Et quant à la somme des arcs D C, elle est la même que la somme des arcs C N. Car puisque F M est divisée en un nombre indéfini de parties égales, d'où sont menées les ordonnées M N, il s'ensuit, par le Traité des Arcs, que la somme

des arcs E N est donnée ; et partant aussi la somme
des arcs C N , qui sont les restes du quart de 90
degrés. Et par conséquent aussi la somme des
arcs C D qui leur sont égaux.

4. *Pour connoître la somme des carrés des lignes*
mixtes G D C.

Il faut connoître la somme de leurs parties ,
savoir , la somme des G D carré , plus la somme
des arcs D C carré , plus deux fois la somme des
rectangles G D en D C , compris de chaque G D
et de son arc D C.

Or , la somme des G D carré est connue , puisqu'elle est égale à la somme des rectangles F G C ,
ou à la somme des L H en H I , lesquels sont donnés , puisque leur somme doublée est égale à la
somme des entières L I carré , qui est donnée ,
moins la somme des L H carré , qui est aussi donnée , comme il a été dit , moins encore la somme
des H I carré , qui est aussi donnée , puisque ce
sont les restes de l'entière L I , qui est donnée ,
par les propriétés des sommes simples , sommes
triangulaires , etc.

Et quant à la somme des arcs C D carré , ou
des arcs C N carré , elle est visiblement donnée ,
par le Traité des Sommes simples , etc. , puisque
ce sont les arcs restants du quart de cercle , et
que la somme des carrés de leurs compléments
E N est donnée par le Traité des Arcs.

Enfin la somme des rectangles de chaque G D
et de son arc D C sera connue , si en multipliant

le tout par la droite connue C F, il arrive qu'on connoisse la somme des C F en G D en l'arc D C, ou des F M en M N en l'arc N C.

Or, la somme de ces derniers est connue, puisque (chaque arc N C étant égal à C E moins E N) cette somme des F M èn M N en N C n'est autre chose que la somme des F M en M N multipliée par l'arc E C (qui est donnée, puisqu'on connoît, tant l'arc E C, que la somme des F M en M N), moins la somme des F M en M N en N E, ou la somme triangulaire des rectangles M N en N E, qui est aussi donnée par le Traité des Arcs de cercle.

5. *Pour connoître la somme des rectangles compris de chaque ligne mixte C D G et de G F.*

Il faut connoître la somme de leurs parties, savoir, la somme des rectangles F G en G D, plus la somme des rectangles F G en arc D C.

Or, on connoîtra la somme des F G en G D, si on connoît la somme des C G en G D (puisque ce sont les restes de la somme des C F en G D qui est connue, puisqu'on connoît, tant la droite C F, que la somme des droites D G); et l'on connoîtra la somme dès C G en G D, si en les multipliant par le carré connu de C F, on peut connoître la somme des C F carré en C G en G D, ou des C F en C G en C F en G D; ou des droites C D carré en C D en D F, ou des droites C D cube en D F, ou des F M cube en M V, laquelle est connue par le Traité des Solides circulaires.

Et quant à la somme des rectangles FG en arc DC, on démontrera de même qu'elle est connue, si on peut connoître la somme des GC en arc CD; et on connoîtra la somme des GC en arc CD, si en multipliant le tout par la droite connue CF, on peut connoître la somme des CF en CG en arc DC, ou la somme des droites CD carré en arc CD, ou la somme des FM carré en arc NC, c'est-à-dire (puisque la première FM est 1, la seconde, 2, et ainsi toujours) la somme pyramidale des arcs CN; laquelle somme pyramidale des arcs CN est donnée, par le Traité des Sommes simples, triangulaires, etc., puisque la somme pyramidale des arcs restants EN est donnée par le Traité des Arcs de cercle.

Donc on connoît toutes les choses cherchées touchant la dimension et le centre de gravité, des surfaces des demi-solides de la demi-roulette et de ses portions. Mais la dimension et le centre de gravité des demi-solides sont déjà donnés; et par conséquent tous les problèmes touchant la roulette sont entièrement résolus.

Il sera sur cela facile à tout le monde de trouver les calculs de tous les cas, par le moyen de ces méthodes.

DIMENSION
DES LIGNES COURBES
DE TOUTES LES ROULETTES.

LETTRE
DE M. DETTONVILLE
A M. HUGUENS DE ZULICHEM.

MONSIEUR,

Comme j'ai su que M. de Carcavi devoit vous envoyer mes solutions des problèmes que j'avois proposés touchant la roulette, je l'ai prié d'y joindre la dimension des courbes de toutes sortes de roulettes, que je lui ai données pour vous l'adresser, parce qu'il m'a dit que vous avez témoigné d'avoir quelque envie de la voir. Je voudrois, monsieur, que ce pût vous être une marque de l'estime que j'ai toujours faite de votre mérite. Je croyois qu'on ne pouvoit rien y ajouter : mais vous l'avez encore augmentée par cette horloge incomparable, et par ces merveilleuses dimensions des surfaces courbes des conoïdes que vous venez de produire, et qui sont un sujet d'admiration à tous nos géomètres.

Pour moi je vous avoue que j'en ai été ravi, par la part toute particulière que je prends à ce qui peut agrandir votre réputation, et par la passion avec laquelle je suis, etc.

DIMENSION

DES LIGNES COURBES DE TOUTES LES ROULETTES.

Je n'ai qu'une seule méthode pour la dimension des lignes de toutes sortes de roulettes, en sorte que, soit qu'elles soient simples, allongées ou accourcies, ma construction est toujours pareille, en cette manière :

Soit (*fig.* 43) une roulette de quelque espèce que ce soit, dont A F soit la base ; F C l'axe ; et C M F la circonférence du cercle générateur, laquelle ait telle raison qu'on voudra à la base F A : et ayant divisé cette circonférence en un nombre indéfini d'arcs égaux aux points M, je mène de tous les points de division des droites M B parallèles à la base, qui coupent la courbe de la roulette, chacune en un point B ; et je joins tous les points voisins B B.

Je suppose que les divisions de la circonférence soient en si grand nombre que la somme de ces droites B B (lesquelles sont les sous-tendantes de la roulette) ne diffèrent de la courbe de la roulette, que d'une ligne moindre qu'aucune donnée.

J'ai aussi besoin qu'on sache (et je le démontrerai en peu de mots) que si on fait : comme la circonférence du cercle générateur, à la base de la roulette, ainsi le rayon FG, à la portion GH de l'axe prise depuis le centre; et que de l'extrémité H de cette portion on mène toutes les droites HM : il arrivera que toutes ces droites seront entre elles comme les sous-tendantes BB de la roulette, et qu'elles les représentent; et c'est pourquoi je les appelle les *représentantes*.

Cela sera visible, si on entend que le cercle générateur soit placé à tous les points B, lequel coupe chaque parallèle BM, voisine au point O, en sorte qu'on n'en considère que les arcs BO, lesquels seront égaux, tant entre eux, qu'aux arcs MM, et les portions BO des parallèles seront égales entre elles. Et ainsi chaque arc BO sera à la portion OB de la parallèle, comme la circonférence FMC à la base AF, ou comme GM à GH. Et il arrivera ainsi que chacun des petits triangles BOB sera semblable à chacun des triangles MGH : chacun des angles HGM étant égal à chacun des angles BOB ou BMC, faits de chaque parallèle et de la circonférence. Et partant BB sera à chaque arc BO, comme chaque HM à MG. Et toutes les BB ensemble, c'est-à-dire, la courbe, sera à tous les arcs égaux ensemble OB ou MM, c'est-à-dire, à la circonférence CMF, comme la somme des HM, à la somme des GM,

ou au rayon multiplié par la circonférence C M F.
Donc en multipliant les deux premiers termes
par le rayon, la courbe multipliée par le rayon,
est à la circonférence C M F multipliée par le
rayon, comme la somme des représentantes H M,
au rayon multiplié par la circonférence C M F;
mais les deux conséquents sont égaux : donc la
courbe multipliée par le rayon est égale à la
somme des représentantes H M (multipliées chacune par les petits arcs M M); mais le rayon est
donné : donc si la somme des H M est donnée, la
courbe le sera aussi.

Donc toute la difficulté de la dimension des
roulettes est réduite à ce problème.

*La circonférence d'un cercle donné, étant di-
visée en un nombre indéfini d'arcs égaux, et ayant
mené des droites d'un point quelconque donné
dans le plan du cercle à tous les points de division;
trouver la somme de ces droites.*

Ce problème est aisé à résoudre, quand le point
donné est dans la circonférence (comme il arrive
quand la roulette est simple; c'est-à-dire, quand
la base A F est égale à la circonférence C M F);
car alors la somme de ces droites est égale au
carré du diamètre, parce que c'est la même chose
que la somme des sinus droits du quart d'un autre cercle, dont le rayon sera double.

Et si on résout ce problème quand le point
donné est au dehors, il sera résolu en même
temps quand le point est au dedans.

Car s'il y a deux cercles concentriques, dont les circonférences soient divisées chacune en un nombre indéfini d'arcs égaux, la somme des droites menées d'un point quelconque de la grande circonférence à tous les points de division de la petite, sera la même que la somme des droites menées d'un point quelconque, pris dans la petite circonférence, à tous les points de division de la grande ; et chacune des droites d'une multitude sera égale à chacune des droites de l'autre multitude, parce qu'elles sont les bases de triangles égaux et semblables. Et ainsi la somme des unes sera égale à la somme des autres, pourvu qu'elles soient multipliées par les mêmes arcs. Mais si on entend qu'elles soient multipliées chacune par les arcs auxquels elles se terminent, alors la somme de celles qui sont menées aux divisions de la grande circonférence, sera la somme des autres, comme la grande circonférence est à l'autre, ou comme le grand rayon au petit. Et ainsi si la somme des unes est donnée, la somme des autres le sera aussi, les deux cercles étant données. Or, j'ai ce théorème général.

La circonférence d'un cercle donné étant divisée en un nombre indéfini d'arcs égaux, et un point quelconque étant pris où l'on voudra, soit en la circonférence, soit dedans, soit dehors, soit sur le plan, soit hors du plan, d'où soient menées des droites à tous les points de division : je dis que la somme de ces droites sera égale à la surface d'un cylindre oblique donné.

Et je le démontre en cette sorte dans le cas où le point est pris hors du cercle, qui est le seul dont j'ai besoin ici, et duquel s'ensuivent tous les autres.

LEMME.

Soit le cercle donné ALB (fig. 44) dont la circonférence soit divisée en un nombre indéfini d'arcs égaux en L; soit le point H hors du plan, et élevé perpendiculairement sur un des points A, c'est-à-dire, que la droite AH soit perpendiculaire au plan du cercle; et soient menées toutes les HL: je dis que la somme des droites HL multipliées chacune par chaque petit arc LL, est égale au quart de la surface du cylindre oblique, qui aura pour base le cercle AMC, dont le rayon sera AB, et pour axe la droite HB, menée à l'autre extrémité du diamètre AB.

Car soient les côtés du cylindre oblique MN, qui coupent la base supérieure en N; et soient MO les touchantes de la base inférieure, sur lesquelles soient menées les perpendiculaires NO. Il est visible que le quart de la surface oblique I V T C est composée des parallélogrammes compris des arcs MM et des côtés MN, ou des rectangles compris des mêmes arcs MM et des perpendiculaires NO : mais les arcs MM sont égaux, tant entre eux, qu'aux arcs LL. Donc si la somme des perpendiculaires NO est égale à la somme des droites HL, ce qui est proposé sera évident.

Or, chaque NO est égal à chaque HL, comme il est visible par l'égalité et la similitude des triangles HBL, NMO.

Car l'axe HB est égal et parallèle au côté NM, et les droites BL, MO sont parallèles, étant perpendiculaires l'une à MB, l'autre à AL, qui sont parallèles à cause de l'égalité des angles CBM, BAL.

PROPOSITION.

Soit maintenant (fig. 45) *le point H, donné dans le plan du cercle ALB et hors le cercle, et soient menées les HL aux points L des divisions égales : je dis que leur somme est égale à la surface d'un cylindre oblique.*

Car menons le cercle dont BH est le diamètre, et prenons AV en sorte que BV carré soit égal à BA carré, plus deux fois le rectangle BAH; et menons le cercle dont BV soit le diamètre, et où il arrivera aussi que quelque droite qu'on mène du point B, comme BLIZ le carré de BI sera égal à BL carré, plus deux fois le rectangle BLZ.

Soit aussi élevée VO perpendiculaire au plan du cercle, et soit prise BO égale à BH, et soient menées toutes les droites OI (aux points où les droites BL coupent la circonférence CIV): je dis que chaque droite OI est égale à chaque droite HL.

Car HB carré est égal à HL carré, plus LB carré, plus deux fois le rectangle HLY (en prolongeant HL jusqu'au cercle BZH), ou à HL carré, plus LB carré, plus deux fois le rectangle BLZ, ou à HL carré, plus BI carré : mais aussi OB carré (qui est le même que HB carré) est égal à OI carré, plus BI carré. Donc OI carré, plus IB carré, est égal à HL carré, plus IB carré : donc aussi OI carré est égal à HL carré ; et partant OI à HL.

Donc la somme des OI est la même que la somme des HL, si on les multiplie chacune par les mêmes petits arcs ; mais la somme des OI (multipliées par les petits arcs II, lesquels sont égaux entre eux, puisque les arcs LL le sont par l'hypothèse) est égale au quart de la surface d'un cylindre oblique, par le lemme, puisque VO est perpendiculaire au plan du cercle BIV.

Donc la somme des HL multipliées par les mêmes arcs II, est égale au quart de la même surface. Donc la somme des HL multipliées par les petits arcs LL, est aussi égale à une surface d'un cylindre oblique proportionnée à l'autre. Ce qu'il falloit démontrer.

On démontrera la même chose, si le point donné X est pris hors du plan, et élevé perpendiculairement sur le point H.

Car en prenant dans la perpendiculaire VO le point K, en sorte que KO carré, plus deux fois le rectangle KOV, soit égal à HX carré : il est visible que toutes les X L seront égales à toutes les K I, chacune à la sienne, puisque chaque X L carré, ou X H carré, plus H L carré, sera égal à chaque K I carré, ou O I carré (qui est égal à H L carré), plus K O carré, plus deux fois K O V, qui sont pris égaux à X H carré.

Donc la somme des X L est égale à la somme des K I, laquelle est égale à la surface d'un cylindre oblique par le même lemme.

CONCLUSION.

De toutes lesquelles choses il s'ensuit que la somme (*fig.* 43) des représentantes H M, étant égale à la surface d'un cylindre oblique, elle sera par conséquent égale au rectangle qui a pour hauteur l'axe du cylindre oblique, et pour base la courbe de l'ellipse engendrée dans la surface du cylindre oblique par le plan perpendiculaire à l'axe. Or, la même somme des représentantes est déjà montrée égale à la courbe de la roulette multipliée par le rayon de son cercle générateur. Donc la courbe de la roulette multipliée par le rayon est égale à la courbe d'une ellipse multipliée par l'axe d'un cylindre oblique donné. Donc comme l'axe du cylindre donné est au rayon donné, ainsi la courbe de la roulette est à la courbe d'une ellipse. Ce qu'il falloit démontrer.

En suivant cette méthode, on trouvera le calcul des deux axes de l'ellipse, dont la courbe se compare à celle d'une roulette donnée. Le

v.   25

voici tel que je le fis envoyer à beaucoup de personnes au commencement de septembre 1658, en Angleterre, à Liége et ailleurs, et entre autres à M. de Roberval, à M. de Sluze, et quelque temps après à M. de Fermat.

Soit fait : comme la circonférence du cercle générateur, à cette même circonférence plus la base de la roulette, ainsi le diamètre du cercle à une autre droite; cette droite soit le grand demi-axe d'une ellipse. Soit fait : comme la circonférence plus la base, à la différence entre la circonférence et la base, ainsi le grand demi-axe, à l'autre demi-axe. La moitié de la courbe de l'ellipse, qui aura ces deux demi-axes, sera égale à la courbe de la roulette entière, et les parties aux parties.

On conclura aussi de tout ce qui a été démontré, que deux roulettes, l'une allongée, l'autre accourcie, ont leurs lignes courbes égales entre elles, s'il arrive de part et d'autre que la base de l'une soit égale à la circonférence du cercle générateur de l'autre.

Il me seroit aisé de réduire cette méthode à la manière des anciens, et de donner une démonstration pareille à celle que j'ai faite de l'égalité des lignes spirale et parabolique. Mais parce que cela seroit un peu plus long et inutile, je la laisse, quoique je l'aie toute prête; je me contente d'en avoir donné cet exemple de la spirale et de la parabole.

On voit aussi, par toutes ces choses, que plus la base de la roulette approche d'être égale à la circonférence du cercle générateur, plus le petit axe de l'ellipse qui lui est égale, devient petit à l'égard du grand axe : et que quand la base est égale à la circonférence, c'est-à-dire, quand la roulette est simple, le petit axe de l'ellipse est entièrement anéanti ; et qu'alors la ligne courbe de l'ellipse, laquelle est toute aplatie, est la même chose qu'une ligne droite, savoir, son grand axe : et de là vient qu'en ce cas la courbe de la roulette est aussi égale à une ligne droite. Ce fut pour cela que je fis mander à ceux à qui j'envoyai ce calcul, que les courbes des roulettes étoient toujours, par leur nature, égales à des ellipses ; et que cette admirable égalité de la courbe de la roulette simple à une droite que M. Wren a trouvée, n'étoit, pour ainsi dire, qu'une égalité par accident, qui vient de ce qu'en ce cas l'ellipse se trouve réduite à une droite. A quoi M. de Sluze ajouta cette belle remarque dans sa réponse du mois de septembre dernier, qu'on devoit encore admirer sur cela l'ordre de la nature, qui ne permet point qu'on trouve une droite égale à une courbe, qu'après qu'on a déjà supposé l'égalité d'une droite à une courbe. Et qu'ainsi dans la roulette simple, où l'on suppose que la base est égale à la circonférence du générateur, il arrive que la courbe de la roulette est égale à une droite.

DE L'ESCALIER,

DES TRIANGLES CYLINDRIQUES,

ET DE LA SPIRALE AUTOUR D'UN CÔNE.

LETTRE

DE M. DETTONVILLE A M. DE SLUZE,

CHANOINE DE LA CATHÉDRALE DE LIÉGE.

MONSIEUR,

Je n'ai pas voulu qu'on vous envoyât mes problèmes de la roulette, sans que vous en reçussiez en même temps d'autres que je vous ai promis depuis un si long temps, touchant la dimension et le centre de gravité de l'*escalier* et des *triangles cylindriques*. J'y ai joint aussi la résolution que j'ai faite d'un problème, où il s'agit de la dimension d'un solide formé par une spirale autour d'un cône. C'est une solution que j'aime, parce que j'y suis arrivé par le moyen de vos lignes en *perle*, et que tout ce qui vous regarde m'est cher. Cela me la rend plus considérable que sa difficulté, laquelle je ne puis désavouer, puisqu'elle avoit paru si grande à M. de Roberval : car il dit qu'il avoit résolu ce problème depuis long-temps ; mais qu'il n'a jamais rien voulu en communiquer à qui que ce soit, voulant le réserver pour s'en servir en cas de nécessité, de même qu'il en tient encore secrets d'autres fort beaux pour le même dessein. Sur quoi je suis obligé de reconnoître la sincérité de sa manière d'agir en ces rencontres : car aussitôt qu'il sut que je l'avois résolu, il déclara qu'il n'y prétendoit plus, et qu'il n'en feroit jamais rien paroître ; par cette raison que n'en ayant jamais produit la solution, il devoit la quitter à celui qui l'avoit produite le premier. Je voudrois bien que tout le monde en usât de cette sorte, et qu'on ne vît point entre les géomètres cette humeur toute contraire de vouloir s'attribuer ce que d'autres ont déjà produit, et qu'on ne trouve qu'après eux. Pour vous, monsieur, vous en êtes bien éloigné, puisque vous ne voulez pas même avoir l'honneur de vos propres inventions : car je crois que pour faire savoir que vous avez trouvé, par exemple, cette parabole, qui est le lieu qui donne les dimensions des surfaces des solides de la roulette autour de la base, il faudroit que ce fût moi qui le disse, aussi-bien que les merveilles de votre nouvelle analyse, et tant d'autres choses que vous m'avez fait l'honneur de me communiquer avec cette bonté que vous avez pour moi, qui m'engage d'être toute ma vie, etc.

POUR LA DIMENSION

ET LE CENTRE DE GRAVITÉ DE L'ESCALIER.

DÉFINITION.

Soit (*fig.* 27 *et* 46) l'arc de cercle quelconque CQ divisé en un nombre indéfini d'arcs égaux aux points D, d'où soient menés les rayons DA, et soit entendu le premier secteur ASC, élevé au-dessus du plan du secteur entier AQC, et parallèlement à ce même plan ; en sorte que chaque point du secteur ASC élevé réponde perpendiculairement au même secteur ASC dans le plan du cercle ; c'est-à-dire, que le point A élevé soit dans la perpendiculaire au plan du cercle, mené du centre A ; et de même le point C au-dessus du point C, etc. Et soit la distance d'entre le plan du cercle et le secteur ASC élevé, égale à un des petits arcs DD.

Soit le second secteur ARC élevé de même parallèlement au plan de la base ; et distant de ce même plan de deux petits arcs DD. Et soit le troisième secteur élevé de même de la distance de trois petits arcs. Et ainsi toujours.

Le solide, composé de ces secteurs, s'appellera *escalier :* et le rayon AQ s'appellera le *commencement* ou le *premier degré ;* et AC sera le dernier degré de l'escalier ; et le secteur AQC en sera la base.

PROPOSITION PREMIÈRE.

Trouver la dimension d'un escalier donné, en supposant toujours la quadrature du cercle quand il le faut.

L'escalier est égal au quart du carré de l'arc de sa base multiplié par le rayon.

Cela est visible, et démontré dans le Traité des Arcs, proposition III.

PROPOSITION II.

Trouver le centre de gravité d'un escalier donné.

Le centre de gravité de l'escalier est élevé au-dessus de la base du tiers de l'arc de la base.

Cela est visible de soi-même, et s'ensuit aussi du Traité des Arcs, proposition IV.

Et si de ce centre de gravité on abaisse une perpendiculaire sur la base, le point où elle tombera sera donné, puisque les distances, tant de la droite AB que de la droite AC (*fig.* 27 ou 32) sont données par les propositions V et VI des arcs.

Car la distance de la droite AC multipliant l'escalier, est égale à la somme des solides compris de chaque secteur ADC, et de son bras sur AC ; laquelle somme est donnée par la proposition V des arcs.

Et sa distance de la droite AB multipliant

de même l'escalier, est égale à la somme des solides compris de chaque secteur ADC et de son propre bras sur AB ; laquelle somme est donnée par la proposition vi.

Le calcul en est trop facile à faire, puisqu'on connoît l'escalier et les sommes de ces solides par les propositions v et vi. Et si on cherche, selon cette méthode, le centre de gravité de l'escalier, qui a pour base le quart de cercle, on trouvera qu'il est élevé au-dessus du plan de la base de la douzième partie de la circonférence : et que le point où tombe cette perpendiculaire sur la base, est distant du premier degré AB, d'une droite qui est au rayon, comme quatre fois le carré du rayon, à trois fois le carré de l'arc de 90 degrés : et distant du dernier degré AC, d'une doite qui est à sa distance de AB, comme l'arc de 90 moins le rayon, est au rayon.

POUR LA DIMENSION

ET LE CENTRE DE GRAVITÉ DES TRIANGLES CYLINDRIQUES.

DÉFINITION.

Si trois points quelconques sont pris comme on voudra sur la surface d'un cylindre droit, et qu'on les joigne par des lignes planes (lesquelles seront nécessairement, ou des droites, ou des arcs de cercle, ou des portions d'ellipse) : la portion de la surface cylindrique comprise de ces trois lignes, s'appellera *triangle cylindrique*.

Et si de deux points pris dans la circonférence de la base inférieure d'un cylindre droit, on mène les côtés du cylindre jusqu'à la base supérieure : la portion de la surface cylindrique, comprise entre ces deux côtés et les arcs des deux bases, s'appellera *rectangle cylindrique*.

AVERTISSEMENT.

Je ne m'arrête pas à démontrer qu'en supposant la quadrature du cercle, on connoît le centre de gravité, et la dimension d'un rectangle cylindrique donné.

Et je ne m'arrête pas aussi à démontrer qu'on aura la dimension et le centre de gravité d'un triangle cylindrique quelconque, si on connoît la dimension et le centre de gravité d'une sorte de triangle cylindrique, que j'appelle de la première espèce ; savoir, de ceux qui, comme Z F B (*fig.* 3), sont composés de l'arc B F de la base, d'un côté F Z du cylindre, mené d'une des extrémités F de l'arc B F, et d'une portion d'ellipse Z B, engendrée dans la surface cylindrique par le plan Z B A, passant par le rayon B A, mené de l'autre extrémité B de l'arc B F.

Car si on veut s'y appliquer, on verra incontinent qu'un triangle cylindrique quelconque se divisera toujours en plusieurs petits triangles qui

seront, ou la somme, ou la différence des triangles cylindriques de cette espèce, ou de rectangles
cylindriques : de la même sorte qu'un triangle
rectiligne quelconque se divisera toujours en plusieurs petits triangles, lesquels seront les sommes
ou les différences de triangles rectangles donnés;
et qu'ainsi en connoissant la dimension et le
centre de gravité des seuls triangles rectangles,
on connoîtroit aussi la dimension et le centre
de gravité de toutes sortes de triangles rectilignes
donnés.

Ainsi on connoîtra la dimension et le centre
de gravité de toutes sortes de triangles cylindriques, si on connoît ces choses, tant dans les
rectangles cylindriques (où elles sont connues
d'elles-mêmes, comme il est déjà dit), que dans
les triangles cylindriques de la première espèce,
dans lesquels on va le résoudre dans la proposition suivante.

PROPOSITION.

*Étant donné un triangle cylindrique ZFB de la
première espèce ; en trouver la dimension et le centre de gravité ?*

Cette proposition est déjà résolue dans le Traité
des Solides circulaires ; car ce triangle cylindrique n'est autre chose que la surface courbe de
l'onglet du triligne circulaire B F E. Or, dans ce
traité, on a donné la dimension et le centre de
gravité de la surface de son double onglet. Et il
est visible que le centre de gravité de la surface

d'un des onglets est dans la perpendiculaire au plan du triligne, menée du centre de gravité de la surface du double onglet ; de sorte qu'il ne reste qu'à trouver la longueur de cette perpendiculaire ; laquelle est aisée, puisque la surface de l'onglet multipliée par cette perpendiculaire, est égale à la moitié de la somme des carrés des sinus de l'arc F B (quand le plan qui retranche l'onglet est incliné de 45 degrés : et quand on l'a dans cette inclinaison, on l'a aussi dans toutes les autres, puisqu'elle est toujours en même raison à la hauteur Z F). Or, la moitié de la somme des carrés de ces sinus est connue, et égale (par le Traité des Sinus, proposition 11) à la moitié de l'espace B F E, multiplié par le rayon B A.

On suppose ici que dans la figure 3, A B C est un quart de cercle, dont A est le centre ; et que la surface B F C Y Z B est une portion de la surface du cylindre droit, retranchée par le plan Y Z B A, passant par le rayon B A, et formant dans la surface cylindrique la portion d'ellipse B Z Y.

DIMENSION

D'UN SOLIDE FORMÉ PAR LE MOYEN D'UNE SPIRALE AUTOUR D'UN CÔNE.

Soit un cercle donné A B C D, dont A soit le centre, et A B un demi-diamètre ; soit B G perpendiculaire au plan du cercle de quelque gran-

deur que ce soit, par exemple, égale à A B, et
soit entendu, en un même temps, la ligne A B,
se tourner uniformément à l'entour du centre A,
et la ligne B G, se porter en même temps et par
un mouvement uniforme le long du demi-diamètre B A ; et soit encore entendu en même temps
le point B monter uniformément vers G : en sorte
qu'en un même temps le point B arrive à l'extrémité de la ligne B G, la ligne B G au centre A,
et le demi-diamètre A B au point B d'où il étoit
parti.

Par ces mouvemens, la ligne B G décrira une
spirale B I H A dans le plan du cercle ; et le point
B, en montant, décrira une espèce de spirale en
l'air, ou autour d'un cône B F E, qui se termi-
nera au point E, d'où la perpendiculaire A E est
égale à B G.

On demande la proportion de la sphère, dont
le cercle donné est un grand cercle, avec le solide
spiral décrit par ces mouvemens, et terminé par
quatre surfaces : savoir, la spirale B H A décrite
dans le plan du cercle, la portion de surface
conique bornée par la droite B E et par l'espèce
de spirale B F E, le triangle rectiligne B A E, et
la surface cylindracée décrite par B G portée autour de la spirale B H A.

SOLUTION.

Soit coupée B A en un nombre indéfini de parties égales aux points O : et soit le point T celui
du milieu, d'où soit mené le demi-cercle T H,

qui, comme il est aisé de l'entendre, coupera le
diamètre prolongé en H au même point où arrive
la spirale.

Soit sur ce demi-cercle élevée la surface cylindrique TPFH, qui coupe les surfaces qui bor-
nent le solide, et y donnent pour communes sections TPFH, qui sera composée de quatre lignes :
savoir, la ligne TP, qui se trouvera dans le plan
BAE, la ligne FH dans la surface cylindracée
égale à TP, le demi-cercle PF dans la surface supérieure, et le demi-cercle de la base TH égal
au précédent PF, comme tout cela est évident ;
et ainsi la figure TPFH sera un rectangle cylindrique.

Soit maintenant d'un des points O mené l'arc
OI à l'entour du centre A, qui coupe la spirale
en I, et soit élevé de même le rectangle cylindrique OYSI : je dis, et cela sera incontinent
démontré, que ce rectangle cylindrique OYSI
sera au premier PTHF, comme BO carré en OA,
à BT carré en TA.

Ce qui étant toujours véritable en quelque lieu
que soit le point O : il s'ensuit que tous les rectangles cylindriques ensemble, c'est-à-dire, le
solide proposé, sera à celui du milieu PTHF pris
autant de fois, c'est-à-dire, au demi-cylindre qui
a le cercle donné pour base, et pour hauteur TP,
qui est la moitié du demi-diamètre, comme tous
les BO carré en OA ensemble, à BT carré en
TA, ou à BT cube pris autant de fois, c'est-à-
dire, comme la perle du troisième ordre au rec-

tangle de l'axe et de l'ordonnée du milieu : laquelle raison M. de Sluze a donnée, non-seulement dans la perle du troisième ordre, mais encore dans celle de tous les ordres, où cette raison est toujours comme nombre donné à nombre donné.

Donc le solide proposé est au demi-cylindre du cercle donné et de la hauteur TP, en raison donnée ; donc il est aussi en raison donnée au cylindre entier de même base et de la hauteur quadruple ; savoir, du diamètre entier BD, et par conséquent à la sphère, qui est les deux tiers du cylindre. Ce qu'il falloit démontrer.

Or, que le rectangle cylindrique YOIS soit au rectangle cylindrique PTHF, comme BO carré en OA, à BT carré en TA : cela se prouve ainsi.

Je dis, premièrement, que l'arc OI est à l'arc TH, comme le rectangle BO, OA au rectangle BT, TA ; car les arcs OI, TH sont en raison composée des demi-diamètres AO, AT, et des angles, ou des arcs BC, BCD, qui sont, par la nature de la spirale, comme CI ou BO, à DH ou BT ; donc ces arcs sont en raison composée de BO à BT et de OA à TA, c'est-à-dire, comme le rectangle BO, OA au rectangle BT, TA.

Venons maintenant aux rectangles cylindriques YOIS, PTHF : il est visible qu'ils sont en raison composée des hauteurs et des bases, c'est-à-dire, en raison composée de OY à TP, ou BO à BT, et de l'arc OI à l'arc TH, c'est-à-dire, comme on l'a vu, du rectangle BO, OA au rec-

tangle BT, TA : mais la raison composée de BO
à BT, et du rectangle BO, OA au rectangle BT,
TA, est la même que la raison de BO carré en
OA à BT carré en TA. Donc, etc. Ce qu'il falloit
démontrer.

Les solides des autres spirales des ordres supérieurs, se trouveront de même par le moyen des
lignes en perle des ordres supérieurs.

ÉGALITÉ

DES

LIGNES SPIRALE ET PARABOLIQUE.

LETTRE

DE M. DETTONVILLE A M. A. D. D. S.

Monsieur,

J'ai reçu la lettre que vous m'avez fait l'honneur de m'écrire, avec le petit Traité de Géométrie qu'il vous a plu m'envoyer; et je prends pour un effet de votre civilité l'ordre que vous me donnez de l'examiner; car vous pouviez le faire facilement vous-même, puisque ce qui est une étude pour les autres, n'est qu'un divertissement pour vous. Mais puisque vous voulez en savoir mon sentiment, je vous dirai, monsieur, que l'auteur y touche une difficulté où beaucoup d'autres ont heurté : et c'est une chose étrange de voir qu'en une matière de géométrie il se rencontre tant de contestations. Il y a environ quinze ans que M. Hobbes crut que la ligne courbe d'une parabole donnée étoit égale à une ligne droite donnée. M. de Roberval ensuite dit qu'elle étoit égale à la ligne courbe d'une spirale donnée; mais sans en donner de démonstration autrement que par les mouvemens, dont on voit quelque chose dans le livre des hydrauliques du révérend père Mersenne : et comme cette manière de démontrer n'est pas absolument convaincante, d'autres géomètres crurent qu'il s'étoit trompé, et publièrent que cette ligne parabolique étoit égale à la demi-circonférence d'un cercle donné : le livre que vous m'envoyez maintenant, soutient de nouveau la même chose. Cette diversité d'avis m'ayant étonné, je voulus reconnoître lequel étoit le véritable ; car quelque nombre de géomètres qu'il y eût contre M. de Roberval, je n'en conclus rièn contre lui : et au contraire, si on jugeoit de la géométrie par ces sortes de conjectures, la connoissance que j'ai de lui m'auroit fait pencher de son côté, le voyant persister dans son sentiment ; mais comme ce n'est pas par là qu'on doit en juger, je résolus d'examiner moi-même si la ligne à laquelle on peut comparer la ligne parabolique donnée, est une ligne droite ou une spirale, ou une circonférence de cercle : c'est ce que je voulus chercher, comme si personne n'y avoit pensé : et sans m'arrêter, ni aux méthodes des mouvemens, ni à celles des indivisibles, mais en suivant celles des anciens, afin que la chose pût être désormais ferme et sans dispute. Je l'ai donc fait, et j'ai trouvé que M. de Roberval avoit eu raison, et que la ligne parabolique et la spirale sont égales l'une à l'autre : c'est ce que vous verrez. La démonstration est

entière et exactement accomplie, et pourra
vous plaire d'autant plus qu'elle est la seule de
cette espèce, aucune autre n'ayant encore paru,
à la manière des anciens, de la comparaison
de deux lignes de différente nature. Ainsi je puis
dire, avec certitude, que la ligne parabolique
est égale à la spirale, et je m'assure que cette
preuve arrêtera toutes les contradictions. Voilà
ce que vous avez demandé de moi : je souhaite
que cela vous agrée, et que ce vous soit au moins
une marque du désir que j'ai de vous satisfaire
et de vous témoigner que je suis de tout mon
cœur, etc.

De Paris, ce 10 décembre 1658.

PROPRIÉTÉS DU CERCLE.

I.

Si la touchante EV (fig. 35) *est perpendiculaire au rayon AE, et que l'arc EB étant pris
moindre qu'un quart de cercle, on incline BV,
faisant avec la touchante l'angle BVE aigu : je
dis que toute la portion BV sera hors du cercle.*

Car en menant la touchante BZ, elle fera
angle obtus avez EZ (puisque l'arc BE est
moindre qu'un quart de cercle). Donc l'angle
BZE sera plus grand que l'angle BVE : donc le
point Z est entre les points E, V: donc l'angle

ABV est obtus; donc la portion BV sera hors du cercle. Ce qu'il falloit démontrer.

II.

Si d'une extrémité du diamètre (fig. 36) est menée la touchante SN, et de l'autre extrémité G la droite GN, qui la coupe en N, et le cercle en X : je dis que la droite SN est plus grande que l'arc SX.

Car, en menant la touchante XR, les deux touchantes XR, RS seront égales, tant entre elles, qu'à RN (à cause que l'angle SXN est droit): donc SN est égalé à SR, plus RX, qui sont ensemble plus grandes que l'arc SX. Ce qu'il falloit démontrer.

III.

Si la touchante SL (fig. 37) étant perpendiculaire au diamètre SG, est égale à l'arc SX moindre qu'un quart de cercle : je dis qu'en menant les droites SX, XL, les trois angles du triangle XSL sont aigus.

Car en menant la droite GXN, l'angle XSL l'est visiblement, puisqu'il est égal à l'angle G; l'angle SXL l'est aussi, puisqu'il divise l'angle droit SXN, par la précédente; et l'angle SLX l'est, à plus forte raison, le côté SL qui est égal à l'arc SX, étant plus grand que la droite SX. Ce qu'il falloit démontrer.

IV.

Si la touchante S 8 (fig. 38) étant prise plus

grande que le diamètre S G, auquel elle est per-
pendiculaire, l'on mène au centre la droite 8 *T,*
coupant le cercle au point Y : *je dis que quelque*
point qu'on prenne dans l'arc SX, comme X, dont
on mène SX coupant T 8 *en Q, la portion* 8 *Q est*
plus grande que l'arc SX.

Car, en menant 8 Z parallèle à ST, les triangles rectangles Z 8 S, N G S seront semblables (à
cause de l'égalité des angles G et 8 SZ); donc les
côtés seront proportionnels : mais G S est posée
moindre que S 8 ; donc S N est aussi moindre
que Z 8 : mais Z 8 est moindre que 8 Q (puisque
S T est moindre que T Q, le point Q étant hors
du cercle); donc S N est moindre que 8 Q : mais
l'arc S X est moindre que S N (par ce qui a
été démontré); donc à plus forte raison l'arc
S X est moindre que 8 Q. Ce qu'il falloit démontrer.

V.

Si l'arc de cercle EB (fig. 39) *moindre qu'un*
quart de cercle, est égal à la touchante E V,
perpendiculaire au rayon AE : je dis que l'angle
EAV sera plus grand que la moitié de l'angle
EAB.

Car soit menée la droite AZ, qui coupe l'angle E A B en deux parties égales, et la touchante
E V au point Z : il est visible que la portion E Z
est moindre que la corde E B (puisque l'angle
E Z B est obtus, l'arc étant moindre qu'un quart
de cercle); mais la corde EB est moindre que

l'arc EB, et partant moindre que E V : donc à plus forte raison EZ est moindre que E V: donc l'angle E A Z est moindre que l'angle E AV. Ce qu'il falloit démontrer.

PROPRIÉTÉS DE LA SPIRALE.

S<small>I</small> le rayon A B (fig. 40) qui est le commencement de la spirale de la première révolution BCDXA, est divisé en tant de portions égales qu'on voudra aux points A, Y, 4, 3, B : et les arcs menés de ces points autour du centre commun A, coupant la spirale aux points C, D, X, etc. :

Je suppose qu'on sache toutes les propriétés suivantes :

1°. Que l'arc quelconque 3 C est à l'arc 4 D, comme le rectangle β 3 in 3 A au rectangle B 4 in 4 A.

2°. Que les rayons A B, A E, A 8, etc., font tous les angles égaux entre eux, et divisent les arcs en tant de portions égales entre elles que le rayon A B : et qu'ainsi telle partie que la première portion B 3, est du rayon, telle partie l'arc B E l'est de sa circonférence, et l'arc C F ou 3 C de la sienne : et telle partie est encore l'angle B A E de quatre angles droits.

3°. Que le rayon entier B A est à une portion

quelconque A 3, comme la circonférence entière B E B, à l'arc E 8 B, qui contient autant de
portions égales du cercle, que A 3 contient de
portions égales du rayon, ou comme telle autre
circonférence qu'on voudra 3 C 3, à l'arc correspondant C F 3.

4°. Que tous les arcs B E, 3 C, 4 S, compris
entre deux rayons prochains A B, A E, qui comprennent un des arcs égaux, sont tous en proportion arithmétique : et que le moindre de ces
arcs Y 9, qui part du point Y le plus proche du
centre, est égal à la différence dont chacun des
autres diffère de son voisin : et qu'ainsi si le premier est 2, le second est 4, le troisième est 6 : et
ainsi toujours en suivant les nombres pairs.

5°. Que ce moindre arc Y 9, pris autant de fois
que l'arc B E est dans sa circonférence, est égal
au plus grand arc B E.

6°. Que ce moindre arc Y 9 est égal au dernier
arc extérieur de la spirale X Y.

7°. Que l'angle aigu que fait la touchante à un
point quelconque de la spirale C avec son rayon
A C, se trouvera en faisant un triangle rectangle,
dont la base soit ce rayon A C, et la hauteur soit
égale à l'arc extérieur C F 3. Car alors l'angle de
la touchante avec son rayon sera égal à l'angle
que l'hypothénuse d'un tel triangle rectangle
fait avec sa base.

CONSÉQUENCES.

8°. Que la touchante de la spirale au point A

est la même que le rayon A B, et que les touchantes aux autres points font toujours avec les
rayons menés de ces points des angles d'autant
plus grands que le point d'attouchement est plus
proche de B, parce que la raison du rayon à l'arc
extérieur en est d'autant moindre : y ayant
moindre raison de A C à l'arc C F 3, que de
A D à l'arc D H 4, puisqu'en changeant et en
renversant, il y a plus grande raison de l'arc
C F 3 à l'arc D H 4, que de C A à A D ou A S,
c'est-à-dire, que du même arc C F 3 à S D 4.

9°. Qu'ainsi si on mène des touchantes de tous
les points où la spirale est coupée par les rayons
qui divisent la circonférence en arcs égaux, le
plus grand angle que ces touchantes fassent avec
les rayons, est celui de la touchante menée du
point B, où le premier rayon coupe la spirale,
lequel est égal à celui d'une hypothénuse avec
sa base, la base étant à la hauteur, comme le
rayon à la circonférence. Et le moindre de ces
angles est celui de la touchante menée du point X,
où le dernier rayon coupe la spirale.

10°. Que le moindre des angles des touchantes
avec leurs rayons, est plus grand que la moitié
de l'angle compris par deux rayons prochains
qui enferment l'un des arcs égaux ; savoir, la
moitié de l'angle B A E.

Car l'angle de la touchante au point X est celui
de l'hypothénuse d'un triangle avec sa base (la
base étant à la hauteur, comme A X, à l'arc extérieur X Y, ou comme A Y, à l'arc Y 9) ; donc en

faisant la perpendiculaire Y G égale à l'arc Y 9,
l'angle G A Y sera celui de la touchante au point X
avec son rayon. Or, cet angle G A Y est plus grand
que la moitié de l'angle Y A 9 ou B A E (par la
dernière propriété du cercle); et menant la touchante E V égale à l'arc E B, et menant aussi
l'hypothénuse A V, l'angle E A V sera égal à cet
angle, qui est le moindre de tous, de la dernière
touchante au point X avec son rayon : mais l'angle E A V est plus grand que la moitié de l'angle
B A E, par ce qui a été démontré ; donc l'angle
de la touchante au point X est aussi toujours
plus grand que la moitié de l'angle B A E. Ce qu'il
falloit démontrer.

PROPRIÉTÉS DE LA PARABOLE.

Soit AB (fig. 42) *la touchante au sommet d'une
parabole, divisée en tant de parties égales qu'on
voudra aux points* 3, 4, *Y, d'où soient menés les
diamètres ou les parallèles à l'axe, coupant la
parabole en Q,* 7, *L. Et de ces points soient menées
les touchantes jusqu'aux diamètres prochains QK,*
7 5, *LT, etc. : je dis que toutes les portions des
diamètres PK, Q* 5, 7 *T, LY, etc., comprises entre
les touchantes et la parabole, sont égales entre
elles.*

Car chacune, comme P K, par exemple,

sera montrée égale à la première YL, en cette
sorte :

Soit prolongée KQ (puisque PK est prise en
exemple) jusques à l'axe au point S, et menée
l'ordonnée QM.

Donc, par la nature de la parabole, puisque les
deux diamètres SA, KP, sont coupés par la touchante SK, il arrivera que

SA est à PK comme QS carré à QK carré,

ou comme 3 A carré à 3 B carré,

ou comme 3 A carré à AY carré,

ou comme 3 Q

ou M A   à LY.

Mais, à cause de la touchante, SA est égale
à MA; donc PK est égale à LY. Ce qu'il falloit
démontrer.

Je suppose qu'on sache cette autre propriété de
la parabole :

Que si on mène les ordonnées, par tous ces
même points, PR, QM, 7G, LH; toutes les
portions de l'axe comprises entre ces ordonnées,
savoir RM, MG, GH, HA, seront en proportion arithmétique : et que leur différence sera
double de la première HA (il faut dire le même
des droites qui leur sont égales PZ, Q2, 7O, LY).
De sorte que si la dernière LY est 1, la seconde
est 3, la troisième 5, etc.; ainsi toujours par les
nombres impairs.

AVERTISSEMENT.

Je démontre l'égalité de la ligne spirale avec la

parabolique en inscrivant et circonscrivant, tant à la spirale qu'à la parabole, des figures desquelles je considère seulement le tour, ou la somme des côtés.

La manière dont je me sers pour inscrire et circonscrire ces figures est telle.

POUR INSCRIRE UNE FIGURE EN LA PARABOLE.

Soit (fig. 40) *une parabole dont AR soit l'axe, RP la base, AB la touchante au sommet, divisée en tant de parties égales qu'on voudra, aux points 3, 4, etc., d'où soient menées les parallèles à l'axe, qui coupent la parabole aux points 7, Q, P, etc. Les accommodées PQ, Q7, etc., font une figure inscrite en la parabole, et c'est celle de laquelle je me sers, dont le tour est visiblement moindre que celui de la parabole, puisque, par la nature de la ligne droite, chaque accommodée est moindre que la portion de la parabole qu'elle sous-tend.*

AVERTISSEMENT.

Je suppose le principe d'Archimède : *que si deux lignes sur le même plan ont les extrémités communes, et sont courbes vers la même part, celle qui est contenue sera moindre que celle qui la contient.*

POUR CIRCONSCRIRE UNE FIGURE A LA PARABOLE.

Soient dans la même (fig. 40) *des points Q, 7, etc., menées des touchantes QK, 7 5, etc. qui cou-*

pent les diamètres prochains en K, 5, etc., la figure
PKQ57, etc., composée des touchantes KQ, 57, etc.,
et des portions extérieures des diamètres PK,
Q5, etc., forme une figure circonscrite à la parabole, qui est celle dont je me sers, et dont le tour
est visiblement plus grand que celui de la parabole, puisque les deux quelconques côtés liés KK,
plus PQ (dont l'un est la touchante, et l'autre la
portion extérieure du diamètre) sont plus grands
que la portion de la parabole qu'ils enferment,
puisqu'ils ont les extrémités P, Q communes, et
que la parabole est courbe vers la même part.

CONSÉQUENCE.

De cette description et de la propriété que
nous avons démontrée de la parabole, il s'ensuit, qu'en toute figure circonscrite à la parabole en la manière qui est ici marquée, les portions des parallèles à l'axe PK, Q5, LY, sont
toutes égales entre elles.

POUR INSCRIRE UNE FIGURE EN LA SPIRALE.

Soit le rayon AB le commencement d'une spirale de la première révolution, divisé en parties
égales aux points 3, 4, etc., d'où soient menés les
cercles 3C, 4DC, etc., concentriques au grand, qui
coupent la spirale en C, D, etc. Les accommodées
BC, CD, etc., formeront une figure inscrite en la
spirale, qui est celle dont je me sers, et dont le tour
est visiblement moindre que celui de la spirale,
puisque par la nature de la ligne droite, chaque

accommodée est moindre que la portion de la spi-
rale qu'elle sous-tend.

POUR CIRCONSCRIRE UNE FIGURE A LA SPIRALE.

Soient des points C, D, etc., menées les tou-
chantes de la spirale, jusques aux cercles pro-
chains qu'elles coupent en M, N, etc., la figure
8 MCND, composée des portions extérieures des
arcs BM, CN, etc., et des touchantes MC,
ND, etc., qui sera circonscrite à la spirale, est
celle dont je me sers, et dont le tour est visi-
blement plus grand que celui de la spirale, puis-
que deux quelconques côtés liés BM, plus MC
(dont l'un est un arc de cercle extérieur, et
l'autre la touchante de la spirale) sont plus grands
que la portion de la spirale qu'ils enferment, ces
figures étant partout courbes vers la même part,
et ayant les extrémités B, C communes.

DÉFINITION.

Soit dans la même (*fig.* 40) la droite AB le
commencement d'une spirale de la première
révolution ; et soit la même droite AB la touchante au sommet d'une parabole, dont l'axe
AR soit égal à la moitié de la circonférence du
grand cercle BEB, et la base RP, égale au rayon
AB. Cette parabole et cette spirale ayant cette
condition, seront dites *correspondantes.*

Soit maintenant divisée AB en tant de portions égales qu'on voudra aux points 3, 4,
Y, etc., d'où soient menés autant de cercles

ayant le centre commun en A, qui coupent la
spirale en C, D, etc., que de lignes droites parallèles à l'axe, qui coupent la parabole Q,
7, etc. (Donc chaque point du rayon, comme 3,
donnera un point dans la parabole par la parallèle à l'axe 3 Q, et un point dans la spirale par
l'arc de cercle 3 C). Ces points sont dits *correspondants*; et la portion de la parabole entre
Q et P *correspond* à la portion de la spirale
entre B et C; et les inscrites C B, P Q, sont
correspondantes : et par la même raison les
inscrites D C, Q 7.

Et si de ces points Q, 7, etc., sont menées les
ordonnées QZ, 7 2, etc., la portion QZ *correspond* à la portion CE, et 7 2 à DF, etc. Et la
première portion PZ (égale à la première portion de l'axe, comprise entre les deux premières
ordonnées) *correspond* à l'arc BE du premier
cercle, compris entre les deux premiers rayons:
et la seconde portion Q 2, comprise entre la
seconde et la troisième, *correspond* à l'arc du
second cercle CF compris entre le second et
le troisième rayon; et ainsi des autres. Et le
triangle rectangle PQZ *correspond* au triligne
B E C, fait de l'arc BE et des droites BC CE: et
de même le triangle Q 7 2 *correspond* au triligne
CFDC; et les touchantes de la parabole et de
la spirale Q K, C M sont *correspondantes*, étant
menées des points correspondants Q, C; et la
portion PK à l'arc BM, etc.

*Rapports entre la parabole et la spirale, qui ont
la condition supposée pour être dites correspondantes.*

I.

*Si une parabole et une spirale sont en la con-
dition supposée : je dis que quelque point qu'on
prenne dans la touchante A B, comme 3, la portion du diamètre extérieur, ou bien 3 Q, comprise entre le point 3, et la parabole, est égale
à la moitié de l'arc 3 FC, passant par le même
point 3, et extérieur à la spirale.*

Car, par la nature de la spirale, la circonférence entière BEB est à l'arc extérieur CF3,
comme BA carré à A3 carré (puisque l'entière
BEB est à l'arc CF3, en raison composée de
l'entière BEB à l'entière 3C3, ou de BST à A3,
et de l'entière 3C3 à l'arc CF3, qui est encore
comme BA à A3). Donc leurs moitiés sont aussi
en même raison ; et partant BP, qui est la
moitié de la circonférence BEB, est à la moitié
de l'arc CF3, comme AB carré à A3 carré, ou,
par la nature de la parabole, comme la même
BP à 3Q. Donc 3Q est égale à la moitié de
l'arc CF3. Ce qu'il falloit démontrer.

COROLLAIRE.

D'où il s'ensuit que le moindre des arcs Y9,
compris entre deux rayons prochains, est double du dernier diamètre extérieur YL.

Car ce moindre arc Y9 est égal au dernier

extérieur YX, lequel est double de sa portion YL par cette proposition.

II.

Les mêmes choses étant posées : je dis que les angles que les touchantes de la spirale font avec leurs rayons, sont égaux aux angles que les touchantes de la parabole font avec leurs ordonnées aux points correspondants : ou, ce qui est le même, que quelque point qu'on prenne dans la spirale, comme C, son correspondant Q dans la parabole, l'angle E C M du rayon avec la touchante, sera égal à l'angle Z Q K de l'ordonnée Z Q avec la touchante Q K.

Car la portion de la touchante, comprise entre le point Q et l'axe, est l'hypothénuse d'un triangle rectangle, dont la base est l'ordonnée Q 6 (égale à A 3 ou A C), et la hauteur est double de A 6 ou de Q 3, et partant égale à l'arc extérieur C F 3 (qui est double de la même Q 3): mais par la propriété VII de la spirale, l'angle E C M de la touchante au point C avec son rayon, est aussi égal à l'angle de l'hypothénuse avec la base qui soit à la hauteur, comme le même rayon A C au même arc extérieur C F 3. Donc l'angle E C M est égal à l'angle Z Q K. Ce qu'il falloit démontrer.

III.

Les mêmes choses étant posées : je dis que chacun des arcs B E, C F, etc. (qui sont les mêmes que les arcs B E , 3 C, 4 5, etc., compris entre les deux rayons prochains), diminué de la moitié du dernier Y 9 , est égal à chacune des portions de l'axe qui lui correspond , P Z , Q 2, etc. (et qui sont les mêmes que les portions de l'axe entre les ordonnées).

Car toutes ces portions sont entre elles comme les nombres impairs ; et tous les arcs BE, CF ou 3 C, sont entre eux comme les nombres pairs : mais le plus petit des arcs Y 9 est double de la première portion Y L , par le corollaire du rapport premier ; donc si Y L est 1, l'arc sera 2 : et partant toutes les portions P 2, Q 2, etc., étant 1, 3, 5, 7, 9, etc., et les arcs B E, 3 C, etc., étant 2, 4, 6, 8, etc. : il s'ensuit que chacun diffère de son correspondant de l'unité, c'est-à-dire, de la moitié de Y 9. Ce qu'il falloit démontrer.

LEMME.

Si une grandeur A est moindre que quatre autres ensemble B, C, D, E : je dis que la différence entre la première A et deux quelconques des autres, comme B, plus C, sera moindre que les quatre ensemble B, C, D, E.

Cela est manifeste.

PROBLÈME.

Étant donnée une parabole et une spirale en la condition supposée : inscrire et circonscrire en l'une et en l'autre des figures, en sorte que le tour de

l'inscrite en la parabole ne diffère du tour de l'inscrite en la spirale, que d'une ligne moindre qu'une quelconque donnée Z ; et de même pour les circonscrites.

Soit pris dans une figure séparée (*fig.* 41) le rayon ts plus grand que le rayon AB; et ayant élevé s 8 perpendiculairement égale à la circonférence, dont ts est le rayon, soit menée 8 t, coupant son cercle en y : soit maintenant de 8 Y retranchée 8 a de telle grandeur qu'on voudra, pourvu qu'elle soit moindre qu'un tiers de Z; et ayant mené as coupant l'arc en d, soit divisée la circonférence en tant d'arcs égaux qu'on voudra, pourvu que chacun, comme sx, soit moindre que l'arc sd.

Je dis qu'en divisant le cercle BEB en autant d'arcs égaux, et le rayon AB de même en autant de portions égales aux points 3, 4, etc., d'où soient menés à l'ordinaire des cercles et des parallèles à l'axe, qui coupant la spirale et la parabole, y donneront les points pour inscrire et circonscrire des figures en la manière qui a été marquée : ces figures satisferont au problème.

Iʳᵉ PARTIE DE LA DÉMONSTRATION.

Que la différence entre les deux inscrites est moindre que Z.

Pour prouver que la somme des côtés de l'inscrite en la parabole diffère des côtés de l'inscrite en la spirale d'une ligne moindre que Z, on fera voir que chaque côté de l'une ne diffère de son correspondant que d'une ligne, qui, prise autant de fois qu'il y a de côtés, ou qu'il y a d'arcs en la circonférence, est moindre que Z. D'où il s'ensuit nécessairement que toutes ces différences ensemble, prises chacune une fois, sont moindres que Z.

Je dis donc que la différence entre BC, par exemple, et son correspondant PQ, prise autant de fois qu'il y a d'arcs en la circonférence, est moindre que Z.

Car en menant du point E (puisque BC est prise en exemple) la perpendiculaire EV égale à l'arc EB, et retranchant EO égale à ZP (et qu'ainsi l'excès VO soit égal au demi-arc Y 9) : il est manifeste que CO sera égale à PQ, CE étant égale à QZ; donc il suffira de montrer que la différence entre CO et CB, prise autant de fois qu'il y a d'arcs, est moindre que Z. Mais cette différence entre BC et CO est moindre que la somme des deux droites BV, VO (car la différence des côtés BC, CO est moindre que la base BO, laquelle BO est moindre que les côtés ensemble BV, VO). Donc il suffira à fortiori de montrer que les deux côtés ensemble BV, VO, pris autant de fois qu'il y a d'arcs, sont moindres que Z : et cela est aisé, puisque chacun, pris autant de fois qu'il y a d'arcs, est moindre qu'un demi et même qu'un tiers de Z.

Car cela est visible de VO, puisque étant égale à un demi-Y 9, il est clair qu'étant prise autant de fois qu'il y a d'arcs, elle ne sera égale qu'au demi-arc BE, et partant, bien moindre qu'un demi-Z, l'arc BE étant moindre qu'un demi-Z, puisqu'il est moindre que l'arc sx de la figure séparée (le rayon AB étant moindre que ts), lequel arc sx est moindre que 8 Q par le lemme IV des spirales, et *à fortiori*, que 8 A, qui a été pris moindre qu'un tiers de Z.

Il ne reste donc qu'à démontrer la même chose de BV, et cela sera aisé en cette sorte :

Soit prise dans la figure séparée la portion sl égale à l'arc sx, et soit menée le parallèle à $t8$, et tz parallèle à lx. Donc puisque l'angle lxs est aigu par la troisième propriété du cercle, l'angle tzs sera obtus, et partant tz sera moindre que ts ou ty, et *à fortiori* que tq : donc aussi, à cause des parallèles, lx sera moindre que le : mais le est à 8q, comme ls à $s8$: donc lx a moindre raison à 8q, que ls à $s8$, ou que l'arc lx à sa circonférence : donc lx prise autant de fois que l'arc sx est en sa circonférence, ou l'arc BE dans la sienne, est moindre que 8q, et *à fortiori* qu'un tiers de Z.

Donc BV *à fortiori* prise autant de fois, sera moindre qu'un tiers de Z, puisqu'elle est moindre que lx, le rayon AB étant moindre que le rayon ts, et toutes choses proportionnelles. Ce qu'il falloit démontrer.

IIe PARTIE DE LA DÉMONSTRATION.

Que la différence entre les deux circonscrites est moindre que Z.

Pour prouver que la somme des côtés de la circonscrite à la spirale, ne diffère de celle des côtés de la circonscrite à la parabole, que d'une ligne moindre que Z : on montrera que deux quelconques côtés liés, circonscrits à la spirale, comme l'arc BM, plus la touchante MC, ne diffèrent des deux côtés correspondants en la parabole PK, plus KQ, que d'une ligne, qui, prise autant de fois qu'il y a d'arcs en la circonférence, est moindre que Z. D'où il s'ensuit nécessairement que toutes les différences prises chacune une fois seront moindres que Z.

Je dis donc que la différence entre deux quelconques côtés liés BM, plus MC, et les correspondants PK, plus KQ, prise autant de fois qu'il y a d'arcs, est moindre que Z.

Car puisque CE est égal à QZ, que les angles Z et CEV sont droits, et que les angles ECI du rayon avec la touchante de la spirale, et ZQK de l'ordonnée avec la touchante de la parabole, sont égaux : il s'ensuit que EI est égal à ZK, et CI à QK, et OI à KP ou à YL ou au demi-arc Y 9.

Maintenant puisque EV touche le cercle BE en E, la portion IV est toute hors le cercle ; et puisque BVY est inclinée en angle aigu, et aussi CI

(l'angle au point E étant droit): il s'ensuit par la
première propriété du cercle, que les droites BV,
M I sont toutes hors le cercle ; donc les trois droites B V, V I, I M, étant toutes hors le cercle,
l'arc B M, par le principe d'Archimède, sera moindre que les trois droites, ou que ces quatre droites
BV, VO, OI, IM ; donc, par le lemme précédent, la différence entre l'arc B M et les deux
quelconques OI, plus I M, sera moindre que les
quatre BV, VO, OI, IM, ou que les trois BV,
VI, IM. Donc la différence, qui est toute la même,
entre l'arc B M, plus M C, et les deux OI, plus
IMC, ou les deux PK, plus K Q, est moindre
que BV, plus VI, plus IM.

Donc pour montrer que la différence entre BM,
plus MC, et PK, plus KQ, prise autant qu'il y a
d'arcs, est moindre que Z, il suffira *à fortiori*,
de montrer que ces trois ensemble BV, plus VI,
plus IM, prises autant de fois, sont moindres
que Z. Et cela est aisé, puisque chacune d'elles,
prise autant de fois, est moindre qu'un tiers de Z.

Car cela est déjà montré de BV.

Cela est aussi aisé de VI, puisqu'elle est égale
à l'arc Y 9 (chacune des deux VO, OI étant montrée égale à un demi-Y 9), et qu'ainsi VI étant
prise autant de fois qu'il y a d'arcs, ne sera qu'é-
gale à l'arc BE, et partant moindre qu'un tiers
de Z.

Il ne reste donc qu'à le montrer de IM, en
cette sorte.

Soit prise dans la figure séparée, *sh* égale à

EI; et soient menées $ho\,2$, parallèle à $c\,8$, et hcf
perpendiculaire à scq. Soit maintenant menée
hrp, faisant l'angle hps égal à l'angle ICE de la
fig. 40 : donc elle tombera entre hf et $h\,2$, puisque l'angle hps ou ECI, du rayon avec la touchante de la spirale, est moindre que l'angle $s\,2\,h$
ou $st\,8$ (à cause qu'au triangle rectangle $st\,8$, la
base est à la hauteur comme le rayon à la circonférence) et plus grand que la moitié de l'angle
BAE, ou que l'angle IEB, ou hsx, ou hfs:
mais l'angle C est droit; donc l'angle hro est
obtus : et partant hr est moindre que ho; mais
ho est à $8\,q$ comme hs à $s\,8$. Donc il y a moindre
raison de hr à $8\,q$, que de hs à $s\,8$: donc *à fortiori*
il y a moindre raison de hr à un tiers de Z, que
de hs ou EI, à la circonférence BEB, moindre
que $s\,8$, et *à fortiori*, que de EV ou l'arc BE à la
circonférence. Donc hr, prise autant de fois que
l'arc BE est en sa circonférence, est moindre
qu'un tiers de Z.

Et partant IT (qui est égal à hs, toutes choses
étant pareilles), et *à fortiori* IM, pris autant
qu'il y a d'arcs, sera moindre qu'un tiers de Z.
Ce qu'il falloit démontrer.

COROLLAIRE.

Il s'ensuit de cette même construction que la
figure inscrite en la parabole, ne diffère de la
circonscrite à la même parabole, que d'une ligne
moindre que Z.

Car en tout triangle rectangle ou amblygone,

l'excès dont les deux moindres côtés ensemble
surpassent le plus grand, est toujours moindre
que chacun des côtés. D'où il s'ensuit que deux
côtés liés quelconques de la figure circonscrite,
comme PK, plus KQ, surpassent l'inscrite PQ
d'une ligne moindre que le côté PK (puisque
l'angle de la touchante avec la parallèle à l'axe,
est toujours obtus, si ce n'est au sommet où il
est droit); donc tous les excès ensemble, dont
les côtés liés de la circonscrite, surpassent les
côtés liés de l'inscrite, sont moindres que tous
les côtés PK ensemble, c'est-à-dire, moindres
que YL pris autant de fois qu'il y a d'inscrites,
ou qu'il y a d'arcs en la circonférence; or, YL ou
la moitié de Y 9 prise autant de fois, est moindre
que Z; donc tous les excès ensemble, dont les
côtés circonscrits surpassent les inscrites, sont
moindres que Z.

THÉORÈME.

Si une parabole et une spirale sont en la condi-
tion supposée : je dis que la ligne parabolique est
égale à la ligne spirale.

Car si elles ne sont pas égales, soit X la différence; et soit Z le tiers de X, et soient inscrites
et circonscrites à la parabole et à la spirale des
figures comme en la précédente, en sorte que la
différence entre les inscrites soit moindre que Z,
et que la différence entre les circonscrites soit
aussi moindre que Z.

Maintenant, puisque la ligne spirale est moindre

que le tour de la figure qui lui est circonscrite, et plus grande que le tour de l'inscrite : il s'ensuit que la différence entre la ligne spirale et le tour de la figure qui lui est inscrite, est moindre que Z; et de même pour la parabole (puisque la différence entre l'inscrite et la circonscrite est moindre que Z, par la construction); mais la différence entre l'inscrite en la spirale et l'inscrite en la parabole, est aussi moindre que Z, par le corollaire de la précédente. Donc la différence entre la ligne spirale et le tour de l'inscrite en la parabole, est nécessairement moindre que deux Z. Mais la différence entre l'inscrite en la parabole et la ligne même de la parabole, est moindre que Z. Donc la différence entre la ligne de la spirale et la ligne de la parabole est nécessairement moindre que trois Z, c'est-à-dire, que X, contre la supposition.

On montrera toujours la même absurdité, quelque différence qu'on suppose entre les lignes spirale et parabolique. Donc il n'y en a aucune : donc elles sont égales. Ce qu'il falloit démontrer.

LETTRE

DE M. HUGUENS DE ZULICHEM

A M. DETTONVILLE.

Monsieur,

Le gentilhomme inconnu ne peut vous avoir fait entendre que la moindre partie de l'estime que j'ai pour vous ; et si vous n'en croyez beaucoup davantage, vous ne savez non plus combien j'ai eu de joie en recevant celle que vous m'avez fait l'honneur de m'écrire : ne pouvant l'exprimer dignement, je vous dirai seulement que je me crois bien plus heureux qu'auparavant, après avoir reçu les offres de votre amitié, et que je répute cette acquisition pour la plus insigne que j'aie à faire jamais. Je suis si loin de croire de l'avoir méritée par l'accueil que j'ai fait à cet excellent homme, qu'au contraire je sais bien qu'il faut que j'en demande pardon, ne l'ayant pas traité ni selon sa condition, ni même selon que méritoient celles de ses qualités qu'il n'a pu me celer. Je le prierai de ne point s'en souvenir, et vous, monsieur, de croire qu'à l'avenir je tâcherai de m'acquitter mieux envers ceux qui m'apporteront de vos nouvelles. J'ai été bien aise de voir que mon invention des horloges est dans votre approbation, quoique les éloges qu'il vous a plu lui donner sont beaucoup au-dessus de ce qu'elle mérite. Il y a beaucoup de hasard à rencontrer des choses semblables, et fort peu de science ou de subtilité. Aussi ne sont-elles propres qu'à acquérir du crédit aux mathématiques parmi le commun des hommes ; au lieu que des lettres (*) comme vous allez nous en produire seront suivies, avec raison, de l'admiration et de l'étonnement des plus savants. Je ne suis pas de ce nombre ; mais j'ai un désir incroyable de voir la suite de cette merveilleuse lettre (**) dont vous m'avez fait la faveur de m'envoyer le commencement, et d'autant plus que cet échantillon me fait espérer que nous y trouverons les choses les plus sublimes traitées avec toute la clarté et évidence possible. Vous ne devez donc pas craindre de grossir vos paquets de ces

---

(*) Huguens fait allusion aux différentes pièces composées par Pascal à l'occasion de ses Problèmes sur la Cycloïde, et imprimées dans ce volume.

(**) Lettre à M. de Carcavi par A. Dettonville, ci dessus page 214.

feuilles si précieuses, mais croire au contraire que vous m'obligerez infiniment de le faire le plus tôt que vous pourrez. J'ai essayé quelques-uns de vos problèmes, mais sans prétendre aux prix ; et je me crois heureux de n'avoir pas entrepris la solution des plus difficiles, parce que tant de personnes plus intelligentes que moi n'en ayant pu venir à bout, cela me fait conclure que ma peine, aussi-bien que la leur, auroit été perdue : même dans ce que je crois avoir trouvé, j'ai commis une erreur assez lourde, de laquelle je ne me suis aperçu que depuis avoir vu que mon calcul ne répondoit pas au vôtre. Je parle de la proportion que vous avez trouvée de sept fois le diamètre à six fois la circonférence, qui est vraie, et non pas la mienne, que je crois que vous avez vue dans la lettre que j'ai envoyée il y a quelque temps à M. de Carcavi. Vous jugerez bien pourtant que je ne me suis abusé qu'au calcul, et non pas à la méthode, laquelle je connois assurément être sans faute, puisqu'elle confirme votre proposition susdite : et je pourrois par là même trouver encore le centre de gravité de la moitié du solide que fait le double espace BCG dans votre figure à l'entour de sa base, mais non pas aux autres cas, faute de savoir le centre de gravité de certaines portions du cylindre. J'ai prié M. de Carcavi de vous communiquer aussi ce que j'avois ajouté dans ladite lettre touchant les superficies des conoïdes et sphéroïdes, et de la longueur de la ligne parabolique. Et peu de jours après avoir envoyé cette lettre, je trouvai le centre de gravité de la ligne cycloïde et de ses parties coupées par une parallèle à la base, qui ont cette propriété étrange, que leur centre de gravité divise leur axe toujours en la raison de 1 à 2, comme vous savez, monsieur ; mais vous saurez aussi que je ne vous parle de ces choses que pour vous faire voir l'inclination que je garde toujours pour la science dans laquelle vous excellez si fort, afin que vous m'en estimiez d'autant plus digne de profiter de votre instruction. Je souhaite que ce puisse être bientôt, et il me tarde fort de joindre la qualité de votre disciple à celle de, monsieur, votre, etc.

A La Haye, ce 5 février 1659.

LETTRE

DE M. SLUZE A M. PASCAL.

Monsieur,

Bien que je devrois passer pour importun, je ne saurois m'abstenir de vous témoigner, par la présente, le contentement que j'ai reçu d'apprendre de vos Traités que le peu que j'avois démontré touchant les cycloïdes, considérées universellement, a tant de rapport avec vos principes. Il me souvient de vous avoir envoyé un lemme, l'automne passé, sur lequel est fondé tout ce que j'avois trouvé. En voici un exemple. Soit un triligne composé de l'angle droit

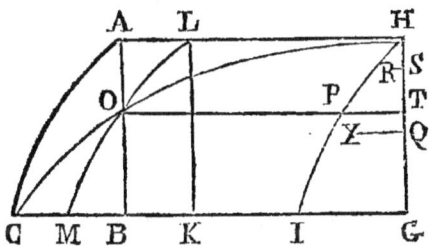

ABC et de la courbe CA : et par le mouvement de la figure ABC sur AB prolongée, et un autre mouvement égal du point C sur la courbe AC, soit décrite la cycloïde COH. Soit aussi le point X le centre de gravité de la courbe IPH égale à CA, duquel soit menée à HG la perpendiculaire XQ : je dis que le triligne mixtiligne CHA au triligne mixtiligne CHI, aura toujours la même raison que HQ à QG. De même en prenant quelque point en la cycloïde, comme O, par lequel passe le triligne générateur MOLK, et menant OPT parallèle à CG, si R est centre de la courbe PH, duquel on applique RS, le triligne LOH au triligne HOP sera toujours en même raison de HS à ST. D'où s'ensuit (supposant le triangle générateur connu), que quand nous avons le centre de pesanteur de la ligne courbe du triligne et des parties d'icelle, nous avons aussi la quadrature de la cycloïde ; et qu'ayant d'ailleurs la quadrature de la cycloïde, nous avons le centre de la courbe qui l'engendre, et d'où aussi l'on peut tirer quantité d'autres conséquences que vous avez déjà tirées, ou que vous tirerez sans difficulté. Mes principes sont quasi les mêmes que ceux dont vous vous êtes servi ; je le vois par les règles de la statique et par les nombres (comme vous avez pu remarquer dans le lemme que je vous ai envoyé) ; mais votre application est plus belle et plus universelle. Pardonnez à mon incivilité, si j'interromps vos occupations plus sérieuses, quoique ce soit une faute dans laquelle je suis en hasard de retomber encore ci-après ; car si je puis rencontrer un jour le loisir que je n'ai pu avoir jusqu'à présent, d'étudier parfaitement vos principes, je prendrai la hardiesse de vous écrire, s'il y a en quoi j'aie eu le bonheur de rencontrer quelque chose qui ait du rapport avec iceux ; et j'espère que vous aurez la bonté de le souffrir de celui qui est absolument, monsieur, votre, etc.

A Liége, ce 29 avril 1659.

LETTRE

DE M. SLUZE A M. PASCAL.

Monsieur,

Ayant rencontré avant-hier l'occasion d'un ami qui s'en alloit à Sedan, je l'ai chargé de quelques copies du livre dont je vous avois écrit il y a quinze jours, et j'espère qu'elles arriveront à Paris en même temps que la présente, ou au moins avec les coches de Sedan. Le paquet porte l'inscription de votre nom ; mais, en cas que l'on tardât à vous le porter, vous m'obligerez fort de le faire prendre au logis où les coches arrivent, et me donner votre sentiment sur le contenu du livre, pendant que je demeure inviolablement, monsieur, votre, etc.

A Liége, le 19 juillet 1659.

LETTRE

DE M. LEIBNITZ A M. PÉRIER,

CONSEILLER A LA COUR DES AIDES DE CLERMONT - FERRAND,
NEVEU DE M. PASCAL.

MONSIEUR,

Vous m'avez obligé sensiblement, en me communiquant les manuscrits (*) qui restent de feu M. Pascal, touchant les coniques. Car, outre les marques de votre bienveillance, que j'estime beaucoup, vous me donnez moyen de profiter, par la lecture des méditations d'un des meilleurs esprits du siècle : je souhaiterois pourtant d'avoir pu les lire avec un peu plus d'application; mais le grand nombre de distractions qui ne me laissent pas disposer entièrement de mon temps, ne l'ont pas permis. Néanmoins je crois les avoir lues assez pour pouvoir satisfaire à votre demande, et pour vous dire que je les tiens assez entières et finies pour paroître à la vue du public; et afin que vous puissiez juger si je parle avec fondement, je veux vous faire un récit des pièces dont elles sont composées, et de la manière que je crois qu'on peut les ranger.

I. Il faut commencer par la pièce dont l'inscription est : *Generatio coni sectionum tangentium et secantium, seu projectio peripheriæ, tangentium, et secantium circuli, in quibuscunque oculi, plani ac tabellæ positionibus.* Car c'est le fondement de tout le reste.

II. Après avoir expliqué la génération des sections du cône, faite optiquement par la projection d'un cercle sur un plan qui coupe le cône des rayons, il explique les propriétés remarquables d'une certaine figure, composée de six lignes droites, qu'il appelle *hexagramme mystique.* J'ai mis au-devant ces mots, *de hexagrammo mystico et conico* : une partie de cette pièce se trouve répétée et insérée mot à

(*) J'ai écrit et fait écrire de tous côtés pour me procurer ces ouvrages de Pascal dont parle Leibnitz; mais jusqu'à présent mes recherches à ce sujet ont été presque inutiles.

mot dans une autre, savoir, les définitions (avec leurs corollaires); et les propositions (mais sans les démonstrations) qui se trouvent répétées dans le Traité *de loco solido*, suppléeront au défaut de quelques-unes qui manquent dans celui-ci, *de hexagrammo*.

Le IIIe Traité doit être, à mon avis, celui qui porte cette inscription : *De quatuor tangentibus, et rectis punctæ tactuum jungentibus, undè rectarum harmonicè sectarum et diametrorum proprietates oriuntur.* Car c'est là-dedans que l'usage de l'hexagramme paroît, et que les propriétés des centres et des diamètres des sections coniques sont expliquées. Je crois qu'il n'y manque rien.

Le IVe Traité est : *De proportionibus segmentorum secantium et tangentium.* Car les propriétés fondamentales des sections coniques, qui dépendent de la connoissance du centre et des diamètres, étant expliquées dans le Traité précédent, il falloit donner quelques belles propriétés universellement conçues, touchant les proportions des droites menées à la section conique ; et c'est de là que dépend tout ce qu'on peut dire des ordonnées. Les figures y sont aussi, et je ne vois rien qui manque. J'ai mis après ce Traité une feuille qui porte pour titre ces mots : *De correspondentibus diametrorum*, dont la troisième page traite *de summâ et differentiâ laterum seu de focis*.

Le Ve Traité est : *De tactionibus conicis*, c'est-à-dire (afin que le titre ne trompe pas), *de punctis et rectis quas sectio conica attingit;* mais je n'en trouve pas toutes les figures.

Le VIe Traité sera, *de loco solido :* j'y ai mis ce titre, parce qu'il n'y en a point : c'est pour ce sujet que MM. Descartes et Fermat ont travaillé, quand ils ont donné la composition du lieu solide, chacun à sa mode, Pappus leur en ayant donné l'occasion. Or, je crois que M. Pascal a voulu donner ce Traité à part, ou le communiquer au moins à ses amis, parce qu'il y répète beaucoup de choses du deuxième Traité, mot à mot et assez au long ; c'est pourquoi il commence par ceci : *Definitiones excerptæ ex conicis ;* savoir, du deuxième Traité susdit, où il explique ce qu'il entend par ces mots, *hexagrammum mysticum, conicum, etc.* On peut juger par là que le premier, le second, le troisième, et peut-être le cinquième Traité, doivent faire proprement les coniques ; et ce mot se trouve aussi au dos du premier Traité. Les grandes figures appartiennent à ce sixième Traité.

J'ai mis ensemble quelques fragments. Il y a un papier imprimé (*) dont le titre est, *Essais des Coniques ;* et comme il s'y trouve deux fois tout de même, j'espère que vous permettrez, monsieur, que j'en

---

(*) Cet écrit, le seul de tous ceux dont parle Leibnitz, que j'aie pu me procurer, est imprimé à la tête du quatrième volume de cette édition.

retienne un. Il y a un fragment, *de restitutione coni*; savoir, les diamètres et paramètres étant donnés, retrouver les sections coniques. Ce discours paroît entier, et a ses figures. Il y a un autre fragment où se trouvent ces mots au commencement, *magnum problema*; et je crois que c'est celui-ci qui y est compris : *Dato puncto in sublimi, et solido conico ex eo descripto, solidum ita secare, ut exhibeat sectionem conicam ilatæ similem* : mais cela n'est pas mis au net.

Il y a quelques problèmes sur une autre feuille, qui sont cotés; mais il en manque le premier : on en dira ce qu'on pourra en forme d'appendice ; mais le corps de l'ouvrage, composé des six premiers Traités, me paroît assez net et achevé.

Je conclus que cet ouvrage est en état d'être imprimé; et il ne faut pas demander s'il le mérite ; je crois même qu'il est bon de ne pas tarder davantage, parce que je vois paroître des Traités qui ont quelque rapport à ce qui est dans une partie de celui-ci : c'est pourquoi je crois qu'il est bon de le donner au plus tôt, avant qu'il perde la grâce de la nouveauté. J'en ai parlé plus amplement à messieurs vos frères, dont je vous dois la connoissance, et que j'ai priés de me conserver l'honneur de votre bienveillance. J'avois espéré de vous revoir un jour ici ; mais je vois que vos affaires ne l'ont pas encore permis, et j'ai peu d'espérance de passer par Clermont. Je souhaiterois de pouvoir vous donner des marques plus convaincantes de l'estime que j'ai pour vous, et de la passion que j'ai pour tout ce qui regarde feu M. Pascal; mais je vous supplie de vous contenter cependant de celle-ci. Je suis, monsieur, votre très-humble et très-obéissant serviteur, Leibnitz.

A Paris, le 30 août 1676.

FIN DU CINQUIÈME ET DERNIER VOLUME.

TABLE DES MATIÈRES.

ÉGALITÉ DES LIGNES SPIRALE ET PARABOLIQUE.

FIN DE LA TABLE.

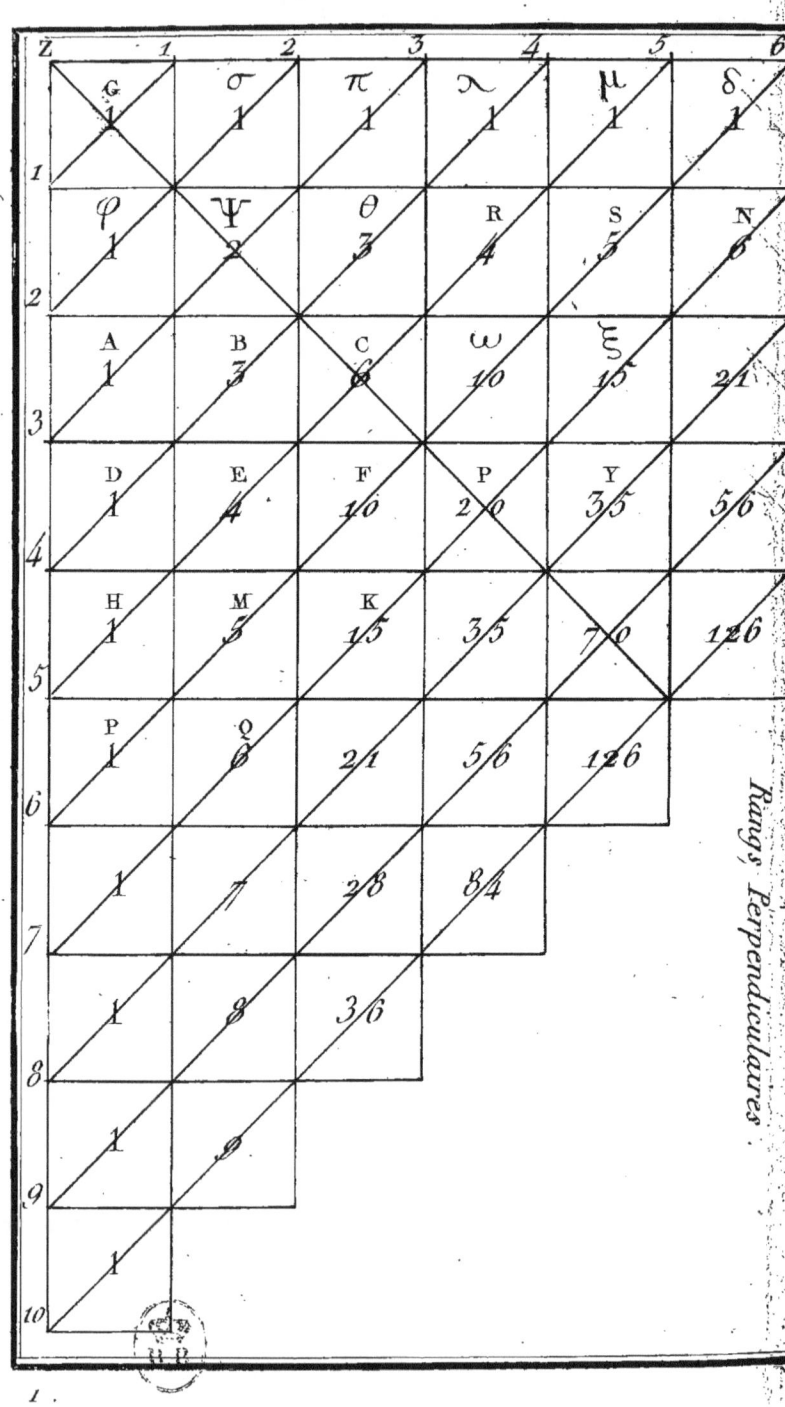

1.

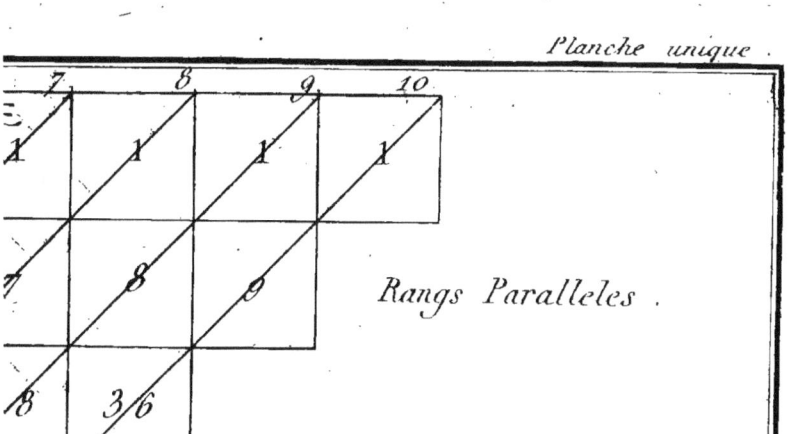

7	8	9	10
1	1	1	1
7	8	9	
3 6			
4			

Rangs Paralleles .

Triangle Arithmétique .

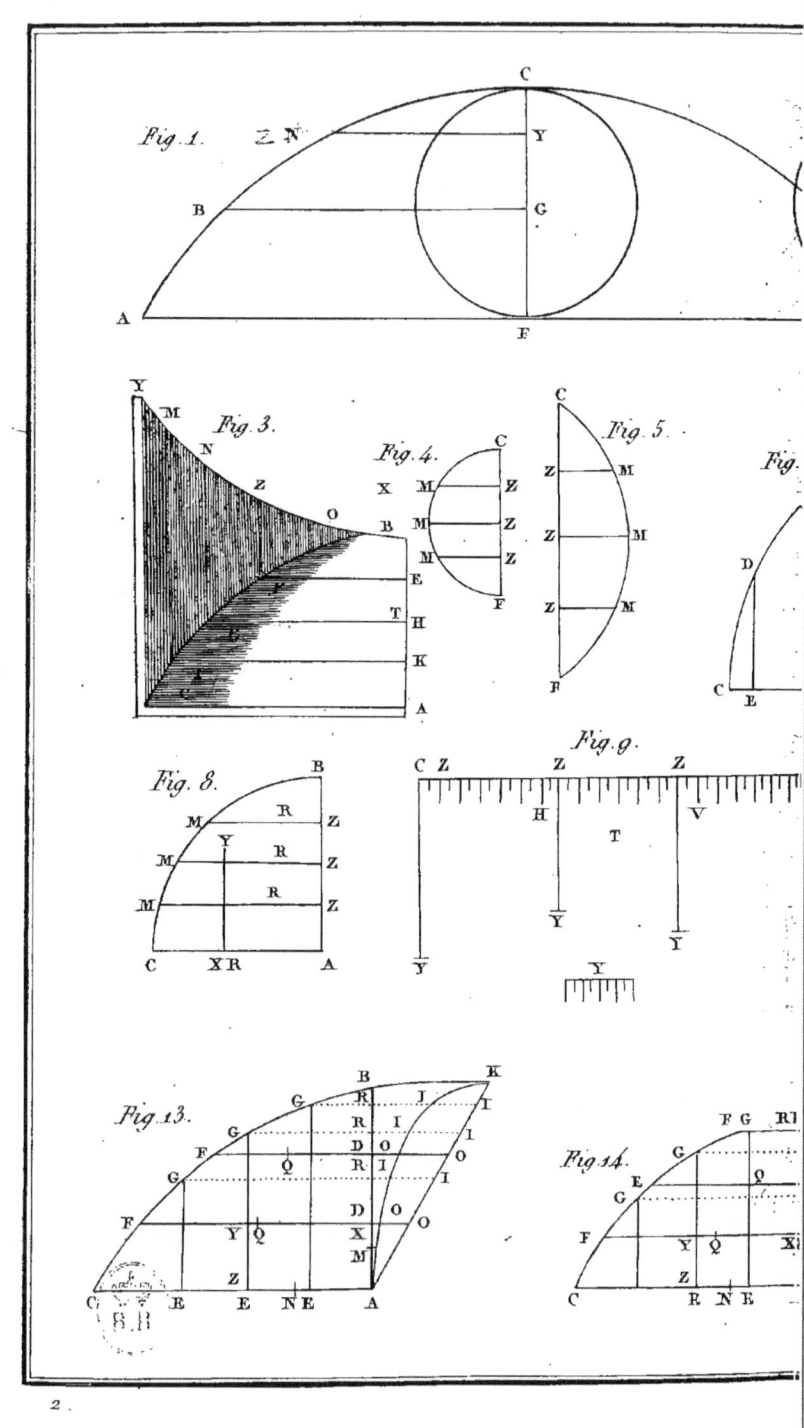

Fig. 1.

Fig. 3.

Fig. 4.

Fig. 5.

Fig.

Fig. 8.

Fig. 9.

Fig. 13.

Fig. 14.

2.

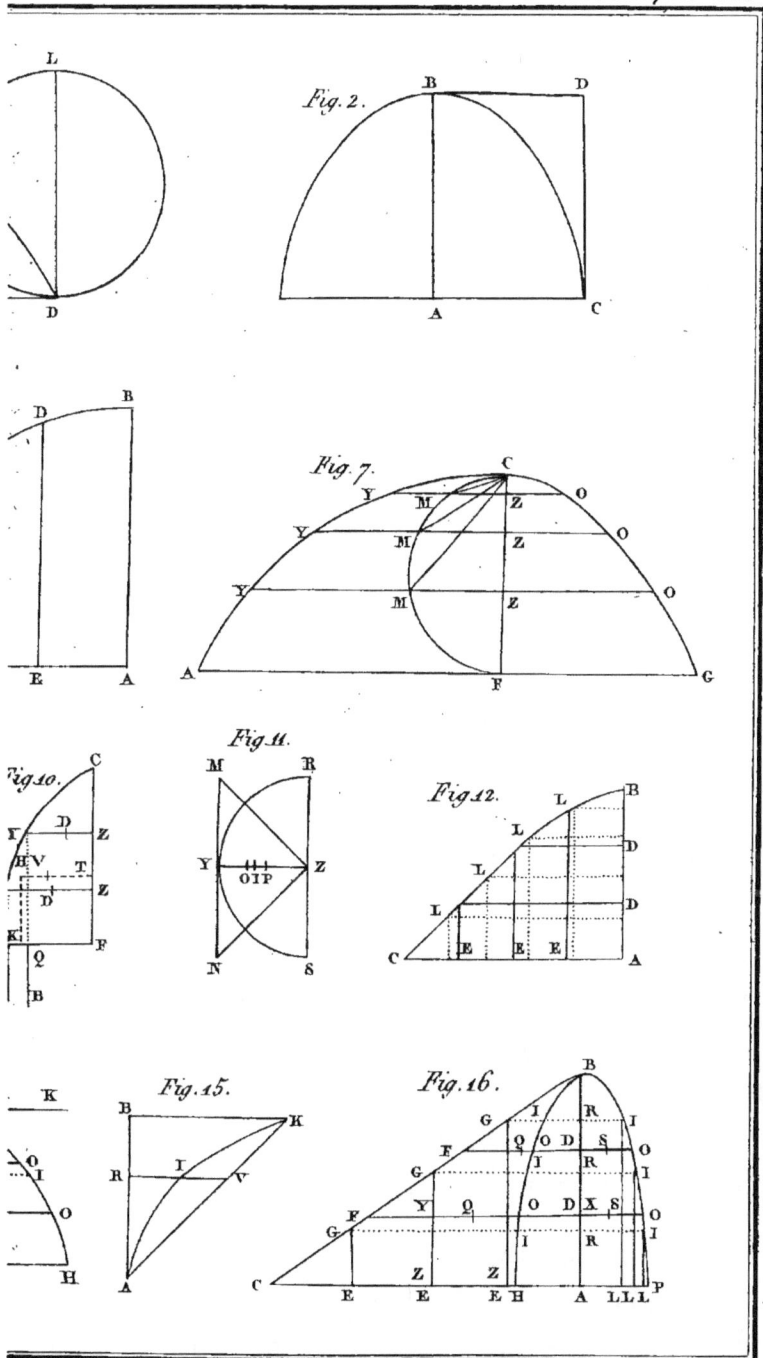

Fig.2.

Fig.7.

Fig.11.

Fig.10.

Fig.12.

Fig.15.

Fig.16.

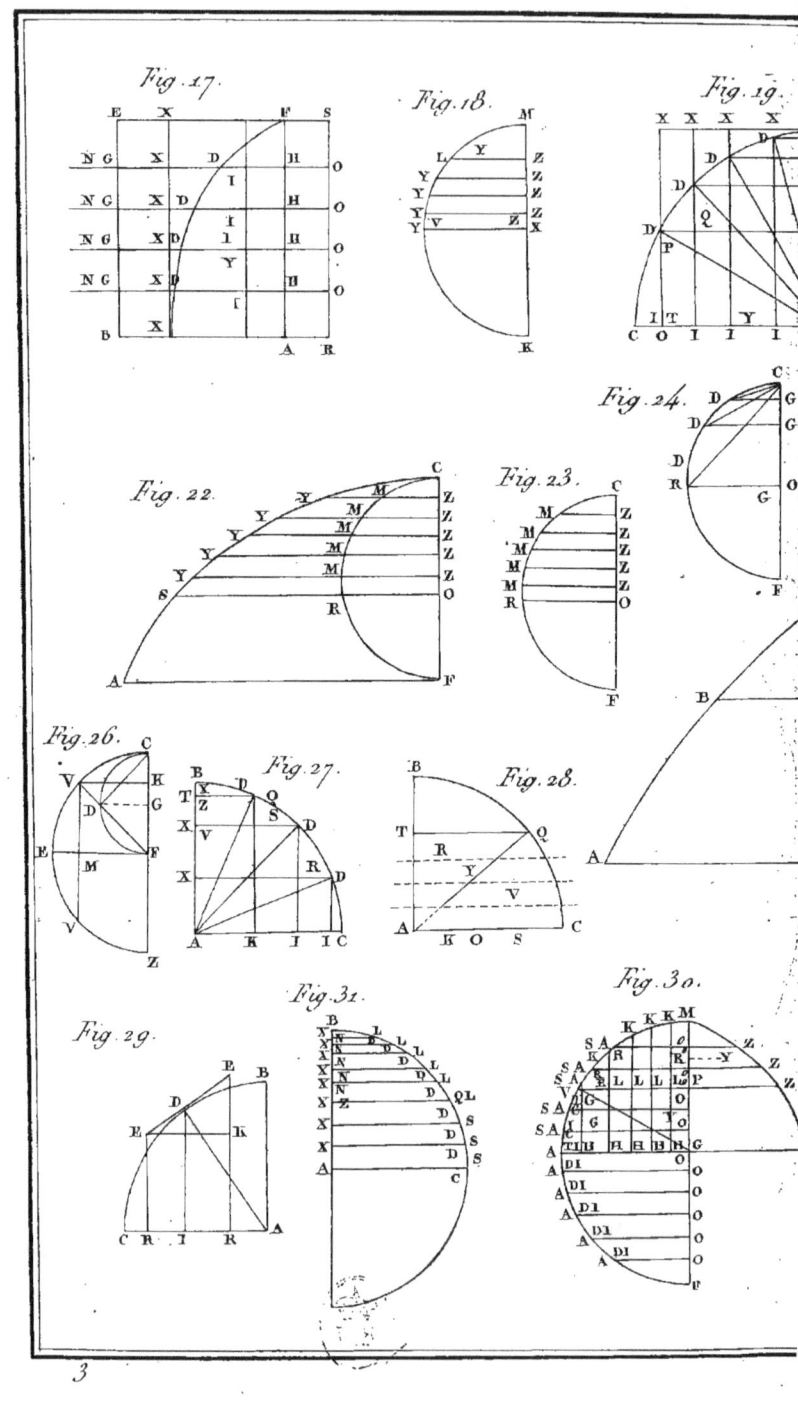

Fig. 17.

Fig. 18.

Fig. 19.

Fig. 24.

Fig. 22.

Fig. 23.

Fig. 26.

Fig. 27.

Fig. 28.

Fig. 29.

Fig. 31.

Fig. 30.

3

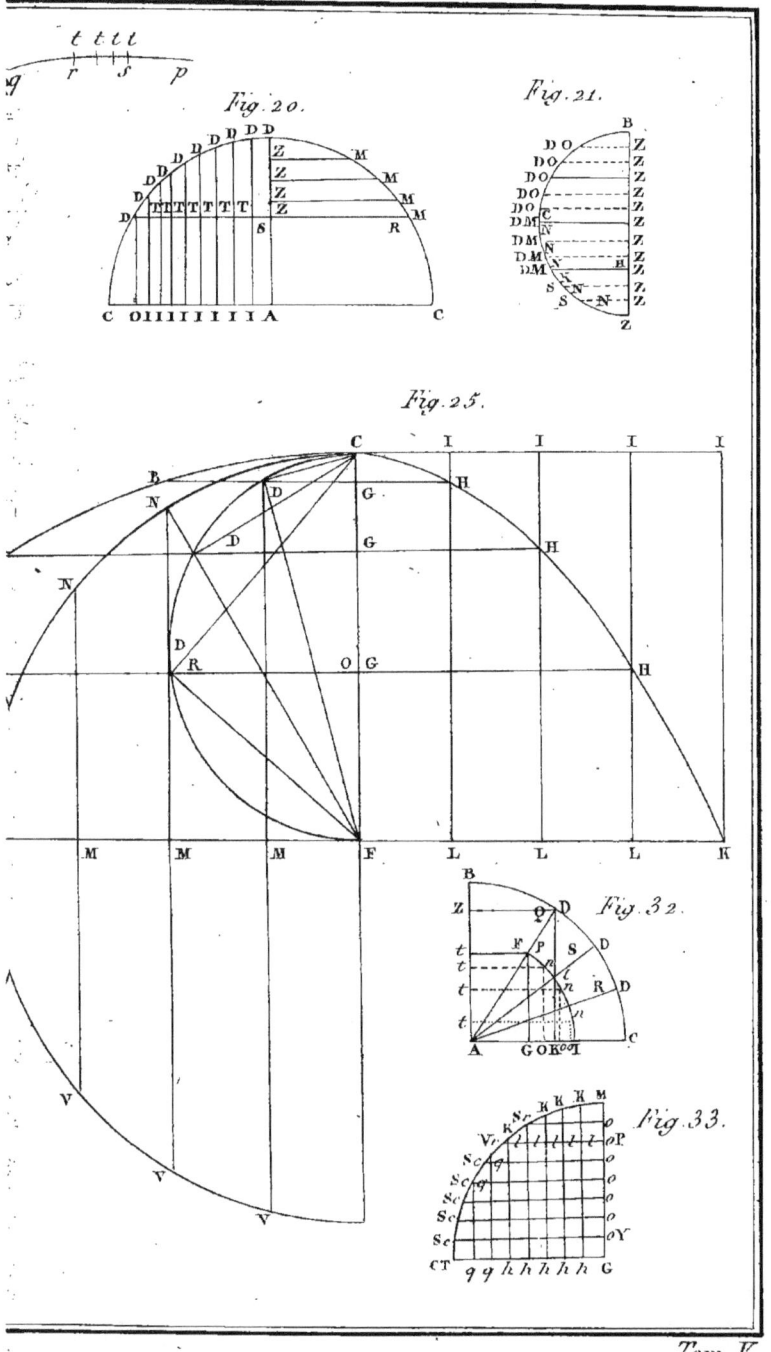

Fig. 20.

Fig. 21.

Fig. 25.

Fig. 32.

Fig. 33.

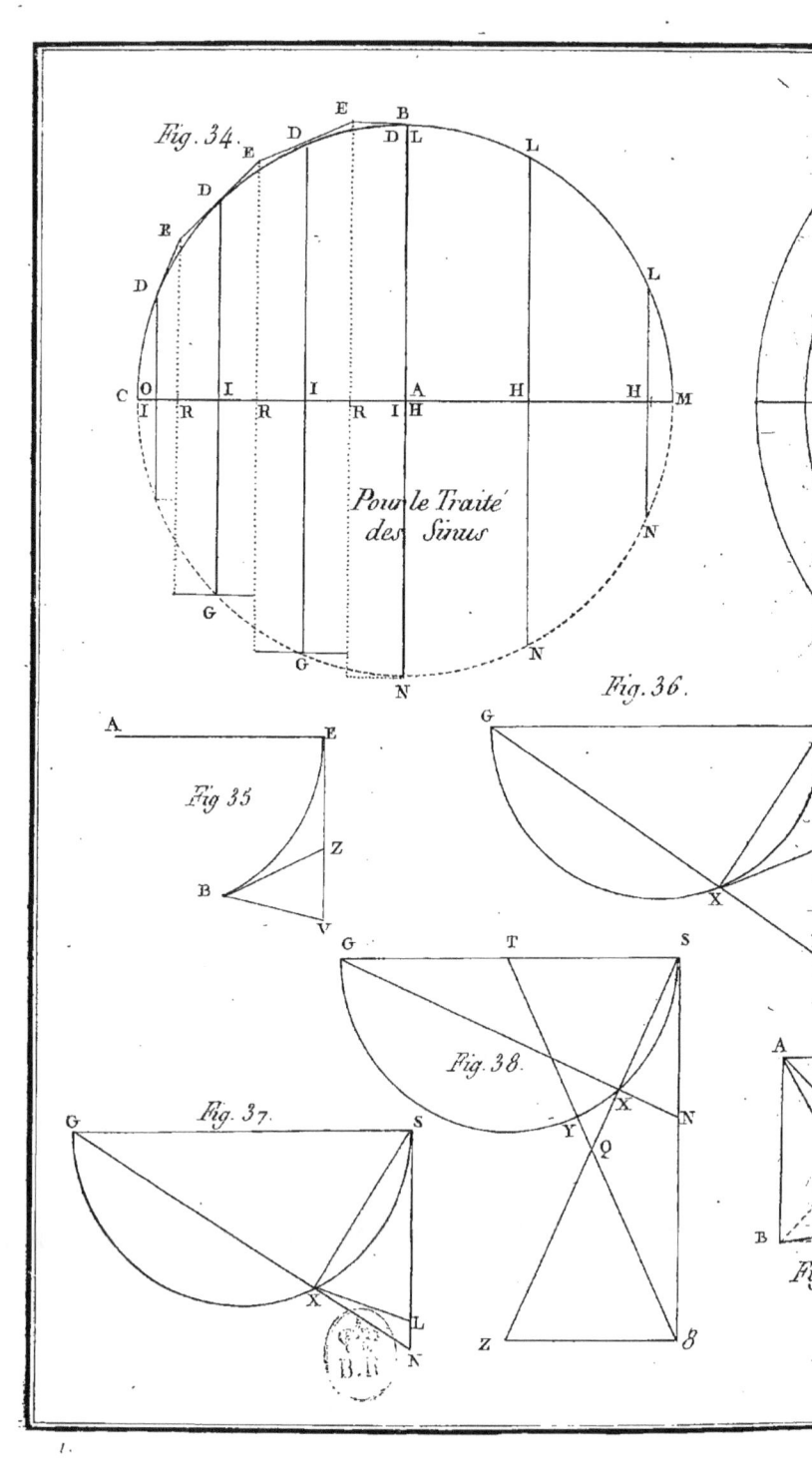

Fig. 34.

Pour le Traité
des Sinus

Fig. 35

Fig. 36.

Fig. 38.

Fig. 37.

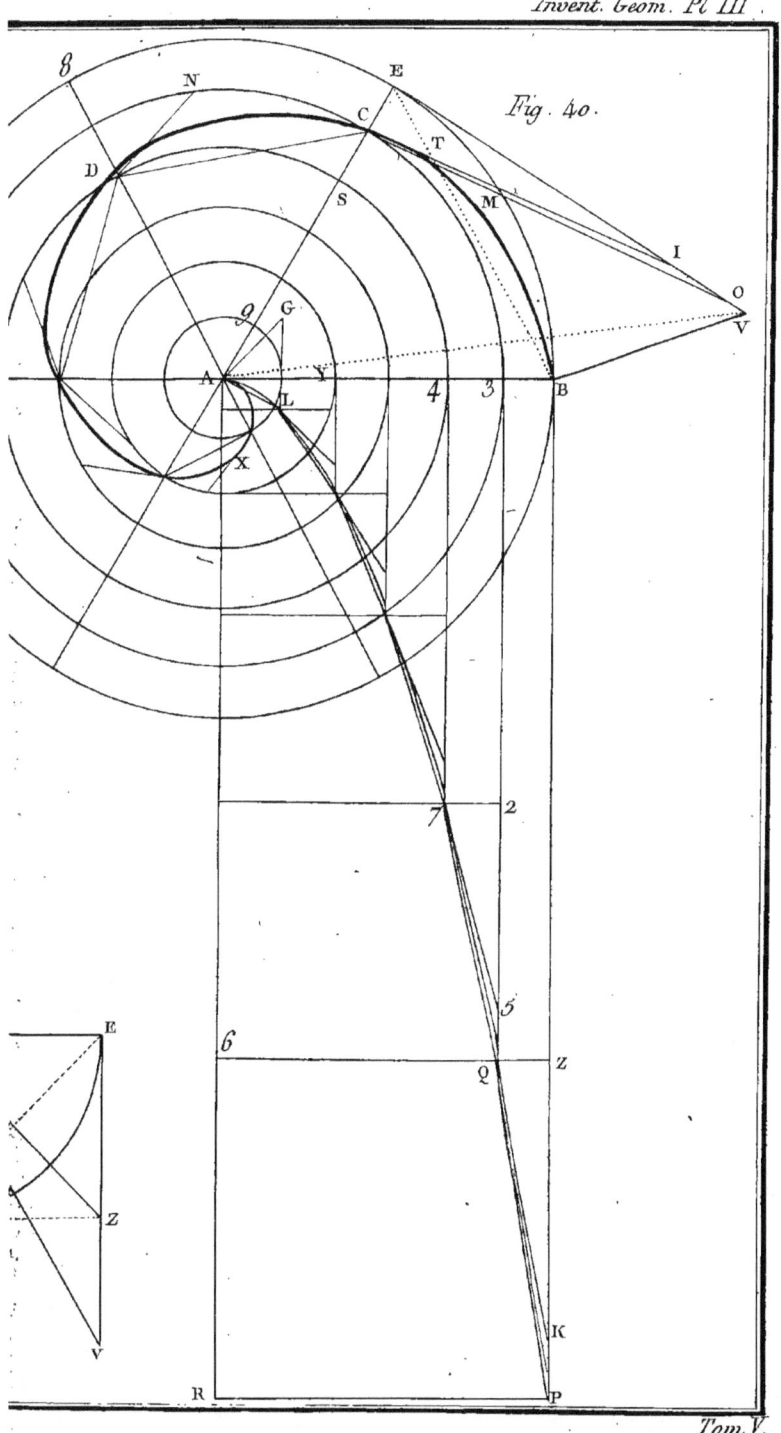

Fig. 40.

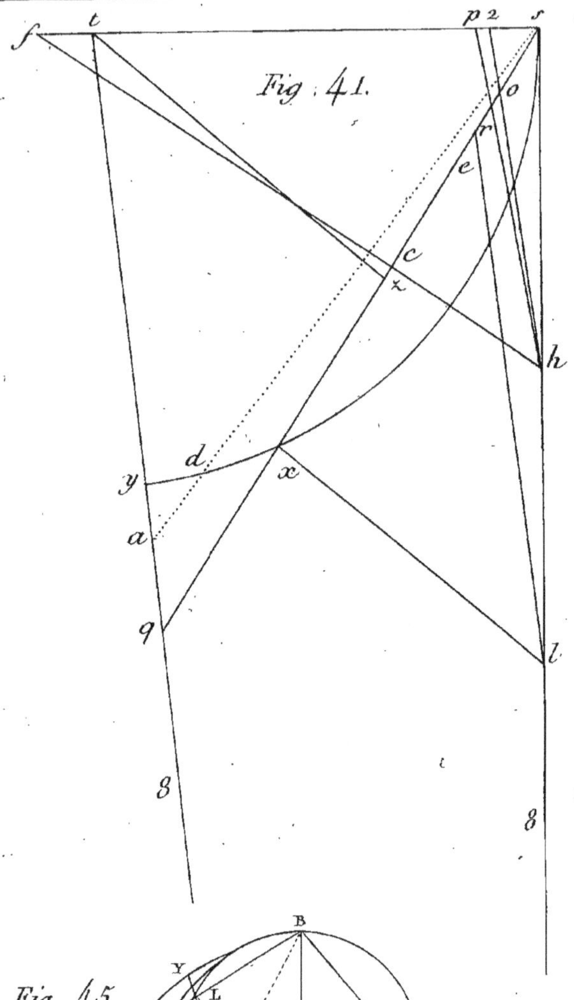

Fig. 41.

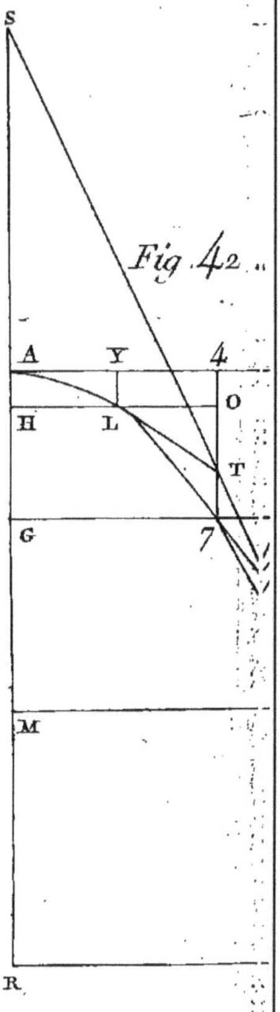

Fig. 42.

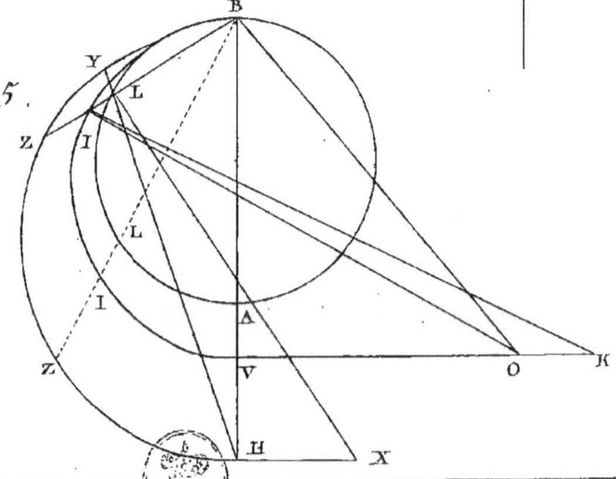

Fig. 45.

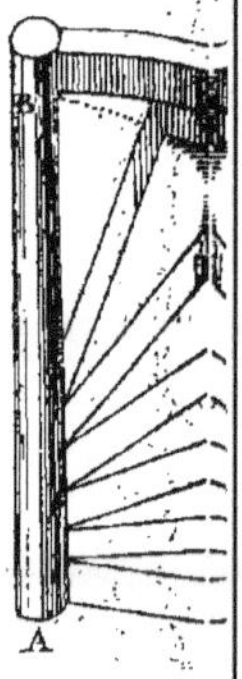

5.

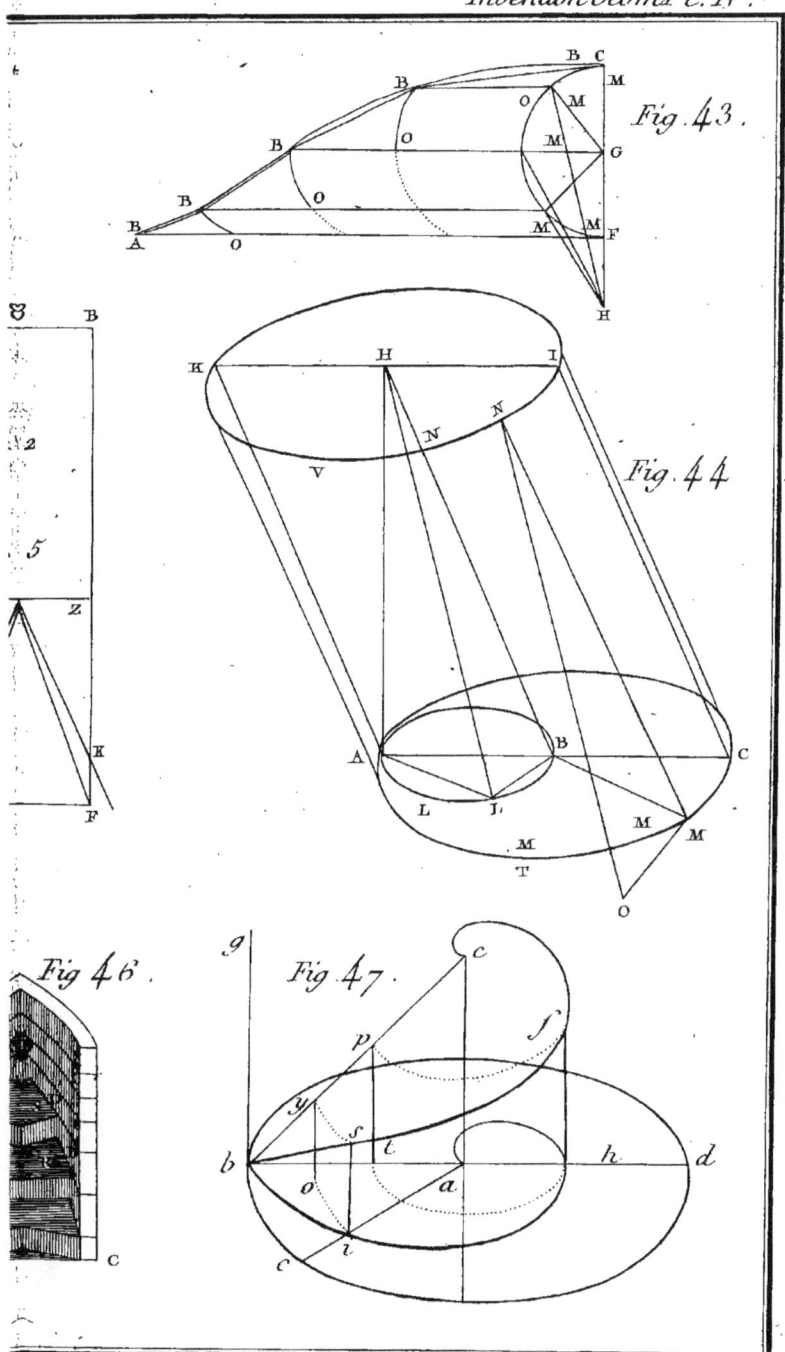

Fig. 43.

Fig. 44

Fig 46.

Fig 47.

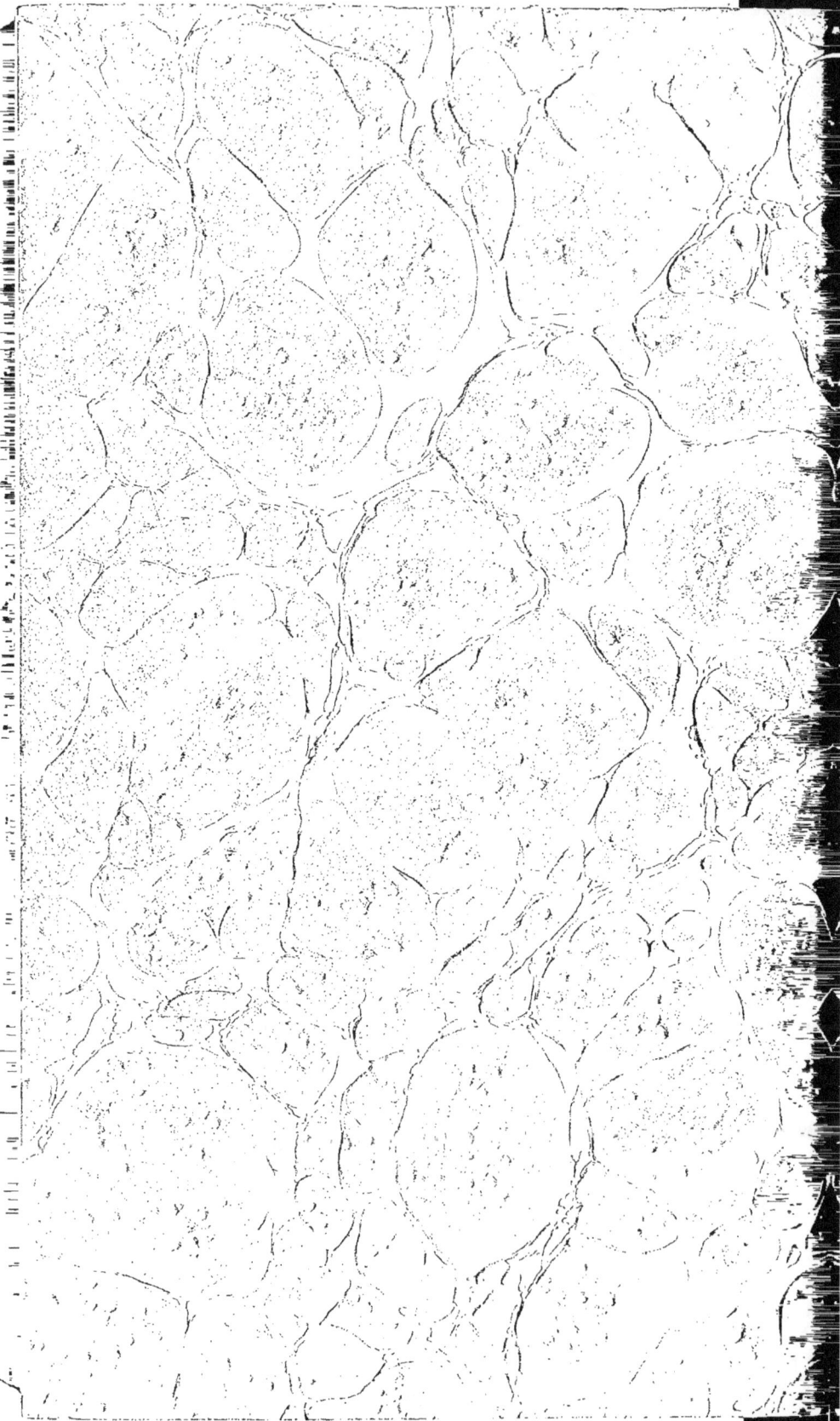

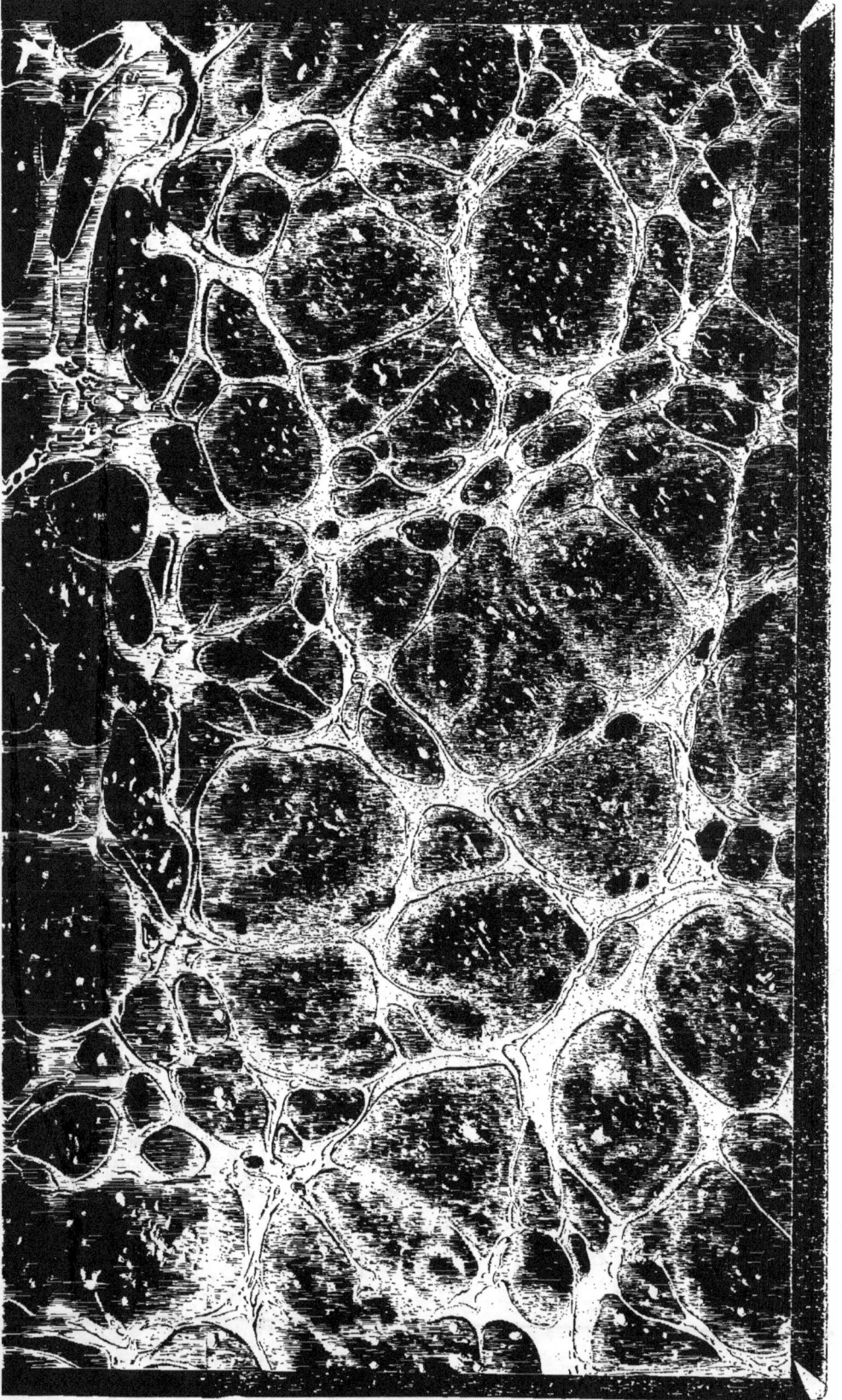

www.ingramcontent.com/pod-product-compliance
Lightning Source LLC
Chambersburg PA
CBHW061326050726
47504CB00013B/409